新新监狱的
玫瑰匠

[美] 詹姆斯·麦克格拉斯·莫里斯 / 著
张纯　胡群芳◎译

南方日報出版社
NANFANG DAILY PRESS
中国·广州

图书在版编目（CIP）数据

新新监狱的玫瑰匠 / 〔美〕 詹姆斯•麦克格拉斯•莫里斯著 ；张纯，胡群芳译. — 广州 ：南方日报出版社，2016.7
ISBN 978-7-5491-1320-0

Ⅰ. ①新… Ⅱ. ①莫… ②张… ③胡… Ⅲ. ①传记文学－美国－现代 Ⅳ. ①I712.55

中国版本图书馆 CIP 数据核字(2015)第 243684 号

XINXIN JIANYU DE MEIGUIJIANG
新新监狱的玫瑰匠

著　　者：〔美〕詹姆斯•麦克格拉斯•莫里斯
译　　者：张　纯　　胡群芳
出版发行：南方日报出版社
地　　址：广州市广州大道中 289 号
责任编辑：刘志一　　郑　颖
装帧设计：邓晓童
责任技编：王　兰
责任校对：阮昌汉
经　　销：全国新华书店
印　　刷：广州市怡升印刷有限公司
开　　本：787mm×1092mm　1/16
印　　张：19.75
字　　数：277 千字
版　　次：2016 年 7 月第 1 版
印　　次：2016 年 7 月第 1 次印刷
定　　价：48.00 元

投稿热线：（020）87373998-0503　读者热线：（020）87373998-0502

网址：http://www.nanfangdaily.com.cn/press　http://www.southcn.com/ebook

OUR COMPLIMENTS.

PUBLISHED MONTHLY.] *Ne Cede Mallis.* [BY CHARLIE CHAPIN.

VOL. 1. FREEPORT. ILLINOIS, MAY, 1875. No. 4.

Written for Our Compliments.

That New Boy

By "PHIL STANLEY."

ONE day after school, while at play, the usher brought him out and told us he was a new scholar; he was about sixteen years old, rather thin and muscular, fair complexion, black hair and eyes, and looked French, as he was from head to foot.

"Fellow, what's your name and who are you?" asked Dick Harris the big bully of the school, as he looked him in the face.

"My name isn't fellow, its Louis Montey, who I am is none of your business," said the irate boy.

"Be careful how you use that tongue of yours, you frog-eating Frenchman, or you will be sorry for it," said the bully.

"Whisper in my ear when I'm sad," said Montey.

The appearance of the principal M. C. put a stop to future parley and the boys returned to their play. After they were all gone I went up to the new comer and spoke to him.

"Louis," said I, "my name is Stanley, Phil Stanley, and I will be your friend. I see you are like myself a stranger here, I have been here but a few weeks."

"Thank you Phil," he said "I am glad to have you for a friend," and he extended his hand which I shook heartily.

Shortly after the bell for evening prayer, called us in and after prayers we studied an hour, and retired at nine.

The long dormitory in which we slept was divided by a long, narrow hall, on each side were small rooms, to accommodate two boys each.

Louis Montey was assigned a bed with me, as I was the latest arrival and still alone.

After we had gone to our room, I told my companion that it was a custom among the boys, to "haze" every new comer and that Dick Harris was always leader in the affair, and that they would come for him that night.

He took it very quietly and said he had "been there before. We went to bed, but not to sleep. Montey to be on the lookout and I staid awake to see what they, and he would do.

It was a clear, bright, moonlight night and the moon shone through our little window and made it look almost as bright as day.

We had not been in bed long, it was probably about eleven o'clock, when our door was soft-

1870年代，查平加入了席卷全美的“自己动手印刷”的狂热潮流，这场潮流使全国每一个男孩为之神往，就连总统的儿子也不例外。才刚满16岁，查平就用自购的印刷机出版月刊《我们的赞美》。刊头上拼写有误的拉丁文格言“Ne Cede Malis”指的是“不向厄运屈服”。（图片来源：俄勒冈州斯泰顿美国私营报业协会图书馆系列收藏）

1887年12月，查平去采访一位花花公子。就在采访当中，遭到背叛的妻子朝丈夫开了一枪，将后者击毙。（图片来源：1887年12月25日《芝加哥论坛报》）

1886年，纽约世界报在其大楼二楼的轨道上安装了可移动的微型帆船，演示“五月花号”与“加拉提亚号”帆船的角逐。赛事电讯每隔10分钟传来，帆船被隐线拽着在绘制而成的布景上移动。由于人潮涌动，从上午11点到晚上，公园街一带交通中断。（图片来源：1886年9月11日《记者》杂志）

1891年7月当查平到达世界报大楼时，那里正是当时美国新闻业的中心。它是全球第一高楼，坐船去纽约的移民在数英里之外都能望见它那闪闪发光的圆顶。（图片来源：国会图书馆印刷品和图片处底特律出版公司系列收藏）

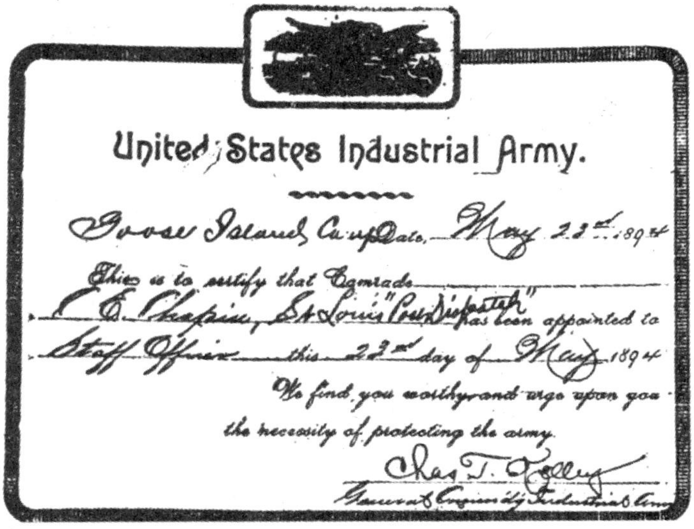
United States Industrial Army.

Goose Island Camp Date, May 23rd 1894

This is to certify that Comrade
C. E. Chapin, St Louis "Post Dispatch" has been appointed to
Staff Officer this 23rd day of May 1894
We find you worthy and urge upon you
the necessity of protecting the army.

Chas T. Kelley
General Commanding Industrial Army

1894年，查平报道了考克西失业请愿军的分支凯利海军的行动。这是一支由失业贫民组成、横穿全国试图寻求国会帮助以减轻失业困窘的队伍。查平成为请愿军的荣誉成员。（图片来源：1894年5月24日《圣路易斯快邮报》）

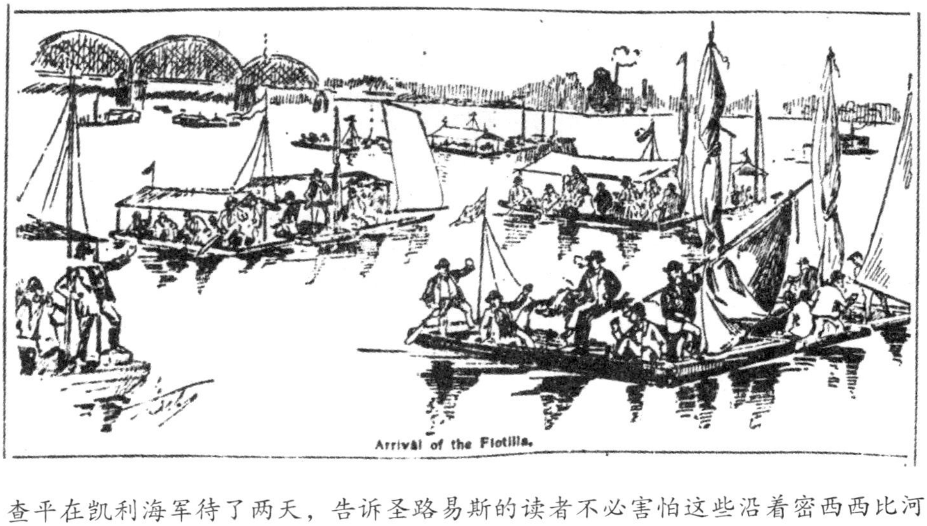
Arrival of the Flotilla.

查平在凯利海军待了两天，告诉圣路易斯的读者不必害怕这些沿着密西西比河顺流而下的抗议者。（图片来源：1894年5月24日《圣路易斯快邮报》）

1900年代早期，作为约瑟夫·普利策在纽约最优秀、薪水最高的主编之一，查平沉迷于养马和开游艇。这是他购于1906年的精灵号游艇。（图片来源：国会图书馆）

欧文·科布是查平在编辑部中最要好的朋友，日后他成为著名的幽默作家。图中他立于左侧，与作家查尔斯·诺里斯和《大都会》主编雷·隆格合影。正是隆格于1924年派科布前往新新监狱采写有关查平的报道。

1896年，圣路易斯的法官大卫·墨菲将对《圣路易斯快邮报》的一腔怒火转化为和查平的决斗。“我想你是居心叵测的骗子和懦夫，如果你还有一丁点男人气概，就应该接受挑战。”墨菲离开法官席向查平挑衅。（图片来源：1895年1月18日《圣路易斯共和报》）

一手拿着从不离手的雪茄，一手拿着报纸大样，在一位活跃于世纪之交的摄影师的镜头下，查平显然是《世界晚报》本地新闻部的核心人物。（图片来源：《布朗兄弟》）

1912年，卡帕西亚号搭载泰坦尼克号生还者返航纽约，记者卡洛斯·赫德在这艘船上。他将自己的独家报道掷给拖船上的查平，那艘拖船由纽约港驶出，迎接返航的远洋客轮。（图片来源：1912年10月《出版人指引》）

TOSSED IT OVER THE RAIL

从这些摄于1910年到1918年间的正式照片可见，查平看起来完全像个严苛的包工头。（左图复印自查平1931年的《查尔斯·查平未被审查的信件》，右图复印自查平1920年的《故事》）

刘易斯·劳斯被任命为新新监狱的监狱长后，他视查平如朋友，后来还为他免除了大部分监规的约束。“高墙内的人们亦有过英雄般的举动，”劳斯说，“但是鲜有人在监狱的精神层面留下持久的印记。查平恰恰做到了。”（复印自劳斯1932年的《新新监狱两万年》）

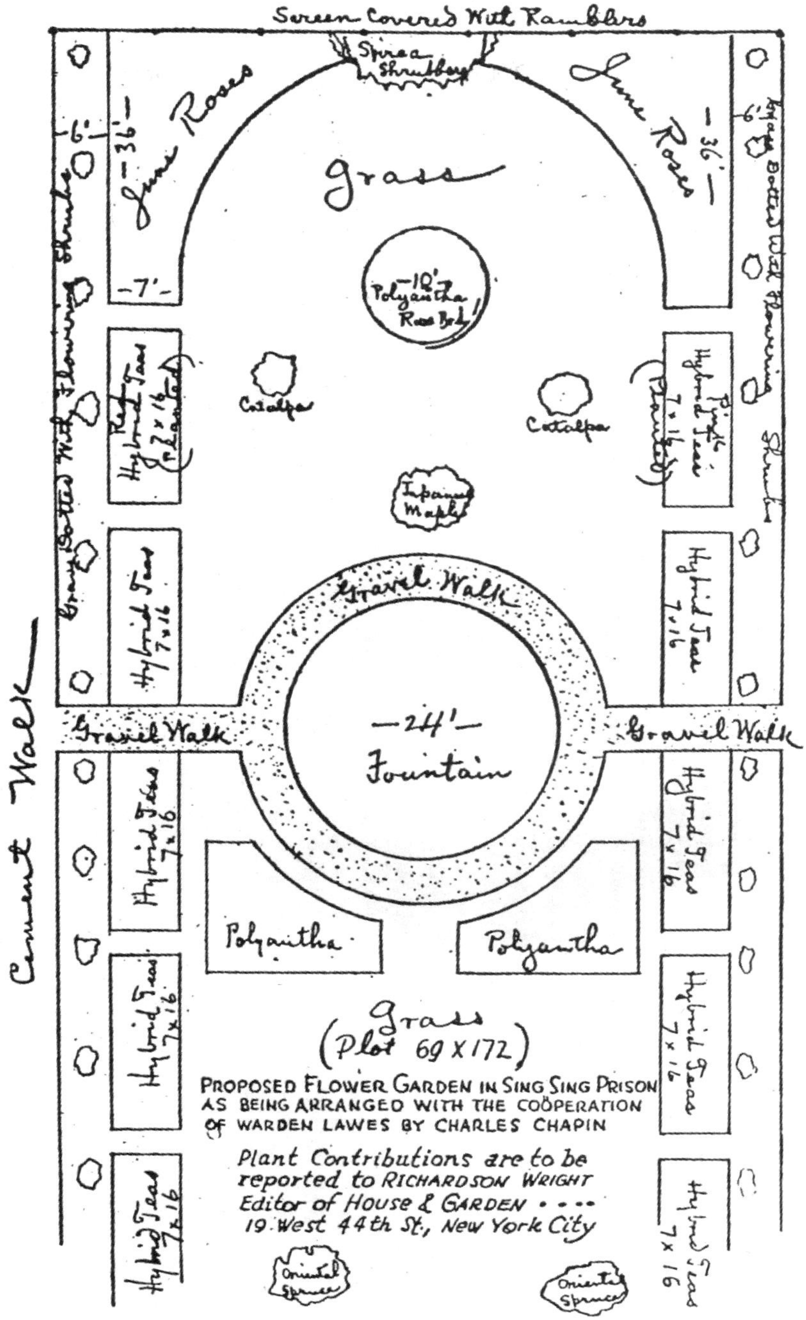

1923年，美国玫瑰协会发表了查平雄心勃勃的玫瑰花园设计图，鼓励栽培者捐赠植物，并由《房屋与花园》杂志主编理查森·赖特转交。（图片来源：美国玫瑰协会1923年《美国玫瑰年刊》）

1924年，《房屋与花园》杂志派马蒂·休伊特拍摄查平充满生机的花园，他是当时最成功的风光摄影师之一。（马蒂·休伊特/康德纳斯特出版公司《房屋与花园》杂志）

菲欧娜·库珀（中间者）是查平到新新监狱服刑后，与他发展浪漫恋情的两个女子中的第一个。但是，库珀不愿当壁花，当她扬帆启航之后——准确地说，是搭乘最后的帆船穿越太平洋之后，就不再探访查平。（复印自库珀1929年的《驾驶帆船到斐济》）

除了39年的婚姻以外，查平与康斯坦斯·纳尔逊的关系最长久且最认真。纳尔逊在1920年代的女性当中是个异类：除了勇敢地与一个年迈的犯人保持恋情，她还在联邦储备银行系统追求自己的事业。（图片来源：俄亥俄州克利夫兰联邦储备银行）

监狱长刘易斯·劳斯允许查平享受不同寻常的监狱特权，这张照片可兹证明，查平正在监狱长家的走廊上闲坐读书。（复印自查平1931年的《查尔斯·查平致康斯坦斯的信》）

查平在华盛顿的墓地几乎为世人遗忘，墓碑也未对夫妻俩的死因透露一星半点。

帕蒂，此书献给你。

“在这个尽善尽美的世界，事事彼此关联。简而言之，如果你不是爱上了居内贡小姐，就不会被逐出富丽的城堡，不会被关进宗教裁判所，不会徒步跋涉美洲，不会狠狠地刺了男爵一剑，不会把美好的黄金国的绵羊统统弄丢，也就不会在这儿吃腌制佛手和开心果了。”

老实人回答：“说得很妙，可是种咱们的园地要紧。”

——《老实人》，伏尔泰著

自序

Preface

查尔斯·查平非凡的一生犹如一本小说。查平仍在世时确实有位畅销书作者曾经写过一本和他有关的小说，本书却是基于多年的研究写成。从20世纪80年代开始，我流连于堪萨斯州和纽约州北部小镇的图书馆，也查阅了在华盛顿、芝加哥、圣路易斯、奥尔巴尼、纽约和新新监狱收藏的手稿。如同写任何人物传记，为了撰写本书，我筛选了堆积如山的资料。但是，我有意不将我的研究方法或资料来源散乱无章地堆砌于文中，而是将其保留在延伸性注释里面。

如果不是作家巴西尔·金和发行人乔治·普特南说服在新新监狱服刑的查平写下他的回忆录，本书可能永远也写不出来。查平的回忆录和已出版的两本书信集提供了他一生的轮廓和连贯的个人生平传记。但是，作为一名持怀疑态度的作者和历史学家，未经大量研究，我不会接受任何查平版本的叙述。

结果证明，查平非常诚实。为了做出这个判断，首先，我看看有没有人质疑查平的叙述。回忆录出版时他的许多同辈还健在，此书受到广泛的评论，但没有人声称其中有任何不实。而且，书中所涉事件的亲历者阅读该书后，没有对查平的叙述提出异议。

其次，查平的所有叙述经受了一系列验证。例如，他提到参加了一场在华盛顿某剧院的演出后，又去巴尔的摩看了另一场演出。这两场演出当时的确在那些剧院上演过，这是他无法在监狱里虚构出来的。在书中另一处，查平述说他曾作为一名会员的客人在纽约联盟俱乐部度过一段时间，那人当时的确是一名会员，而且有理由在纽约，查平不大可能编造出这个故事。这些只是用于检验查平记忆力、核对事实的小例子。

在本书中，我根据真实的记载修订了查平记忆中的误差，并在注释中做了说明。如果他明显有意涂改记忆，以夸大他在某个特定事件中的作用，我也已指出。然而在很多时候这是任何人——50年后在没有使用笔记、日记或其他记录的情况下撰写回忆录——都会发生的失误。例如，他常常弄错时间。他记得在华盛顿待了1年，其实是6个月。奇怪的是，他认为自己在芝加哥论坛报工作过4年，其实是7年。在所有情况下，我涉及的日期都有其他信源加以佐证。

我也依靠其他记载填补了一些非常大的空白。查平的童年和家庭情况格外模糊，比如，他从来不提任何有关父亲抛妻弃子的内情。幸运的是，我在国家档案馆其父的养老金卷宗中找到了大量隐藏的书面证词。

我唯一的遗憾是对内莉·查平了解得太少。我没能找到任何家庭记录或照片，只能确定她去世时已无亲人。就我有限的了解，她是一个出色的女人，只要查平提出来，她会很乐意与他同甘共苦，可悲的是，他从来没有说出来。

查平因《世界报》获得了巨大的荣誉和声望。但即便自负如他，也清楚只有优秀的记者才能让报纸出彩。本书亦如此，许多人给予的支持令我受益匪浅，他们帮助我写出了查平的故事，我将勉力向他们逐一致谢。

我在雷格岱基金会的作家聚居地享受了宁静的时光，一气呵成完成了本书的关键部分，并梳理了全书架构。感谢杰里·埃利斯和戴维·加罗的默默支持，他们设法为我提供了写作环境。

我的经纪人劳拉·贝尔特从未对这本独特的传记失去信心。帕特里夏·奥图尔给我睿智的指导并经常予以支持。亚当·克南–施洛斯耐心地逐章校阅书稿，让我不能马虎。迪安·萨加尔陪我到纽约州北部的荒野，使我避免了一个令人尴尬的错误，具体情况我就不透露了。詹姆斯·珀科科在我们每周掺杂了咖啡因的编辑会上共担了此书的诸多曲折。梅利莎·利普曼热心地查遍了缩微胶片。迈克尔·奥尔默特向我提供了关于表演和莎士比亚的见解，让我得以深入体察查平那毒蛇般刺痛他人的言语。在北弗吉尼亚州执业的临床心理学家埃德温·N. 卡特对查平做了精神分析。温内特卡警察署的格伦·弗洛科正在研究查平写过的一起谋杀悬案，他与我分享了专业知识。泰坦尼克历史学会杂志《泰坦尼克换向器》的主编卡伦·卡姆德刊发了本书第14章的内容。我所在学校的校长戴维·史密斯和我的学生们对本项目给予了极大的耐心和支持。

特别要感谢克利夫兰联邦储备银行图书馆副馆长和档案管理员林恩·斯奈德曼，她帮助我发现了鲜为人知的查平狱中情人故事的关键要素，没有她的帮助和建议，康斯坦斯·纳尔逊和菲欧娜·库珀的故事就不完整。

伊利诺伊州埃尔金的大卫·西根塔勒和埃尔金地区历史学会热心地为我研究中的缺失发掘出值得注意的资料。神秘海港博物馆G. W. 布伦特图书馆的参考文献经理温迪·施努尔提供了查平迷恋游艇时期的背景及具体资料。南达科他州戴德伍德市戴德伍德公共图书馆的卡罗尔·莱夫不辞劳苦地复印了查尔斯和内莉在当地巡演的资料。道奇市堪萨斯遗产中心的吉姆·谢勒帮忙找到了查平早年使用枪支的相关资料。密苏里州布鲁克菲尔德公共图书馆的雪莉·哈根找出了查平的结婚证书。密苏里历史学会的迪娜·扬帮助我完成了赫德和查平在泰坦尼克号报道中引人入胜的故事，而且深挖出有关19世纪90年代圣路易斯的关键资料。美国国会图书馆报纸室的特拉维斯·韦斯特里以其专业技能帮我找到可能会被我忽略的资料。奥尔巴尼的律师保罗·斯塔维斯试图说服州政府公开查平申请宽赦的档案，尽管查平已去世72年，我们的请求还是遭到了拒绝。

还有许多作家热心地抽出时间解答我的问题，包括：《鹳鸟俱乐部：美国最著名的夜店和咖啡社会失落的世界》的作者拉尔夫·布卢门撒尔、《普利策传》的作者丹尼斯·布里安、《黄色新闻：刺破神话，定义遗产》的作者C. 约瑟夫·坎贝尔、《埃迪·福伊》的作者阿蒙·菲尔兹、《内莉·布莱》的作者布鲁克·克勒格尔、《泰坦尼克遗产：作为媒体事件和神话的灾难》的作者保罗·海耶，《欧文·S. 科布》的作者安妮塔·劳森、《当堕胎是犯罪：1867—1973美国的女性、药品和法律》的作者莱斯利·J. 里根、《新闻记者席：国会和华盛顿记者》的作者唐纳德·A. 里奇、《考克西的军队：美国的奥德赛》的作者卡洛斯·A. 施万特斯、《犯罪精神病理学探索》的主编路易斯·B. 施莱辛格，以及《霍迪尼》的作者肯尼斯·西尔弗曼。

其他以种种方式帮助我考证奇事珍闻的人包括（以英文字母顺序排列）：

纽约州奥奈达市图书馆的大卫·阿尔沃德；纽约州纽约市第一司法区最高法院法律图书主管大卫·G. 伯德谢尔；华盛顿特区国会和公共事务办公室美国政府印务室的C. 迈克尔·布莱特；伊利诺伊州温内特卡市温内特卡历史学会的艾莉·卡森；奥本大学历史系的露丝·C. 克罗克；纽约州纽约市档案馆主任肯尼斯·科布；肯塔基州里士满市东肯塔基大学档案馆的杰基·寇图尔；威斯康星州奥什科什市奥什科什公共博物馆档案管理员斯科特·克罗斯；迪安·德里斯科尔协助找到了查平的家谱；纽约州纽约市博物馆的伊丽莎白·埃利斯；田纳西州纳什维尔市范德堡大学历史系的小詹姆斯·W. 伊利；华盛顿特区格伦伍德墓园的威廉·埃斯特拉达；纽约州奥尔巴尼市纽约州档案馆参考文献服务部主任詹姆斯·D. 福尔茨；伊利诺伊州芝加哥市的南希和玛瓦·格林伯格；华盛顿特区国会图书馆影像部的罗丝玛丽·哈内斯；新泽西州查塔姆市的律师大卫·哈丁，帮助我了解错综复杂的房地产法律和条款例如“按家系”；俄勒冈州斯泰顿市美国私营新闻协会的迈克尔·霍瓦特；不列颠哥伦比亚省班芙市加拿大落基山脉怀特博物馆的莉娜·贡；印第安纳州格兰杰市的朱迪·格罗斯尼克尔得知我的研究，没等我提出来，就给了我一份也许是查平最后一次接受媒体采访的记录；纽约州纽约市约翰·杰伊刑事司法学院劳埃德·西利图书馆的凯西·基洛兰；纽约州奥奈达市麦迪逊县历史学会的图书馆员玛丽·金；纽约州纽约市哥伦比亚大学罕见书籍及手稿图书馆的珍妮弗·B. 李；路易斯安那州新奥尔良市洛约拉大学新闻传播系的拉里·洛伦茨；伊利诺伊州芝加哥市芝加哥国际记者俱乐部秘书杰里·梅泽尔；犹他州盐湖城盐湖社区学院的约翰·S. 麦考密克；犹他州盐湖城犹他州图书馆的帕特·蒙哥马利；纽约州金斯顿市金斯顿图书馆的参考文献馆员莎朗·莫里斯；纽约州纽约大主教管区学校的诺拉·S. 墨菲；密苏里州斯普林菲尔德市斯普林菲尔德–格林县图书馆参考文献馆员莎伦·尼利；纽约州塔利顿华纳图书馆的珍妮·K. 里德，纽约州纽约市纽约大主教管区档案保管员玛格丽塔·史密斯修女；纽约州纽约市康泰纳仕出版公司的琳达·赖斯；纽约州纽约市公共图书馆手稿和档案部的约翰·斯汀森；爱荷华州艾姆斯市《爱荷华遗产画报》主编吉纳利·斯维恩；堪萨斯州艾奇逊市艾奇逊历史学会的克里斯·泰勒；堪萨斯州海斯市海斯公共图书馆的玛丽·安·汤普森；路易斯安那州什里夫波特市美国玫瑰协会的艾伦·特赖斯；纽约州奥辛宁新新监狱的雷·威尔克中尉。

此外，感谢华盛顿特区国会图书馆负责手稿、报纸、缩微胶卷和主阅览室的图书馆员，纽约州纽约市公共图书馆，纽约州纽约市哥伦比亚大学，纽约州纽约市纽约历史学会，纽约州纽约市博物馆，以及犹他州历史学会。公共图书馆和大学图书馆许多不知名的图书馆员也在不经意中给予协助，包括位于南达科他州戴德伍德，堪萨斯州艾奇逊、海耶斯、章克申城和拉塞尔，伊利诺伊州森林湖，密苏里州斯普林菲尔德，纽约州奥奈达，弗吉尼亚州阿灵顿、费尔法克斯的公共图书馆；华盛顿特区美利坚大学、弗吉尼亚州费尔法克斯乔治·梅森大学、里士满弗吉尼亚联邦大学、布莱克斯堡弗吉尼亚理工大学的图书馆。哥伦比亚大学口述历史研究室和圣路易斯快邮报新闻研究部的图书馆员也给予了帮助。

本书得到了福特汉姆大学出版社的有力支持。总编辑费利西蒂·埃奇和文字编辑莉萨·魏德曼优化了手稿，同时又保留了我喜欢的叙事风格。同样感谢弗吉尼亚州斯普林菲尔德的影像地带公司为本书制作了插图。

我每次去纽约做研究，我的兄弟夫妇克里斯托弗和艾丽莎·莫里斯都留我住宿。我的姊妹海伦·斯科塞斯给我宝贵的鼓励。我的姻亲戴夫和玛吉·麦格拉斯科给了我一个相当于作家聚居地的科罗拉多庇护所。我的孩子们给了我极大的支持，关于查平，他们学到的超过他们想了解的。在穿越堪萨斯州寻找查平当演员的线索时，儿子本杰明是我的“华生”。女儿斯蒂芬妮为我做了一些最后的研究。每天晚上当我去地下室书房时，儿子亚历山大总是祝我好运。最后，我的妻子帕蒂一直是我的灵感之源。我想，我终于有一本值得献给她的书了。

目录

Contents

1 花园

1924年10月28日，周二，作家欧文·S. 科布在位于公园街[1]的公寓里吃早餐，遭遇到成名的烦恼。人人都可以从《纽约时报》看到他上缴联邦政府的新征所得税总额。科布至少可以感到安慰的是，并不只有他的纳税情况被公之于众，实际上，过去3天各报都通过曝光美国知名人士的纳税情况来娱乐读者。《纽约时报》选择刊登他的纳税情况，也证实了他在文坛的重要地位。

对富人和名人信用的曝光，肇始于6月份国会通过的一部新联邦税法中一项起草得很蹩脚的条款。稀里糊涂的税务官员解释该条款称，他们将向前来询问的任何一位记者或公民公布个人纳税情况。于是，在财政部官员幡然醒悟并重新封存纳税记录之前，税收秘密的面纱被揭开了。华尔街的金融家们乱哄哄地谈论着被曝出的内幕。一位经营服装企业的商人发现，他的合伙人谎称现金短缺，而实际上他们共有的企业现金充裕。在此次曝光中，就连男女关系也受到影响。和记者们一起涌向纽约海关税务办公室的还有许多女人，她们前来设法计算未婚夫和丈夫的真实收入。一个兴奋的女人说“我终于弄清楚丈夫到底挣多少钱了”，而另一个女人在计算她离婚时应该争取多少赡养费。

尽管与小约翰·D. 洛克菲勒（他是纳税额超过百万美元的唯一纳税人）不可思议的纳税额7 435 189.41美元比起来，《纽约时报》列出的科布的纳税额5 762.2美元显得逊色多了，但这证实了他是20世纪20年代收入最高的作家相关传言的可靠性。例如，他的纳税额是邻居、被批评家称为"女性欧·亨利"的作家范妮·赫斯特的25倍。除了收入可观，科布无疑是美国最受欢迎的作家之一。1923年，纽约10位主要的编辑、批评家和作家在一家优雅的餐馆共进晚餐，关于谁是最棒的在世的美国作家，爆发了一场争论，于是大家决定每人都在一张不具名的纸条上写出各自心目中数一数二的作家人选。"表决结果是，"《主流观点》杂志报道称，"欧文·S. 科布在当代文人中拔得头筹。"他得到了10票中的8票。

科布声名远播，他甚至将自己的名字和肖像授权给多种雪茄品牌用到包装盒上。烟盒上的科布显得好看，而现实中的他是漫画家的宠儿。他身型庞大，脸颊下垂，下颌肥大，眼睛突出，看上去就像蟾蜍。随着时间的流逝，一直爱出风头的科布渐渐把自己其貌不扬的长相看作优点。报道第一次世界大战时，他是最易被辨认的记者，无论去到哪里，老是被美军团团围住。因此，他不仅从不减弱自己的独特性，相反，他喜欢穿短裤、靴子以及扣着无数纽扣的长夹克，使桶状的身材更加突出。如果不是把雪茄叼在嘴里，他就总是将点着的雪茄夹在手里。

任何时候，科布都是大名鼎鼎的公众人物，他无法责备报纸记者就其所得税记录大做文章。在获得高收入、入住公园街公寓和乡间别墅、在阿尔冈昆享用午餐之前，用他的话来说，当他在公园街一艘"运奴船"的甲板上汗流浃背时，他总是第一个为他的本市新闻主编写出类似报道，在这个问题上他别无选择。查尔斯·查平是黄色新闻[2]鼎盛时期执掌编辑部的暴君，从他手里获得"释放"之前，科布一直在为这位最有成就、最臭名昭著、最令人畏惧的本市新闻主编辛苦卖命。公园街的逃亡者、20世纪20年代纽约主要的戏剧评论家之一亚历山大·沃尔科特回忆："查平尖刻又严格，他常常从世界报的转椅上尖声发出残酷的命令。现在看来那是一个处于混沌状态的时代，当时欧文·科布是公园街最棒的稿件改写员，而我则在纽约时报的长条校样中埋头苦干。"

20年间，作为约瑟夫·普利策《世界晚报》的本市新闻主编，查平为这份充满活力的城市晚报确立了标准，直至1918年他突然戏剧性地离开新闻圈。当大规模的印刷机在吞吐数十万份晚报时，公园街的报馆大楼从早到晚都在震动。在每个街道拐角，都有报童叫卖报纸，归家途中的纽约人只需花1美分就可以从10余种报纸中挑上一份，那报纸上的新闻还带着新鲜的油墨味。当重大新闻事件发生的时候，例如审判哈里·肖或者泰坦尼克号沉没，晚报每小时都出版号外，它们一上摊就会被信息饥渴的公众抢购一空。每一天，全国有超过2 600份报纸为读者的头脑和心灵而战。这是报纸的黄金时代。它们是必读之物，它们是现实的定义者。城市生活的面貌反映于每日报纸出版的盛况中，这是前所未有的。

在黄色新闻的游击战中，《世界报》甫一出版，各报主编都拿一份来衡量自己的工作，找人为他的报纸写一篇《世界报》独家新闻的改写稿，然后坐在办公桌前，等着发行人从楼上下来，并想着如何做出解释：为什么只有查平的报纸有这条新闻——“妈妈目睹孩子亡命电车　孩子胖乎乎的小手攥着1美分”。由于所有发行人都知道查平是无法匹敌的，主编们往往免于被解雇。就像美国内战时赫赫有名的贝德福德·福雷斯特[3]一样，查平知道哪里会发生麻烦，并在事发之前赶到那里。降服查平的唯一策略就是雇用他，普利策老是担心他的劲敌、支票簿似乎用之不竭的威廉·伦道夫·赫斯特会这么干。

查平的职业生涯跨越了现代大众传媒的诞生和青春期。19世纪80年代，在充满传奇的芝加哥新闻界，查平轰动性的罪案报道使他成为当时“新新闻”最有名的使徒之一。19世纪90年代，他来到纽约，恰逢普利策触发的革命正在使公园街成为美国新闻业的中心。而且，查平担任普利策《世界晚报》的本市新闻主编长达20年，成为所有本市新闻主编的典范。“查平特立独行，极其能干，有时近似于一个充满灵感的暴君。”科布说，“除了他自负的形象，他唯一崇拜的偶像是那长着墨黑色鼻子、9只眼睛、有严重缺陷的叫作‘新闻’的神。”他无法容忍那些不认同其理念的人。据说，查平在任内解雇了108人，就连普利策的儿子也成了受害者。为了掌握控制权，普利策在新闻编辑部安插了密探，但是当斧头落到儿子头上时，做父亲的却保持沉默，为的是提高查平那令人畏惧的声誉。看似很小的违规行为也可能要收拾包袱走人，这就又增加了一个酒吧间流传的故事。传言查平享受炒人的乐趣。一名记者声称他迟到是因为在浴盆里烫伤了脚，几天之后查平把他开除，据说他大声吼道：“我可以早点炒掉你，但我倒要瞧瞧你假装一瘸一拐的能装多久。”这类故事被频频提起，以至于关于查平的一个妙答被收入《巴特利特熟悉的语录》当中。

“他身上结合了一些卡里古拉[4]，少许唐璜[5]，一点儿巴纳姆[6]，几许那喀索斯[7]，若干马基雅维利[8]。”科布说。然而，查平不止是管理严苛。《先驱论坛报》的本市新闻主编斯坦利·沃克是那个时代少有的心存怜悯的主编，他形容这位典型的本市新闻主编是个令人不寒而栗的暴虐的倔老头。“这位神话般的拿着糨糊罐和剪刀的托尔克马达[9]总能想出奇怪的花招来折磨记者。甚至连他的笑也带着嘲讽的意味，通常都指向神圣的东西。他那可怕的诅咒能让鲜花凋谢，如同青草被匈奴王阿提拉的铁蹄践踏。一个寒冷的、可怕的人，警觉，沉着，言行粗野地嘲弄那一定会到来的困境。”

但是，查平的才能是出了名的。“他是公认的工作狂，很可能是有史以来最能干的本市新闻主编”，沃克总结道。他的声望是如此之高，因此据说任何人如果形成了与他相似的特征或工作方式就会被标上“查平烙印”。记者们之所以能忍受查平的专制，正是因为他是纽约最具创新性和最大胆的主编之一。对一名记者来说，通往世界报之路总是始于一封由个人快递送达的来信，查平请该记者“哪天顺便来聊聊”。查平吸引了全城最优秀的采访助理、记者和作家，许以新闻事业的荣耀和丰厚的收入，让他们从竞争对手的报纸——例如那些赫斯特所拥有的——放弃舒适的工作岗位，冒险投奔其麾下。他开创的条线制度[10]后来无所不在，他还慷慨地花着普利策的钱组建了稿件改写员团队，他们将电话中涌入的粗糙信息转变成有事实依据的、鲜活的、重点突出的文章，以提高报纸销量。“这样一个改写员团队前无古人，后无来者。”记者唐纳德·H. 克拉克说，他在1907年从哈佛来到了公园街。

现在是1924年10月下旬，几桩事情交汇在一起，复活了科布对往日时光的回忆。上周，科布结束钓鱼湖旅行回到蒙特利尔，他从旅馆的电话里听到一个熟悉而遥远的声音，是《大都会》主编雷·隆格从纽约打来的。自从25年前在中西部互为竞争对手的报纸做低薪记者开始，两人一直是朋友，而且都怀揣着去纽约大干一番的梦想。现在隆格是全国发行量最大的大众杂志之一的主编，有足够的财力聘用科布，通过分派任务来奖赏老朋友。

“你曾在查理·查平手下工作，”隆格说道，“我听你说过他是你遇到的最耀眼、最杰出的人物之一。我想，他的故事因为监狱高墙的遮蔽而黯然失色。”

的确，自从查平因为枪杀共同生活了38年、熟睡中的妻子而被羁押在新新监狱服刑之后，过去6年公众对他的记忆渐渐消退。纽约所有的报纸都狂热地报道了这一罪案，对于这起由充斥着犯罪报道头版的主要设计者实施的犯罪，主编们在制作标题时享受着复仇的快感。

然而到了1924年，查平——先前公园街曾被谈论最多的人物——已很少被人提起，即使是科布所在的作家圈亦如是。在纽约那些被墨水弄脏的家伙聚集的酒吧里，故事大王们过去能赚杯酒喝的有关查平的故事，几乎没有人再提起。“我最后一次在公园街普利策大楼看到的他驼背伏案的身影，在我的脑海里越来越模糊了。”科布说。巧合的是，就在隆格打电话来的前些天，在《纽约时报》上看到的一篇短文也促使科布想起自己的老上司。来自纽约州奥辛宁的一篇新闻报道称，州政府已就臭名昭著的新新监狱一个似乎不太协调的变化发布报告，他们点名表扬带来这一变化的犯人——查平。

> 他以花卉、树木和灌木丛来装点这个可憎的地方，5年前仍被荒废、到处碎石瓦砾、垃圾遍地的院子现在已美轮美奂。玫瑰花园对于那些阴暗、不安的灵魂是一个鼓舞。

科布从蒙特利尔给秘书捎话，嘱其去一趟新新监狱并预约探视。他不能确定自己的请求会否被接纳，几年前，查平曾拒绝过他的探视。这一次，查平同意了。科布的秘书走了之后，查平写信给朋友说道：“虽然我做科布上司时他受过严重打击，但这次访问将是他的一次机会。”

尽管1924年10月28日是阴天，但当科布在上午晚些时候动身时，气温已经高于平均值10摄氏度，天气宜人适合出门。许多去往纽约州新新监狱的人，都在科布所住公寓往南几个街区的中央车站坐火车。虽然目的地是个严酷的所在，但是沿途风光却美不胜收。监狱建在距离纽约城北34英里的哈得孙河岸上，因而有种说法叫“在河上坐牢”。火车沿着河流弯曲前行数英里，坐在车厢左侧的乘客可以饱览哈得孙河的风光，这条河流激发了艺术家们的灵感，并形成了一个绘画流派[11]，画家们的代表作在纽约大都会博物馆展出，那里距离科布的公寓有9个街区。

从奥辛宁车站到新新监狱，可以步行或是坐车，眼前出现的仿佛是一座中世纪的堡垒。新新监狱建于19世纪20年代，用当地开采的石头筑成，是美国最有名和最可怕的监狱。它那厚重的石墙、圆形的石塔以及沉重的大门都清楚地告诉来者这是什么地方。纽约最恶名昭彰的罪犯中，幸运者被终身监禁于此，否则就要在周四被处决。直到上一个10年，这所监狱才在新任监狱长刘易斯·劳斯的管辖下一改19世纪的做法。劳斯由狱警的职衔逐步晋升，4年前在一场实现监狱生活现代化的改革浪潮中，获得州长阿尔·史密斯的任命。劳斯身着在纽约量身订制的西装，一副开明的改革者做派，非常乐于展现他的领地。他精于应对公共宣传，熟识城里的文人雅士，甚至希望某日能加入这个圈子，他也从未错过提高知名度和推进改革的机会。科布的来访是个好消息。此外，让劳斯感到高兴的是，他要来采写有关查平的报道。在所有囚犯中，查平是他喜欢的一个。1919年他们相遇时，马上被彼此吸引，并发展出一段不同寻常的友谊。实际上，一段时间后，劳斯让查平在监狱中享受到事实上的自由。许多下午，犯人查平在监狱长家门廊的藤编摇椅上阅读杂志，从那里可以俯瞰哈得孙河，监狱长的女儿则在其膝下玩耍。

和科布寒暄一番之后，劳斯陪这位作家步入监狱庭院找到查平。“亲爱的头儿！”肥胖高大的科布喊道，一把抱住老上司。尽管查平的体重增加了30磅，他那5尺8寸的身材现在差不多有160磅，但在科布的拥抱之下瞬间相形见绌。松开之后，科布端详着他的前奴隶主，1918年9月那个罪恶日子之前，他就再没见过查平。科布觉得他似乎没什么变化，“只不过以前他黑发飘霜，现在已是白发苍苍，一样敏捷、果断的动作，一样瘦骨嶙峋、突出的下巴好斗地扬起，一样带着苛刻和刻薄的幽默感，一样吸着烟斗或雪茄屁股，一样专横的手势，一样不屈不挠的神情”。但是，对查平的进一步观察不得不延后，因为查平的花园展现在科布面前——它打断了谈话。

几年前，这近乎两个首尾相连的足球场大小的庭院堆满硬盒子，几十年来积下的碎石瓦砾和垃圾落了一地。之前，仅有几片苦苦挣扎的草地和几个小小的花圃，可以打破这片被灰色石墙团团围住的灰色泥地的沉闷单调。科布熟悉这里的景观，因为8年前他曾把它作为短篇小说的一个场景。如今出现在眼前的景观令他目瞪口呆。“处处是柔软葱茏的草坪，其间有石板铺砌的小径，犹如绿色的天鹅绒上镶嵌着灰色的蕾丝花边。”他写道。小径沿途，栽着柔软、蓬松的柏树和一片片修剪整齐的观赏性灌木。绿色的藤蔓编织如网，攀上厚重的石墙，那些石头由被监禁于此的囚徒们用手开采而来已逾一个世纪。科布目光所及之处繁花映眼，知名的或不知名的，有的在怒放，有的已开过。心灵可以感知，脑海可以想象，在他到访前的夏日，这里满园花草树木绽放的色彩和芬芳。

科布和查平沿着石板路漫步。在他们右侧，围绕着6层高的旧监区的，是一圈长469英尺的草本植物花圃，种了超过1 000株鸢尾花、150株牡丹、几百株其他多年生植物，以及6 000株等待春天来临的球茎植物。但是，这条狭长的花圃仅是庭院中央巨大的矩形花园的衬托。花园正中央是一座喷泉，水花从一个10英尺宽的池子喷涌而出，池上飘着白色和黄色的睡莲。有多条小径通往这里，沿路是大朵大朵蓝色的绣球花，以及供囚犯们休憩的长椅。玫瑰花丛就种在花圃里，花圃周围以窄窄的草带镶边。玫瑰多得难以计数。查平说这里种了大约有2 000株，加上温室里新到的有将近3 000株。

科布写道：“玫瑰花园这么大，品种这般丰富，一切都被悉心培育，一切都出自精心布置，你会不由得想，它应该属于一个腰缠万贯的园艺发烧友。”查平的手艺并未止于主庭院。“庭院内没有留下一块奇形怪状的碎渣地，也没有留下建筑背后一个隐匿的角落，或是围墙间的一个凹口，处处遍植鲜花和芳草，灿烂夺目。视线从围篱窗和岗楼下移，停留在百日菊、美人蕉、翠菊以及各式各样的秋日繁花中。玫瑰花园消除着两个分离世界的隔阂，一个痛苦而绝望，另一个甜美而温柔，充满希望和善意。”

科布和查平在庭院中央转左，来到一个中等大小的院子，这里是狱中唯一没有围墙的开放空间，可通往下面的哈得孙河，种着连成一片的多彩植物。走到林荫道的终点，科布和查平再次转左，来到院子里最令人毛骨悚然的建筑——内置电椅、处于地势低洼处的砖房。此处也能体会查平的匠心。“我看到通往新死刑室的小路已种上植物，因此当一名死刑犯被带到这条有进无出的封闭的走廊时，他在户外的最后所见是茵茵绿草和美丽花朵。”科布写道。接着他们逛至以前的一个垃圾堆场，现在是新新监狱获奖的郁金香花圃。每年5月至6月，当围着花圃的长寿花和风信子开过之后，数千朵郁金香争妍斗艳，汇成一片彩色的海洋（郁金香花圃已名声在外，甚至连来自威彻斯特园艺俱乐部、戴着白色手套的女士们也勇敢地走进监狱观赏）。他们经过死刑室入口对面的3个温室，这里离水波轻拍的河流只有几码。这些温室建于20年前，当时狱警们试图让犯人们栽种蔬菜，在查平修复它们之前已失修多时。在冬季，温室里的鲜花每天会被送往狱中礼拜堂和医院。

回到监狱庭院的中央，科布最后来到毗连旧死刑室的第四温室，里面原有的几间牢房已被改作查平的生活区。在重获新生之前，这个玻璃房子曾是监狱的太平间。每次执行电刑后，尸体会被送到这里，经州政府医疗官查验后再交给家属。在得知以电椅处死的男子被医生救活的两个案例之后，立法者订立了一项法律，要求对被正法者实施开颅查验。“在这块厚板上，进行过100例尸体解剖，”科布写道，“盆花摆得满满的，在解剖者完事后清洗工具的水槽里，几束切花浸在清澈的流水中。”盆中泥土和植物的芳香，以及金丝雀在镀金笼子里的啁啾鸣啭，消除了这座建筑一切昔日的痕迹。科布和查平交谈起来。

“老大，”他说，“在世界报的时候，我从没想过有一天你会成为一位园艺高手。”

“我也未料到。”查平答道。

和他们重新会合的监狱长劳斯说：“你看看他，每天早上5点起来到这里侍弄花草，我想如果可以的话，他宁可和它们整夜待在一起。他有大量园艺图书，每一本都用心读过。”

工作量之巨显而易见。如果算上几个温室的球茎、花苗以及处于不同培育阶段的植物，总共有5万株植物需要照料。

“我过去的工作比5点钟起床更辛苦，”查平说，“我以前要让科布每天早上9点前起床并回到办公室。”

他们都轻声笑了出来。然后，查平转身照料一株异国风情的灌木，将其护根压低绕在根部。

“需要许多照料才能使花草处于最佳状态，”他承认，“比如浇水，有的植物需要大量的水，有的浇前者半量的水都会被淹死。”

他们逛完后折返庭院入口，查平继续向科布讲他的新生活。“我们基本上在谈他的花，或者更确切地说，是他在这么做，话里夹杂着大量的术语和拉丁文。”科布写道，“我们两个都没有说起任何关于悔改、赎罪、重生，或者夺回男人自尊的话题，没有提及过去，也未谈及将来。”科布沉思，对于一个刑期不少于20年、没有什么希望获得假释或赦免的65岁老人来说，没有太多将来可言。“他不需要同情，我亦未给予。”科布说。

“有没有找人来适应一下，在你走后可以继续这工作？”科布问。

“我还要在这里待上9年，何必急于找人替代。”查平回答。科布会意地笑了笑。第二天回到纽约的公寓后，科布为《大都会》撰文写道，他感觉查平将死于狱中。

科布刚走，查平过去在报馆的另一位同事乔治·麦克马纳斯就来了，这一天几乎成了校友聚会日。麦克马纳斯12年前和查平一起在世界报工作，创作深受欢迎的连环漫画《教教爸爸》后，他放弃了公园街的苦差事。这部漫画有两位主角，临危不乱的玛吉和她那图谋不轨的丈夫吉格斯，她经常挥动擀面杖追打他。该作品被全国多家报纸转载，最近又被改编成戏剧《爸爸》搬上百老汇舞台，有时麦克马纳斯还客串剧中主角。参加了一个共同朋友的葬礼后，麦克马纳斯决意来看望查平，两人叙了一会儿旧。

终于接待完访客，查平当天第一次回到了他的办公室。可能美国乃至全世界任何地方的囚犯都不可能拥有查平那样的办公室——这个世外桃源有3扇可以眺望哈得孙河的窗户，铺着地毯，装饰精美，藏书丰富，比他在监狱外的任何一个工作环境都要豪华。有9封来信。查平通信频繁，每天收发的信件数量是许多囚犯一个月的总和。浏览了信封后，查平将来信放到一边，除了一封寄自克利夫兰联邦储备银行的信。单单看到回信地址，就足以令他那颗上了年纪的心脏加速跳动。他知道，这封信是他狱中浪漫爱情故事连载的一部分，8个月前他和康斯坦斯·R. 纳尔逊开始通信，她是那家银行的年轻编辑。他兴奋地将这4页措辞亲密的信件从头到尾读完，几乎每天都有这样甜蜜缠绵的来信。奥辛宁和克利夫兰之间的鸿雁往来传递着两人的憧憬——当州长签发了他们期盼的赦免令后，他们将如何在余生中长相厮守。

晚饭由他的私人厨师、犯人拉里来做，吃过饭，锁好几个温室的门，查平在办公室里坐着，黑暗和静寂沉沉笼罩着监狱。囚徒们被拘禁在狭小又潮湿的牢房，除了查平。他可以通宵自由地在昏暗的狱中漫步，只要他想这么做。

桌上那一沓来信尚未打开，现在还不想看它们，他又读了一遍纳尔逊的来信。“其他8封信都来自非常要好的朋友，”当晚查平敲打着他的安德伍德打字机，“但只有这封信能令我的心跳加速，能让我快乐地活着，因为我遇到了在乎我的人。”

他回到旧死刑室的牢房就寝。明天他就66岁了。尽管作为犯人他享有闻所未闻的特权，但他一再回想起自己从沉醉的人生中坠落。汽车、马匹、游艇和豪华酒店都远去了，嗒嗒嗒的打字声、丁零零的电话铃声、印刷机疯狂印刷的轰鸣声都消逝了，最重要的是，他失去了权力。他仅存的领地是他的玫瑰花园。“一切都失去后，玫瑰给了我抚慰，”查平当年早些时候写给纳尔逊，“公园街不再认得我，我甚至也不认识自己，想不到短短时间内我改变了那么多。”

“你认为，”他问，“你认为是种花改变的吗？”

译注：

[1] 公园街（Park Row），位于纽约曼哈顿金融区，以前被称为查塔姆街，19世纪后期赢得了“报纸街”的别名，因为纽约大部分报馆都坐落在这条街上，便于就近报道纽约市政厅的活动。

[2] 黄色新闻（yellow journalism），是新闻报道的一种取向，源于19—20世纪之交纽约漫画专栏《霍根小巷》中的主人公“黄孩子”所引发的漫画专栏争夺战，其核心人物是鼎鼎大名的普利策和赫斯特。黄色新闻以煽情主义新闻为基础，报道耸人听闻的犯罪、暴力、丑闻、流言蜚语、灾难、色情等新闻事件，采取种种手段以迅速吸引读者注意。这一传播学现象兴盛于19世纪末，中心在美国纽约，那时美国正处在上升时期，即将成为资本主义世界的霸主。

[3] 贝德福德·福雷斯特（Bedford Forrest，1821—1877），美国田纳西州的牛仔，奴隶主，美国内战爆发后，他拉起了一支骑兵队伍为南方而战，成为南方少有的骑兵名将，南北战争时期的南方联盟将领。战后他是三K党的创始人。

[4] 卡里古拉（Caligula），是罗马帝国第三任皇帝盖乌斯·恺撒·奥古斯都·日耳曼尼库斯（Gaius Caesar Augustus Germanicus，12—41）童年的外号，意为“小军靴”。他被认为是罗马帝国早期的典型暴君。

[5] 唐璜（Don Juan），是西班牙家喻户晓的一名传说人物，以英俊潇洒及风流著称，一生周旋于无数贵族妇女之间，多被用作“情圣”的代名词。其故事先后被莫里哀、拜伦、萧伯纳和莫扎特等用作文学及音乐创作题材。

[6] 巴纳姆（Phineas Taylor Barnum，1810—1891），是美国马戏团经纪人兼演出者。他初期的游艺事业以畸人异物为主，老黑妇希斯和美人鱼等骗局被揭穿后，才用较正牌的奇人，如侏儒、长胡须的女人、文身人、连体双胞胎。巴纳姆于1842年在纽约开办的“美国博物馆”以奢侈的广告和怪异的展品而闻名，为纽约一流的娱乐中心。

[7] 那喀索斯（Narcissus），希腊神话中一位长相十分清秀的美少年，却对任何姑娘都不动心，只对自己的水中倒影爱慕不已，最终在顾影自怜中抑郁死去，并化作水仙花留在水边守望自己的影子。

[8] 马基雅维利（Machiavelli，1469—1527），意大利的政治哲学家和理论家，是文艺复兴的重要人物，其《君主论》一书提出了现实主义的政治理论。他的国家学说以性恶论为基础，认为人是自私的，追求权力、名誉、财富是人的本性，因此人与人之间经常发生激烈斗争。为防止人类无休止的争斗，国家应运而生，颁布刑律，约束邪恶，建立秩序。国家是人性邪恶的产物。

[9] 托尔克马达（Torquemada，1420—1498），西班牙第一位宗教裁判所大法官，被认为是“中世纪最残暴的教会屠夫”，在1483至1498年间他共判决烧死了10 220名“异端”，另有6 860名在逃或已死者则被缺席判处火刑（焚烧模拟像），被判穿圣宾尼陀服、抄家与终身囚禁的则有近10万之众。

[10] 条线制度（beat system），新闻机构内部的采访分工制度，记者向专业化发展，进入不同的报道领域，有助于提高记者的专业水平和报业内部的工作效率。

[11] 哈得孙河画派（Hudson River School），美国风景画派，以纽约为基地，活跃于1820—1880年间。

2 少年

1858年10月29日，查尔斯·E. 查平生于奥奈达，这里距离纽约州的地理中心有几十英里。他是家中生于麦迪逊县的第二代的第二个成员，而麦迪逊县位于“皮护腿区域”的西端——如此命名皆因当年的拓荒者都穿着皮护腿，又因为小说家詹姆斯·费尼莫尔·库柏[1]笔下虚构的纳蒂·班波而闻名。自从1825年全长363英里、连接哈得孙河与北美五大湖的伊利运河通航以来，帝国一批城镇率先变得生机勃勃起来，奥奈达就是其中一个成长中的繁华城镇。伊利运河仅有4英尺深，几乎全靠人力开凿，却成了技术奇迹。它使到达当时西部地区的时间缩减了一半，航运成本大幅削减，并引发了白人定居者的第一次西进运动，使纽约发展成为全美最繁忙的港口。

查平的祖父塞缪尔·查平见证了经济繁荣并从中获益。他是马萨诸塞州清教徒执事塞缪尔·查平[2]的后裔。做木匠的父亲鲁弗斯和母亲波莉参加了西进运动，1813年塞缪尔跟随他们迁移到麦迪逊县。在他们到来的几年前，麦迪逊县仍然是一片原始的荒野，这里生活着奥奈达印第安人——这是易洛魁[3]6个印第安人部落之一。1795年，纽约州议会开始从奥奈达购买大片土地，并鼓励白人定居者迁移过去。直至1840年，大部分奥奈达印第安人已经离开纽约州前往威斯康星州。后来，塞缪尔曾讲起早年经历的边疆一般的艰苦生活——一日三餐，要用大块的木头生火做饭，四时衣物，由母亲亲手梳棉、纺纱、织造而成。查尔斯·查平的祖母芬妮生于康涅狄格州哈特福德，年幼时也来到了麦迪逊县。1816年夏天，乘运牛火车西进途中，由于母亲产前阵痛发作，她的父母以利沙和普鲁登斯·塞奇只好暂停，他们的篷车还未抵达印第安小村庄斯坎南多亚的中心，芬妮的弟弟罗素·塞奇就呱呱坠地了。两年后，塞奇夫妇和他们的7个孩子永久定居在麦迪逊县，还买下了一个止赎农场。

芬妮和塞缪尔在1830年结为连理，一年之内，他们有了第一个孩子，给这个男孩取名塞缪尔。查尔斯·查平的父亲是他们的第二个孩子，于1832年6月22日降生，他们叫他厄尔。塞缪尔和芬妮共养育了9个男孩和3个女孩。为了养家，塞缪尔在马车店做过机械师，干过钟表修理。很快他又在邻近奥奈达县的弗农做起珠宝生意。他在那里幸运地结识了桑兹·希金博特姆，后者在麦迪逊县从事买卖土地的投机生意。1834年，希金博特姆迁入他买下的土地，将土地通行权立契转让给纽约中央铁路公司，说服对方将他新建成的奥奈达仓库设为新铁路线的一个站点。1839年7月4日，一列长长的火车轰隆隆开进城镇，掠过遭到砍伐的森林——伐剩的树桩，一堆堆灌木，以及被剥去树皮的原木堆。当火车载着兴奋的旅行者离开时，当地一位史学家注意到，这一壮观场面的见证者，也有来自奥奈达部落的成员。“在一种无法理解的文明最终入侵祖先的领地和自己的家园时，想不到他们的脸上竟没有忧伤，”她写道，“当好奇心被短暂而迅速地满足后，他们大抵是这一幕的哀悼者，并不需要什么奇迹。”

希金博特姆的投机取得成功。人们不再非得在运河两岸才能获得经济利益。几年间，他说服一些商人在他的村子里开店，其中就有塞缪尔·查平，他将名为“塞缪尔·查平和儿子们”的珠宝店从弗农迁到了奥奈达。在19世纪50年代，这是一个兴旺的家族企业，塞缪尔的两个大儿子做珠宝匠，另外两个当店员。虽然这家人总是说自己做的是珠宝生意，但是把“塞缪尔·查平和儿子们”叫作珠宝商店并不那么准确。在这栋塞缪尔建于大街上的3层砖石建筑里头，除了手表、时钟、珠宝、银器和电镀制品，顾客还可以找到钢琴、手风琴和其他可供租售的乐器，以及香水、课本、文具和“大量北方佬的物品”。作为镇上第一位珠宝商，又是华丽优雅服饰的主要供应商，塞缪尔广为人知，查平这一姓氏在奥奈达成为卓越的标志。长子小塞缪尔继承父亲的衣钵，尽其一生照料家族生意。厄尔亦被父亲培养为一名珠宝匠，但正像许多家中老二一样，他似乎不想生活在父亲和兄长的阴影之下，不像哥哥留在家中陪伴父亲，而是搬了出去。实际上，他是塞缪尔最终唯一离开奥奈达的子女。

1854年3月，22岁的厄尔离家而去，从奥奈达上了火车，西行270英里前往宾夕法尼亚州伊利市。他此行是为了完成对西西莉娅·安·耶鲁的追求。厄尔结识西西莉娅已有数年。她于1837年10月20日生于邻近科特兰县的荷马城，1846年至1854年在奥奈达生活，后来全家搬到了伊利。1854年3月27日，两人在西西莉娅父亲位于伊利的新家举行了简单的婚礼，仪式由一位卫理公会牧师主持。婚后，夫妻俩搬到了纽约州西部的佩里，在那里只待了6个月就回到了奥奈达，厄尔回到父亲的珠宝店工作。1857年，厄尔和西西莉娅生下第一个孩子，为纪念厄尔的母亲取名芬妮。

1858年夏天，西西莉娅正怀着第二胎。麦迪逊的夏季天气晴好，刚结束的莱诺克斯乡和麦迪逊县集市上大量获奖的水果和鲜花可为明证。但就在孩子快出生的时候，暴风雨天气笼罩着那年的秋天。在伊利诺伊州，亚伯拉罕·林肯发出著名的警告“分裂之家不能持久”。当时最杰出的共和党领袖之一——威廉·H. 苏厄德在纽约州罗切斯特附近演讲时重申严峻的预言：“这是反对方和坚持方之间不可调和的冲突，美国必须和将要，或迟或早，要么成为一个完全蓄奴的国家，要么成为一个完全自由的国家。”3天之后，1858年10月29日，周五，西西莉娅生下了查尔斯，以此名字纪念厄尔早夭的弟弟。

查尔斯快3岁时，这场不可调和的冲突爆发了。爱国热潮席卷了北方，特别是在林肯于1860年赢得大选的地区如麦迪逊。拉尔夫·沃尔多·爱默生[4]将其形容为“爱国主义的旋风”。夜晚，当各地城镇举行大规模的征兵集会时，火把照亮了天空。“所有的人，男人、女人、孩子都走上街头，高唱联邦的歌谣，挥舞联邦的旗帜。”一位哈佛的教授写道。有费城人形容他的城市处于“狂热的兴奋状态”。奥奈达也陷入了战争的狂热之中。1861年4月23日，位于奥奈达中心的德弗罗厅举行集会，镇上有头有脸的家庭都前往出席，奥奈达萨克斯管乐队演奏了民族乐曲，爱国演讲接连发表，支持战争的决议最后做出。

镇上洋溢着主战情绪，当有人公开表示他有不同的想法时，“就被劝说站到一只货箱上，由约翰·M. 梅辛杰将军令其宣誓效忠，”据当地一位史学家记载，“不用说，这种简单的手段收到了理想的效果。”

厄尔·查平和镇上另一个居民力劝参加集会的人们入伍当兵，但是他并没有报名参加雪城军团去战斗。个中原因不得而知。那一年查平家的房子被焚毁，也许因此他觉得自己应该留下来。厄尔最终还是参军了。1864年1月12日，他报名入伍，在纽约州一五七军团B连队服役3年。该军团成立于1862年，在厄尔加入前已立下赫赫战功。它曾参与切斯劳维尔、葛底斯堡及其他6场主要战役。当前战争形势已发生逆转，与先前相比，剩下的只是小规模的战斗。军团驻扎在南卡罗来纳和佛罗里达。在北方，传言新志愿兵在厌战的士兵中不受欢迎。实情却恰恰相反。一五七军团的官兵张开双臂欢迎包括厄尔在内的新雇佣兵，教他们搭帐篷，以及临时用水果罐头盒做成铁皮灶来煮咖啡。

在不同的兵营经过近4个月的集训后，厄尔于1864年5月8日到达位于佛罗里达州费尔南迪纳的一五七军团。最初他被派去管理军械，后来又被派往南卡罗来纳州希尔顿黑德岛总部所在地做办事员。从7月到年底，除了参加在佛罗里达的一场小战斗，他所在的军团并没有什么任务。10月，还在希尔顿黑德岛服役的时候，由于要处理房产止赎的问题，他获准告假回家30天。返回希尔顿黑德岛之后，他继续当办事员，直至第二年2月。然后，他异乎寻常地被调去美国有色步兵一〇三军团，该军团在希尔顿黑德岛组建，负责在萨凡纳驻军和站岗。联邦从1863年开始允许组建黑人士兵军团，但它们基本上都由白人指挥。除了可以晋升为少尉，厄尔也许预见到这个被许多白人轻视的岗位有晋升空间。然而直到7月份，他并没有参加什么战斗，其间回过一两次家，他的内战服役生涯就结束了。他因“私人原因”辞职，并于1865年7月28日退役。

回家数年后，厄尔决定把家搬离奥奈达。除了查尔斯和两个女儿芬妮及玛丽安，家里现在又多了两个男孩弗雷德里克和弗兰克。1869年，全家人登上了西行的列车，在堪萨斯州章克申城重新定居。此地邻近赖利堡，许多内战老兵都迁徙到这里。“这里是铁路的终点”，约翰·弗雷德里克·格里克说，这名德裔内战老兵来到了火车能带他去到的最远市镇。章克申城得名于里帕布利肯河和斯莫基希尔河在此交汇，它是内战之后迅速成长的众多堪萨斯州城镇之一，这得益于西部廉价的土地吸引了移民持续涌入，而1869年横贯大陆的铁路建成，也鼓励人们从经济状况动荡不安的东部逃离出来。查平一家到来的前10年，章克申城的人口增加了5倍，达到5 526人。厄尔买下一小块地，做起了手表和珠宝生意。查尔斯开始上学，他是查平家中唯一上学的孩子，姐姐和几个弟妹都待在家里。但章克申城没有给厄尔带来他希望的财富，全家人很快又搬家了。

1872年秋天，查平一家北迁至堪萨斯州的艾奇逊。章克申城虽然正在蓬勃发展，但艾奇逊就像传说中的黄金国。这个城市坐落于连绵起伏的丘陵之间，沿着密苏里河左岸兴建而成，它像一个漏斗，所有西进列车裹挟而来的客流都要涌入这里。据说，将物资销往这条人文之河比销往美国其他地方更容易发家致富。11月11日，周一，厄尔在艾奇逊开了一家珠宝商店，试着打开潜在的市场。他在艾奇逊《捍卫者报》上发布广告称“查平先生是一位务实的钟表匠，在任何情况下他都保证提供令人满意的服务”。

查尔斯14岁了，许多这个年纪的男孩都已经工作了，但他并不想接手父亲的生意。“一个想法牢牢地盘踞着我的头脑，我要自立。”他说，“我意识到自己不能再成为父亲的负担，他还要为弟弟妹妹们操心。首先，我要想办法继续学习。”迄今为止，他所接受的学校教育是在章克申城那所只有一间屋子的校舍里进行的。父亲仍然无力养家，查尔斯的在校教育也难以为继。“我说服自己，要达到任何目标，必须以自己的方式努力拯救自己，不需要帮助，也没有什么可以成为阻碍。别人都能出人头地，那么我也肯定可以。于是，我勇敢地开始征服世界。”

1873年冬天，查尔斯在捍卫者报社的窗户上看到招募报童的信息。该报是当时堪萨斯州最成功和最有影响力的报纸之一。它位于商业街中心一栋3层的砖楼内，而长达10个街区的商业街汇聚了众多的商店、企业和写字楼。发行人是陆军上校约翰·A. 马丁，他也是镇上邮政局局长，而邮局就在砖楼底层。查尔斯上到二楼的报馆办公室，在接待台申请送报的工作。他被打发去找发行经理，经理打量了他一下，认为他不合适，他要找的是强壮的男生，要有足够的力气扛着一捆捆的报纸步行好几英里，每天早餐前将报纸投递给订户。“在我那个年纪，我算个头比较小的，”查平承认，“但我鼓足勇气说服他给我一个机会。”他成功了。除了不出报的周一，每天离黎明尚早，他就要起来，在3点

30分之前赶到印刷车间，报纸一印出来就收集起来并折叠整齐，然后扛着几百份报纸在漆黑的艾奇逊走5英里。“沿途许多街道都是陡坡，几乎每往前一步都要爬坡，冬季那几个月，我经常在齐腰深的雪地里艰难前进。”

查平每周挣4美元，对一个男孩来说已算不错的收入，但这并不能满足他的雄心，他想方设法提高收入。一天上午，查尔斯送报回来，镇上两间电报室之一的发报员问，他是否愿意将一份总统尤利西斯·S. 格兰特发来的电报送去给约翰·詹姆斯·英格尔斯律师，后者刚刚被州议院选为美国参议员。英格尔斯毕业于威廉姆斯学院，是位不一般的有文化的政治家。在几次短暂的从政经历和竞选失利的间隙，他担任过《捍卫者报》的编辑并协助创办了《堪萨斯杂志》。他告诉一位传记作家，自己习惯于每天花1小时翻阅《韦氏词典》，常常熟记教皇和约翰逊的对句，来解释特定条目的含义。英格尔斯的家立于断崖之上，可以俯瞰密苏里河，大约距离商业区南边有10多个街区。这所房子布局随意，附有两层翼楼，四周被半个街区那么大的院子所环绕，使房子与其下发展中的城镇隔离开来。虽然英格尔斯家并不富裕，但他的律师职业让家人过着十分舒适的生活。

英格尔斯的女仆来应门，告诉查平参议员还在睡觉，但是他坚持让女仆带他到参议员的卧室。查平敲了敲卧室的门，无人应答。门半掩着，他看到英格尔斯躺在床上，毯子盖过了他的脑袋。他大胆地推开门，说道：“参议员醒醒，我有份重要的电报给您，格兰特总统发来的。”英格尔斯爬起来读了电文，然后笑了起来，他问：“你怎么知道它重要呢？”

“任何格兰特总统发给美国参议员的消息一定是重要的。”查平回答。

英格尔斯拍拍查平的脑袋，摸了摸裤子，从口袋里拿出一个银圆，递给查平。

“电报没什么内容吗？”查平问。

“这钱归你了，你做了我的小闹钟，把我叫醒了。”英格尔斯说着，拉了拉铃线，女仆走进来，他点了两人份的早餐。吃早餐的时候，英格尔斯问了查平的志向。听了他的回答，英格尔斯给他讲了几位著名政治家的故事，他们像查平一样从底层做起，已经功成名就。他从自己的图书室借了两本书给查平，并送他出去。查平刚回到电报室交电报收条，发报员就给了他一份长期的工作，以替代那个旷工的电报投递员。分发电报的工作可以在送报之后做，每月有13美元报酬，此外，递送电报距离超过1英里的，每个季度还有额外补贴。

查平现在每月能挣30多美元。但对他父亲来说，艾奇逊未能令他也获得经济成功。与镇上两家知名珠宝商的竞争显然比他预料的要困难得多。1873年5月，查平一家迁居到爱荷华州汉堡镇，但是这次他们没有带上查尔斯，虽然他只有14岁。如果离开艾奇逊，他就会失去两份工作和他的雄心壮志，因此家人不好勉强。将近50年之后，查平撰写回忆录就从追忆艾奇逊开始落笔，因为就是在那里，他“开启了人生……作为报人的日复一日的真实生活”。但是不在父母身边，他就要自己照顾自己。首先，他征得了印刷车间工头的许可，可以睡在报纸堆上；在午间就餐的繁忙时段，他在商业街的一家餐馆做收银员，对方以包吃作为回报。“这期间有些美好的回忆，因为睡在报纸上，我的被子印上了好多颜色以及漂亮的图案，”查平多年后回忆道，“在那里我开始自学，这是非常有意义的一课。”

查平没再上学，但是手不释卷。他不断地从英格尔斯的图书室借阅图书，直至参议员赶赴华盛顿出席国会开幕仪式。在捍卫者报，查平与一位热心的编辑交上了朋友，他鼓励查平阅读，为年轻的小伙子选了些书，并帮助他理解书中比较复杂的内容。不久，他借给查平一把书柜的备用钥匙，作为回报，查平负责整理图书。查平如饥似渴地博览群书，他读爱默森和卡莱尔的散文，读巴尔扎克、狄更斯、大仲马、雨果的小说，读亚里士多德、埃皮克提图、蒙田和约翰逊的哲学，读古今历史，读《圣经》——他爱它的语言，读伏尔泰和达尔文——两者的作品都让他困惑不解，唯独前者的《老实人》除外，那是他一生钟爱的作品。

虽然查平有不同寻常的雄心，但在追求自我提升方面却没有太多动力。在他向往的报界，许多人从未上过大学，他们奉行自学成才。连他们中的一员马克·吐温也讽刺说，他决不会让学校教育阻挡自我教育。因此，报人通往成功的路径就是经常学习，尤其是在报纸工作中学习，这是有效的课程，也是时兴的自我完善方式。

查平偶然发现了一份为少男少女办的周报，其中有一个专门的版块，由纽约最好的速记员传授速记方法。查平订阅了该报，很快还买来一套教材。他迅速掌握了这门技艺，晚上在各种公开演讲和会议的场合练习速记。查平也在派送电报的工作中学会了摩斯电码。有天晚上，值守的发报员醉酒倒地，这时夜间电报正好发送过来，查平学到的新技能救了报纸。查平说：“他醉得神志不清，我让他躺在那里，自己记下了电报的每一个字，一次也没有打断对方，没有让对方重复一句。”

有关印报的一切操作，从安装铅版到操作印刷机，查平在报馆无所不学。虽无报酬他也努力工作，因为他开始爱上了报纸以及与报纸有关的一切。“我没有男孩朋友，也未试图去发展他们做朋友。”他说，“我的同事都是男人，我可以从他们身上学到有用的东西，当我提问的时候，报馆里没有一个人不是愉快地解答的。”

一天晚上，查平在电报室消磨时间，他写了篇短文《酒店办公椅的自传》。他把文章留在桌上，就到马路对面的餐馆吃晚饭。回来后，他发现草稿不见了。晚上的新闻稿开始传过来，所以他无暇询问发报员有没有看见，心想也许发报员把它扔掉了。第二天上午，查平收到了《捍卫者报》编辑给他的字条，还附了两个银圆，感谢他这篇“写得非常好的速写”。查平看到，编辑用了双行标题令他这篇发表在评论版的小“豆腐块”显得突出，这比稿费和夸奖都要好。“一小时之内，我看了不下十几遍，”查平说，“我递送电报从未像当天那么起劲，觉得自己仿佛长了翅膀。”接下来的几天，这篇文章被芝加哥和圣路易斯的报纸转载。查平开始研究大城市报纸，并练习改写看过的报道。一有机会，他就和主编说他的新愿望。不久，主编说他可以在一年之内当上记者。“这个承诺令我欢欣鼓舞，随后的几个月我比以前学得更用功。”他的兴奋欣喜却被疾病一扫而光，“可能是因为我工作太累，睡得太少，也可能是因为睡在空气糟糕的地下印刷车间的缘故，我发烧病倒了，当我能够站起来的时候，已经病成了一副可怜的皮包骨头。”

“一切雄心壮志都没有了，”他说，“就连那光明而快乐的报纸职业梦想也因为神志不清而消失了。我只有一个愿望，想看到妈妈，我要回家找她，于是搭了最快的火车回去。”此时，他的家人已经离开爱荷华州汉堡镇，搬到伊利诺伊州的弗里波特，这是德国定居者沿着佩卡托尼卡河兴建的城市。令其声名鹊起的是，这里是林肯与道格拉斯第二次大辩论的所在地。

查平病得很重，这是人生中困扰他的诸多病痛的头一遭。在家康复期间，先前挂在客厅的一幅少女油画令他着迷。“我静默地坐着，倾慕那张可爱的脸，那双眼睛似乎在对我微笑，我也报以微笑。”他说。这幅油画现在挂在妹妹玛丽安的房间。一次，趁她不在，查平进她房间取下油画，将它挂在自己的床头。晚上吃饭时，玛丽安问他：“你从我房间拿走了妈妈的画像？”

“妈妈的画像？”查平很惊讶，“我才第一次得知，那幅肖像画是父亲在他俩结婚前一年画的。”

那年秋天，查平的身体完全恢复了，他坐火车去了芝加哥，希望找一份记者的工作。“没有一位主编想要我，”他说，“唯一认真倾听的是可敬的威尔伯·F. 斯托里，他是当时最了不起的主编之一。”斯托里拥有并执掌《芝加哥时报》，这是芝加哥最有名的报纸——因为它那脾气火爆的风格而“出名”，内战期间，该报曾因其反联邦的立场闭门三日，主编将此特立独行之举视为战争勋章。查平回忆道：“当我走进斯托里先生的办公室时，他正向后斜坐在一张大转椅上，两只长腿搁在办公桌上。”主编认真倾听了这位少年在艾奇逊报纸的工作以及他想成为记者的愿望，甚至同意读一篇查平的文章。最后，这位温和的发行人告诉查平，他才16岁，太年轻了，不可能在芝加哥做记者。“回到你的家乡，或者去其他小城市，经过几年历练再回来找我。”斯托里边说边搂着查平的肩膀送他到电梯口。查平沮丧地回到弗里波特，打电话给当地的报纸，即使他提出免费为他们打工，对方也不感兴趣。有位编辑建议他做学徒，一周可挣5美元。“我知道那意味着什么，我知道学徒是干什么的。”查平说，不过是为编辑们生火取暖、搬煤，并清洁印刷机。“我的文章已经被这个国家最伟大的两份报纸转载过，难道我还要去做满脸煤烟、守着印刷机的家伙？不！我想写出精彩的重大新闻报道，来照亮这个世界。”

虽然报纸不愿雇用他，但是查平的运气来了，一个机会令他成了印务小老板。1874年冬，他得知治安官在出售一家已倒闭的保险公司的剩余资产，其中有台印刷机和一套铅版。“我恰好赶到，快活地报了个低价，拍卖师的槌子就敲下来了，”查平说，“它是我的了。”当天查平买的不单单是一台印刷机。他加入了席卷全国的自己动手印刷的狂热潮流——这充分展现了美国男孩的想象力，就连总统的儿子也迷上了印刷。10年前，一位波士顿药商发现他设计的用于印制药瓶标签的小型印刷机在男孩中很受欢迎。不久，生产各式各样小型或者“新奇”印刷机的制造商发现，在满足这些少年顾客需求的过程当中，他们扩大了原本有限的市场销量。W. A. 凯尔西是最早看到这个新市场的制造商之一，他在1874年的产品宣传册中怂恿男孩们：“除非你拥有了一台印刷机，否则不要去睡觉，自己去寻找其中的乐趣，我们保证，当你有了印刷机之后，你就不再需要找别的乐子，也不需要拿零花钱啦。”查平的印刷机一定令想成为印务商的男孩们羡慕不已，但把它买下来并用板车拉回家，几乎花光了他的所有积蓄。母亲腾出楼上的两个房间给他开办印刷业务。“我记得自己在浴缸里擦洗脏兮兮的印版，弄得家里人都不喜欢我。”查平说，“当晚我几乎都在布置印刷店，第二天就印制出名片和广告传单，声称可以承接各种商业印刷，收费比所有竞争对手都要便宜。”

“查尔斯·查平图书和招聘广告印务商”，他在广告中写道，“我们保证提供优质的印刷服务，而且价格比世界上任何业余印务商更优惠。”他从商人和朋友那里拿到不少订单，日夜赶工印制。“为了满足自己的写作愿望，”查平说，“我开始出版一本少男少女月刊，叫《我们的赞美》。”购买印刷机让查平加入了一场全国热潮，而他发行的出版物也是相关运动的组成部分。印刷机的大量使用，催生出大量的业余报刊。19世纪70年代，从缅因州到加利福尼亚州有近1 000份业余报纸，出版小说、散文、笑话、诗歌、字谜和评论，报刊经常彼此抄袭，《我们的赞美》只是其中新的一员。

很快查平将报纸从4个版扩到8个版，在广告中招徕道：“想想看，《我们的赞美》是专门为美国少男少女们打造的整整8个版的月刊。”报纸的主打稿是一篇有关剧院中的恋爱和生活的连载，查平预言该作者将有“一个灿烂的前程”。即使读者不会对《黎明前的黑暗与乔和艾莉》的作者埃德温·S. 斯通的真实性产生怀疑，但他们读了随后几期特利·格拉夫的作品后，肯定会感到可疑。这些文章全是查平劳心劳力写出来的。“里面的几乎每一行字都是我写的，自己安装铅版并印出来。”1875年夏天，查平雇用了一个搭档，来自伊利诺伊州洛克岛的斯坦顿·S. 米尔斯，两人重新设计报纸，放大了页面和版式设计。米尔斯有4年印务经验，负责印制报纸，查平继续担任主编。

业余报刊出版的其中一件乐事，是在旅行和通信都受到限制的时代，为青少年提供了社交机会。通过交换出版物，年轻的印务商们结识到全国各地的新朋友。一家业余出版协会在东部成立，而且商议参加计划在费城举办的庆祝美国独立百年的博览会。查平想创建西部业余主编协会，他自任该组织的秘书，并发起1875年11月25日在爱荷华州迪比克召开会议。“每一位业余主编、出版人、作者、印务工、字谜设计者和雕刻工都被邀请参会，”他在《我们的赞美》中写道。会议召开了，由查平的朋友亚历山大·丁沃尔（日后成为百老汇著名的剧院经理）出版的《爱好者志向报》被指定为新机构的官方刊物。然而，这个想法并没有坚持下来，该组织此后再没有召开第二次会议。与此同时，当举家再次迁移时，查平放弃了业余报刊出版。1876年，其父到伊利诺伊州埃尔金的全国手表公司做制表匠，当该公司将挂表价格从67.5美元降到 39.75美元后，车间就要12小时轮班运转，以满足市场的需求。查平卖掉了印刷机，跟随家人到了埃尔金，干起戏剧巡演的营生。

译注：

［1］詹姆斯·费尼莫尔·库柏（James Fenimore Cooper，1789—1851），是美国民族文学的先驱者和奠基人，代表作有系列长篇小说《皮护腿故事集》，其中《拓荒者》的主人公猎人纳蒂·班波因使用鹿皮护腿而得到“皮护腿”的绰号。

［2］塞缪尔·查平（Samuel Chapin，1598—1675），是美国马萨诸塞州斯普林菲尔德一位杰出的早期定居者，曾先后担任行政委员、地方法官和执事（当时马萨诸塞湾殖民地尚未政教分离）。查尔斯·查平的祖父与先祖同名。

［3］易洛魁（Iroquois），美国殖民史中，上纽约州6个印第安人部落（摩和克人、奥奈达人、奥农达加人、卡尤加人、塞尼卡人和图斯卡罗拉人）的联盟，17和18世纪在法国和英国争夺北美的战争中起过重要作用。

［4］拉尔夫·沃尔多·爱默生（Ralph Waldo Emerson，1803—1882），美国思想家，诗人。他是确立美国文化精神的代表人物，林肯称他为“美国的孔子”“美国文明之父”。

3 巡演演员

多年后，查平也许会把这称为“错误的一步”。但在1877年的春天，他的确成了货真价实的演员。那一年，埃尔金的朋友罗德尼·格普蒂尔邀请查平加入他组建的业余戏剧俱乐部。“我推托说对表演知之甚少，看过的不多的几部剧也就是《汤姆叔叔的小屋》和《吉卜赛女王》。”尽管如此，查平还是很快就被格普蒂尔邀请同去芝加哥观看著名演员劳伦斯·巴拉特巡演的《黎塞留》——一部当时非常受欢迎的戏剧，它改编自英国作家爱德华·鲍沃尔·利顿的作品，讲述路易十六时期的谋杀和不得人心的改革。当时，巴拉特享有极高声誉，黎塞留是他最受推崇的角色。巴拉特剧组的配角演员奥蒂斯·斯更勒回忆，“他饰演的很多角色都有如暴风雪、激流般的个性，这些人物激发了观众的极大热情。”

“我们去了，一发不可收。”查平说。看完巡演一回来，他就同意出演被戒酒运动者极力推崇的经典情节剧《酒吧十夜》。“我出演被赌徒杀害的威利。”查平说。埃尔金的图书管理员，同时也是演员和画家的路易斯·H. 雅伍德导演了这部戏剧，该剧在格罗夫街大厦三楼的杜伯斯剧院做慈善演出。“当赌徒杀害我时观众掌声如潮，”查平说，“我怀疑是因为我演得太糟，但报纸极尽赞美之词，有些朋友也说我应该演下去。”格普蒂尔和查平来不及细想就开始了演员生涯。另一部筹备中的戏剧紧随其后，预备在1877年6月13日上演。在芝加哥开巡演公司的两位职业演员詹姆士·诺德和露易·诺德夫妇签约加入，演出这部名为《莱蒙斯夫妇》的英剧。诺德夫妇出演主角，查平出演汤姆·布灵克霍夫，他在演出阵容名单中位列第四。事实证明，查平和格普蒂尔无法抵挡诺德夫妇的魅力。他们加入诺德夫妇的下一次巡演，就像男孩投奔马戏团一样。

19世纪下半叶，美国人热衷剧场，剧场也讨好他们。“剧场已在美国完全普及，甚至比欧洲任何一个地方都普及。”在全美做过3次长途旅行的英国人詹姆斯·布莱斯这样描述。在任何中等城市，人们既能看古典戏剧也能在社区欣赏最新戏剧。为了得到恭维和钞票，英国和欧洲大陆的大牌演员远涉重洋而来。对戏剧的狂热也很快席卷乡村。南北战争后，铁路将大量的移民和货物运送到乡村。几十个跟诺德夫妇剧团一样有野心的戏剧班子，看到了新的交通方式带来的机遇，开始沿着铁路线向西。他们发现巡演比定点演出，甚至比待在大都市的收益都可观得多。那些成功的剧团，最普遍的模式是夫妻档，也常有一位明星演员加主要演员团队的组合。以诺德夫妇为例，舞台经验相当丰富的詹姆士·诺德管理整个剧团，19世纪70年代早期已在百老汇崭露头角的露易·诺德是剧团里的明星。美女露易一头金色的及腰长发，嗓音悦耳动听，深受剧评人和观众喜爱，也征服了年轻的查平。“露易为我描绘了一幅巡演演员的美好生活画卷，”查平回忆说，“所以我签了一份为期40周的巡演合同，加入了职业‘走秀’队伍。”

巡演从9月开始。查平是幸运的。19世纪70年代经济不景气加之表演方式的巨大变化，让很多初出茅庐的演员举步维艰。查平能顺利找到工作，固然有幸运的成分，但也跟他自身极具表演天赋不无关系，尽管他自谦无能。他记台词的速度极快，得益于他精湛的阅读技巧，同时他还有非常适合舞台表演的鲜明个性。每个巡演剧团都有一份演出阵容名单，包含少年、呆子、跑龙套的人或老者等角色，以说明剧团能演出风格各异的戏剧。在诺德剧团里，主角自然是留给诺德夫妇的。查平则被选为出演少年的第一配角。

诺德剧团是当时最早、堪称一流的巡演剧团，但也最早历经艰辛。当时火车旅行条件很差，带着舞台布景旅行更是件苦差。演员们常常要睡在行李箱或布景道具上。旅舍也很简陋，8个男演员时常要挤在一间小屋中共用4张床，由于房间狭窄，还不得不站到床上换衣服。“那个年代很少有西部小镇敢吹嘘说镇上有剧场，”查平说，“于是我们只好带着自己的布景，许多时候就在法庭、学校和空仓库演出，借来木头搭建升降舞台。”这样的工作没完没了。演员们在每一站都要卸载物资，搭台，挂幕，给饼干盒和钉子桶找个支撑物搭成椅子，开场前还要充当服务员。一位曾看过该剧团演出的女士回忆：“他们的剧场就在法庭里面——墙壁简陋，布景粗糙，搭在低矮平台上的舞台用一根绳子穿着廉价幕布围成。”

从爱荷华到科罗拉多，从蒙大拿到得克萨斯，诺德剧团的演出一直很火。大小城镇以及矿工营地上的观众蜂拥而至。同一部剧，剧团从不在一地演两场。在堪萨斯州托皮卡，10天里他们每晚演出剧目各异。这让查平不得不学习演出每一部剧。如同《海耶斯前哨》所评论的，光是记台词本身就很辛苦，更不要说查平在表演上还需磨炼。“查平有很好的舞台表现力，”该杂志评论他的初演，“但瑕疵是他的表演总有挥之不去的业余感，他的台词偶尔会有一种让人厌恶的单调。”但几个月后，查平已能出演莎翁剧《奥赛罗》、《理查三世》和当时流行的戏剧如《刎颈之交（达蒙和皮西厄斯）》（一部深受皮西厄斯骑士组织[1]成员喜爱的戏剧，他们常出现在该剧巡演途中的包厢里）、《东林传》、《瑞普·凡·温克尔》、《幕后黑手》以及《汤姆叔叔的小屋》等。观众对最后一部剧的需求似乎永无止境。那时，全美有超过50部“汤姆剧”在巡演。在那个时代，除了南方腹地诸州[2]，全国几乎找不出没有上演一到两部“汤姆剧”的地方。查平偶尔也饰演汤姆叔叔，如果其他演员临时生病，他还要洗掉脸上的黑色油彩顶替上场。几乎没有诺德剧团未演过的剧目，但有些演出很难称得上是精品。演员不够时，有人需分饰两三个角色。查平曾看见“理查德的军队和里士满的军队血拼，双方军队由七男一女组成，女演员身披盔甲、满脸胡须”。

以铁路为依托，诺德剧团在一个个州、一座座城市和一个个小镇都取得了成功。有一天，查平猛然发现自己站在堪萨斯州章克申城的世纪大会堂里，面前是人头攒动且充满热情的观众。这座城市以他为荣，在这次返场巡演中，

《章克申城联合报》鼓动读者去看看“章克申城老朋友……他曾在此居住多年，并被大多数人熟知和喜爱。在詹姆士·诺德的调教下，他迅速成长为有成就的演员，我们以他是本地居民为荣”。

剧团同样横扫堪萨斯州的其他城镇，但没有一个城镇像在道奇市那样轰动。这是一个吵闹、粗野的西部小镇，到处都是牛仔、赌徒、妓女、野牛猎人以及巴特·马斯特森和威亚特·厄普[3]那类警察。道奇是“地狱之外最邪恶的地方”，查平说。诺德剧团在道奇停留过两次。第一次在1878年1月，第二次在同年5月巡演季季末。剧团预定在法院演出常规爱情剧《莱昂斯夫人》或《露耶斯·布莱斯》。1878年5月31日，诺德剧团结束了当季的最后一场演出后返回芝加哥。查平、格普蒂尔及剧团的几个演员选择留在道奇度夏，同时在新落成的科米柯剧场工作。那个夏天，还有一个实力雄厚的剧团在当地演出，领衔明星是埃迪·弗依和吉姆·汤普森。后来成为著名演员并孕育出一个演员世家的弗依英俊潇洒，显然已赢得不少道奇女性的芳心。当道奇一位女演员进入他的视野时，麻烦也在酝酿中。那年夏天，有着优雅艺名西蒙·德·梦楚的丽莱·康纳也引起了查平的注意。查平认为弗依在道奇的出现是个威胁。“他似乎有这种印象，”弗依说，“我正盯着他热恋的姑娘。”在一个非法子弹跟平原上的土拨鼠一样常见的地方，查平像道奇人那样拿起了枪。一晚，当弗依在他住的小屋休息时，查平站在门外并从窗户朝里开了两枪。“很走运，”弗依说，“他不是西考克（神枪手），没打中我，尽管相差不远。”官方认为查平对枪知之甚少，且没有造成任何伤害，故未追究责任。

夏末，查平决定再跟诺德剧团签一个演出季。这一次巡演麻烦丛生。先是10月份剧团两个成员出走自组剧团，还带走了团里的广告宣传员。对一个组建已久的剧团来说要自负盈亏都是个问题，更别说刚刚自立门户者了。不出一个月，新剧团就在沙里那因债台高筑而瓦解，出走的广告宣传员又回来了。

12月，露易病了，无法演出，剧团不得不在堪萨斯州沃米戈休整，直到她康复。不料新年带来了新的厄运。1879年1月5日，周日，剧团到达堪萨斯州海耶斯，准备在当地伊利斯郡法院演出一周。当晚，查平和其他人歇在吉普森旅店，一间从罗马镇（位于海耶斯西边1英里，因霍乱而渺无人烟）搬来的两层楼小旅店。住在旅店副楼二层的女服务员也都睡了。有个服务员把一支燃烧的蜡烛留在了洗脸台上。“不是放在烛台上，而是放在纸板上。”《海耶斯前哨》报道。当蜡烛烧尽时，洗脸台和底座着火了。一个路人发现火情，服务员们被叫醒，整个旅舍被疏散。局面刚得到控制，服务员区和旅舍就坍塌了。所幸行动迅速，主街上的其他建筑未被波及。大火让查平损失惨重，他价值70美元的行头基本毁于一旦。周四晚上，诺德剧团演出的《东林传》上座率不错，多少弥补了他的损失。在这部由真实故事改编的戏剧中，《海耶斯前哨》察觉到演员查平的进步：“自去年本报狠批后，查平的表演有了很大进步，并显现出越来越好的发展潜力。”

在威灵顿、温菲尔德、韦其塔站之后的春天，诺德夫妇决定到西堪萨斯找个农场休整一段时间。查平于是回到芝加哥，出演了一部他写的爱情剧的主角。一天，查平在某旅舍大堂让门童将自己的名片送去给一位女士，不料门童送错了。接收人是小巧、柔弱、谦和的老师内莉·比博。“解释清楚后，她笑着离开了。”查平说。一周后，他们又相遇了，这一次是在排队买票看戏时。“她认出我就是那个送名片的人，报以微笑。”

几周后，查平去爱荷华州加盟查理斯·桑顿联合剧团，凌晨才入住旅店。“我起得很迟，去吃早餐时，餐厅里只有一个人，”他说，“还是那位女士。命中注定！”比博小姐邀他同桌，他发现他们签了同一家公司。这顿早餐吃了很久。查平获悉她已放弃教职，并在朋友的建议下准备尝试表演。但她说不确定自己是否喜欢表演，同时也对舞台生活有点疑虑。吃完早餐，查平完全被这位“有着非同寻常的纯净、勤奋以及迷人个性的年轻女士”迷住了。当晚，他帮她拎包去剧场演出，并在演出结束后送她回旅店。

剧团在中西部巡演途中，查平逐渐被比博“套牢”。“她是世界上最甜美、最真挚、最可爱的女士，”查平说，“有趣且热爱生活，阳光，俏皮，搞笑。”彻底沦陷后，查平从只是鞍前马后围着比博小姐转，进一步游说她嫁给他。他们计划在巡演季一结束就举行婚礼，但查平很快将日期改在1879年10月29日过完他的21岁生日之后。接下来的一个周二早上，桑顿联合剧团巡演到密西西比的布鲁克菲尔德，比博小姐没下来吃早餐。上去叫她时，查平发现她几乎病了一宿。他给她买了药，建议她卧床休息。稍后，正和剧团老板打台球的查平突然说有种“奇怪的冲动”。他把球杆放回支架，把球留在桌上。

"怎么啦？"经理问。

"我要结婚了。"查平应道。

查平拉着经理离开了台球室。他们朝牧师 J. P. 芬利的家走去。当时是下午4点，查平说想5点结婚。然后他离开教堂回到旅店，劝比博小姐出去呼吸点新鲜空气。"我领她走到教堂，哄她随我一道进去，"他说，"她一点不怀疑，直到她进了教堂，发现经理夫妇都在，还穿着做礼拜的衣服，牧师也穿着牧师袍，才恍然大悟。但她还是做了新娘该做的，出门时手里紧紧揣着结婚证。"这场"散步婚礼"唯一的瑕疵是比博穿着条黑裙子。"黑色对新娘来说不是好兆头。"回旅店的路上她对查平说。他们共享了新婚晚餐，查平第一次品尝了香槟。

内莉和查尔斯的1880年几乎都在芝加哥和埃尔金陪伴查平孤单的母亲。1880年5月5日，厄尔·查平离家到伊利诺伊州斯普林菲尔德找工作。本地手表厂工作量锐减，厄尔告诉家人想在南边200英里开外的斯普林菲尔德手表厂找份报酬更高的工作。"他吻别妈妈和每一个孩子，承诺一旦安顿下来，就寄钱回家让我们和他团聚。"查平的大姐芬妮说。自他们离开奥奈达近10年来，好运从未眷顾厄尔。去斯普林菲尔德是他寻找宝藏的又一尝试。时间一点点过去，他杳无音信。数天、数周甚至数月过去了。西西莉娅和芬妮都写过信，她们既未收到回信也没收到被退回的信，即使注明了回邮地址。芬妮还在不断尝试，终于，有人告诉她厄尔在斯普林菲尔德替一家珠宝店而不是手表厂干活，"我写信去问厄尔是不是还在那里，但收到的回复除了'曾经是'还是'曾经是'"。很显然，芬妮从未将此告诉过西西莉娅，也许只是不想伤害她。西西莉娅也不知道丈夫为何抛弃她和孩子们，大家都想不通。"我们没有任何理由怀疑他是抛妻弃子离家而去。"芬妮回忆。"我们和他在一起时，至少还是幸福的，"西西莉娅说，"没有会导致他离家出走的问题和分歧。"

但厄尔的确再未回来。在斯普林菲尔德，这个48岁、有5个孩子的爹显然爱上了一个和自己女儿年纪相仿的女性。他在何种情况下遇到18岁的玛丽·迈克考不得而知，只知道她在他所住的旅店打工。无论如何，他们开始了形同夫妻般的生活。几年后，他们从伊利诺伊的斯普林菲尔德搬到密苏里。1884年12月，玛丽给厄尔生下一个男孩，名叫爱德华·格温·查平。

1880年秋，诺德剧团决定再演一季。查尔斯和内莉重新加入剧团，这对新婚夫妇整个冬季都在旅途中度过。内莉用艺名内莉·索恩、查平继续用真名行走江湖。11月，剧团抵达位于南达科他州黑山地区的戴德伍德（又名“朽木”）。很显然这里不是什么文化圣地，但到处挤满兜里揣着钱、极度需要娱乐又愿为此付费的矿工。1875年，金矿的发现让原本将南达科他州西南角平原作为印第安苏族“自留地”的协约成了一纸空文。1876年春，成千上万矿工蜂拥至“朽木”峡谷——因此地有大量朽木而得名——并在一年内就改变了这里荒凉的气象，就像他们改变加利福尼亚和科罗拉多那样。这样的发展是无序的。路还没修好，成千上万座房子已冒出来。通往峡谷的第一条道路如此陡峭，以至于路过的货车需用铁链锁定车轮，再用绳索拴牢铁链，然后把重型货物从斜坡上滚下来。1877年，有内布拉斯加州[4]的记者形容，“一年前这座小镇所处之处还是难以逾越的森林，现在从某种程度上来说则是生活和文明的中心。”几年之后，“朽木”俨然已由贫瘠的黑山地区变成拥有6 000多人口的都市。到此地演出的剧团数量足以证明其日趋繁盛。1878年，剧团带来15 000名旅客和一天500磅的进出邮件。矿工前脚刚到，沙龙经营者和舞团老板就把这里变成喧哗之地。传奇人物狂野西考克和野姑娘杰恩曾走过的穷街陋巷，很快被酒吧、滑稽剧团和鸦片烟馆占领。一到夜晚，酒精发酵形成的宣泄声浪混杂着摇弦琴声，回荡在山谷之间。剧团经理们不久也步娱乐行家的后尘来到这里。不到4年，超过200部戏剧在这里上演。“朽木”很快被称作“西部百老汇”。

强尼·罗杰斯是这些剧团的经理之一。他野心勃勃地想把诺德剧团带到这里来。1880年夏，罗杰斯和当地企业家约翰·A. 奈商议，在主街上建一座可容纳500人的剧场。这座剧场不同于当时“朽木”的任何一座，冬天还能让观众御寒。罗杰斯的计划不是给“朽木”引入更多的演出，而是提升当地的剧场设施。当地报纸对此倍加推崇，并鼓动那些寻求“健康、道德以及合法娱乐”的市民买票。新剧场盛大开业时，罗杰斯聘用诺德剧团在此演出8周。对诺德剧团来说，乘火车和驿马车赶到“朽木”路途艰辛，但他们还是来了。1880年11月15日，周一，剧团当天早晨乘皮埃尔长途客车抵达。第二天，《黑山时报》宣告他们的到来，称他们是“来自东部的一流演出团队”。

“其中有享誉全国的一流演员露易·诺德女士，最优秀的少女扮演者内莉·索恩女士……擅长演老者的法戈先生和擅长演少年的查平先生……不要忘了尽早买票，不然就只能站着欣赏啦。”

1880年11月17日，诺德剧团当季开幕剧——改编自亨利·J. 拜伦的戏剧《咱们的士兵哥》赢得开门红。3天后，按照惯例，诺德剧团要开演另一部剧。这一次选的是《马尔顿夫人》，也称《新东林传》。奇怪的是，这部当时风靡全美的戏剧采用了法语版本。该剧讲述一位年轻、漂亮、纯真的女士的故事，她为爱一时冲动抛夫弃子。被情人抛弃后，她生下私生子并回到家中，家里早已换了女主人，她只得乔装打扮当女教师。

该剧反响热烈。《黑山时报》评论道，露易·诺德的表演相当出彩，已在全美让该角色深入人心的克拉拉·莫里斯甚至都无法超越她。“观众对每位演员报以喝彩，”该报称，“很显然，饰演珍奈特的内莉·索恩小姐用她的纯粹和童真赢得了观众的心……蒙斯·布林一角由查平先生出演显然也是正确之选，他扮相俊美，吐字清晰的台词功底让他能胜任角色。”

那个周六夜晚，“朽木”的第一任行政长官赛思·布洛克和野姑娘杰恩也在观众之列。布洛克日后成了西奥多·罗斯福的朋友，他们曾被目睹在流动餐车车尾分享咖啡和大豆。身穿灯芯绒外套，头罩宽边帽，手戴绿色羔皮手套，“臭名昭著”的西部野姑娘杰恩所到之处无人不觉。当晚也不例外，查平说。“她和她的护花使者起劲地鼓掌，制造出不少噪声，直到伊萨贝拉女士和弗朗西斯先生私奔，野姑娘杰恩为了表达她对女主角的不满，冲到舞台边朝伊萨贝拉女士的粉红色缎子晚礼服吐了口烟草味儿的唾沫。”詹姆士·诺德为了维护妻子的荣誉或者说是演出袍差点没跟她打起来。“那个女暴君朝台上扔了把金币以赔偿她贸然玷污的演出袍，风波才算平息。”查平说，“接下来的演出，她有所收敛，沉默地嚼着烟草。”

除了这个难忘之夜，整个演出季和诺德剧团之前的巡演并无二致。繁重的工作加上无休止的排练让查平夫妇一刻不得闲。到了12月，剧团已演出多个剧目如《下一个是我》（也叫《蓝胡子女士》）、《蒂姆·科恩》（也叫《财富玩偶》）、《我们的盖尔》、《盖·曼勒宁》（也叫《吉卜赛预言》）和《红磨坊》。弱不禁风的内莉实在太累，她病倒了，只能待在旅馆。她复原后，诺德剧团在12月24日演出了压轴戏《轰动一时》。

演出季即将结束，诺德剧团开始打点行装，查平接受罗杰斯的邀请留了下来。次年2月，罗杰斯赴芝加哥招人。数周后他仍无音讯。3月、4月相继过去，罗杰斯夫人终于收到一封信。信上说，罗杰斯之前到达皮埃尔，在那里遇上雪崩。因为等不及东部火车轨道重开，他决定坐小船沿着密苏里去苏城，然后再搭火车去芝加哥。结果河流被冻住，船也沉了。

"当沉船的消息传来，"查平说，"我陪歇斯底里的寡妇罗杰斯夫人坐了一整晚，早上被一阵困窘惊醒——我离家如此遥远，再也没机会从事戏剧演出，口袋里也没什么钱。"市长号召大家捐钱帮助查平回到芝加哥。后来，查平去了报社，找到一份打字的营生。"我打了好几周的字，因为报社有个编辑去东部奔丧了，出版人让我暂时填补空缺，直到该编辑回来。"查平干了6个月，他和内莉偶尔也上台表演。比如7月时，他们在奈氏剧场演过一部口碑不错的戏剧。当年他们就是在那里首次和诺德剧团合作。后来查平还出演了另外一部反响不错的戏剧。

7月28日，查尔斯让内莉乘驿站马车去了芝加哥。《黑山时报》形容内莉是"有亲和力、可靠又值得尊敬的女演员"，并称她"一度健康状况堪忧，但州际旅行或许有助于她康复"。两周后，查平也跟了去。就像前往"朽木"路途艰辛一样，9个月后离开那里也同样是个挑战。他在驿站马车顶棚窝了两天才到达火车站。但他收到一封邀请他出演男主角、和一位女明星到西部巡演的电报。"我曾迷惑不解为何剧团经理会给远在黑山的我发电报，直到我发现老朋友罗德尼·格普蒂尔就在该剧团，才得知正是因为他我才会受到邀请。"

查平出发了，开始他最后的戏剧冒险，内莉紧随其后。不幸的是，剧团很快破产，查平夫妇也破产了，而且离家遥远。想到收回欠薪无望，查尔斯和内莉不得不以信用担保向火车公司买了回芝加哥的票。但火车公司的慷慨也仅限于此。一到芝加哥，查尔斯就不得不借钱买票以拿回他们的行李。

译注：

[1] 皮西厄斯骑士组织（Order of Knights of Pythias），1864年2月19日在华盛顿成立的兄弟会组织。该组织是全美第一个获得国会许可证的兄弟会组织，由尤斯特斯·H. 拉斯波恩受到爱尔兰诗人约翰·班宁所写的达蒙和皮西厄斯传说故事的启发创建而成。该传说中描述的忠诚、荣誉和友谊等价值观也成为该组织的核心价值观。

[2] 南方腹地诸州，尤指佐治亚州、亚拉巴马州、密西西比州、路易斯安那州和南卡罗来纳州等。

[3] 巴特·马斯特森（Bat Masterson）和威亚特·厄普（Wyatt Earp），美国西部名噪一时的执法悍将。

[4] 内布拉斯加州（Nebraska），美国中西部的一个州，北接“朽木”所在的南达科他州。

4 终成记者

回到芝加哥，查平身无分文，3年的演艺生涯似乎到头了，他必须尽快找到工作。“我决定不再去剧团，因为已经受不了巡回演出的游牧生活，我决心将注意力转向更有前途的工作。”他将内莉安顿在旅馆，然后四处拜访城中的主编和发行人。不像7年前——1874年，为了成为记者，当时他也是到处碰运气——这一次他的运气好起来了。报纸开始广招人马，这一势头后来持续近10年。黄昏时分回到旅馆时，他告诉内莉自己在《芝加哥论坛报》（以下简称《论坛报》）找到了工作。他的薪水在全体职员中最低，被分配的任务也最不理想，但他不在乎。“这是我从少年时代就一直渴望的生活。”他说。

在所有可以开始新闻记者职业生涯的城市中，查平幸运地选择了芝加哥。在纽约以外，只有芝加哥有近似于公园街的振奋、力量和声望。“由于一些难以揣摩的原因，美国最传奇和最有表达欲望的记者要么正在芝加哥工作，要么曾经在那里工作过。”《纽约先驱报》的斯坦利·沃克回忆。部分原因是这里的氛围——记者们的竞争意识出了名。《论坛报》的威廉·索尔兹伯里说：“若非必须为某一条新闻而战，或以强夺和窃取的方式获得，或以任何其他手段艰难地完成，芝加哥记者决不会对一条新闻感兴趣。”一个饥饿的、有雄心的记者在芝加哥将大有前途，这座城市也并不缺少故事。

芝加哥就像一块磁铁，喧闹而兴奋。蓬勃发展的工业吸引了成千上万的中西部农村人口来这里找工作。不像僵化的纽约社会，它的都市气息带着边陲般的莽撞色彩，吸引了大量艺术家、作家、改革家、社会活动家和无政府主义者，正是他们日后点燃了社会振兴之火，这火与1871年那场大火[1]不相上下。在19世纪80年代，每天有超过150人迁入芝加哥，10年之间城市规模扩大了一倍。1890年联邦普查过后，芝加哥人口已超过100万，仅次于纽约。全市第一座摩天大楼的建造设计正在进行中。这座大厦有引人注目的承重钢架，被称为“芝加哥之骨”。放眼望去，建筑林立。铁路线从市中心发散开来，在城外，全国首批通勤者聚居的城郊住宅区正在铁路沿线兴建。对怀揣远大抱负的年轻人来说，这里的氛围令人激动不已。“芝加哥此时是如此雄心勃勃，”同样在19世纪80年代来到这个城市应聘报业职位的西奥多·德莱塞[2]写道，“它的坏是有趣的坏，它的好是非常的好——敏锐的，有活力的，无所顾忌的，不合常理的，自命不凡的，有希望的，热切的，崭新的。”

就像那些从1871年大火的余烬中复活的行业一样，幸存下来的芝加哥报纸比过去更为繁荣。除了一个保管库、一件亚麻外套、一盒火柴，论坛报在这场火灾中失去了一切。但10年之后，它成为5家拼命争夺城市注意力的英文日报（和无数外语报纸）中的佼佼者。尽管它并非一直在发行大战中胜出，《论坛报》仍然是无可争议的大报。“《论坛报》之于芝加哥，如同《泰晤士报》之于伦敦。”19世纪80年代的报业期刊《新闻记者》说道，“它和这座城市一样古老，它的历史就是芝加哥的历史……它所获得的回报是至高无上的，没有人质疑，也没有人嫉妒。”

当然，报纸的勃兴并非芝加哥独有的现象，伴随着工业革命及城市崛起所引发的惊人变化，大众媒体开始在全美形成。教育的发展产生了读者，煤气灯及随后出现的电灯提供了阅读便利。财富的积累使人们可以享受悠闲的生活。城市化程度前所未有，催生了对新闻的需求，而城市生活反过来提供了丰富的新闻素材。信息传输的新方法——用电报记录、用电话口授、用火车运输——使消息传递及传播的方式发生了革命性的变化。这是报纸黄金时代的开端，芝加哥自然也不例外。德莱塞回忆：“那时候芝加哥正处于报业声望的鼎盛时期，尽管我并未察觉。”

查平急切地走近这个风头正劲的世界之巅。论坛报就坐落在迪尔伯恩大道和麦迪逊大街的东南角，那是一栋用苏必利尔湖红砂岩建成的5层楼房。矗立的大楼仿佛在蔑视将其前身夷为平地的大火。“我有点害怕，”查平回想起来，“所有的男同事都比我年长和更有经验，我担心自己是否有能力和他们竞争。”开始，他听命于本市新闻主编弗雷德·霍尔。霍尔是查平遇到的第一位本市新闻主编，他给这位年轻记者留下了不可磨灭的印象。在其职业生涯当中，每当查平思考本市新闻主编该有何作为，他就会想到霍尔。霍尔曾经是林肯的作战部长埃德温·斯坦顿的秘书，内战结束后一直在论坛报工作。他形象鲜明——大胡子，蓝眼睛，戴着眼镜，无时无刻不戴着一顶发黄的旧草帽。他似乎只有一件衣服——一件磨破了的开衫外套，手肘部位露出里头的衬衣袖子。从清晨到深夜，他都在伏案工作，点着玉米芯烟斗吞云吐雾。“他是一个辛勤的魔鬼，一个职业的奴隶，决不能容忍怠惰、塞责的人，”查平说，“有人称他为‘苛刻的上司’，但他从未要求手下像他自己那样辛苦付出。”

霍尔的另一个特点是有百科全书式的头脑，他似乎无所不晓。据说他是中国形而上学的专家，他读过12世纪诗人萨迪用波斯语写的诗篇，而且即使他从未参加过演出，他也知晓剧场的一切——查平肯定会欣赏这一点。令查平印象更深的是，霍尔记得芝加哥张三李四的各种逸闻趣事。“他知道他们的秘密，他们什么时候和谁结婚，他们是怎么发财的，”查平说，“他比所有警察和邮递员都更了解这个城市。他清楚记者一般需要多长时间可以赶到某个地方完成采访并回到办公室。”这个戴草帽男人的期望时常在新闻部里制造紧张的气氛，想留在论坛报的记者绝不能令他失望。查平渴望能取悦霍尔。“最初我只被派到一些小任务，”查平说，“但不管本市新闻主编认为它们如何地不重要，在我看来它们都是重要的，从不放弃利用这些机会。”

参加工作不久，查平的努力得到了回报。一个报料电话打到论坛报，南郊的一家大型钢铁厂出事了。霍尔派查平去调查。“显然他没太在意这条报料，”查平说，“因为当时好几位明星记者正闲坐在办公室。”查平在恶劣的天气中赶到现场，发现警长已查封该厂，数百名工人失业，总裁已逃往欧洲。

他回到办公室着手撰写报道。作为新人，他没想到要提醒霍尔这条新闻的重要性。“本市新闻主编从我桌上拿起我写的钢铁厂破产的手稿来读，大为吃惊。”

记者的职业令查平感到兴奋。“我迷上了新闻报道，后悔在巡回演出上浪费了那么多时间。”芝加哥一切令人激动的事件，记者总在最前沿进行观察。例如，查平加入论坛报不久后的一个晚上，他被派往城东南的湖畔社区海德公园报道遇险船只。他赶到湖边时已是午夜时分。漆黑之中，他无法辨认沉没船只，但发现离岸有火光，那是船员点燃浸了油的被褥打出的信号。查平让海岸上的人点起篝火，以通知水手们救援将至，然后打电话给救援站。黎明时分，救援人员坐马车赶到，马车上载着小船。查平随同他们劈波斩浪找到那些处境危险的船员。和现实世界的剧场相比，舞台上的生活显得单调乏味。

1884年2月13日，周三，查平午前回到办公室，此时大多数芝加哥人已经忙活半天了。记者午饭时间才出现在论坛报办公室并不奇怪，因为早上出报往往要求新闻人员工作到夜里。但是查平这一天到得很巧。他刚走进报馆，电话就响了，是论坛报社论主笔亨利·德马雷斯特·劳埃德的妻子打来的。这对夫妻住在温内特卡一个富裕的村庄，那里大约位于城北17英里，当天早上两位显赫的村民被发现惨遭谋杀。霍尔派查平去采访。他跑出报馆，快速穿过几个街区，赶到范布伦街火车站，搭上了下午的头班火车。县验尸官和医生办公室的人也在火车上。他们坐车北进，已知的唯一信息是，受害者是温内特卡年迈的富翁、村董事会主席詹姆斯·L. 威尔森，以及他病弱的太太克拉丽莎。

过去4个月，发生在伊利诺伊州林肯郡的一起同样神秘的谋杀案吸引了《芝加哥早报》的读者，这份报纸是《论坛报》的对手。在报道犯罪新闻方面，《芝加哥早报》另辟蹊径。该报记者听候发行人梅尔维尔·E. 斯通的调遣，自行调查和侦破谋杀案，而不满足于报道警方的活动。这种新的“侦探新闻”令报纸大受欢迎，芝加哥报界同行不会毫无知觉。当查平坐火车前往温内特卡时，《芝加哥早报》对林肯郡谋杀案的连续报道——或有人称之为调查——继续刊发于头版。和许多同事一样，查平对新闻业的这些新发展兴趣盎然。但他只是通过阅读来接触侦探新闻，特别是从对手的报纸来了解它。迄今为止，查平所采写的新闻基本上是一份城市报纸的常规报道。芝加哥跑线记者用自己的行话来描述新闻，可观的独家新闻叫“pippins”，真正的猛料叫“bell-ringers”。查平清楚，温内特卡谋杀案属于后者。

终于，一行人在温内特卡火车站下了车。天气寒冷，当调查组走向威尔森的家时，雪花正飘落下来。那所房子被认为是村里最好的——两层的双重斜坡屋顶式建筑，独立于整片街区，几乎完全掩映在茂密的榆树之中。他们从火车站徒步过来，先到后门，那里围着一群亢奋的村民。一位警官和一些有公德心的市民将所有人挡在门外。

查平被允许随同侦查人员进入屋子——在“犯罪现场需被保护”的现代取证规定出来之前，这在那个时代很常见。凶手在整个房子里留下了痕迹。家具翻倒在地，纸张散落各处，血迹溅于壁纸上。调查组缓慢而仔细地查看每一个房间，查平尾随其后。他们进行检查时，查平认真地将所见记录下来，甚至还自己做了点调查。例如，他和验尸官在起居室仔细端详了两颗断了线的背心纽扣，查平发现了第3颗纽扣，把它交给验尸官。他们推断这些纽扣并不属于受害人。

当查平离开现场去撰写他所目击的恐怖场景时，一小群记者以及包括著名的平克顿侦探社代表在内的调查人员到了。如果查平不贻误时机的话，这起谋杀案将是他的大好机遇。它涉及显赫的人物，它是一个谜，而且令人毛骨悚然。在当日的芝加哥，政治和犯罪报道仍然是记者成功的主要路径，而后一类题材尤为如此。对“客观”报道的追求还是多年以后的事，而一篇谋杀案报道给予有创造力的记者巨大的发挥空间。查平当晚就写出了报道，那触目惊心的描述比竞争对手的报道更具体、更完整、更巧妙。霍尔显然很高兴。第二天是情人节，他将查平的文章安排在头版，标题为“温内特卡惨案”。查平为读者重组了罪案发现经过及随后的调查，称之为“最恐怖的双重谋杀”。因为恐怖的犯罪故事读起来扣人心弦，查平没有在导语中将恐怖的气氛渲染殆尽，而是让其伴随读者阅读始终，这一技巧十分有效。

查平写道，一位叫艾玛·德怀尔的年轻老师早上来到威尔森家，每周三72岁的威尔森先生要去芝加哥做生意，她都会来给83岁的威尔森太太做伴。她看到厨房门紧锁，担心夫妇俩可能生病了，就由一扇打开的窗户爬进去。“从餐厅走进客厅，透过百叶窗射入的昏暗光线，她看到威尔森先生的身体在炉子后蜷缩成一团。"查平写道。德怀尔以为威尔森昏厥或是病倒了，从厨房冲出去找邻居墨菲太太。墨菲太太随后跑入房子，她被威尔森的身体绊倒。"一打开百叶窗，这个惊恐万分的女人看到威尔森先生倒在血泊中，死了。"她的尖叫声引来了其他人。"客厅的情景阴森可怖，可当人们上楼后，看到的是所能想象到的最恐怖的场景，"查平写道，"威尔森太太半裸在床，脑袋被捣成肉浆、碎骨和血块，枕头简直被血浸透了，床上用品沾着血，房间三面墙上飞溅着斑斑血迹。"

随着读者沉浸其中——那些受得了的人——记者查平变成了侦探查平。首先，他提供了威尔森住所的完整描述，连两层楼的平面图也附在稿件中刊登出来，标明尸体在哪里被发现。其次，他根据自己和侦查人员的发现重组犯罪现场，不遗余力地描写细节，尽管日后他承认那是"我所见过的最令人毛骨悚然的一幕"。

查平写道，他们在客厅看到"老威尔森先生伤痕累累和被子弹击穿的尸体"，他们的调查结论是威尔森被凶手射了两枪，然后被踢死。"他倒地之后，凶手跳到他身上令其窒息，不让他发出垂死的呼喊。"查平推断。威尔森的口袋被匆匆翻找过，他的金表链子被拽断。接下来，他们上楼去到查平所说的"恐怖第二室"，看到克拉丽莎的尸体。"老妇人横尸床上，距其4英尺的南墙上有多处喷溅的血迹，"查平写道，"对面墙上，距尸体约6英尺处，也溅着厚厚的血污，这两面墙和床头所靠的西墙都血污四溅，仿佛是用扫帚泼上去的一样。"克拉丽莎先被用火钳猛击，火钳手柄掉了之后，凶手用曾属于她儿子——他在内战中死于黄热病——的一把剑完成了罪行。"受害者的头部被刺得血肉模糊，满脸肿胀，难以辨认。"查平写道。

查平给这一血淋淋的场景加了结尾。在尸体附近壁橱内的架子上，他们找到一个小铁盒。查平说，"里面装着一个旧橡皮球，一盒被磨损的、各式各样的弹珠，以及一条破皮带"——全是早夭儿子的遗物，悲伤的父母珍藏他的剑作为纪念，现在却成了杀死母亲的凶器。

首篇报道发出后，查平继续追踪，并不遗余力地鼓动读者。"这里本是安宁的郊外，但周二晚上发生在温内特卡的恐怖悲剧令居民们感到震惊，精神极度紧张，只有将凶手抓捕归案并绳之以法才能减轻恐慌情绪。"查平第二天报道。两天后，他的言辞愈加富有煽动性。他写道，为本案寻求正义是生者的责任。“死者的灵魂已飞往未知的不朽王国，他们遭到邪恶和不人道的谋杀，血仇却仍未报。夺走他们性命的嗜血恶魔依然逍遥法外，无法阻止他再犯下滔天罪行。”

各路侦探均加入追捕。“受到悬赏的刺激，城里的每家侦探社都派人跟进此案，罕见的是，不少业余侦探也参与搜捕。”查平报道。当他试图自行搜集证据时，显然也加入到后者的行列。怀疑集中在加拿大人、镇上的屠夫尼尔·麦基格的身上。当这个倒霉的男人从芝加哥回来时，平克顿侦探社和查平突然出现在他面前。查平说：“他显得非常有克制力，回答问题一点也没有表现出恼怒。”但是，他补充说：“我不禁认为，关于这场悲剧，麦基格知道的比他声称的要多。”

在詹姆斯·威尔森生前，最后看到他的人是麦基格。谋杀案发生当晚，威尔森到离家4个街区的麦基格的店里买肉，麦基格说，威尔森当晚买肉招待一位客人。“他欠被害人的债，但是在屋内的文件当中却找不到相关证据，这颇为引人注目，而且，关于那位神秘的客人，没有人能证实他的说法。”在威尔森夫妇葬礼次日，查平告诉读者。

2月22日，在谋杀案发生后第9天，麦基格被捕。“年轻屠夫麦凯格（一段时间后查平才将其姓名拼写正确）占据了这起谋杀案报道的显要位置，从一开始他就是被重点怀疑对象。”查平激动地报道。在警察捉拿麦基格前一个小时，查平才争取到采访他的机会，后者坚称自己是无辜的。麦基格被拘留后，查平和侦探们一起动身去芝加哥。第二天，麦基格被控谋杀了詹姆斯而非克拉丽莎·威尔森。因为尚无证据表明他与后者被害有关。查平赶到库克县监狱，看到麦基格正在走廊踱步。据查平观察，“他溜达的时候非常紧张，满脸通红，一双深凹的眼睛带着不安的神色，步伐沉重而焦虑。”

“你有什么要说的吗？”查平问。

“没有，先生，你见鬼去吧！”麦基格回答，然后咕哝了几句查平听不见的话，便消失于囚犯当中。

次日是周日，查平交了好运。他询问监狱副主管可否获准进去看看麦基格。“当然可以，”对方答复，“但你这桩差事将是徒劳无功的，因为你只会受到猛烈攻击，被骂得狗血喷头。”对方继续说道，麦基格至少已经拒绝了一打记者的采访请求。出乎查平的意料，麦基格诚挚地问候他，并从栅栏内伸出手来。“自从我们一道从温内特卡坐车过来，我经历了非常刺激的事，你看，结果我被关在这儿了。”麦基格说。在冗长的采访中，他继续声称自己无罪。“我看起来像个杀人犯吗？”他说，“谋杀案发生后，你几乎每天都看到我并和我交谈，我就不信你发现我举止有任何异常。”

两人逐一讨论积累的证据，从他行李箱内的血衣，到谋杀案发生当日他异常的举动，麦基格对每种情况都做出解释，或予以否认。采访结束后，麦基格告诉查平，任何时候都欢迎他再来。“《论坛报》待我公平，未曾发表不实的报道来伤害我。”他说。后来数日麦基格仍然在押，查平继续他的侦查。其中一些发现印证了本案的薄弱环节。“《论坛报》一位记者昨天在温内特卡寻找证据，”查平提到自己，“从3个不同的人那里获得了信息，能够解释在麦基格的衣服上发现的血污。”

当麦基格看到大标题“你就是那个人！”时，他从《论坛报》感受到的公平的表象一定被击碎了。副标题宣称“这是一起前所未有的典型的旁证[3]案件”。但是，查平的文章流露出对州政府如何处理麦基格案的不安和担心。他甚至提供了起诉意见。“侦探们可能忽视了非常重要的一点——也许有助于确认被告有罪还是无罪。”他写道。詹姆斯·威尔森遭枪击后被狠狠地踢过，“鲜血必定会从威尔森先生胸口的弹孔喷出，而且会在凶手的鞋子上留下擦不掉的污渍”。他推断说，找到那双鞋，就可以锁定凶手。

同时，查平开始报道有关本案的耐人寻味的最新进展，这些内容与麦基格有罪还是无罪无关，但饶有趣味。许多女人似乎被这个年轻的屠夫所吸引。麦基格入狱后，查平开始注意到这个现象。“参观监狱的好奇者当中有不少女人，表面上是来参观监狱，但是如果没有看到麦基格便要离开，她们就会失望。”他写道。麦基格留着薄薄的红色八字须，用查平的话来说“其浅蓝色的眼睛闪烁着露珠一样的光芒，卷曲的浅棕色头发接近中分”，无疑是个身材健硕、有吸引力的男人。但是，单单其长相并不足以引起女性的兴趣。他并非第一个走上芝加哥法庭的魅力男性。

在审前公示环节，法庭用了几乎一周的时间，从数百名被传唤召见者中选出陪审团成员。随着时间推移，查平详细地记录了异性对本案的兴趣。5月份审讯首日，查平指名道姓识别出和麦基格家人一起来到法庭的3名单身女子。其后，他报道称，前来旁听的年轻女子增加了十多人。需要说明的是，在审讯初始阶段，没有太多值得报道的内容。但是审讯一旦展开，很快便成为城中主要的娱乐事件，《论坛报》每天辟出半个版来刊发查平的报道。庭上陈述的事实已众所周知，私家侦探们并未发现新的证据，但是查平认为，观察诉讼进程和报道审讯本身一样，大有可写之处。什么都逃不过他的眼睛，包括日益庞大的女性旁听人群所戴的春季新款帽子。“那些帽子又大又宽，装饰着浓密的羽毛，令所有坐在后排座位的人嫉妒和恼火。”这场审讯很快就要演变为时尚活动了，他写道。唯一令人扫兴的是来了一大群长者，其中许多人要借助看歌剧用的望远镜或巴西水晶透镜来观看庭审。这些年迈体衰者似乎认为这是他们的责任，查平说。“对他们来说，出席似乎是一项神圣的职责，他们到场需要克服许多困难，有的弯腰扶着手杖，有的拄着双拐步履蹒跚。”当查平在观众中找不到可写的题材，他又从证人们身上发现让读者保持兴趣的话题。例如，审讯第8日，曾与麦基格同乘雪橇的一个有吸引力、体态丰腴的女子被传唤出庭。她的出现引起了轰动。“她身穿活泼的紫外套，头戴宽檐帽，这使她强壮而丰满的模样变得好看了一些。”查平写道，“她有一对水灵灵的棕色眼睛，楚楚可怜，圆润的身材，以及些许双下巴，许多人都夸她像画中美人。”

随着审讯的进行，旁听人群规模也在扩大。有时，法警须努力阻止站立旁听者与陪审团靠得太近，因为在整个审讯过程中，陪审团成员要被隔离。很多站立旁听者仍是女性，“她们很好奇，并非在神色上而是在举止上表现出好奇。当麦基格的行李箱和衣物作为证据被出示时，她们跳跃争睹；为了一睹那几颗著名的纽扣，她们竭力睁大眼睛。”即使诉讼本身没有吸引力，查平也能把它写得引人入胜。

有好几天，专家们就法医证据发表高论，控辩双方没完没了地传唤证人。然而，形势似乎转向支持被告，就连认为麦基格有罪的查平也被迫说辩方理由“相当充分而且陈述得有理有据”。女性旁听者继续增多。麦基格出庭当日，为女士预留的座位全满了。“法庭内尽可能地加座，但足足有50个女人站了一整天。”查平说。

5月24日，所有证据都已展示，法庭已为最后辩论做好准备。3天后，案件移交给陪审团。在第一轮投票中，陪审员以8票对4票支持无罪释放。随着夜晚的时间慢慢过去，每轮投票结果都离判决更近了一步。终于，在凌晨1点，最后一位陪审员屈服了，12位陪审员被允许告退，回里维尔楼休息。上午，当陪审团被带回法庭时，现场挤满了人，查平数了数有600人，近半数是女性。法官告诫观众保持安静。但是，当法官宣读无罪释放的裁决时，全场爆发出热烈的掌声。“引人注目的是，女士们鼓掌最起劲。”查平报道。

陪审员们离家快三周了，当他们穿上大衣戴上帽子动身回家时，麦基格追了上去。

“从今以后，你必须做个好人。”其中一位陪审员对麦基格说。

“我会的，像我一直以来那样。”被无罪释放的人答道。

“不，曾经不是，”那位陪审员说，“但是，我们宁可要一块有钉子的上等腰肉牛排，也不要你这样献媚。”

“没问题，你会有的，”麦基格说着，放声大笑起来，“一块没有钉子的上等腰肉牛排。”

离开前，查平和麦基格聊了几句。他在法警的办公室找到麦基格，后者正在抽雪茄，为他做证的女人们和他在一起，旁边还环绕着19个别的女子。“许多女人高兴得哭了。”查平写道。

“你感觉如何？”他问麦基格。

“非常高兴。”

“你料到会被宣判无罪吗？”

“我始终认为自己是无辜的。我知道，结果不会有什么不同。”

检察官决定放弃对麦基格的二级谋杀指控，后者得以回到他的祖国加拿大。虽然查平不满判决结果，而且为自己首次亲历侦探新闻却以嫌犯无罪释放告终而感到沮丧，但是他得到了在《论坛报》上长时间露脸的机会。他总共采写了超过20个整版的报道，由于全城关注此次审判，因此其中大部分报道被广泛传阅。这场审判成就了他的报道，使查平在《论坛报》同仁中获得认可。

查平的表现也引起了约瑟夫·梅铎的注意。作为《论坛报》的发行人，梅铎是城中最知名的人物之一，在那个时代，报纸发行人是重要的公众人物。梅铎是中西部的詹姆斯·戈登·贝内特。就像贝内特和他的《纽约先驱报》那样，梅铎将《论坛报》作为他的个人领地，在那里，他被直呼为“老板”。他利用这份报纸来推销共和党，保护大财阀，并抨击几乎各种初露端倪的人道主义或改革理念。例如，1884年——威尔森谋杀案审判当年，他在一篇社论中建议，解决城市流浪汉问题的办法是在发给他们的食物中放入砒霜。

“我幸运地引起了这位发行人的注意。”查平回忆。梅铎在记者管理方面担当着积极的角色，他开始选派查平去采写他偏好的选题。“他不吝赞美，激发被赞美者做得更好，”查平说，“但是，如果一篇文章没有达到他的要求，他就会粗暴呵斥，让人心生愧意。”有一次，查平受到梅铎的训斥，他回到办公桌前，写下辞职信。次日，梅铎派人来找查平。在他的办公室，梅铎回顾了自己工作初期所犯的一个错误。“我开怀大笑，”查平说，“以至于忘记了自己尊严受损，因为他所告诉我的，让我觉得他比我还笨。”

也许由于梅铎和查平之间的交情，当干草市场广场爆发暴力冲突时，查平愿意支持发行人与劳工的争斗。1886年5月1日，全美近30万工人上街示威游行，呼吁实行8小时工作制，仅芝加哥就有4万人参加。4天后，芝加哥激进分子在秣市广场举行集会，抗议警方暴行。集会结束后，警察进入广场驱散人群。突然，一颗炸弹从示威者头上飞过，落入警方队伍中，发出震耳欲聋的爆炸声。警察遂向人群大肆射击，一时子弹横飞。最后，警方有7人死亡、60人受伤，示威者死伤人数不详。包括警方受害者在内的大部分伤亡，并非炸弹爆炸造成，而是警察开枪乱射所致。

当晚的事件引发了美国的首次红色恐慌，对激进“危害”歇斯底里的关注席卷全国，在很大程度上顺从的媒体为此推波助澜。任何地方都不如芝加哥恐慌。《论坛报》用了整个封面来报道此事，将多名特派记者的报道连缀成长篇的恐怖故事。查平在屠杀发生后赶到广场，同样处于新闻狂热之中。市里追捕8名无政府主义者，查平参与其中。例如，5月6日晚，当亲劳工的《工人报》主编奥古斯特·斯比斯及其撰稿人迈克尔·施瓦布被捕时，他是见证警方行动的首批记者之一。被捕者不许接触外界任何人，包括他们的律师。《论坛报》称：“如果你不是完全站在警方这边，就不能获准去接触他们。”

查平和《芝加哥洋际日报》的休·休谟通过了检查，获准在周三晚上午夜时分到监狱——因其通风不良被称为汗水箱——采访被捕者。当查平和休谟来到时，毗连牢房内的塞缪尔·菲尔登正在护理腿上的伤口，两日之前，他是广场上的演讲者之一。他站起身，揉着布满血丝的眼睛，走到栏杆旁。“他脸庞黝黑，长着浓密的黑发和胡须，面目可憎，一对低俗的、偷偷摸摸的眼睛愈显其丑。”查平告诉读者。菲尔登向他们讲述了他的人生，从英格兰的童年时代到移民美国后转向社会主义。他告诉查平和休谟：“我协助建立了芝加哥的社会主义组织，而且令我骄傲的是，我们现在已有3 500名成员，另有数千名已知的同情者。”至于是谁扔的炸弹，他并没有提供线索。

邻近牢房里的奥古斯特·斯比斯也声称自己与那枚炸弹无关。作为激进的《工人报》的主编，斯比斯曾在集会上演讲，但他告诉查平那是他所做过的最得体的一次演讲。他认为投掷炸弹只是一时冲动，并非预先安排好的。“至于在他办公室发现的大量炸药，他说对此一无所知，”查平写道，“他认为可能是警察为了控告他们而放置的。他的书桌里有两盒弹药筒，那是他留着展示给记者们看的，但它们完全无害。”

然而，查平对他们声称的无罪保持怀疑。其文章导语清楚地表明了他的观点：“虚无主义的煽动者斯比斯、菲尔登和他们的同谋昨晚仍待在侦探们住所下方的牢房里。”查平显然是梅铎的人。

译注：

[1] 芝加哥大火，发生于1871年10月8日至10月10日早晨，火灾使10万人无家可归，300人丧命，烧毁了市区约 9 平方千米的区域。其中，芝加哥论坛报才建了3年的新楼也被烧毁，但该报仍顽强出版，两天后发表历史性社论《芝加哥将重新崛起》。这起火灾是美国19世纪最大的灾难之一，但灾后重建促进了芝加哥的发展，使其成为美国的重要都市。

[2] 西奥多·德莱塞（Theodore Dreiser，1871—1945），美国现代小说的先驱、现实主义作家之一。1892年开始记者生涯，先后在芝加哥《环球

报》、圣路易斯《环球-民主报》和《共和报》任职。其小说代表作有《嘉莉妹妹》《美国悲剧》等。

[3] 旁证（circumstantial evidence），也叫间接证据，是指与待证的案件事实之间具有间接联系，不能单独、直接证明案件事实，因而需要与其他证据结合起来才能证明案件事实的证据。

5 海事记者

1887年7月一个明媚暖和的早晨，查平以《芝加哥论坛报》新任海事记者的身份出现在码头。在芝加哥这样的港口城市，海事记者被看作是美差。人们极其看重海事新闻，从沉船事故到显贵乘客，该条线的新闻阅读率颇高。各报海事记者之间的关系也其乐融融，颇似跑警察线的记者们。尽管竞争激烈，他们照样能时常找机会把竞争放一边搞社交聚会。查平觉得从“普通记者”到“海事记者”，他的社会地位提高了。在努力工作5年后，查平终于在论坛报找到一个称心的岗位。事实上，不仅是工作，家庭生活也稳定了许多。自结婚以来，查平夫妇首次在两年内未挪窝，在芝加哥城北塞吉维克大街一处公寓安顿下来。

如同每一个除周日以外的上午一样，码头上一派繁忙。芝加哥拥有全美最大的港口之一，2 000多艘纵帆船运送各类货物——从苹果到木材，从谷物到煤炭——往来穿梭于五大湖区。大多数时候，拖驳船一刻不得闲。当登上靠岸的杜汉姆船长的拖驳船时，查平偶然听到关于一艘纵帆船异动的谈话。似乎在周六，纵帆船布莱克号装了一船小麦准备运往安大略湖某加拿大港口。没等到风向适宜时再出港，布莱克号就被拖到了北码头。等拖船走了，布莱克号很快就做好夜航的准备。将近晚上11点，布莱克号船长仓促上岸，兴冲冲进了码头办公室。他说要一艘拖船。

“你要哪艘船？”值班的人问。

“哪艘都行，”船长说，“越快越好。”

弗洛西·希尔克号拖船奉命赶到，不久就将布莱克号拖入黑漆漆的湖中。

查平推测，夜幕下的布莱克号偷偷装了比小麦更紧要的货物。而当晚早些时候，郡医院护卫长威廉·麦克加里格越狱了，他因涉嫌受贿正等待宣判。某个愚蠢的看守押送他每周一次回家洗澡，当看守和麦克加里格的老婆在客厅闲聊时，麦克加里格从浴室窗户跑了。查平认识麦克加里格，也清楚为何会有这么多人帮他逃跑。查平最初认识麦克加里格时还在跑警察线，后者是警察局长。他当上郡医院护卫长后，他们还常常一起吃饭。“他总是和蔼乐天，慷慨到甚至有点挥霍，所以从来不缺朋友。”查平说。

不巧的是，查平不是当晚唯一知道麦克加里格行踪以及布莱克号诡异行动的人。越狱者的医生圣约翰博士第二天被大陪审团审问。他是布莱克号的合伙人之一，州检察官审了他两小时。事后，《论坛报》说他“看上去像是被蒸汽洗衣房的机器蒸过一样”。尽管圣约翰博士没有承认帮麦克加里格登上布莱克号，但当局认定麦克加里格就在布莱克号上，且正逃往加拿大。

周四，警官们坐火车沿着密歇根湖东边北上，赶赴芝加哥以北300英里外狭窄的麦基诺海峡。所有去往加拿大的船只都经过那里。“我盘算着搭上夜火车，”查平说，“跟随警官们赶在布莱克号前头到达海峡，以便及时报道出逃的受贿者如何被擒。”但能想到这一点的不止查平。《论坛报》的竞争对手《芝加哥早报》的老板梅尔维尔·斯通带着他的本市新闻主编也上了夜火车。3年前报道温内特卡谋杀案时，查平就希望在斯通开创的侦探新闻领域超越他。这一次他们又要较量了。卧铺车厢的服务员告诉查平，斯通已提前发电报预定最快的拖驳船，查平闻之更为紧张：“我只有火车票，怎么能指望跟这样奢侈的对手竞争呢？”

周五早上，斯通和他的主编、查平都到达了靠近海峡的密歇根州圣伊格纳斯。查平浑然不知，一名自由撰稿记者前一天已和芝加哥警方乘潘朵号拖驳船进入海峡，但未发现布莱克号的踪迹。不相信布莱克号在如此短的时间内能行驶300英里，斯通当天开价162美元雇用潘朵号，载着探员们进入海峡追踪。查平另辟蹊径。他并不急于下水，而是四处打听。一个老码头工告诉他，布莱克号刚抵达休伦湖。查平在第二天的报道中写道："追踪出逃受贿者的《论坛报》特派记者今日凌晨到达马琪那市，发现整座小城把那些待在海峡整整一周、坐等逮捕麦克加里格的愚蠢探员当成了笑柄。"显然，布莱克号已乘着周四早上强劲的西北风，趁搜捕3天无果的警探打盹时，成功地从警方布下的天罗地网中溜走了。

那位替保险商检查过往船只的码头工告诉查平，如果他搭火车赶去休伦港，或许还有机会赶上麦克加里格。因为布莱克号将在那里经圣克莱河进入伊利湖。查平跑回火车站，跳上一辆准备南下的火车。"当我一屁股坐下，一边喘气一边休息时，不禁庆幸自己的决定，"查平说，"如果那个多嘴的自由撰稿记者关于麦克加里格已成功逃脱的消息误导了我，我就完了。斯通和他的主编将搞到独家，我也没有任何可信服的理由向主编证明我不是笨蛋。"

查平晚上10点抵达休伦港，在旅店住下。晚饭后他到了港口，向吉米·里昂斯船长赊了条快拖驳船东方号。如果马琪那码头工的情报是对的，里昂斯推测布莱克号将在次日早晨到达。查平给论坛报发回一条快讯，向读者承诺他将很快找到布莱克号。总编罗伯特·W. 帕特森回了封电报：

"斯通拍电报给早报称麦克加里格预计今晚过海峡。你的方向不对，我们被打败了。速回。"

查平没有理会帕特森的指令，子夜刚过就上了东方号，向休伦湖进发。周六一整天，查平和里昂斯都在休伦湖外围搜索。他们每行驶50英里就截停所有船只询问。但一无所获，没有人见过布莱克号。也许帕特森是对的。而此时芝加哥的报纸对水上的情况彻底陷入迷茫。早报和论坛报各种消息都报，即使这一则消息跟上一则自相矛盾。但论坛报似乎开始相信查平的判断。"论坛报相信布莱克号将于周日上午11点出现。"该报头版报道。

午夜时分，查平的赌注似乎押对了。螺旋桨船诺克号的船长说，当天早些时候他曾见过布莱克号。查平和里昂斯将船开回休伦港休息。周日凌晨4点，东方号再次向北出发。“天气良好，但风浪依然很大，”查平写道，“巨浪拍打着小船，但小船乘风破浪，以将近每小时10英里的速度艰难前行。”当太阳在波浪翻滚的水面上升起，查平和里昂斯在地平线上发现了烟火。整整1个小时后，他们追赶上 4 艘接驳在一起的纵帆船，并认出最后一艘就是布莱克号！

波浪颠簸，东方号无法靠近布莱克号让查平上船，只能眼睁睁看着船队前行。然而在没有任何征兆的情况下，拖船船队中的第三艘船马锡号退了出来。一开始，查平以为这是布莱克号即将在加拿大靠岸的信号。奇怪的是，布莱克号船长转而要求接驳东方号。“这看起来很可疑。”查平说。他让里昂斯靠近马锡号。话音刚落，马锡号从船尾放下一艘快艇。一名船员和一个身穿大衣的高个男子跳进快艇。接下来一切都乱套了。里昂斯命令大副开足马力跟上去，惹得布莱克号船长一顿怒骂，其他船上的船员开始起哄，为逃逸者喝彩。“东方号猛地加速，比赛开始了。”查平说。快艇上的船员拼命驾船往前猛冲。坐在船尾的麦克加里格不敢动弹。东方号逼近他们。距离快艇不到100英尺时，里昂斯调转船头。因为对拖驳船来说，距离太窄，船底气流动不了，船只将无法正常行进。“纵帆船上传来叫嚷声，船员们嘲笑东方号，以为它是来抓麦克加里格的。”查平说。

当麦克加里格顺利踏上加拿大的领土，查平让东方号一直尾随马锡号。水面平静下来，马锡号没有开动，查平轻而易举就上了马锡号。查平跑线时就认识的马锡号船长强尼·弗依热情地和他打招呼，也意识到自己弄错了，他们还以为东方号上的是警察。在船上咖啡厅，弗依的讲述让那群还在等麦克加里格回马琪那的笨警察显得更加难堪。他说，几天前当马锡号横穿海峡时侦探曾上过船。弗依同情麦克加里格的遭遇，便邀请警察在船舱畅饮深受人们喜爱的加拿大白兰地“樱桃跳”。大家喝得正酣，弗依上了甲板，发现布莱克号正开足马力横穿海峡。于是他返回舱内又开了几瓶。“侦探们大快朵颐，十分尽兴，”弗依告诉查平，“当警察回到甲板上时，我相信没有人能分清哪是渔船哪是汽船了。布莱克号早就走远咯。”

当天晚些时候，弗依追上布莱克号，提醒它小心，搜查已经开始。天气恶劣，两艘船一度撞上。在并行的极短时间内，麦克加里格从布莱克号跳上马锡号。“我认出他就是麦克加里格，他泪流满面，求我带他靠岸。我答应了，也做到了。”弗依坦然说道。查平接着采访了布莱克号的厄温船长，从他那儿获得了从北码头深夜中转的全部细节。只差一个采访，查平就完成他的重磅报道了。查平召回东方号，让船长在爱德华站放下他。这里离麦克加里格上岸的地方只有半英里。当查平沿着岸边行走时，发现了麦克加里格扔在码头的大衣。查平在火车站了解到下一班列车午夜之后才到站，而且另一个人早前也问过同样的问题，根据描述，查平猜测此人极有可能是麦克加里格。“所有的追踪到此戛然而止，”查平说，“尽管我在桑尼亚和爱德华站都进行了仔细搜索，但还是不见他的踪影。”查平告诉线人，如果麦克加里格出现就打电话通知他，然后打道回府。到达休伦港时，他因为睡眠不足已疲惫不堪。

当晚8点，电话来了。有人看到麦克加里格在买帽子。查平跳上一条小木船，河水湍急，他仅用1个小时就赶到了。但麦克加里格再次消失。查平又花了1个小时问遍所有旅社，最后在杰克·鲍依代人养马的马房找到了他。查平走近麦克加里格，伸出双手。“两双手热情相握，大个子受贿者挽着记者的手臂走上街头。”查平写道。

麦克加里格看上去憔悴不堪。“他步履蹒跚，”查平写道，“好几次他抓住记者的手以免摔倒。”查平带他去了西部旅社，给他开了房间，准备采访他。“我因为焦虑、紧张累坏了。如果还要回答你的问题，对我来说是个折磨。”麦克加里格说。他答应查平一旦证明自己无罪就给他一个独家访谈。查平还是问了几个问题。“不，我逃亡的时候麦特森警长没追来，”麦克加里格证实，“不错，逃亡始于你开始报道的那个时间。”“不，我没有钱。如果我进了监狱，很可能会死于伤寒，只有逃亡才能活下来。”

查平与麦克加里格告别后返回休伦港，他知道方圆百里之内没有其他报社记者。这个独家是他的了。当晚，他写出这篇大获全胜的报道。在芝加哥，帕特森命令保安寸步不离守在编辑部，以防向竞争对手走漏任何风声。周一，报道占据了半个头版。“今天早上，当受贿者麦克加里格踏上英国领土[1]时，《论坛报》记者在拖驳船东方号的甲板上挥着帽子向他打招呼，”查平在导语写道，“匆忙赶路的麦克加里格没有回以敬礼。尽管他严重晕船，还是拼命往前赶路。现在他已安全抵达加拿大，探员和警长们，以及还在海峡等候布莱克号的记者们可以打道回府了。”不满足于讽刺探员，查平还说他找到了麦克加里格的大衣，“记者拿起它，想把他送给麦特森警长当礼物，以纪念他此生最难忘的事件。”查平的报道不仅串联起麦克加里格出逃的所有细节，还提醒读者所有的事情都证实了他最初的直觉——受贿者乘布莱克号逃出了芝加哥。

斯通被打败了，而且是被狠狠地打败。多年后，在写回忆录时，他仍然气结于把出逃者跟丢了，并固执己见地认为如果不是查平，他或许已拦截布莱克号。“我的行动被透露给竞争对手，结果麦克加里格就跑掉了。”斯通在1920年说，“这个被走漏的故事在查理·查平最近出版的有趣自传中被提及，那位令人讨厌的记者因杀妻罪如今正在新新监狱服刑。当时如果我能逮住他，就应该想办法杀死他，那么‘被判终身监禁者’现在或许就是我了。”

查平在休伦港又多待了些日子，但麦克加里格爽约，事先答应的采访没有做成。加拿大政府以没有确认犯罪指控为由拒绝引渡他。查平最终胜利打道回府。帕特森召他到办公室，给他升了职，奖励他两周假期以及现金。

“我要对你违背我的指令表示感谢。”帕特森说。

“你能告诉我——如果我违背了你的指令，结果却是斯通在海峡逮到麦克加里格——又会怎样？”查平回应。帕特森大笑不语。有关麦克加里格的独家报道让查平成为芝加哥顶尖的海事记者之一。3个月后，他的新职位又给他带来一篇与湖泊有关的独家报道。

1887年10月31日，周一，全城关注的焦点，从即将处死秣市爆炸案的无政府主义罪犯，转到了密歇根湖上的一场海难。据报道，芝加哥最知名的螺旋桨游船（因其新式引擎动力而得名）之一沃伦号在周末席卷整个密歇根湖的初冬风暴中失踪。船上约有三五十名乘客。确切数字不得而知，因为船上才有唯一的乘客名单。海事记者无人不知沃伦号。它用于快速运送渔获和乘客。阿尔弗雷德·布斯订制了该船，它于1886年8月16日建成。查平曾见证该船的首航。那是一艘令人印象深刻的新船，5 000名观众赶来目睹它试水。船长177英尺，拥有双锅炉，565马力的引擎让它的时速可达15海里。为了显示布斯渔业公司的财力，该船的建造不惜成本。黄铜硬件随处可见，18间客舱尽显豪华。但是，由于设计阶段有计算失误，一旦下水满载它就不太平稳。为了让媒体封口，以及让海事专家们对船的适航性不过于吹毛求疵，布斯在8月28日组织150名乘客试航。9月1日，它获得了营业执照。

1887年10月，沃伦号从希博伊根向芝加哥返航。当它于周五晚进入密歇根湖时，湖面起了大风。随着风力变强，风开始往北吹。这对船员来说是个可怕的信号，因为这让更大面积的水域过风并掀起巨浪。周六，巨浪丝毫没有减弱，一些船只发现了轮船的残骸，四散的货物，甚至还有一名生还者。但是，那些船只的领航员害怕在颠簸的波浪中一旦停驶船只就会沉没。下午，一艘小船捡到驾驶舱的碎片，上面刻着“沃伦号”的字样。

周一，沃伦号失事的消息上了芝加哥所有报纸的头版。人们推测无人生还，包括那个曾被目睹出现在客舱顶部的男子。但到了周二，船主查理斯·厄弗克派人捎来口信，让查平去他位于同业委员会的办公室。他急于向查平展示一封由他名下纵帆船S. B. 波默罗伊号船长康姆斯托克发来的电报。该船刚刚在绿湾抛锚，当晚它遇到一艘救生艇，艇上有名生还者和一具尸体。厄弗克给查平写了封介绍信，并答应不将此事告诉任何人。查平冲出去，跳上开往绿湾的火车。

第二天清晨5点半，查平抵达绿湾。S. B. 波默罗伊号在离岸两英里处抛锚。查平立刻包了一艘拖船前往抛锚地。上了S. B. 波默罗伊号，查平找到沃伦号的幸存者、还在沉睡的瞭望员阿克萨尔·斯通。查平不顾一切弄醒他。斯通28岁，身材健硕，仍承受着痛苦的煎熬。“他的两腿肿至正常的3倍，从腿到臀部都被晒得褪色了，双手肿得跟拳击手套一样大。”查平描述。但斯通意识清醒，吃过早餐后，他向查平讲述了先前的经历。

斯通称，沃伦号上共有25名乘客以及巨量货物。“两个船舱都满满当当，舱板之间挤得连一盒火柴也放不下，”斯通说，“我这辈子几乎都在船上，去过世界各地，但从没见过一艘船如此肆无忌惮地超载。”满载乘客和货物的沃伦号周五晚离开良港，这是它进入密歇根湖之前的最后一站。斯通当晚第一个值班。大风在9点至10点之间刮起，浪头随之形成。“我曾经历过更恶劣的风暴，但从没待在一艘应对如此糟糕的船上。”他说。水开始倒灌底舱，当时舱门为了存放更多货物而敞开着。斯通建议船长扔掉一些货物，却被他粗暴拒绝。凌晨1点，斯通下班。又累又惊的他倒头睡着。2小时后，他被砸在地板上。从门口涌入的湖水几乎淹没了房间。他抓起衣服，披上救生衣，从窗户爬了出去，掉进湖里。“我水性很好，但是当船只沉没时，我才游出了不到6英尺。许多人应该和它一起沉没了，因为我听见了风暴中人们的尖叫声。”斯通告诉正飞速记录的查平。

混乱中，斯通看到在1/4英里开外有一艘救生艇，半小时后他才追上它。上了救生艇，发现里面有6个浑身湿透、瑟瑟发抖的船员。多数人衣着少得可怜。他们告诉斯通，引擎室不断上涨的水位最后将火力彻底浇熄，船只失去了动力。它被卷入巨浪之间的波谷，剧烈翻滚。在沃伦号下沉之前，他们只能抢下这艘救生艇。斯通披上带出来的衣服开始划艇。划艇和身上虽已打湿的衣服让他得以保持体温，但是其他人却冷得不行。不到一天，只有斯通活了下来。司炉工比尔最后一个死去。接下来的日子，白天斯通想尽一切办法取暖，他一度晒干了烟草，用烟斗吸了好一会儿烟。他不时遇见其他船只，但没有人来救援。他很肯定有艘纵帆船的船员已看见自己，但对方却继续赶路。最后，在救生艇内待了将近48个小时后，斯通感觉末日将至。“我丢了烟斗，比尔死了，孤身一人。比尔的尸体横在艇中间，衣服冻住了，所以湖水冲不走他。我希望黑夜来临，那么他那双眼睛就不会盯着我瞧了。我将头枕在他的胸口，双手死死抓住他，这样就不会被冲走。后来就睡着了。”

斯通夜里醒来，皎月映照湖面，他看见S. B. 波默罗伊号就在附近。他的手臂僵到无法挥动衬衣，只能坐着使尽全力呼救。船开走了，他再次感到绝望。查平从船长那里知道了接下来发生的事。甲板上，二副认为他听到一声虚弱的呼救并报告了船长。船长康姆斯托克走上甲板，在月光下看到救生艇。他命令放下快艇，船员们朝救生艇划去。一块乌云遮住湖面，快艇在水中漫无目的地转了半小时，在黑暗中船长要求继续搜索。最后，快艇撞上了救生艇。船长跳上救生艇，将斯通抬上快艇。这时，他撞上了又大又笨的物件。“噢，那是比尔，”斯通有气无力地说，“他死了，不要在意。”船长回到救生艇，把尸体从结冰的艇上掰开，然后划着快艇回到大船上。

查平记下斯通所说，并和康姆斯托克船长（斯通获救后曾告诉他自己得以生还的点滴片段）所知的情况相互印证，然后和船长来到甲板上。船长指向一堆帆布，查平这样描述所见到的情景：“记者掀开船帆的一角，一眼看到比尔发黑的脸，他和斯通同乘一艘救生艇，在6名船员中最后归西。场面实在太可怕，船帆于是被迅速盖上了。”

笔记本记得满满当当，查平搞到了近年来最劲爆的湖上风暴幸存者的独家新闻。他决定带着独家报道和幸存者一起回芝加哥。“斯通孤身一人，身无分文，身体又如此虚弱，记者提出由论坛报出资送他回芝加哥，并把他安置在医院。”查平告诉读者。但绿湾的法医官——“由两个警察陪同的好事之徒”——有他的算盘。他要求羁押斯通，直到陪审团就救生艇上的尸体进行审讯并证明他无辜后才能释放。查平看着独家报道正从指缝中溜走。开往芝加哥的火车下午1点25分发车。查平担心“误了火车，尤其担心斯通被迫向本地报纸记者讲出他的故事，然后通过电报发回芝加哥”，于是果断上岸，争取到和陪审团对话的机会。“我竭尽所能百般解释，告诉陪审团这个不幸的船员身体状况极糟。”他说斯通急需入院治疗才能保住性命。陪审团成员显然动摇了，同意了查平的折中方案。他们陪同查平回到S. B. 波默罗伊号，从船上回岸上期间又和斯通谈话。陪审团此行不仅听到了斯通本人的证词，而且在查平的要求下检查了在救生艇上找到的残缺不全的救生衣。比尔的死被判定为过度冻伤，这让斯通得以启程前往芝加哥。

在岸边，马车和医生等着查平和斯通。“在火车站，大批群众赶来围观这名幸存者，人群一度多到似乎整个绿湾的人们的好奇心要把记者和幸存者淹没。”查平写道。但查平设法让斯通走在角落里，他走在前面挡驾，直到车站经理出来护送他们进入他的办公室。“门立刻被锁上，窗帘放了下来，斯通得以从那些张牙舞爪、虎视眈眈的乌合之众的猎奇中安全地逃离，喘了口气。”但没等他们安顿下来，门口就有人在敲门，车站经理上前应门。

“我们是联邦官员。”门口站着两个人，一人开口说道。

“都一样，先生们，这里没有你们的地方了。”经理应道。

“我们必须进来。我们是联邦官员，想和这个人谈谈。”那人指着斯通说道，并要硬闯进来。

“你们不能跟他交谈。”查平大声说道，并和经理一起将两名试图闯入者推出门外。两人后来被证实只是受好奇心驱使的海关官员而已。

火车1点40分进站，有警察帮忙开道。火车上，乘客簇拥着他们在包厢坐下，“那儿的乘客出身更好，更懂礼貌。”9点30分，火车抵达芝加哥。下车比上车好不了多少。“斯通一直无精打采，直到被记者包围，他们捧着钱来请斯通去他们的报社办公室接受采访。”查平和斯通被一辆早已等候在此的马车迅速接到论坛报。关于这场竞争，查平讽刺说，我们“坐在马车里被出租车里的记者追赶，他们想要的无非就是论坛报费尽周折获得的独家采访”。

第二天《论坛报》的封面属于查平。斯通在医院里呆了数天后逐渐复原。周日，《论坛报》刊登广告称，斯通会在科尔与米德尔顿南区博物馆“展出”。“被发现时正和尸体一起漂流，从惊涛骇浪的水墓中逃出生天，水手阿克萨尔·斯通，沉没的蒸汽船沃伦号唯一的幸存者！”斯通很快赚到足够的钱回老家瑞典。查平的报道使他成了名人。

译注：

[1] 当时的加拿大归英国管辖。

6 见证死刑

就算芝加哥人已经把1886年5月发生的事情抛诸脑后，《论坛报》也不会，至少在所谓的正义实现之前，它不会善罢甘休。秣市爆炸案次日，《论坛报》就呼吁逮捕涉事的无政府主义者；他们被捕后，《论坛报》又发起处死他们的行动。执行绞刑的日子近了，查平被派往报道行刑。“这任务让人神经紧绷，”查平说，“我认识他们多年，也多次报道他们的集会，那时人们还只是认为他们仅仅是脾气古怪但无害的人。”1887年11月9日，周三，查平作为记者之一来到库克郡监狱。这是一栋和宏伟的郡法院背面紧连着的低矮砖房建筑。“第四权力”[1]倾巢而出。芝加哥所有的报纸都派出最好的记者，远道而来的数十位记者也摩拳擦掌，其中有来自纽约《世界晚报》的记者。该报不到一个月前由约瑟夫·普利策创办，以全面抗衡染指公园街白热化竞争的伦道夫·赫斯特。记者们都清楚，他们将于周五见证的行刑将上自家和全球报纸的头版。计划中的行刑也成为全世界产业工人关注的焦点。在此层面，正义是一枚硬币的两面。对资本家来说，行刑意味着维护法律秩序；对工人来说，行刑意味着维护资本秩序。行刑引起的愤怒情绪，使它成为当年最受关注的事件。但是在那一天到来之前，被关押的一名无政府主义者引爆了另一篇封面故事。

路易斯·林格是定于周五被执行绞刑的7名死囚之一，他们被关在一栋4层监区最底层彼此相邻的牢房中。牢房前面是白天人满为患的探监室以及一间更小的供死刑看护用的格子间。查平来到死刑看护室的那天傍晚看似风平浪静。他唯一注意到的是，囚犯们一直在不停地抽烟，特别是林格，他似乎对即将到来的行刑满不在乎。他吃了一顿丰盛的晚餐——从马托餐馆送来的沙朗牛排和两大盘鸡肉沙拉。在审判和监禁期间，林格是这群死囚中表现得最桀骜不驯的一个。这个来自德国的21岁木匠告诉法官，判他死刑并不能终结人们扔炸弹。“当你们绞死我们后——记住我的话——他们还会扔炸弹！因此我告诉你：我鄙视你们。我鄙视你们的秩序，你们的法律，你们用暴力支撑的政府。绞死我吧！”一周前，林格还写信给州长拒绝任何形式的减刑，声称他要么被无条件释放要么被处死。

为林格送餐的服务员问他第二天早餐要吃什么。

“什么都不要。”他答。

“什么？你不需要任何吃的？”服务员很惊讶。

“不！好吧，给我些牛奶吐司。”

但是第二天早上在牛奶吐司送到之前，林格干了最后一件出格的事。早上8点55分，监狱里响起爆炸声。它“极大地触动了狱警们高度紧绷的神经”，查平在《论坛报》次日的头版报道中说：“有那么一刻，所有人都呆住了。看到林格牢房冒蓝烟的副执法官奥尼尔喊了一声‘是林格’才打破了沉默，办公室里的所有人都冲向那间牢房。”和往常一样，查平用富有戏剧性的语言来叙述，而不是用直白的口吻报道。读者只有读下去才能获悉林格的命运。

爆炸发生后，狱监及其书记官冲出办公室。“以最快的速度用钥匙打开两重牢门，冲入那名极端无政府主义者的牢房中。”查平写道，他是最早到达牢房的记者之一。人们发现林格躺在床上，头垂在床沿边，血流如注。床上、墙上和地上到处都是四溅的血迹、肉块、牙齿和碎骨头。几乎可以马上断定林格插了根通常用于制造更大爆炸场面的雷管在口中，引爆了它。没人知道雷管从哪儿来。人们将林格抬出牢房，穿过走廊，放在大浴室的桌上。他大半个下巴都被炸飞了。查平的报道并不适合在早餐时阅读。“嘴唇几乎整个脱落。嘴巴部位被炸得只剩下一个几乎延伸到下巴的可怕的、血肉模糊的大洞。细看之下，下巴组织或许仍在，部分长了胡须的上唇还在，而鼻子已整个塌陷，眼睛紧闭。”

林格的头被两三个枕头垫起，郡里的助理医生试图为他清洗伤口。查平借用医生的话来描述林格血肉模糊的躯体。“上颌骨包括牙齿和鼻基全部变形，往旁侧或下端倾斜；牙齿全部脱落；舌头已被炸碎，所有附属组织都已损毁，不得不用线固定，以防再次走形或堵塞气管。脸部靠近左侧鼻基处直径或达0.75英寸的大洞显然是被金属雷管炸开的。”经过照料，并被注入白兰地、水和温盐水，人们猜测林格或许能活下来。他说不了话，只能多次借用记者的笔记本写字。但到了凌晨1点，查平说：“显然他只能再挺几个小时了。”

“林格死得很痛苦，”查平称，“他的运动员身材、健硕的体型以及极其旺盛的生命力让他挣扎了6个小时，而对于身体比他弱的人来说，受了这样的重伤两个小时就会毙命。”实际上，执法官提前宣布了林格的死讯。外地媒体记者被禁止入内，几名本地记者、副执法官和狱警挤在浴室内看着林格死去。查平这样描述死者受到的殉道士般的待遇：“林格奄奄一息，一个副执法官拿起剪刀剪下林格红棕色的卷发以留作纪念。”“6小时前法警收集了因爆炸而散落在牢房各处的死者的颌骨和牙齿碎片。它们被小心地作为遗骸保存。”

查平和主编一起写出长篇报道。写完后，他再次加入死刑看护中。7人中只有4人第二天仍要上绞架，他们是奥古斯特·斯比斯、阿尔伯特·帕森斯、乔治·恩格尔和阿道夫·费舍。在查平写稿时，州长理查德·J. 奥古斯拜宣布了对剩下的两名被羁押者的判决。死囚们最后都睡着了，查平和许多同行却无法入眠。

清晨的阳光笼罩下，城市看起来有几分不真实。300名佩带猎枪、来福枪和手枪的警察包围了法庭和监狱。监狱所在街区禁止车辆通行。法庭屋顶和监狱窗边都有荷枪实弹的警员把守。这还不够，好几个团的民兵带着加特林机关枪和加农炮到市政厅集结，随时准备增援。工厂这天不开工。报纸——尤其是那些鼓吹置无政府主义者于死地的报纸、银行及其他金融机构都处于严密看守之下。不安的情绪笼罩全城。

早上8点，死囚们被叫醒。他们被允许写信，留下遗嘱，吃最后的早餐。10

点，查平和其他记者、官员们、陪审团成员来到监狱办公室和庭院中。10点半，通往监狱的大门开启，人们被安排进入北走廊，那里立着足有两层楼高的绞刑架。记者们在陪审团成员和医生们身后的指定位置就座。所有人各自落座等待。“走廊昏暗，一面墙上的高处只有一扇封闭的窗户透进些许微光，另一面墙上三四盏暧昧的白炽灯将走廊映衬得更加混沌。”查平写道。时间一分一秒过去。有人点了支雪茄，被警长制止。将近11点45分。“长久的等待让人精疲力竭。对多数在场的人来说这比行刑本身还要难熬。有些记者，特别是那些从外地来的记者表现出一种不合时宜的烦躁，也可能是故意为之以掩饰更深层的情绪。这个时候当然有人唯恐天下不乱。大多数在座者还是克制地保持静默。”

突然法警出现了。他抬起手臂，低声但有点激动地宣布：“陪审团的先生们请脱帽。”陪审团整齐地集体脱帽。脚步声由远及近。“他们越走越近，每个人都开始心跳加速。”另一个在场的记者写道。死囚们从头到脚裹着白色寿袍。斯比斯走在最前头，来到指定的绞刑套下。另外3人也很快就位。一位副官抓住绞刑套，绕过斯比斯的头，在颈部套紧，并在他左耳下打结。他给每个人都完成以上程序。白色的头套套上了。“一晃神，他们看起来像鬼魂，”查平写道，“突然，被蒙住脑袋的斯比斯发出浑厚的声音：‘我们的沉默将比他们今天扼杀的声音更有力量！’其他人也说话了。‘无政府主义万岁！’恩格尔呼喊。‘这是我一生中最快乐的时刻。’费舍说道。“帕森斯的声音响起，清楚但并不响亮。‘请允许我说几句，’他说，‘啊，美国人！’然后突然转变声调：‘让我说说，麦特森警长！’片刻停顿后——仅仅是片刻——他又继续：‘人们的呼声将被听见！’但他最后的话音被行刑套猛然拉起的‘砰’的一声打断，4人应声倒下。”

每个人身体的最后反应各异。帕森斯很平静，而斯比斯的肩部一直抖动，胸部起伏不定，两腿挣扎。医生站在他们旁边，向观刑者报告濒死者的脉搏。查平记录下每分钟的变化：

第一分钟——斯比斯，119；帕森斯，62；费舍，62；恩格尔，60。

第二分钟——斯比斯，104；费舍，98；恩格尔，96；帕森斯，100。

…………

被放下后的第七分半钟——费舍，22；其他人已感知不到脉搏。

"绞刑架下松弛的白色尸体在黑墙背景映衬下，比以往的任何场景都要恐怖。"查平写道。尸体在空中扭曲，医生们割断绞绳，把他们放下来，阳光正透过上方的碎玻璃窗照射进来。"许多观刑者被这一幕深深震撼。即使死囚们已被宣告死亡，他们仍然一动不动。很长一段时间内，能够听到的唯一声响是远处街上货车的隆隆声。"警长宣布清场。"人们才开始缓缓鱼贯而出。每个人走到出口时都向长廊回望，那4具安静的白色尸体仿佛是被吊在了墙上一样。"

查平感到恶心和头晕，几乎迈不开步子。他跟着同事去了附近的酒吧。他开始喝白兰地。那是他能记得的最后一件事。"后来这些年，我无法记起后来发生了什么，更别说怎么离开酒吧了。"他依稀记得第二天早上在自家床上醒来。太阳升起来了。6点了。"充满羞耻感的酒后懊悔袭来。"查平一直为自己的靠谱而自豪，但现在他毁了这一切。他想象着编辑部因为他当晚无法交稿、主编不得不拼凑一篇稿件的情形。"我想他永远也不会原谅我了，我把脸埋在枕头里哭了。"稍后，他穿上衣服溜出房子，到街上找报童把所有的早报都买了一份。他先翻开《论坛报》。

"奥古斯特·斯比斯、阿尔伯特·H. 帕森斯、乔治·恩格尔以及阿道夫·费舍昨日被吊死在库克郡监狱的绞刑架上，"导语写道，"他们无所畏惧地受死，至死都藐视一切。生是异己分子和无政府主义者，死也是异己分子和无政府主义者。"毫无疑问，经典的查平式开头。"当我读到报道时越来越纳闷，"查平说，"开头跟我预备的草稿一模一样，报道描绘了我所见到的所有场景。这绝对是我写的报道。"

他赶紧回到住所，叫来女佣，问她自己昨晚是几点回家的。

"刚过10点，怎么啦？"她答道。"你看起来脸色苍白，有点累。"她说。

"我试图从她脸上找到对我为何买醉的疑问，但她的眼里只有同情。"

用过早餐，查平鼓起勇气到办公室去。在电梯里他碰到执行总编帕特森。"你写了条猛稿。"他一边拥抱查平一边说。查平含混地道了谢，仍觉得纳闷。他战战兢兢地来到本地新闻部，紧张地对霍尔挤出一声愉快的"早上好"。本市新闻主编也表扬了他，尤其是对他能在9点前交稿特别满意。要搞清楚事情的原委只能去一个地方了。查平来到校对室，找到自己的手稿。"字迹一点不潦草，也没有什么因思维混乱而改动的地方，"他说，"我从未写过如此完美的稿件。”看着手里的稿件，查平问起同事们，才慢慢记起前一天的事。原来他只喝了一杯就离开酒吧回到报社，把自己锁在房间里整整写了8个小时。不是酒精而是见证死刑及写稿让他的大脑麻木了。“心理学家或许能给出解释，”他说道，“我却不明白是怎么回事。”

1887年即将结束，查平毫无疑问已成为芝加哥最优秀的记者之一。仅在那一年，除了这篇出彩的死刑报道，他还在加拿大追踪到麦克加里格，又在报道沃伦号失事事件中单枪匹马击败对手，而该事件是密歇根湖历史上最严重的海难。犯罪和海难报道是他的强项，上头版对他来说早已不是问题。报纸要在激烈的竞争中赢得成功，报道各种死亡是必要的策略之一。凶杀或丑闻引发的各种死亡，不管是车祸、火并还是绞刑，都能让记者声名鹊起。查平是这一信条的最早门徒之一，现在更成为它知名的“传道士”之一。尽管报道署名要在多年后才兴起，但整个芝加哥媒体圈尤其是论坛报的对手们都认得出哪些报道出自查平之手。“我现在只写大新闻，”查平说，“经常能挑我感兴趣的题材来写。”

事业上的成功也给查平带来其他红利。他已是论坛报薪水最高的记者之一。他和内莉也得以从塞吉维克街住所搬进布曼大道一栋更高档的公寓。他终于能给内莉她想要的生活乐趣，比如珠宝，这种查平作为珠宝匠后代早就熟知的东西。在追求新闻事业的同时，他还得以接近富有的金融家，比如组建铁路辛迪加的格伦巴斯·R. 库明斯、凯文·S. 布里斯和萨缪尔·H. 托马斯将军等。不久之后，查平和金融家威廉·B. 霍华德走得很近。后者显然很喜欢查平，他邀请查平去纽约度假两周，表面上查平是为报道布朗–霍华德有限公司700万美元合同的工程——可罗顿高架渠的某一段而去。他们住在39街和第五大道的联盟俱乐部。俱乐部是栋4层的红砖三角墙建筑，这里是纽约富豪们的私人领地。“我常和他的生意合伙人共进午餐，”查平回忆，“这是我第一次和百万富翁打交道。那两周经历的奢华滋味，我永世不忘。”一次午餐时，托马斯将军告诉查平他也曾是记者。查平立刻求教发财之道。“还是做记者好，”将军告诫道，“你现在比我快乐得多。”

1887年的圣诞节似乎充满了希望，不仅对查平夫妇如此，对芝加哥的多数市民亦如此。拜两位企业家所赐，芝加哥许多家庭都买到了圣诞树。在克拉克街大桥，赫曼和奥古斯特·舒尼曼满载着从密歇根森林砍来的小云杉树的渔帆船靠了岸，开启了从“圣诞船”买圣诞树回家的城市风俗。市民们都装饰圣诞树赶时髦。最新流行的做法是，给圣诞树喷水以使它产生霜冻的效果。如果手头宽裕，裹着红、白、蓝色皱纹纸的小电灯还能让你家的圣诞树成为四邻的话题。不只是圣诞树让芝加哥人向往新年。自3月起，经历了长时间大衰退后，经济已稳步复苏，尽管部分市民担心新的联邦铁路法是否会严重影响他们的城市——芝加哥是国家铁路系统的枢纽。

为庆贺今年取得好业绩，国际收割机公司总经理约翰·J. 克雷斯勒以令人难以置信的1 500美元的价格订制了一架斯坦威钢琴，钢琴由家具商弗朗西斯·培根手工打造，并于12月23日送达。在芝加哥的西区，圣诞前夕，威廉·A. 马库力也正在艾什顿街2号的家中尽情享受经济复苏带来的好时光。前一天，他的老板刚把他的月薪从110美元涨至125美元，还奖励了他更多假期。他在一家雪茄厂的股份每月可带来140美元的额外收入。但马库力对假期的遐想——如果他有的话——被下午2点响起的门铃声打断了。

个子不高、戴着眼镜的艾达·马库力女士应了门。门外的查平要求见她丈夫。

“你找我丈夫什么事？”她问。

“私事，而且只能私下跟他谈。”查平说。

“你要见他就必须告诉我。”

“我是个记者，想就他弟媳梅金女士现在的去向问几个问题。”

“我就知道，”艾达说，“进来吧。”

查平去马库力家，源于午餐时收到的报料。芝加哥地方法官约翰·普林迪威告诉查平，他已授权逮捕一对涉嫌不忠的男女，并透露这不是一般的案子。事情始于10月的一个雨夜，年轻的莫莉·梅金女士带着孩子离家出走，只留给宠爱她的丈夫一张令人难以捉摸的字条。自那以后，哈利·梅金一直不断地寻找妻子，偶尔去姐姐艾达·马库力家寻求安慰。每次到访，他总会告诉姐姐和姐夫寻妻的最新进展。姐夫威廉·马库力总是充满同情地聆听，并敦促他找侦探社帮忙。

尽管在接下来的一个半月内尽了最大努力，哈利还是不知道妻子的下落。

几天前，哈利在路上遇到威廉，后者抱着几瓶酒，行色匆匆，还说酒是拿回家的。第二天晚上，哈利去看姐姐，问她是否喜欢姐夫带回家的酒。

“为什么问这个？”艾达说，“他没带酒回来。”

哈利起了疑心。他想起威廉经常出差，又想起妻子莫莉两年前在马库力家长时间照顾他生病的姐姐，这更激发了他的直觉。哈利立即跟踪威廉。当天，他尾随威廉来到一座公寓楼，对方进了一间最近才租给“威廉夫妇”的公寓。黑暗中，梅金透过冰霜覆盖的窗户监视二楼那间公寓，看见妻子正和一个男人拥抱。

第二晚，威廉和莫莉再次幽会，哈利告知艾达她丈夫不忠。第二天早上，两人找到普林迪威法官，要求他下令逮捕他们各自的配偶。他们答应在警方行动前按兵不动。普林迪威催促查平当天下午到法庭来看烟花汇演。显然，他不太了解查平。查平不是那种等新闻来找他的人。相反，查平从城市电话簿上查到威廉在巴思路的梅与柔兴公司上班，这是芝加哥西区一家规模较大的酿酒厂。“我看到了在他（威廉）被控制前搞到这条新闻的希望。”查平说。不巧的是，威廉已开始休假，也联系不上，但公司办公室同意向查平提供他的住址。

进门后，查平被领进客厅。他进屋后，一个头发乌黑、留着胡子的英俊男子从隔壁房间进来。“这就是马库力先生。”艾达说，她突然靠到门上，扶着门才能站稳。查平走近她时，能感到她呼吸沉重。“她的胸口起伏不平，眼神锐利。”

查平告诉威廉想跟他私下谈谈。威廉有些迷惑，但还是领着查平走进他刚才待过的小屋。房间很小，他们站在窗边，彼此距离不过1英尺。

“什么事？”威廉问。

“我想问你关于梅金夫人的几个问题。”查平说。

威廉吃了一惊。他的脸红得厉害，看上去神情恍惚。“关于梅金夫人的什么事——”

“他话音未落，”查平说，“他妻子虚弱的身影出现在门口，几乎像个幽灵。她脸色惨白，抬起的右手举着一把左轮手枪。”马库力正背对着门，所以无法看见她。查平还来不及提醒马库力，她已瞄准他的后脑勺，扣动了扳机。

枪声有点沉闷，枪管冒出一团烟雾，马库力倒在查平怀中。“她像一头暴怒的母老虎，跃上前再次举枪，似乎还要开第二枪。”查平丢下马库力，抓住艾达的手腕，夺过手枪。

“让我杀了他，杀了这个魔鬼。”她尖叫道。

查平把她推出房间，发现地上的威廉已没了呼吸。查平试图抬起他，但太沉了。查平试图跟他说话，却只听见粗重的呻吟。查平回到客厅，艾达正抓着头发尖叫。在楼上照顾孩子的另一个女人冲了进来。“发生了什么事？”她问道。

“我杀了威尔，我很高兴我杀了他。”艾达回答。

查平冲上街，连敲三户房门，才找到电话叫来医生。他回到马库力家时发现门已锁上。他不停撞门，锁终于开了。他跌跌撞撞跑到客厅，艾达正在啜泣。

“我的左轮手枪呢？”她问查平，“刚才我听见他还在呻吟。他还没死。我肯定他还没死。把枪给我，让我杀死他。噢，让我杀了他！我告诉你他必须死。我必须杀了他。”

查平赶到威廉倒下的房间。第二天他向读者描述了当时的场景。刚从圣诞节崇拜——在圣彼得或圣保罗大教堂举行的、有50名身穿白袍的唱诗班孩子演唱《齐来崇拜歌》的那种崇拜——回来的芝加哥人在《论坛报》上读到：“被杀死的男子还躺在地上，一地都是血和迸出的脑浆。他儿子小威尔弯腰靠近他几乎已无知觉的身体，胖乎乎的手上沾满血迹。他正在用童音呀呀问爸爸，刚才那好笑的声响是从哪里来的。”

艾达还在嚷着要杀死威廉。突然，她冲进厨房。猜到她意图的查平紧随其后，用力地从她手里夺下一把小刀，迫使她回到客厅。终于被驯服的艾达将她的苦恼一股脑倒给查平，告诉他3年婚姻的细节、丈夫的不忠以及她如何从当铺买到手枪。她向威廉摊牌时，威廉告诉她，他打算为了莫莉和她分手。他劝她把最大的孩子给他，收下一笔钱，同意离婚，然后离开这个城市。就在这时，查平按响了门铃，打断了他们的谈话。

在查平采访艾达时，前门开了。哈利和前来逮捕威廉的警察赶到。查平说他们到得太晚了。

“姐姐，你杀了他真是痛快。”哈利说。

“你为什么不杀了你老婆？”艾达应道。

医生也赶到了。快速检查过威廉后，医生断言他剩下的时间不多了。当警察逮捕艾达时，查平飞速赶到威廉和莫莉幽会的公寓。在警察的看守以及朋友的陪同下，他见到了莫莉。“一位小巧、漂亮的女士。”他问她能否说点什么，二者的对话后来被写入第二天的报道中。

“没什么要说的。”她答。

“你是你姐夫的情妇，你们还以威廉夫妇的名义住在这里，是吗？”她抬起头，一言不发。

“梅金夫人，马库力夫人刚刚枪杀了她丈夫。”

“天哪！太可怕了。”她嚷道。

“我能看看他吗？”她颤抖着说。

“不行。”

“噢，让我看看他。”

“这不可能。”

哈利·梅金和警察到了，准备带莫莉去监狱。但这戏剧性的一天还没有结束。查平——目击者、采访者及记录者——现在又多了一个身份。他们离开前，查平把哈利拉到一边，恳请他看在孩子的份上别让莫莉坐牢。哈利同意替妻子担保。离开前，哈利拉着莫莉到婴儿床前。

“无辜的小宝宝抬起头笑起来，”查平写道，“出人意料的是，梅金指着孩子问：‘莫莉，你从未对我撒谎。告诉我，这孩子是我的吗？’‘老天做证是你的。’”

随后，两位警察将莫莉押出房间。她被带到法官面前，后被保释。查平来到12街警察局，艾达·马库力同意接受他的采访。在亲手杀死老公3小时后，她冷静了许多。“我担心他们逃跑。”她告诉查平。那天早上，她买来左轮手枪预备自杀。回家后她一直把它放在客厅的壁炉上。当她看见查平和威尔一起进屋，她的脑中闪过一个念头：绝不让其他女人占有她丈夫。

“出事前我们很幸福。噢，我太爱他了，”艾达说，“去年圣诞我们一家其乐融融，17个家庭成员一起共进温馨晚餐，威尔表现得相当棒。噢，上帝！太可怕了！我受不了。”

她承受不了打击。查平说，尽管艾达被判无罪，几年之后还是开煤气和孩子们自杀了。

译注：

[1] 第四权力（the fourth estate），是西方社会关于新闻媒体在社会中地位的比喻，指的是新闻媒体总体上构成了与立法、行政、司法并立的一种社会力量，对这三种政治权力起制衡作用。

7 当上主编

芝加哥报业同行当然都读了查平采写的马库力谋杀案报道，该报道引起了一家报社的特别关注。论坛报大楼几个街区之外，詹姆斯·J. 韦斯特和克林顿·A. 斯诺登正在为《芝加哥时报》（以下简称《时报》）不堪一击的境况忧虑。这时，查平引人入胜的报道给了他们灵感。自从威尔伯·斯托里去世后，《时报》就一年不如一年。斯托里正是15年前善待查平的那位主编。1888年元旦，几乎没什么办报经验的投资人韦斯特继承了时报的所有权。接着，他委任妹夫、曾在斯托里手下当过本市新闻主编的斯诺登为报社主编。“新大脑、新血液、新资金将被注入这份美国往昔最好的报纸之一。”亨利·M. 亨特在《记者》杂志乐观地预测。1888年1月7日，周六，韦斯特和斯诺登给查平捎口信，让他有空就过来谈谈“他个人感兴趣的问题”。查平收到邀请时正在写火灾稿，一场大火吞噬了德伯恩街一幢坚固建筑最上面的几层。周六当班的印刷工下午4点发现蒸汽井的杂物堆冒火星，遂拉响警报。“最上面的3层很快变成熊熊燃烧的大火炉，火势很快往上面和东面蔓延，”查平写道，“余烬和一尺长的木头碎片如同花洒洒水般飘落在街道和邻近建筑。”火灾是芝加哥的敏感话题，霍尔给了查平头版整整两栏的版面。

交稿后，查平移步到位于华盛顿街和第五大道街角的时报办公室。尽管查平才刚满29岁，韦斯特和斯诺登却许以时报本市新闻主编的职位。查平接受了，但有个条件，他要拥有完全自主的编辑权及人事权。两人同意了，但坚持让查平当晚就到时报工作。“我回到论坛报，毫无征兆地提出辞职，感到非常尴尬，这么多年我在论坛报一直受到礼遇。如果没有霍尔先生的栽培，我也不可能当上本市新闻主编。”霍尔情绪激动，对查平责怪不已，不许他离开。倒是帕特森理智得多。最后，他提醒查平，如果他在时报的主编工作干得不那么顺利，论坛报永远有他的位置。

查平走出论坛报，来到时报。本地新闻部员工已收到风，聚集在一起。前任本市新闻主编盖·马吉得体地交出权力并离开。当查平意识到自己的到来对这位老主编意味着什么时，他感到十分不安。“这是大部分报人的命运，”查平后来回忆，“他们为老板呕心沥血。当他们暮年、迟钝时就不得不像艘破船一样颠沛流离。”

在15分钟的就职演说中，查平开除了一名记者。这是查平在芝加哥、圣路易斯和纽约的本市新闻主编生涯中解雇的100多名记者中的第一个。但是像所有的第一次一样，查平一直到死都记得这个倒霉蛋的名字。跑旅馆线的记者W. 斯科特很不走运，他被听见在隔壁办公室议论新来的本市新闻主编。“当他用能想到的最令人作呕的词语两度提及我时，”查平说，“我走过去炒了他鱿鱼。”

“还有谁对我的看法跟斯科特一样的，也可以滚蛋了。”查平说完回到自己的办公室。

“如同上周所预测的，”亨特在《记者》杂志写道，“时报任命查尔斯·E. 查平为本市新闻主编引发了记者队伍的大换血。”好几个老时报人离开，查平新招了6名记者。其中之一是几乎和查平同一时间到达时报的芬利·彼得·杜恩。年轻的杜恩刚高中毕业，在《每日新闻》干过一阵。作为才华卓越的记者和作家，杜恩后来坐上了查平在时报的位置，并以“杜利先生”的系列报道赢得巨大声誉。这些用爱尔兰方言写成的报道讲的是南城一个小酒馆老板的故事。“我后来招过数百人，但彼得始终最受宠。不仅因为我喜欢他，还因为我雇他时自己正从记者上升为话事人。”

查平上任后的第一件事就是振兴这份曾是城中谈资的报纸。还在斯托里担任发行人时，《时报》就偏爱用血腥暴力和直白的性爱故事吸引读者。它的大标题以双关和头韵为人所熟知。其中最有名的标题之一是“投奔耶稣”，说的是临死前才信奉上帝的4个谋杀犯被处以绞刑的故事。芝加哥人对这类报道趋之若鹜。尽管《时报》不是最受广告商欢迎的报纸，但它在发行量上一直领先于《论坛报》。

斯托里去世后，《时报》逐渐变得僵化和平庸。到底是什么给了查平灵感不得而知，但他很快有了振兴报纸的计划。6月，他录用了内尔·库萨克。这个有着褐色头发和眼睛的漂亮姑娘以前是位老师。那个年代很少有女性进入新闻行业，查平也无意改变这一点。他招她来有自己的算盘。查平让库萨克去应聘血汗工厂的工作，回来之后报道工厂的工作条件。19世纪80年代，一些有前瞻意识的记者已利用媒体的力量报道社会不公。两年前，海伦·斯图尔特·坎贝尔就曾在《纽约论坛报》上就缝纫业妇女的工作条件做过连续报道。

库萨克的“城市女奴”系列首篇以“内尔·尼尔森”的笔名刊登在1888年7月30日的《时报》上，并立刻获得成功。

> 7月10日，周二，根据指示，我假扮成女售货员，一面揣着多家工厂名单，一面假装镇定，像铁面人那样戴着褐色台面呢面纱来到城里。
>
> 直到我来到麦迪逊大街的一家斗篷工厂，我才意识到极度贫困会让人处于多么耻辱的境地。在这间工厂，劳动就是奴役，劳动力就是奴隶，工人的血肉比针线廉价。据说企业是不讲感情的，但以下这篇商业调查说明，这种说法是在粉饰奴隶制度，只有民法才能阻止奴隶主的鞭子。

第二天《时报》社论沾沾自喜地宣称“昨天早上《时报》一时纸贵，证明公众非常关注本报正在报道的芝加哥工厂生态”。报纸被要求加印，读者再次趋之若鹜。《时报》不失时机地承诺会继续挖料。“今天的报道将更令人吃惊。明天读者或许要惊呆了。”该系列报道延续了整个夏天。库萨克或者说

"尼尔森"的报道最后被集结成两本书。1888年9月，库萨克搬去纽约，应邀为《世界报》做纽约"白人女奴"系列报道。

该系列报道给韦斯特留下深刻印象。他要求查平做关于堕胎的类似系列报道。"他要我做的，"查平说，"就是让一男一女两名记者暗访城中有名望的诊所，两人假扮成一对，女孩有了麻烦，想付钱做非法手术。"查平出离愤怒，称这是"报纸最最下流的招数"。斯诺登也持反对意见。"我们俩都直截了当地表示，宁愿辞职，也不会让这种下流的做法影响我们的职业声誉。"查平和斯诺登以为韦斯特放弃了计划。但报纸发行量因女奴系列获得反弹后，又开始滑落。关于韦斯特财务状况的流言四起，不少人怀疑他的资金偿还能力。秋末，韦斯特通知查平"派一对机灵的男女记者过来听他差遣"。查平没有在意，当有记者向他解释韦斯特打算让那两名记者干什么时，他还是没太上心。

1888年12月11日，查平习惯性地在深夜时分溜达到编辑部，才发现韦斯特干的好事。韦斯特让两名记者去做堕胎的系列报道，第一篇报道即将出街。查平冲进斯诺登办公室，告诉他这个消息，然后两人愤愤不平地等韦斯特。韦斯特从戏院看戏回来，二人愤怒地与他理论，恳求撤掉报道。韦斯特拒绝。两人立刻辞职。斯诺登去了西部。《记者》杂志说他"因健康原因休假"。查平则回到论坛报，因为帕特森承诺过，"如果我累了，论坛报永远有个好位置在等着我。"查平不是只身回去，和他同行的还有芬利·彼得·杜恩及另一个记者。

回论坛报后，查平同意出个长差，去给让他一战成名的报道收尾。麦克加里格，那位被控受贿出逃的前警察局长，据说在加拿大班芙过着逍遥自在的生活。查平预备北上找到麦克加里格，做一个"高寒版"的1871年亨利·斯坦利追踪利文斯敦医生[1]式的报道。他先是乘太平洋联盟火车西行绕道至西雅图，从那儿改乘船去维多利亚，再经水路到温哥华，随后坐长途火车到班芙。坐火车穿过落基山脉绝非易事。加拿大横贯大陆的铁路于1886年建成，比全美铁路贯通晚了17年。为了赶工，加拿大人在落基山上铺设的铁轨上上下下，异常陡峭。火车要上山时不得不卸掉车皮。当火车爬坡或下行时，餐桌摆设和食品被颠得四散。更糟的是，查平坐的火车因暴雪封山停开好几天。"我是卧铺车厢唯一的乘客，也是火车上除列车员外唯一的白人，"查平说，"其余都是印第安人和中国人。"

经过近两周的旅行，查平终于到达班芙。已是午夜时分，他发现有架雪橇在车站等他。几分钟后，他被带到疗养酒店，该酒店与一位医生早在1886年设立的疗养院相邻。“我站在火炉边烤火，麦克加里格快步从楼梯上下来，把我从地板上抱起来转圈，他的热烈拥抱几乎勒断我的肋骨。”如此热情的欢迎让查平有些惊讶。他提醒麦克加里格，两年前自己追踪他时，对方并未如约到酒店接受采访。麦克加里格听了大笑，解释说当年收到风，警察可能要来抓他，于是他跳上最快的一班火车跑了。

懊恼的情绪缓解后，两人跳进硫磺温泉浴。空气和水温差巨大。水上，天气冷得能将头发冻成冰柱，而一旦埋进水里，冰柱马上就融化了。他们像孩子一样在水里蛙跳、嬉戏了半小时。回到酒店，他们开了瓶酒，边喝边聊芝加哥往事，直到凌晨6点。查平发现麦克加里格身体状况很好，完全不像那个他在休伦湖边看到的脸色苍白、身形消瘦的逃亡者。随后查平一直睡到中午。

和麦克加里格、查平共进午餐的，还有两位要员和一名骑警。这顿午宴足以证明麦克加里格在班芙的地位。据查平报道，他逃脱伊利诺伊法律制裁的经历似乎没有给加拿大人留下负面印象。“他是西北地区的名人，是执政者最尊贵的客人，甚至被征求对当地政务的意见，也几乎是每位地区议员的知己。”午餐后，他们在硫磺山脚的一间旅馆泡硫磺浴。至于晚上的娱乐活动，麦克加里格组织了一个约有20人参加的雪橇派对。预订好的大型雪橇晚上6点出发，穿皮草大衣、戴皮帽、裹着水牛皮衣的人们冲入夜色中。“月光前所未有地皎洁，明净的天空仿佛被无数盏电灯点亮，”查平描述，“星星看起来那么大，那样静谧，就连最小的那些也放射出明亮的光辉。”

他们在魔鬼头湖边停下，登上麦克加里格的冰船。冰船以每小时60英里的速度驶过12英里的湖面。他们到达海滩酒店时饿坏了，拿出雪橇上的自备食物狼吞虎咽饱餐一顿。晚餐过后，有人弹起班卓琴，人们伴着琴声又唱又跳。“最后，麦克加里格起身说想唱一首最伟大的歌。我察觉他饱满的歌声中有一丝哀伤和颤抖：我的国家属于你，我可爱的自由之邦，我为你歌唱。”[2]这是一幅多么令人难忘的画面：受贿者、穷追不舍的记者、要员、骑警以及现场所有加拿大人和英国人都在和唱。“这首古老的国歌从未被唱得如此让人热血沸腾。”查平说。他发现麦克加里格的眼角闪着泪光。

参加派对的人们回到疗养酒店时已凌晨2点。“这愉快的一夜让我永生难忘。”查平说，他累得想倒头便睡。但麦克加里格一定要到他房间去。两天的派对之后，他终于给了查平一个采访机会，为此查平等了两年。麦克加里格为他的清白作了详细辩护，给出许多账目的收支明细。查平同意将有关账目公之于众。天亮了，查平问麦克加里格是否愿意留在加拿大。“你应该问我是否愿意被活埋。”他答道。两天表面的热闹之后，麦克加里格为自己被迫远离芝加哥、妻子和孩子们感到悲伤。“我对未来没有计划。但如果可以的话，我想重返芝加哥，我要向大家证明，麦克加里格没有外界想的那样黑。”

查平和麦克加里格会面的报道登在1889年1月31日的论坛报头版及内页几乎一个整版。在那个记者不署名的时代，记者在报道中通常以第三人称指代自己。查平的报道却个性十足。“我总是不明白，”他在文章开头说，“为什么麦克加里格要隐姓埋名在落基山脉之巅，置身于皑皑白雪和永久冰川之间。”报道在芝加哥人中引起极大反响。4个月后，麦克加里格的刑罚被减为罚款1 000美元，他得以回到芝加哥。他买下一间酒吧，再未涉足公共生活。查平俨然已是名记，他的姓名首字母出现在本次报道末尾，这在当时的新闻界极其少见。

2月初的一天，回到芝加哥的查平在街头偶遇詹姆斯·韦斯特。他邀请查平回时报当驻首都记者。这让查平大吃一惊。尽管对这位前任出版人有些不信任，查平对驻华盛顿记者一职并不反感。“我向往这类工作，而且当时别无选择，于是抑制自己的情绪接受了邀请。”韦斯特和其他从时报辞职者的关系也得以改善。大约同时，杜恩也修复了和韦斯特的关系，回到时报当本市新闻主编。

数天后，查平代替弗雷德里克·鲍尔斯成了时报驻华盛顿记者。鲍尔斯在此任上已有6年，还兼任格里德隆俱乐部主席。该俱乐部4年前由报界同人组建，以期改善记者和国会议员们日益交恶的关系。尽管这里已成为新闻界和政界精英青睐的聚餐场所，但是否达到目的则不得而知。比如，查平驻华府之前，某日下午得克萨斯州众议员威廉·哈里森·马丁临离开国会时被人介绍给《华盛顿星晚报》记者乔治·哈里斯，“你就是那个一直写我的人”，马丁说着，皱起眉头。哈里斯承认在文章中时不时提到马丁，有些文章也不完全属实。就在几个月前，哈里斯还取笑过马丁，认为他在威拉德酒店客房内吹熄煤油灯是对“现代照明方法”的蔑视。

“我不想和你握手，先生。”马丁说着径直走向当时国会大厦主厅的那一溜雪茄房。

“您不必和我握手，而且这样我还更开心，”哈里斯回答，“除非您洗了手，否则握手还是免了吧。”两人分开前一直针锋相对。

政治人物对新闻报道如此看重，以至有时他们和新闻记者相互较劲，这对芝加哥记者来说并不新鲜。但在许多方面，华盛顿和风城[3]大有不同。从外观看，华盛顿令人印象深刻。过去10年，华盛顿已完成从省会城市到世界性都会的转变。英国人詹姆斯·布莱斯1888年评论称：“华盛顿拥有宽敞漂亮的大街和闪亮的白色国会山，过去20年间已跻身最美城市之一。”华盛顿也远比总被商业引擎驱使而生活节奏飞快的芝加哥休闲。“对比纽约或芝加哥，华盛顿总体而言是休闲之都，尽管它也充满喧嚣和活力。”到访美国的英国大臣S. 瑞诺兹·霍尔说，“赶不上火车或者上班迟到，这里的市民也不着急；晚餐时间早过了，他们也要先安抚暴躁的妻子。”这股慵懒的气息，或者说是华盛顿的南方文化特性，也存在于查平日后主要打交道的国会山。有时候，国会更像一个大酒吧，而不像立法中心。国会议员们高谈阔论，放声大笑，脚搁在桌上，时不时朝无处不在的痰盂吐口唾沫。

这个城市也让人没有归属感。实际上，除了为有钱人打工的仆人们，几乎没有人将华盛顿看作自己的城市，政客和新闻从业者当然也不会。只有那些最富有的政客们在此买房。同在那年春天来到华盛顿的西奥多·罗斯福[4]，面对的也是远超他公共服务局局长薪水的房价。此地近150名记者多数住在宿舍或者酒店。他们工作变动频繁，就连《记者》杂志也说不清楚，到底有哪些记者常驻华府。但这座城市似乎有生生不息的政治传统。查平和内莉在距离白宫北面5个街区的17街住下，成为伊利诺伊州参议员查尔斯·法威尔的邻居。

几乎和查平夫妇同一时间到华盛顿的还有新一届政府班子。格罗弗·克利夫兰凭借领先近10万张选票赢得1888年普选，但在选举人团投票中败给本杰明·哈里森。时报派出至少3名记者报道1889年3月4日哈里森的就职仪式。当时仍对华盛顿政治生态一无所知的查平，只能去报道游行和正式仪式。然而阴雨天气让场面大打折扣。“如果今天万里无云，那么将是值得用上所有形容词大书特书的类似战争的场景，”他这样描述就职仪式上的阵容，“但今日，没有耀眼荣光，没有闪亮盔甲，没有刺刀阵，没有夺目剑，气氛阴沉得如同11月。”

14年来，共和党第一次同时掌控总统宝座和参众两院，战利品唾手可得。尽管公务员改革运动——以结束政治献金而让政府工作奖惩标准建立在德行之上——6年前借由潘多顿法案取得巨大成功，但该法案并未覆盖至联邦政府的大部分职位——这一层级的11.2万个职位仍在新上任的罗斯福局长的掌控之外。这些职位如何安排是新一届政府的首要任务之一，记者们也争先恐后报道相关人事安排，当被任命者来自他们所在城市时尤其如是。几乎所有的任命，无一例外地都在媒体密切关注之下。“芝加哥似乎有项联邦职务被求职者忽视了，”查平报道称，“人造黄油监察员，年薪2 500美元。”大多数人仍然紧盯着由约翰·华纳梅克任命的肥缺。这位来自费城的零售商因在总统竞选中不遗余力地资助哈里森，已被任命为联邦邮政总局局长。自华纳梅克履新后，有人统计，来自民主党的邮政局局长们每5分钟就有一个被取代。查平称，眼下4万名邮政局局长空缺，“必须迅速做出相关任免决定”。

查平对有关芝加哥的职位任命盯得很紧。他的邻居参议员法威尔帮了忙。“他让我每天傍晚去拜访他，告诉我读者可能感兴趣的新闻。”查平说。至于伊利诺伊州资深参议员沙比·库仑，查平用了记者们最常用的一招——为其写了篇吹捧式特写，把他和林肯相提并论，由此撬开了他的嘴。芝加哥最受关注的空缺是邮政局长一职，以上两位参议员都属意锅炉制造商康纳利·詹姆斯·A. 萨克顿上校。4月10日，查平拍电报回时报，称库仑和议员阿尔伯特·J. 霍普金斯直接将提名交给了华纳梅克。新规则却让他们的推举被耽搁了。查平称，哈里森总统“因白宫首月手忙脚乱而烦恼不已”。总统已为每个部门预留一天，而邮政事务日定于下周二。“所以离萨克顿先生激起民主党人在芝加哥邮政局外（示威）还有一周时间。”

查平也参与到金钱政治的狂潮中。他的两个朋友因竞选期间发表支持性社论，也被列入哈里森任用的几百名报人之列。一个是华纳梅克的助理局长詹姆斯·S. 克拉克森。另一个是E. W. 哈福德，在成为哈里森的私人秘书前，他是《印第安纳波利斯报》的编辑。哈福德想提携一个自己人，“三人小组”密谋促成此事。哈福德的“自己人”叫弗兰克·E. 帕默，克拉克森也曾和他共事。考虑的职位是报酬丰厚的政府公共印刷商，年薪4 500美元，而这显然只是该职位的一小部分回报。4月，查平以揭秘的口吻告诉读者该职位的潜在收入。当传闻称莫瑞迪斯船长将被委任该职时，有商人带着油墨供应计划找到船长。“他说可以和制造商签一份拿25%回扣的合同，”查平写道，“这些回扣他将和船长平分，这样一来，他们每人每年能各赚3万美金。”

5月初，查平到白宫拜访哈福德，看看推举帕默任职一事进展如何。他发现哈福德焦虑不安。原来费城印刷工会有了自己的人选，并极力阻止帕默当选，理由是后者所任职的报纸雇佣非工会印刷工，哈福德透露。“我解释说，帕默为了薪水打工，和雇佣谁当印刷工无关。就像我不用为报社雇佣排字工一样。”当晚，查平收到来自白宫的消息，总统想见他。“我听从召唤，被带进总统的私人办公室。他肃穆庄严地坐于桌前，让人忍不住揣测他血管里流淌的是不是冰水。”查平描述道。总统让查平复述他告诉哈福德的话。查平就复述了一遍。总统问，有没有办法确定芝加哥印刷工会对任命帕默是否会抵触。“我回答说我弟弟是工会成员，我可以拍电报问他。”

“今晚就去做，告诉我答案，我等着。”总统说。

但是，查平并不确定必能得到弗兰克的回复，尤其是他俩并非总是关系融洽。所以，他编了封电报，口述给报社的芝加哥办公室，然后指示对方将电报发回给他。半小时后，查平便拿着“他弟弟拍的认可帕默”的电报赶往白宫了。这封电报果然收到预期效果。

查平回到办公室写稿。“今晚总统给芝加哥发了一封电报，问弗兰克·帕默是否愿意接受公共印刷商一职。”他写道，“当帕默收到电报时，这是他首次收到来自官方并将他和印刷事务联系在一起的消息。此前，他从未想到个人职业生涯会跟公众事务相联系。”实际上，伊利诺伊州国会代表团在读到《时报》的消息前，对此一无所知，查平不无得意地写道。他称这主要得益于哈福德和克拉克森的努力，以及“一些一直在施以援手的私人朋友让总统相信，其他候选人都不足以考虑”，以暗示他发挥的作用。

他们大功告成。帕默于5月5日抵达华盛顿。克拉克森领他到查平的办公室，三人随后外出就餐。两天后，哈里森总统签署了包括罗斯福在内的一揽子任命。帕默和罗斯福同时被任命简直是个讽刺。帕默手下有2 500号人，查平报道称："印刷办公室并不受公务员系统掌控，每个有点来头的政界大佬都要求去帕默那儿分杯羹。"受益人之一是查平的弟弟弗兰克。同年，弗兰克在政府印刷事务办公室谋得一职并搬到华盛顿。

3周后，1889年5月31日，华盛顿以北200英里外的一处私营大坝在暴雨中决堤。大坝此前为安德鲁·卡内基、亨利·克莱·弗里克和其他匹兹堡富人周末度假用的湖泊蓄水。40英尺高的洪流如火车般奔涌向前，席卷下游14英里开外宾夕法尼亚州的约翰斯顿。洪水淹死2 209人，这是林肯遇刺以来最大的新闻。上百家报纸向约翰斯顿派出记者。他们发回的报道——尽管不是都很准确——引发大规模的民间救援。美国人纷纷捐出善款、食品、衣物、建材和药品，难以置信地募集了3 742 818.78美元。赈灾之风甚至刮到了查平那里。他和另外3名记者一起为受灾者募捐衣物，其中一名记者来自竞争对手论坛报。他们募集了整整两天。"遭到一些拒绝，"《记者》称，"但还是募得不少旧外套和裤子。"3周后，查平得以乘火车亲临洪灾现场。

19世纪80年代，铁路系统养成了报人可公费长途旅行的惯例。他们的动机很明显。已成长为全美最大且最赚钱行业的铁路运输业，两年前已被州际商业法案默认为纳入联邦体制监管的行业。企业巨头们急于取悦新闻界，就像急于排队给政客们献金一样。媒体当然也不排斥。来自企业的取悦，记者们从未坚决说不。实际上，商业媒体从不避讳报道类似公费旅游。正如《记者》杂志所言，1889年6月26日，周五，当记者和他们的家人登上专列前往宾夕法尼亚州科瑞森温泉度假一周时，华盛顿B&P火车站——一栋将近10年前因加菲尔德总统遇刺事件而出名的维多利亚式建筑——上演了欢乐祥和的一幕。人群中有查平和内莉。这种特权也是吸引查平进入报业的部分原因。自打在艾奇逊打拼以来，查平就对媒体有接近权力和金钱的通道这一点无法自拔。

那个周五的夜晚，宾夕法尼亚州铁路专列乘客爆满，火车离开华盛顿北进。这是该长途旅行线路开通以来人数最多的一次公费旅行团。"报社空了，"《记者》杂志的奥布莱恩·巴恩说，"全国日报的华盛顿新闻都乏善可陈。"此行的高潮是考察约翰斯顿。周六午餐之后，另一辆专列把记者们从科瑞森温泉拉到被洪水肆虐过的山谷。内莉换乘公司官员提供给女士们的私家车。查平和男人们上了火车头后的车厢。火车在山谷中缓慢前行，被洪水冲刷的印迹随处可见。“这是我见过的最令人印象深刻的场景之一”，奥布莱恩·巴恩称。察看了受灾地之后，火车回到科瑞森温泉。在那里，铁路方面出资招待旅行团成员过了一个难忘的周末：舞会、精致的食物、优雅的音乐以及野外散步。“周一早上，”奥布莱恩·巴恩称，“旅行团恋恋不舍地离开。”

查平刚回到华盛顿，就听到芝加哥传来令人不安的消息：时报财务状况堪忧。查平意识到他在华府的职位并不稳定，但他听到的消息更让他不安。他的前任之一回到报社索要一大笔应得的薪酬。这不是好苗头。更糟的是，出版人居然跑到华盛顿来了。7月的一天早晨，酒店门童找到查平的住处并告诉他，“我们酒店有个疯子想尽快见到你”，原来是韦斯特到了。查平随门童过去。到了酒店，他发现韦斯特精神混乱，如困兽般在房里走来走去。“他几乎歇斯底里，”查平说，“我努力让他冷静下来，反复追问他才告诉我发生了什么事。”据查平所说，韦斯特承认伪造虚假股权证以获得贷款，事情快要东窗事发。“他带了满满一箱现金到华盛顿，还想让我跟他一起去欧洲，”查平说，“我建议他别疯疯癫癫，最好乘下一班火车回芝加哥，尽力补救，免得一切都来不及了。”

有大量的证据证明韦斯特违法。1889年7月13日，周六，平克顿侦探涌进时报大楼。电梯门童被勒令停驶电梯，楼梯也有人把守，以免有人带衣服之外的任何东西离开。对韦斯特的逮捕令很快被签发。韦斯特的隐名合伙人[5]任命了新的管理层，芝加哥资深报人弗兰克·H. 布鲁克斯上位。尽管布鲁克斯很受时报员工欢迎，查平却不支持他。“我立马拍电报辞职，搭最快的火车回到芝加哥。”此次变故的另一个主要受害人是杜恩，他也回到了论坛报。

查平返回芝加哥促成了他仅有的一次政治冒险。东部的一位摩门教银行家急于为激烈的城市竞选雇佣竞选经理，查平认识的一个批发商向对方推荐了他。“这个职位很有吸引力，我从没去过盐湖城，这将给我难得的机会近距离观察摩门教，”查平说，“此外，我需要钱。”查平在犹他州为摩门教工作了近一个月，以阻止新兴的非犹太势力打破他们在8月立法会和郡选举中的垄断。他们害怕会败给由犹他州非犹太裔移民组建的新自由党，于是敦促盐湖城的摩门教徒招募新的、在公共工程项目供职的拥趸从其他城市赶来投票。但是查平看不到他们胜出的希望。选举前一天，他去了东部。他的判断是对的。1889年8月6日的《盐湖城论坛报》标题称："盐湖城变成了自由党的天下，摩门教丧钟敲响，本市因41张选票之差而成为非犹太裔城市。"

尽管工作上不太顺利，犹他之旅却让查平得以部分解开困扰近十年的家庭谜团。旅行途中，查平临时起意，在密苏里州斯普林菲尔德下车，游览了城里的公共广场，然后又溜达到一个6 000人小镇的主广场。经过约瑟夫·威力克珠宝店时，作为两代珠宝人的后代，查平饶有兴趣地浏览橱窗。意外的是，他发现失踪的父亲正在店里干活。查平走了进去。芬妮后来说，查平发现"父亲很高兴看到他，问候了全家人，同时也表现得很后悔。查理没有让父亲解释为什么要那么做，也没有问他这些年去了哪儿或是干了什么，简短会面后就离开了"。显然他也对母亲隐瞒了这次难忘的会面。

回到芝加哥，查平应霍拉旭·西摩之邀到芝加哥先驱报工作。过去8年，查平在芝加哥报界打拼时和西摩渐渐熟识起来。西摩是芝加哥最知名的报纸主编之一，他的名声部分来自他为《时报》所起的标题"投奔耶稣"。其实他几乎是报业全才，查平非常渴望和他共事。"他的脑子总是充满想法和活力，在我所接触过的主编中很少有人能与之匹敌。"他说。3年前西摩接掌《芝加哥先驱报》时（以下简称《先驱报》），《记者》杂志就预见过这份报纸的成功。如今，《先驱报》的发行量仅次于《每日新闻》，报社也刚搬到华盛顿街一栋宽敞的新大楼内，西奥多·德莱塞称这栋楼为"由黑玛瑙和青铜铸造的物体之一"。查平的新工作干得得心应手。"从很多方面来说，"查平说，"服务先驱报是我最满意的工作之一。"该报的员工当然也很优秀。除了查平，西摩也将芝加哥部分最优秀的年轻记者招至麾下。"用我们的行话来说，他们都是业界菁英。"查平说。其中，就有被找来做政治新闻的他的老朋友杜恩，还有西摩的弟弟、当时最好的特稿记者（能写任何类型报道的记者）之一的查尔斯·西摩。查尔斯·西摩擅长写引人入胜的报道。比如，他曾被派去报道芝加哥最知名的慈善舞会。他在现场发现两个在门口缩成一团取暖的穷孩子被警察赶走。"注意点，"警察说，"难道你们不知道这是慈善舞会吗？"

起初，查平为报纸撰写戏剧和音乐评论，他干得不错多半因为他曾是演员。几年后，他承认自己对音乐的了解和对“神圣的梵文”一样多。1890年的夏天，音乐爱好者们终于可以松口气了，因为查平成了本市新闻主编。掌管手下那群年轻又有才华的记者对他来说并不轻松。杜恩、查尔斯·西摩以及部分员工都是声名狼藉的白教堂俱乐部成员，西摩还是俱乐部的创始人之一。这个放荡不羁的文人俱乐部设在报社后巷科斯特酒吧的密室里，以伦敦“开膛手杰克”[6]的作案地白教堂命名。西摩用印第安人头盖骨装饰俱乐部，其他人捐出了曾用作谋杀工具的手枪和刀具，甚至还有一组中国海盗被斩首前后的照片。先驱报记者布莱德·威洛克贡献了一张“野牛比尔·科迪”[7]的签名照，另一位记者沃利斯·赖斯则为客人们贡献了一台特别的打洞器。

俱乐部是一周工作六七天、每天接触城市生活原生态的记者们的发泄之地。停尸房幽默、酒精以及同志般的友谊是种逃避。查平却不喜欢俱乐部。“有些风声传到我耳朵里，我开始担心一些年轻人处于消沉的边缘。”他说。随后他张贴通告，宣称任何白教堂俱乐部的成员都不会被先驱报录用。结果，他最好的记者都辞职了，只剩下些新手。查平称，看到报纸萎靡不振后，辞职者都回到报社并请求原谅。但这些人仍然是白教堂俱乐部的活跃分子，尤其是杜恩和西摩，实情更像是他们置查平的警告于不顾，依旧我行我素。

查平的下属才华横溢，甚至可以称得上是芝加哥最好的记者。那一年他甚至差一点就把日后成为美国最伟大小说家之一的记者招至麾下。和查平一样，西奥多·德莱塞因为想成为记者而来到芝加哥。对他而言，报纸总是跟大事件、悲剧以及喜事相连。那是一个神奇的世界。“我想象着有朝一日能跻身其中——如果可能——我将是最幸福的人。”德莱塞写道。1890年12月，他看到一则启事，先驱报为穷人发放圣诞礼物的部门招募年轻助手，便去应聘，希望借此成为记者。“好吧，”部门经理答道，“这是个好机会。忙完手头的事情后，我也许可以把你介绍给我们的本市新闻主编。”那年冬天，德莱塞拜访过先驱报办公室多次，但并未被引见。他和查平再次擦肩而过。

查平因一直忙于慈善报道而无暇顾及招聘新人。2月，一股强冷空气席卷芝加哥。查平派出记者调查赤贫者如何渡过难关。报道登在头版，大标题是“严寒中奄奄一息：朱门酒肉臭，路有冻死骨”。尽管纽约普利策的《世界报》也在做类似报道，但《先驱报》在芝加哥率先出手。报道虽然是记者的集体劳动成果，但不可避免地打上了查平的烙印：形容词的选择、场景的设置以及用戏剧性的故事做引子。报道提到，家住富尔顿街的古德叶太太希望在“最冷的天气到来、寒风像蓟草刮在脸上”之前找些煤炭回家取暖，她才走到邻居朱力思·肖克家就昏倒在地。在经典的查平式描写中，读者看到了她如何挣扎求生。“在这个富足的城市里，如果不是肖克先生及时施以援手，如果坐等低效的慈善机构前来救援，路有冻死骨差点就成了她的命运。”肖克先生把古德叶太太扶回家，拿来自家的煤炭生起炉子，好心的邻居们也送来了食物。

“老古德叶太太只是昨夜在风刀霜剑中挣扎的人之一。”报道接着说，并举出许多令人悲伤的例子。第二天，读者们显然被打动了。“尽管这些只是数千个案中的几例，但其惨状触动了人们的心灵。”《先驱报》另一篇封面报道说。焦点服装公司的亨利·C. 列维捐出了100吨煤。以此为引子，先驱报决定发起募捐救助，募捐总部设在报社所在街尾的晚邮报旧大楼。“两天内志愿者挤满了整栋大楼，商人们纷纷捐出存货，各种捐赠品一车车运抵，富人们也纷纷为穷人捐出御寒衣物。”

查平全力以赴。他布置了一篇又一篇报道，呈现了一个又一个贫穷个案，公布捐赠所得，并报道先驱报的付出收到效果。一个典型案例是对独居在第五大道480号地下室的德裔老寡妇玛丽·弗米勒的报道。“当先驱报记者敲门时，弗米勒太太躺在床上无法开门。‘进来吧’，她虚弱地应着，记者推门进去。”几乎不能从床上起身的她告诉记者，丈夫离世时甚至都未留下足够的丧葬费。女儿和她相依为命，但9个月前也去世了。自那以后，弗米勒太太一直躺在床上，又冷又饿。但是一切都会好起来的，《先驱报》报道称。报社给了她5美元和1吨煤以解燃眉之急。“无论谁能捐出多余的床上用品，都能让玛丽·弗米勒太太高兴起来。”

募捐一直持续到1891年2月21日。《先驱报》日复一日地刊登长篇报道，触动读者的心弦，并发动大家施以援手。最终，共募得2 300美元并全部捐出，一吨吨煤被运往各家用以取暖，衣服和食物也被源源不断地分发给成千上万的人。“弛援者的关怀照亮千家万户，赤贫者悲伤的哭泣变成了一曲喜乐和感恩之歌。”《先驱报》的完结篇报道说。仍然是典型的查平式口吻，仍然不失时机地赞扬报社的努力。

当强行催租或收房的房东差遣法警上门执法时，记者们带来了安宁与舒适。当空空如也的胃渴求食物时，足够一家生活两周的物资被送来了。那些躺在病床上的人们，绝望而无助，他们不仅要与病魔抗争，还要为湿冷黑暗、散发着有毒气体的家而抗争，援助被及时送达以帮助他们康复。家，无论在何处，都是穷人的避难所，尽管那里可能并不适合人类居住。他们离不开那黑暗的租住地，担忧一旦流离失所将更加困顿不堪。不在绝望中爆发，就在绝望中忍耐。外面一个比一个贪婪的房东，是住在这个伟大城市陋室中的穷人们的梦魇。为了缓解他们的痛苦，《先驱报》不遗余力。

在芝加哥工作10年后，查平已经完成14岁时在艾奇逊的梦想。他成了名副其实的报人，掌管着这个城市最好的报纸。他受人尊敬，让对手害怕，为手下敬畏。他的收入足以让他随心所欲地生活。他和内莉不再蜗居公寓，而是入住豪华、6层高的黎塞留酒店。但也如同在艾奇逊的经历一样，当一切看起来如此完美时，初夏时节查平却因病离开了先驱报。

译注：

[1] 亨利·斯坦利（Henry Stanley，1841—1904），英国探险家、记者。1869年，《纽约先驱报》派他前往非洲，寻找失踪的英国探险家大卫·利文斯敦（David Livingstone，1813—1873）。斯坦利向西行走，于1871年11月在坦噶尼喀湖岸的乌吉吉找到已病得不能动弹的利文斯敦。斯坦利和利文斯敦相遇，是以一句在探险史上很有名的简短问话开始的。当时斯坦利向这位探险家若无其事地打招呼说："我看你是利文斯敦医生吧。"

[2]《我的国家属于你》（*My Country'Tis of Thee*），是一首美国爱国歌曲，曲调与英国国歌《天佑女王》相同，是美国在19世纪实际使用的国歌。

[3] 风城，芝加哥的别称。当地夏日酷热，冬季不寒，终年多风，因而得名。

[4] 西奥多·罗斯福（Theodore Roosevelt，1858—1919），美国第26任总统，人称“老罗斯福”，在1901年麦金莱总统被刺身亡后继任美国总统，1904年获连任，1908年卸任。1888年总统大选时，罗斯福在中西部为哈里森助选。哈里森当选总统后，任命罗斯福出任美国公共服务局局长。

[5] 隐名合伙人（silent partner），指一方对另一方的生产、经营出资，但不参加实际的经济活动，只分享营业利益，并仅以出资额为限承担亏损责任的合伙人。

[6] 开膛手杰克（Jack the Ripper），1888年8月到11月间于伦敦东区白教堂一带以残忍手法连续杀害至少5名妓女的凶手的代称。

[7] 野牛比尔·科迪（Buffalo Bill Cody），是位水牛猎人、美军侦察兵及印第安战士，他最为人知的身份是美国西部蛮荒时期的代表人物。

8 公园街

1891年7月18日，查平复出。“在我康复或说部分康复后，”查平说，“我坐船去了纽约，顺流而下到了公园街，被世界报大楼耀眼的圆顶所吸引。”并不只有他和陪伴他的内莉被这栋大楼深深吸引。约瑟夫·普利策为取得巨大成功的世界报所建的新大楼吸引了成千上万观光客的眼球。有人统计，每天前来参观者达2 000人。世界报大楼此前8个月才投入使用，是当时世界上最高的办公大楼。高309英尺的大楼——算上旗杆的话高345英尺——高耸入云，比自由女神像的火炬还高。事实上，前往花园城堡[1]或即将开放的艾利斯岛[2]的移民们坐船经过自由女神像后，瞥见新世界[3]的第一眼正是世界报大楼那重达85万磅、光芒四射的圆顶。

16层高、文艺复兴风格的世界报大楼坐落在公园街——美国的舰队街[4]——最北边，和市政厅相对，是纽约高楼之父乔治·布朗·普斯特的最新杰作。高达3层的科斯山石打造的洞穴型拱门嵌入大楼，像是从川流不息的人流中拽出来的湍流。大门上有4座女火炬手青铜像，分别代表艺术、文学、科学和发明女神。大门上方的10层建筑延续着这种宏大的设计风格。每层楼都有数个帕拉第奥式风格[5]的竖式大窗户，底部则以石头镶边。整栋楼看上去像一座商用豪宅，很好地掩饰了其实用主义的功能——里面设有149间套房。普利策把它们租给保险中介、股票经纪人、律师以及其他专业人士。这些商业楼层上方，凹形挂角和代表四大种族的4尊乌铜雕像引人注目——“高加索人、印第安人、蒙古人和非洲人”——铜像构成的巨大山墙形似古希腊神庙，和上面的建筑融为一体。顶部则是一座高大、收窄、桶状的宫殿，以耀眼的圆穹顶为冠，那里是普利策及其助手们的办公室。

普利策的大楼改变了纽约的城市面貌并引领未来，他本人也打破了报界的沉闷，为现代大众传媒的发展奠定了基础。这位生于匈牙利的发行人来到公园街还不足10年，但当他1883年从杰·古尔德[6]手上买下《世界报》时，新闻史学家认为“新新闻时代到来了”。在《圣路易斯快邮报》取得成功的基础上，普利策使《世界报》兼容了娱乐、科技、商业和人口统计学等新兴内容，以救活奄奄一息的报纸，并将它打造成全美发行量最大的报纸。他引进让康尼岛[7]和百老汇大受欢迎的大众娱乐化手段，给读者提供大量的趣味性和猎奇性报道；他首创独立的体育部；他还借鉴新兴零售业平面广告设计手法，在头版使用出彩的大号标题，而此时其他报纸仍沿用老套的一栏标题，相比之下《世界报》的头版显得出类拔萃；他鼓励下属使用轻松、口语化的写作风格，用简单的名词、活泼的动词以及短促有力的句子吸引工薪阶层读者以及不断涌入纽约的移民。此外，他也特别注重满足工薪阶层读者的需求。有钱人拿起《世界报》时感到不安，因为报纸每天都有揭露特权阶级道德败坏及压迫新劳工的报道。而且，他将报纸定价为2美分，比其他报纸都便宜，这让人人都买得起报纸；他还缩小了报纸版面大小，以便工人们在火车和通勤巴士上也能读报。

高耸入云的世界报大楼仿佛在向公园街彰显：“普利策牌”新闻并非昙花一现。普利策更是现代大众传媒的“助产士”。在肯定普通读者价值的同时，他也想方设法从他们身上赚取利润。在普利策入主世界报一年后，该报发行量翻了两番，并促使其他报纸大幅降价。《纽约先驱报》和《纽约时报》分别从3美分和4美分的零售价降下来。当查平来到公园街时，《世界报》的日均发行量已经以30万份稳居第一，旗下《世界晚报》的发行量更有超过母报的趋势。

查平突然心血来潮想进大楼看看。尽管那天是周六，大楼内还是一派忙碌景象。那天对大多数纽约人来说仍是工作日，对记者来说更是如此。查平跟随人群穿过大门门廊来到大厅。如果访客对新闻纸能否赚钱存有疑问的话，大厅将消除他的一切疑虑。查平目之所及全是大理石。地板铺着白色的大理石，右手边是铁和大理石混制的以45度角盘旋而上的楼梯，看上去像一支直达12层的三角箭。查平经过问讯处——访客可在此通过内线和编辑们通话，也可将名片塞进气动输送管[8]中——来到4台奥蒂斯电梯前。这些电梯被认为是“垂直轨道和水力引擎的完美结合”，能将12—15人在数秒内安全送到他们要去的楼层。电梯操作员的讲解让紧张的乘客松弛下来。据称，电梯装有经过全面测试的水力系统，“即使失控也会因水力缓冲而慢下来”。

查平搭乘编辑和记者专用电梯，直接上到穹顶，猜想着上去后会看见什么样的情景。没想到，他一路畅通无阻地找到主编办公室。伯纳德·史密斯刚被任命为主编不到一个月。普利策早前在欧洲旅行时就对报纸的运作不太满意，于是在纽约停留一周重组报社班子。他没有踏入新大楼半步便亲手主导了报社内部的改组，这一切都运筹帷幄于他位于55街的宅邸。他换掉长期担任其左右手的前主编，改用史密斯。对史密斯而言，此次擢升唯一的缺憾是，由于恐高，他不敢从新办公室的窗户远眺这座城市。

查平向史密斯做了自我介绍，并谈起他在芝加哥报业的工作。史密斯打断说，已听闻过他，并问他是否愿到世界报来。“我听说要用铁锹才能撬开纽约报界的大门，可现在我还没申请就有主编愿意给我工作机会，”查平说，“我愿不愿意加入世界报？我用了整整10年来取得这个机会啊。”

当晚内莉和查尔斯在纽约过夜，第二天查平就去世界报报到。在芝加哥当记者时，查平从未见过这样的办公室。从窗户望出去，记者们能放眼东河，遥望布鲁克林，甚至远眺海景。有人说，将曼哈顿尽收眼底，给了《世界报》记者居高临下的感觉。办公室宽约100英尺，屋内洒满吊灯和台灯的灯光。84张装饰有贴面纸的办公桌——每张3英尺长2英尺宽，设有邮件槽——沿墙背靠背、沿对沿挤满办公室，组成四通八达的过道。每张办公桌前，穿着衬衫的人——有时两人共用一桌——正用铅笔或新型打字机写稿。这种打字机配有两套按键——一套是大写字母，一套是小写字母。和磨坊小镇的景色很像，香烟烟雾从仿佛小工厂的每组办公桌升起，因为记者们在不停地吞云吐雾。在这场景之上，墙上和柱子上贴有醒目的打印标语："准确，准确！""何人？何事？何地？何时？如何发生？"以及"事实—润色—事实！"另外一组更新的标语鼓励记者们要"快速、谦恭和友好"。送稿生跑来跑去，响应着在喧哗声和打字声中此起彼伏的呼喊——"稿件"。办公室尽头的平台上，几个人正坐在办公桌前看着室内的一切。那是本市新闻主编的办公区域。在芝加哥做本市新闻主编时，查平从未体验过如此这般的权力。现在，他不得不从头开始做记者。他走进喧哗中。

查平进入的媒体圈其实很小。有人估算，只有500名记者为纽约近40份报纸工作，其中大多数报纸有早报和晚报两个版本。几乎所有的记者都是年轻人，且几乎都像查平一样来自外地。一份报纸的员工团队中，仅有不到1/10的人来自纽约。公园街记者中只有屈指可数的几个大学生，大多数人是此前在别的报纸积攒了经验的记者。但跟查平不同，他的许多新同事并未打算在新闻行业待太久。多数人最多干个5到7年。他们更多地将记者职业看成是进入法律界、政界或商界的垫脚石。所以这一行的流动性极大。"如果有人现在被派去常驻伦敦，六七年后再回到纽约，估计他会发现大多数记者已经不认识了。"《记者》杂志的一个专栏作家这样描述。

查平在《世界报》的最初几周平淡无奇，直到本地的多利瓦登号火车和奥尔巴尼快车在司柏顿·杜维尔车站相撞。9年前，在同一个车站发生的火车相撞事件让许多人丧生。该车站在中央车站以北，两者相距仅有5站，因被荷兰人称为"魔鬼系列"的、将曼哈顿北端和布朗克斯隔开的嘈杂航道而得名。但无论魔鬼还是上帝，那天都一无所获。因为幸运的是，事故中无人丧生。对特派记者查平来说这不太走运，因为这意味着稿子肯定上不了头版。除非他能扭转局面，让它成为一个不同寻常的故事。

正中查平下怀的是，新闻写作的质量、基调和风格在过去20年中发生了巨大变化。部分原因是记者行业已成为有抱负的作家的训练场。"报纸和年轻作家的关系，好比医院和医科学生的关系。"乔治·贺瑞斯·拉瑞玛说。这位《星期六晚邮报》的主编其后数年从纽约报业同行中挖走了不少人。当时的新闻写作风格之所以发生变化，更重要的一个原因是激烈的读者争夺战，读报对当时的读者而言已是每天必不可少的活动之一。《世界报》编辑对引人入胜的趣味性报道尤其感兴趣。他们希望纽约人互相询问："读了《世界报》那篇关于……的报道吗？"每一天，主编们绞尽脑汁为头版炮制这样的报道。查平于是以上头版为目标来写这篇火车事故稿，如果换了别人来写，很可能最多也就是篇被淹没在报纸内页的小豆腐块。

查平放弃了惯用的倒金字塔结构。当其时，这种消息写作的结构方式是记者的发稿准则——因为电报被广泛用于传递消息，记者们不得不将最重要的信息放在开头以防信息传输过早中断。相反，查平用不紧不慢的方式，在报道开头向读者介绍多利瓦登号的司机约翰·康明斯，以及这辆满载工人和其他劳工的环线郊区列车，它从曼哈顿出发，穿过布朗克斯南部和哈勒姆。在这个短途行程中，康明斯唯一的复杂操作正是在环线中点司柏顿·杜维尔车站进行。在那儿，他必须让火车换轨去东边轨道，还要根据信号给南来北往的上百辆快车让道。康明斯驾驶单引擎火车于傍晚6点32分到达司柏顿·杜维尔车站，3节车厢载满了乘客。

"昨晚当康明斯到达司柏顿·杜维尔车站时，"查平写道，"让他停车和等待的信号非常明显。他不得不这样做，因为由司机汤姆·康纳斯驾驶、预计6点32分到站的奥尔巴尼快车正从北面呼啸而来，它的头灯远远照过来……那是辆全速行进的快车。"

"司机康纳斯拉响汽笛，发出响亮尖厉的警报，并减速让火车安全通过弯道，"查平写道，"这时令人挥之不去的一幕发生了。很多人目睹了这一刻。人们看见，没注意到信号灯的多利瓦登号也在快速行进。大家惊呆了。没有人知道约翰·康明斯为什么继续往前开，因为信号已很明确地告诉他这么做意味着车毁人亡。这时康明斯仍淡定地坐在车厢内，手控制着风门，眼睛直视前方。"

人们吓傻了。两辆车正面对面行驶。康明斯继续紧盯前方，没有意识到他放在风门上的手让火车进入了快车轨道。两辆车几乎呈直角。它们越来越近，旁观者屏住了呼吸。康明斯驾驶的火车前方排障器已上了主轨道。奥尔巴尼快车离它仅几英尺之遥。"两个喷着气的庞然大物之间几乎看不到光线。"查平形容，惊慌失措的人们如同在观看"绞刑"行刑一般。人们目不转睛，尽管他们知道这两辆笨重的火车将发生毁灭性的撞击。

“人们盯着两辆火车，撞击声、碎裂声、撕扯声和惊叫声随之而来。当两辆钢铁巨构相撞时，他们听见可怕的摩擦声，接着是尖厉的警报声和汽笛漏气声、木材断裂声和玻璃碎裂声。”

“受惊乘客发出的尖叫声夹杂在震耳欲聋的嘈杂声中。”康明斯开的火车被更快、更长的快车挤出轨道。当快车紧急刹车后，康明斯开的火车已严重偏离轨道，将后面的车厢逐一“筛”了一遍，还把台阶撞得支离破碎。“当火车被撞毁、车厢顶部碎片砸下来时，约翰·康明斯呆若木鸡……可怕的事故已经发生，他唯一的举动是关掉风门，停车。”

如果多利瓦登号再往前开几英尺，10年前的灾难将再次重演。事故发生后，工人们在午夜时分试图将康明斯的火车重新推上轨道，送到修理厂。“他一动不动地坐在如同废铁的车头内。他被要求做出解释，但他的眼睛一动不动，说不出一句话，和撞击奥尔巴尼快车那一刻一样呆若木鸡。”

报道刊登在头版的中间位置。

约一周后，查平被叫去史密斯的办公室。主编说他想大声读出报社和巴黎之间的多封往来电报。普利策当时正在巴黎。尽管他很少待在纽约，但仍然和报社保持联系，每天给纽约发多封电报，并要求报社随时向他汇报。普利策想知道多利瓦登号事故的报道出自谁手。史密斯说是报社新人查平的作品。普利策在回电中说，他个人向查平致以赞美，出于习惯他还给予查平物质奖励。对查平来说，除了奖金，更重要的是其中传递的认可。查平在本地新闻部很快崭露头角。

1891年10月的第一个周末，本地新闻部派查平坐火车去纽约州金斯顿，跟进《金斯顿导报》一位记者的报料，该镇银行因巨额诈骗即将倒闭。该州银行调查员发现，阿尔斯特郡储蓄协会资产流失超过40万美元。当查平到达距离纽约市中心以北100英里的小镇金斯顿时，当地银行已关门，告示称业务暂停。“整个小镇都疯了，”查平写道，“成百上千的男女冲到银行所在街道。”场面惊人。半小时内，最早的一批抗议者涂抹掉告示，越来越多的人聚集在银行门口。“衣冠不整的人们冲过来，情绪激动，手舞足蹈，还对着紧闭的大门挥舞拳头。”查平望向四周，只见女人们在暗自垂泪，老人们因为冲向银行而疲惫不堪，正坐在马路沿上。“这一幕让人心碎。伤心的男人和女人游行示威，因为失去所有的积蓄而绝望，他们誓言要报复背信弃义者。”人们想冲击银行，被警方阻止。当两名收拾行李准备逃跑的银行官员被警方抓获的消息传来，人们开始涌向监狱。两名银行家听说愤怒的人群涌来，哀求警长加强安保。其实警长已做安排，人群被禁止入内。

当天傍晚，查平来到监狱，希望采访盗用公款的嫌犯马修·特拉普尔和詹姆士·奥斯特兰德。警长允许查平见他们。但当他们上楼时，其中一名嫌犯的代表律师追了上来。因为有律师在场，采访索然无味，两名嫌犯回答问题都十分小心翼翼。不会轻易妥协的查平第二天又来到监狱，警长允诺让他不受干扰地采访2个小时。再次面对嫌犯时，查平发现他们既激动又紧张。此前他们一直在法庭上和群情汹涌的受骗储户对质，公众的威胁令他们慌乱不已。奥斯特兰德病了，由私人护士照看着，他坐在椅子上，瑟瑟发抖，喝着威士忌。特拉普尔也好不到哪儿去。他抱头而坐，神情虚弱，双眼有黑眼圈，脸上挂着泪痕。他们看到查平似乎精神了许多，连珠炮似的问了他一连串有关狱外情况的问题，包括是否有公众使用暴力的危险。

特拉普尔突然情绪失控，哭了起来。查平将他带到走廊外，奥斯特兰德几乎听不到他们的谈话。特拉普尔将大部分责任都推卸给搭档，声称是奥斯特兰德吞掉了流失的51.3万美元中的大头。查平带着这条指控离开监狱。第二天早上，他又折返，依旧没有通知律师。他发现一夜未合眼的两位嫌犯愈发沮丧，特拉普尔似乎更愿意说点什么。在他的牢房，奥斯特兰德“多次企图打断采访而加罪于特拉普尔，他意识到特拉普尔已经说了不少，他不断试图让他的狱友封口”，查平说道。

查平的报道再次上了头版，这完全归功于他的进取心。“M. T. 特拉普尔，这位英俊的、满头白发的银行罪案涉事者，今日就自己的罪行向《世界报》记者做了彻底的忏悔，”查平在开头写道，“他详细讲述了他和财务主管奥斯特兰德在过去20多年中如何侵吞阿尔斯特郡储蓄机构资产、又如何掩盖事实的经过。”虽然查平的监狱采访成为纽约报界的独家报道，但也给他带来意想不到的打击。早前那位给《世界报》报料的金斯顿记者恼羞成怒，认为查平抢功，指控他对特拉普尔的采访是假新闻。但《记者》杂志认为，查平“在新闻界同行中有良好的人际关系，同行们称特拉普尔的忏悔是真实的新闻，如果相关指控被认定，金斯顿当地人也会力挺查平”。指控最终没有成立，金斯顿事件报道为查平早期的纽约新闻生涯添上浓墨重彩的一笔。

在纽约工作还为查平带来其他潜在的好处。他得以接近舅公、美国大富翁罗素·塞奇，也希望最终会从中获益。坐拥约1亿美元身家的塞奇是纽约人的谈资之一。就在查平加入世界报的时候，该报出了一期插画报道，讲述如果华尔街大亨们都像塞奇那样将胡须剃得干干净净会怎样。“如果塞奇引领的这股‘剃须’风潮在华尔街名人中继续流行，后果将不堪设想。”文章称。“只是为了展现事情的可能性，《世界报》的美术人员绘了张塞奇的图像，并将其他绅士模拟了一番，看看如果他们一旦跟风模仿这位受到恶评的期权交易大佬的新形象后果会怎样。”

和查平一样，罗素·塞奇出生于纽约州最北部的麦迪逊县；也和查平一样，塞奇少小离家谋生。还未成年，他就去了特洛伊，在哥哥的小杂货店干活，月薪才4美元。几年后，他继承了杂货店，并买下一艘纵帆船沿着哈得孙河运送干货和蔬菜，获利颇丰。1837年，他荣归故里杜汉姆维尔和家人过感恩节，还付清了农场的分期贷款。老家的族人都参加了聚会，包括查平的祖父母塞缪尔和芬妮，以及他们5岁大的儿子厄尔，查平的爸爸。

二三十岁时塞奇继续他的创富传奇，很快就成为特洛伊商界的成功人物。后来一度从政，开始是市议员，后来当了4年国会议员。1863年，塞奇搬到纽约，和杰·古尔德合伙做生意，在组建全美铁路和电报系统过程中扮演重要角色，在此期间也敛财不少。19世纪70年代，他开启了股票交易市场的新交易模式：期权交易。这种在特定时段以一定价格买卖股票期权的复杂商业行为，尽管充其量是种高风险赌博，但塞奇在这项秘密金融交易中制造了大量传奇性故事。

纽约金融界无人不知罗素·塞奇。查平刚到纽约不久，《纽约时报》的报道称：“华尔街历史上没有人和罗素·塞奇的行事风格一样奇特。”塞奇身高5英尺9英寸，但人们普遍认为其地位更“高”。他的穿着在富人中显得寒酸，许多人甚至形容他衣衫褴褛。但他不为所动。天性吝啬的他甚至将皮鞋的后跟加钉铁跟以延长鞋子寿命，当他行走在石板或者粗糙的水泥地面时，脚底常常火星四溅。查平从舅公的身上看到了发财机会。“我渴望继承巨额财产，”查平说，“我幻想住进大街上的某栋豪宅，拥有乡间别墅、游艇、停满豪车的车库、满柜衣服，以及给每条长裤都搭配一副吊带。”

1891年12月4日，周五，塞奇像往常一样在他位于百老汇71号阿凯德大楼的办公室办公。股票经纪人A. M. 拉波尔德正站在街对面二楼的窗边，突然，他感到地板震动。“然后我看见一片火光，一股烟雾从塞奇先生办公室的窗户飘出，几乎同时，只见一个男子飞出窗外、头朝下摔在街上，”拉波尔德说，“爆炸声震耳欲聋，奇怪的是，这栋老旧的大楼竟然幸免于难。”一个没能从塞奇那儿捞到好处的敲诈者用书包装了枚炸弹并引爆，将自己炸成碎片，炸毁了办公室，一名职员被炸得飞出窗外，事件造成了纽约金融中心的大混乱。

周一，查平获得采访塞奇的机会。自爆炸发生以来，还没有记者有机会直接采访这位大富翁。媒体的报道都是根据目击者和警方的叙述写成。塞奇一直隐居在他位于第五大道、正对42街蓄水池的大宅中。只有探员托马斯·布莱恩斯和塞奇的舅子克罗尼尔·J. J. 斯洛康姆向外界透露过一星半点有关塞奇的消息。尽管塞奇已指认凶手，或者更准确地说，指认了凶手残留的身体部位——周五晚上警察用篮子装了嫌犯的头颅到其卧室指认，但他关于事情经过的说法，外界一直不得而知。

查平获准进入塞奇大宅来访当晚，他看到舅公正躺在楼上的客厅。查平对他的容貌感到惊讶。塞奇的脸显然刚刮过，丝毫看不出爆炸中被玻璃划伤的痕迹。“这是一张老年人的脸，精神饱满，饱经风霜但也保养得宜。”查平写道。暗示了读者他和塞奇的亲近关系后，查平称他惊讶于后者看上去状况良好。当塞奇起身欢迎他时，他更为吃惊。当晚采访结束后，查平用散文的笔法写道：“他就像劫后余生的战士：从战争的硝烟中走出来，沾满战争的烟尘，却毫发无损。”

塞奇以出人意料的平静和镇定向查平回顾了周五的爆炸事件。他和银行主管开会后回到办公室，职员诺顿进来报告说，洛克菲勒先生派了人来，对方正在外间等着见他。“说吧，他想要什么？”塞奇问。诺顿回答说不知对方来意。

“我走过去，”塞奇告诉查平，“从隔墙的小窗看到有个年轻人坐在长椅上。他蓄着有些长的深色胡须。我不认识他，但布莱恩斯探员拿给我看的脑袋……就是等我的那个人的。”

“我不知道为何会本能地不信任他，”塞奇继续说，“但我仍然问‘你想见我？’”

陌生人回答“是”，塞奇问他想要什么。“他只是递给我一张卡片，上面写着H. D. 威尔逊，还说他是洛克菲勒先生派来的。当时我在隔墙内，他站在隔墙外，一动不动地盯着我。我看了一眼卡片，他猛地递来一张打印纸。我拿过来看了看。开头几个字强化了我的第一感觉。”塞奇努力回忆纸条的内容，他告诉查平，上面提出要120万美元，而且声称包里有10磅重的炸药，“足以炸平这栋楼，炸死所有人。”

“我的脑子一片混乱。首先我意识到面前是个难对付的人，又立刻意识到他是个疯子，因为正常人都知道，一个人即使再有钱也不会随身携带100万美金。”塞奇于是向他解释需要时间筹钱。“这很关键，”塞奇说，“如果我能和他达成协议，也许能救自己以及大楼里的人，我知道附近有很多人。”

“我看着那个人，努力不让他看出我的打算。”塞奇告诉查平，大楼走廊上有一名探员，塞奇希望敲诈者能让自己回到办公室，他可以从那里溜到走廊上。“所以我看着他，开始读那张纸，又读了一遍，然后说‘我跟一位绅士昨天约好要见面，只要两分钟，如果你愿意等到……’”

塞奇还没说完，那个叫亨利·诺克斯的人打断他：“我知道你拒绝给钱。”他右手举起包，“姿势很夸张，”塞奇说，“他的手臂做了一个要威胁我的手势。他举起包，似乎马上要引爆它。情况危急，他说‘我扔了，把楼里的人都炸死’，糟糕！”

塞奇继续央求诺克斯。这时金融家约翰·布莱古德的出纳小威廉·R. 雷诺到了。他因公经常往来于塞奇办公室。塞奇开门让他进来。“那个疯子也紧随其后想挤进来。雷诺先生进来后我放松了些。但这起不了任何作用。那个怪物守住门口，紧盯着我。话音刚落，他就举起包扔了出去。”

爆炸威力极大。塞奇和雷诺被震出去很远，倒在地上昏厥过去，但所幸还活着。医生认为炸弹引爆后产生两股气流，让他们得以避免被炸成碎片。“数秒后我恢复了意识，”塞奇说，“雷诺先生躺在我膝盖上。”两人挣扎着起身。“我想，被炸飞后几秒钟我就清醒了，因为我记得可怜的诺顿被炸得飞出窗外。但我也许是在昏厥前看到这一幕的。”

当塞奇复述事件经过时，他的妻子玛格丽特·奥利薇娅·塞奇兴趣浓厚地坐在一旁倾听，尽管她已听过无数遍，她也向查平补充了周五下午的一些细节。查平告辞前，他问塞奇什么时候重返工作。塞奇咬紧牙关坚定地说："我明天将如常回去办公。"

因为这次采访，查平在报社的地位得以巩固。查平在芝加哥报界的成功似乎正在纽约重演——直到如同在芝加哥一样，查平的健康又出状况。这一次，查平夫妇去了西部的科罗拉多疗养，查平还在舅公塞奇任职董事的密苏里太平洋铁路公司谋得一职。

译注：

[1] 花园城堡（Castle Garden），即现在曼哈顿炮台公园的克林顿城堡。1855年，美国在此设立最早的移民所，它是移民进入美国的一道门槛，跨过这道门槛才能进入美国。

[2] 艾利斯岛（Ellis Island），19世纪90年代至20世纪50年代，从纽约港进入美国的移民首先要在岛上接受合法性和健康检查。

[3] 美国的移民潮始于19世纪30年代，大批英国、爱尔兰和德国难民因宗教迫害或经济大萧条开始涌向这块新大陆以寻求新生活。相对于欧洲大陆来说，美国被称为"新世界"。

[4] 舰队街（Fleet Street），英国伦敦的著名街道，从18、19世纪开始，英国各大报社和小报馆纷纷搬进这条街，最高峰时共有100多家报纸，故舰队街又代指英国新闻界。

[5] 帕拉第奥式风格（Palladian-style），一种欧洲建筑风格，从文艺复兴时期人文主义出发，讲究均匀平衡，曾广泛应用于16世纪后半期的罗马、佛罗伦萨及意大利其他城市的别墅修建中。

[6] 杰·古尔德（Jay Gould，1836—1892），19世纪的美国企业家。19世纪后期，美国华尔街股票市场尚无政府管制，催生了很多专以操纵股市为职业

的“强盗式资本家”，杰·古尔德是其中之一，被称为美国近代金融史上的“恶魔天才”。

[7] 康尼岛（Coney Island），地处纽约布鲁克林区南端，美国最早的大型游乐城。

[8] 气动输送管（pneumatic tubes），一种以高压空气或局部真空来驱动的圆柱形容器管道网。该系统广泛应用于19世纪晚期和20世纪初的美国商业或行政办公室，主要被用来在大楼内部短距离传输小而急的办公包裹。

9 圣路易斯

1894年5月23日，一群衣衫褴褛的失业工人横穿美国，前往国会请愿，他们在密西西比河上的鹅岛扎营，此地是一小片长有树木的狭长地带，靠近伊利诺伊州的昆西。这支由自封将领、《旧金山纪事报》印刷工人查尔斯·托马斯·凯利领导的1 200人的队伍，是考克西失业请愿军的分支之一，两个月前从加利福尼亚出发。请愿军成员因1893年大萧条失业，前往华盛顿请愿抗议。由于铁路当局禁止其在德缅因上火车，请愿军最大的分支鹅岛分队于是改乘木筏走水路，并更名为凯利海军。据当日的军中少年、日后的作家杰克·伦敦所说，这支装备并不精良的小型船队所乘木筏由捐赠物品所造，差点到不了昆西。“到这儿后乘木筏前进的计划被放弃，小船被分成4艘一组，连接起来，甲板互通。”他写道。昆西人为他们慷慨解囊，捐助衣物和善款。重新武装后的舰队桅杆升起巨大的白帆，很快准备继续前进。

不出所料，这支顺流而下来到离经叛道的圣路易斯的海军，很快引起了注意。已就此发过前方报道的《圣路易斯快邮报》（简称《快邮报》）决定再派记者跟踪采访。查平被委以重任。此时的他在科罗拉多修养一年后刚刚回归新闻圈。喉结核二次发作康复后，他于1894年返回东部，中途在圣路易斯遇到佛罗伦斯·怀特。怀特自1879年开始追随普利策，如今是快邮报的总经理。快邮报是普利策起步的地方。1878年，当过记者、官员和出版商的普利策从治安官手里买下《快邮报》，并将它和当地《晚邮报》合并。后者的老板明智地看到，两报合并比和这位雄心勃勃的年轻闯入者竞争更有利。起初，快邮报用人力独轮车为几百位读者送报纸。很快，该报凭着不服输的十字军东征般的办报精神和对卖淫、赌博、垄断及底层社会的揭露性报道，成为圣路易斯的主要报纸，也成为全国最知名的报纸之一。"《快邮报》堪称新闻界的奇迹，也可以说是全美最好的晚报之一。"历史学家托马斯·沙尔夫1883年如此评论。鼓吹"新新闻"的普利策给编辑极大的自主权，使其每天为读者提供性、谋杀、暴力和私刑等有卖点的故事。几年后，快邮报印的仿佛不是报纸而是钞票，赚取巨额利润的普利策开始了征服纽约之旅。在纽约，普利策从杰·古尔德手中以大甩卖的价钱买下《世界报》，快邮报的模式再次点石成金，挽救了濒死的《世界报》。

怀特早就听说过查平——《世界报》和《快邮报》的同事彼此非常了解对方，记者在两报之间跳槽也是稀松平常之事——他给了查平一个职位。查平感到新岗位和他之前的工作有所不同。此前查平一直为日报工作，需要经常熬夜，鲜有机会过正常的家庭生活。"对于一个因病修养了很长一段时间的人来说，为晚报工作看起来很有吸引力，"查平说，"于是我接受了。"

尽管查平在快邮报还是新人，他仍是去北方报道那些抗议者的不二人选。他很可能比报社的任何一个人都熟悉凯利的队伍。几个月前，这支队伍横穿科罗拉多，并和铁路当局多次发生冲突。另一方面，查平曾供职密苏里太平洋铁路公司的经历显然也不会让他对这些反抗者存有偏见。

查平于请愿军到达的第二天早上到达鹅岛营地。凯利不在。查平在郡府找到他，他正急于把一个手下从警察局捞出来，后者被控将偷来的手表抵押出去。查平追上离开警察局的凯利，说明来意，表示希望采访凯利的队伍并了解他们，了解他们横穿整个大陆的意图。"你来了太好了，我愿为你提供一切方便，"凯利答道，"目前为止，大多数记者的报道都极大地歪曲了我们。他们似乎认为我们是群没用的废物，没有什么人肯不辞劳苦去深入了解我们。"

查平跟着凯利来到河边，上了小船前往鹅岛。小船上挤满来看热闹的昆西人，“如同来看当季第一个马戏团。”查平不无讽刺。围观者挤在凯利身边，想和他握手打招呼，查平和他只好在甲板上找个隐蔽处谈话。很快他们就被船家打断，对方提议凯利的队伍继续留在岛上一周，以利用游客赚钱。凯利拒绝。他告诉查平，无论他的队伍到哪里，人们总是将其视作娱乐佐料，并试图从中牟利。他和查平终于上岸，很快到达凯利的营篷。在营篷里，凯利和众将领忙着下达命令，招募新兵，还要安排上千人的食宿。当务之急是找到修理185艘船只急需的木材，将之改装成更大型的木筏。查平被允许进入营地。为了让他在营地内享有完全的通行权限，凯利任命查平为军官，军衔为“美国工业军”上校，同时授予有他签名能证实其身份的卡片。如此一来，查平得以随进随出。

查平发现营地布局讲究，有军队风范。每个连队都有重兵把守的隐蔽帐篷。理发师忙于给大家理发剃须。“实际上，”查平写道，“考虑到这是趟艰辛的旅程，人们的精神面貌比外界想象的好得多。”军队将个人卫生置于重要位置。晚上，所有人都脱衣下河洗澡，清洗后的内衣睡觉时就晾晒在灌木丛上。查平在营中穿梭，发现许多人在树下休息时读的“不是廉价小说而是报纸或杂志”（这必定让任何记者都感到欣慰）。他至少和100名新兵交谈过，并称“被他们深深打动”。

第二天，船只大修结束，士兵们和查平一起乘船下密西西比河。“他们顺流而下时唱着欢呼着，士气高涨，且似乎对补给匮乏、没有汉尼拔市民的捐赠很可能连晚饭都吃不上的状况根本不在意。”查平描述。当军队随性地沿河飘流时，坐在旗舰船尾的查平采访了凯利。凯利讲述了他的人生故事，称他也曾住在圣路易斯，并透露军队到达华盛顿后的计划。“当我们的人都集结后，将朝首都进发，向国会请愿，要求它为我们做主。”凯利称。

“考克西军队已尝试过，但经历了惨痛失败。”查平插话，他指的是考克西尝试领导一场和平示威，结果却在15分钟内被警察部队瓦解。考克西已入狱，几天内他的军队也分崩离析。

“不错。考克西太急于求成，且带领乌合之众上前线也不可能有什么结果。如果他安营扎寨，耐心等待另一支队伍的到来，国会也许会听命于他。”

“你不怕进监狱吗？”

“一点也不怕。我将尽量避免惹麻烦而不是自找麻烦。我的计划是在首都展示我们的联合武装力量。届时热气球将升空，它们将被钢丝固定在地面。在这个高度，我将向国会和群众发表演说。我将告诉他们我们都是无端被解雇的诚实工人。”

船队在水上漂流，行进速度比走路还慢，凯利详述了他的设想。他希望国会能让他的队伍重新找到活干，去西部挖灌溉渠；就连到华盛顿后如何给军队提供补给也都安排好了；他万无一失的计划将使队伍到达目的地后仍保持秩序。两人谈话时，岸边一整天都有一群群看热闹的人。“这是辽阔的密西西比河平原历史上最奇特也最生动的场景之一。”查平说。当晚队伍在汉尼拔休整。年轻的杰克·伦敦开了小差，独自去了东部。查平关于凯利海军的详尽而富有同情心的长篇报道占据了周日一个整版。当队伍快到圣路易斯时，《快邮报》每天都报道事件的最新进展。队伍到达的第二天，查平的报道又占据了大半个头版。

这支队伍于1894年5月28日到达圣路易斯，成为一时话题，吸引了12 000名市民到岸边看热闹。“连巴纳姆马戏团都从未吸引过这么多人。”查平以第一人称报道。他告诉圣路易斯人不必害怕。“我说的未必对，但我已和他们中的上百人交谈过，还尽可能调查过他们的品行和个性。我越调查印象就越深刻。这就是凯利的工业海军。”历经数月的媒体诋毁和中伤后，凯利军队因查平的报道兴奋不已。甫一抵埠，凯利就登上一艘停靠在此的平底船，带领队伍向响应查平号召为他们捐赠食物的人们致敬。“让我们也为圣路易斯的媒体欢呼，尤其是《圣路易斯快邮报》，工人阶级最诚挚的朋友，”凯利说，“伙计们，让我们为上周日《圣路易斯快邮报》关于我军的大气而真实的报道喝彩。”查平说除了在某些政治集会上，他从未听过“如此振奋人心的呼声”。“士兵们声音洪亮，一遍遍地重复，比起我上周所写的报道，他们回馈了更多。”

《快邮报》的主要竞争对手《环球民主报》几乎完全无视凯利海军的到来，仅在第5版就打发了这个报道。查平却在封面发表了令人难忘的亲历式长篇报道，这让他被圣路易斯的读者和记者记住，也巩固了他在快邮报的地位。如同芝加哥模式在纽约被成功复制一样，它也在圣路易斯被成功复制。查平证明了他的价值，也证明了他能写出报社最好的文章。一周后，他被派往堪萨斯报道玛丽·艾伦·李斯，一位引起广泛关注的平均地权界的“琼斯夫人”[1]，其著名论断是号召农民们“少种点玉米多种点仇恨”。

“我去堪萨斯采访这位拥有无上权力的女性，是为了进一步了解她本人，也为了搞清楚她的身体状况。”查平告诉读者。他对此行的报道及后续报道富含采访轶事，为他建立起标志性的第一人称报道风格。比如，查平告诉读者从火车站搭出租车到李斯的房子后发生了什么。一个男子从这栋结实的砖房中出来，查平上前问他李斯在哪儿。“他没有回答。我走到他面前又问了一次。他把手指放在嘴唇上摇了摇头。我继续往前，碰到一个漂亮女孩。我脱帽打招呼，她冲我微笑。但当我开口说话时，笑容从她脸上消失了，那令人同情的表情告诉我她也又聋又哑。”随后，查平告知读者，他从门牌上得知这里是州立聋哑人救济所。“这里显然是神经衰弱者休养的好地方。”他一边想一边按门铃。铃响了，无人应门。再按——门铃响得足以把死人吵醒——仍旧无人应门。最后，查平发现门没锁，就走了进去，在大厅坐下。不久，一位身材修长、戴着眼镜、穿亚麻袍的女士进来了，疑惑地盯着眼前的访客。查平拿出纸和铅笔写道：“李斯夫人在吗？”他把纸条递给那位女士，她不禁大笑。

“我不是哑巴，”她说，“我是哈维兰医生，李斯女士的私人秘书。”

查平被引见给李斯，和她聊了大半天。圣路易斯读者很快读到了查平的长篇报道，报道披露了李斯的健康状况（从衰竭中康复过来）、她的外貌（有着女性般的优雅）、她的离经叛道（丈夫负责家务）以及她的政治主张。

接下来的几个月，查平的报道占据了每周的周日版。他那精彩的警察故事系列连载了好几周，其中很多猛料来自圣路易斯警察局长拉里·哈里根，查平在发展信源的过程中渐渐和他成为朋友。查平最早在华盛顿用过的手段屡试不爽——为某人写篇吹捧式报道，而此人后来往往能派上更大的用场。一个典型例子是9月被克利夫兰总统任命为联邦大法官的亨利·萨缪尔·普利斯特的人物报道。像往常一样，在这篇人物报道中，采访者查平不时出现。“我和他待在他家图书室的那个下午，他似乎为向我展示他的藏书而自豪，”查平写道，“我想任何拥有这样一个图书室的人都会自豪，这些藏书的特点也彰显了主人的个性。许多都是文学经典，没有一本不干净、不纯洁的书。”

冬季，查平获得了回报。他被任命为本地新闻部主编助理。与此同时，纽约正在酝酿的某些变化也对他有利。普利策早前已派脾气暴躁、在世界报名声不好的主编克罗洛·查尔斯·H. 琼斯到圣路易斯，试图挽救自他离开后就在走下坡路的快邮报。一回到纽约，琼斯就要求普利策给予他“绝对控制权”和控股权。控股权在随后的系列协商中如一纸空文，但让普利策事后懊悔的是，绝对控制权在最后的协议中保留了下来。1895年2月，琼斯到圣路易斯就任，迅速清理了那些忠于普利策的下属，包括怀特。查平却因此得益。1895年春天，琼斯任命查平为本市新闻主编。

记者弗朗西斯·A. 比默回忆：“他很快就当上了本市新闻主编，性格刚毅，目光敏锐，抽一根黑色大雪茄或猛嚼口香糖，要不就是咬某个记者一口。”查平很快也如法炮制他在芝加哥跟弗雷德·霍尔学到的当本市新闻主编的那一套。查平派比默从圣路易斯横渡密西西比河，到伊利诺伊州圣克莱尔县县府所在地比利维尔采访。他要求比默每天交一篇关于这个以钉炉铸造为主业的宁静小镇的报道，以开设“比利维尔笔记”专栏。某个周六，因暴雨耽误了时间，比默无法将专栏稿送上去圣路易斯的夜班火车，于是想通过电话将当天自行车比赛的报道传回去——19世纪90年代是自行车发展的黄金时代。他已将稿件口述给本地新闻部，但这对查平来说无异于漏稿。“他毫不留情地把我狠批一顿，然后‘砰’一声收线，”比默回忆，“我突然意识到，不管外面是否有暴风雨，没有交稿我就会被炒掉。虽然已没有火车能将我准时送到，我也应该把稿件送到编辑部。”于是比默雇了匹马，在瓢泼大雨中疾驰14英里，将珍贵的、为周日版写的“笔记”及时送给查平。“查平没有任何表扬，”比默说，“他认为理当如此。”

在圣路易斯，尽管《快邮报》的发行量最大，在晚报市场无人能敌，但竞争依然激烈。圣路易斯共有4份主要报纸，记者们采访时也总是暗中较劲。在查平离开芝加哥后，同样来到圣路易斯《环球民主报》谋职的西奥多·德莱塞对此深有体会。一次，他被报社派去采访一宗子夜谋杀案，街上的电车都已收车。“这种情况下最令人担心的是对手《共和党人报》可能搞到了独家报道，而本报却走漏了消息。”德莱塞说。

查平将他在芝加哥学到的普利策式新闻操作手法——给读者以谈资——移

植到《快邮报》。“圣路易斯此时似乎正流行浮夸风——大胆、猎奇、尺度相当宽松且充满渲染的新闻报道方式。”德莱塞称。正是查平带来了这股风潮。“夸张成为法宝或恶习，他鼓励记者发掘更重大、更可读的故事。”比默称，他认为查平甚至默许假新闻。实际上，也正是这种查平式的新闻报道，将比默从报道比利维尔的折磨中解救出来。比默收到线报，称一位女士打算和商人私奔，她将因此不端行为在公众广场接受鞭刑。他向查平汇报并建议报警。“我们不会报警，因为我他妈一点不相信这是真的，但你得带上卡莱索·马丁去看看——以防万一。”查平说。鞭刑真的发生了。比默带回了独家报道，马丁也拍到了图片。“查平流露出满意的神情，如果他愿意，他也会展露最灿烂的笑容。”比默说。听到查平要给他升职，比默喜不自禁。另一方面，查平制造的恐惧也在编辑部弥漫开来。他会因为一点点小事而炒掉记者，通常下周又重新雇佣他们。记者们忍气吞声，因为这是城中最好的报纸。“我又怕又恨——又爱——狗娘养的，他掌握着我当记者的生杀大权——如果我算的话。”比默说。

查平如鱼得水，并干得风生水起。他和内莉在市中心西边租了栋小房子，雇了一名叫老摩西的黑人男仆。除了工作上的一件事，圣路易斯的一切都很完美。用他的话来说，他不得不忍受那个“支楞着白胡子的目中无人的小人”。克罗洛·琼斯掌管快邮报的5年合同才履行了不到1年，就已令查平难以忍受。一次，《快邮报》漏发了东城午后火灾的新闻。琼斯已回家，查平希望琼斯没有看到对手的报道，但他还是看到了。第二天早上，琼斯“走进本地新闻部时胡子都气得飞了起来，当着所有在场记者的面将查平痛骂一顿。”比默说。发泄过后，琼斯还不罢休，指责查平是个二流的本市新闻主编，“而暴君查平不得不坐在那儿挨骂”。更糟的是，在许多方面，琼斯似乎故意将报纸置于被孤立的境地，一意孤行鼓吹“自由银货币”以期重振经济。“据说他在社论中滥用话语权，”查平说，“他暴怒而浮夸。”琼斯还差点断送了查平的职业生涯。

12月底，琼斯要求本报刊登一篇批评教育委员会主席弗雷德里克·W. 布罗克曼的文章。两天后，布罗克曼起诉快邮报。法庭下达快邮报涉嫌故意诽谤的指控时，琼斯“恰好”离开本地，指控便直指本市新闻主编。它并非指控查平自行采写或指使他人采写了涉事报道，只是因为他在报社的职务，他就必须对此负责。“报纸的本市新闻主编有义务为他的所有报道担责。”指控书声称。1896年1月17日，开庭日，查平在律师查尔斯·纳普顿的陪伴下受审。法官是大卫·墨菲，一个脾气暴躁、声名狼藉的家伙。查平和纳普顿知道墨菲不会让他们好过。因为就在几周前，《快邮报》曾刊登文章，质疑墨菲在南北战争中的“英雄行为”。纳普顿遂立即递交变更审判地的动议。墨菲宣布午饭后才对该项动议举行听证。重新开庭后，纳普顿提出没有必要举行听证，他提交的证明文件都已经说清楚了。“那么，”墨菲说，“我要听取相关申请人的证词。查尔斯·E. 查平在吗？”

“在，大人。”查平答道。

纳普顿表示反对，但反对无效。在宣誓之后，查平被带到证人席上。

“克纳姆，请就此事询问证人。”墨菲对原告律师说。

“好的，先生。”律师答道。

当原告律师切斯特·克纳姆走近查平时，法官的纵容愈发明显。墨菲曾给克纳姆看那篇严重冒犯他的报道，他们一起商议如何在庭上折磨查平。克纳姆开始盘问查平：有何证据证明墨菲对快邮报怀有敌意。查平举出多个事例说明墨菲已违背职业道德，包括他离开审判席，逼问一个年仅13岁的报童是否记者。当报童否认时，墨菲说：“读了那些《快邮报》关于本庭的报道，我觉得你可能是。”

“《快邮报》刊登过什么批评法官的稿件？”克纳姆问。

“我不会装作不记得。”查平补充说，当然是关于其战争记录的文章。

克纳姆从口袋中掏出那篇文章，开始朗读，然后问：“这是谁写的？”

墨菲法官斜倚着，两眼盯着查平。

“我反对这样听证。”纳普顿插话。

“反对无效。”

查平明白了，墨菲想知道文章的作者。由于查平拒绝回答，墨菲很恼怒。克纳姆和墨菲警告查平，如果不说就意味着害怕被牵连。

“到底是谁写的？”克纳姆说。

“我拒绝回答。”查平说。

“为什么？”

“原因你们清楚。”

“说了会让你受牵连？”

查平还没回答，克纳姆就为墨菲辩护，声称后者是南北战争的老兵，自己曾经目睹他的英雄行为。辩护结束时，法庭陷入沉默。墨菲气得脸色发白。

“你报道的信息从何而来？”克纳姆追问。

纳普顿再次提出反对，但反对依然无效。克纳姆继续向查平施压。

“克纳姆先生，你想当然地认为我要为这篇文章负责。”查平说。

“当然，我知道你是怎样的人。”

两人针锋相对，最后查平软了下来。

“我不会回答这个问题。”他说。

“为什么？”眼看快要成功的克纳姆逼问。

“好吧，因为这可能让我受到牵连。”

克纳姆和墨菲继续施压，试图让查平将“可能”改成“会”。

克纳姆最终放弃进一步施压，墨菲也宣称满意，因为查平证明自己是个“可能中伤任何人的人”。

“我反对法庭做出此种判断。”一直在庭审后期保持沉默的纳普顿高声说。墨菲于是开始发表长篇自夸性演说，将自己描述成书中人物。“而且，”他补充，“说到城中有不明真相的人想用报纸文章诋毁我是个战争懦夫，我必须指出此人是恶意中伤的骗子，我不会给予他公正的判决。”然后他朝查平转过身来。“我敢为我在此说的话负全责，如果你还有人性的话。”

法庭上没有人不懂墨菲的意思。他已向查平提出决斗。“每个人都以为会发生悲剧，”《快邮报》写道，“他们知道只要证人一旦发火并试图还击，墨菲法官将跳起来将他射杀。但证人没有任何行动。”

墨菲要求休庭，查平重新坐回纳普顿身边。墨菲缓缓走下法官席，来到查平的座位，查平的同事们围在那里。

“现在不是开庭时间，而我只是个普通市民，”墨菲盯着查平，“如果你有什么要说的，可以随心所欲跟我说说。我将为刚才和现在所说的一切负责。我觉得你是个居心叵测的骗子和懦夫，如果你还有一丁点男人气概，就应该接招。”

查平一动不动，甚至没抬眼看墨菲。他呆坐在那儿，尽管脸色已变得苍白。终于，墨菲鄙夷地“哼”了一声转身走向他的办公室。几分钟后，他又折返，宣布另一位法官将接手这桩案子并宣布休庭。当纳普顿和查平收拾东西时，墨菲又捏着拳头回来了。“纳普顿先生，你可以为你的委托人接招，你可以接招了。”

“我的习惯是在法庭上为我的案子而战，而不是和法官开战。”纳普顿回答，这时人们围拢过来看热闹。墨菲怒目而视。“任何想替他接招的狗娘养的都可以上。这个肮脏、撒谎的流氓混蛋敢在庭上攻击我，而我却没有机会还手；现在当我以私人身份决斗时，他又像野狗一样畏缩不前。你们知道了吧，我到底是不是斗士。为什么不跳起来看看我到底能不能打？”

还是无人应战，他再次转身回办公室，身后的人群一阵哄笑。查平去警察局长哈里根的办公室求助。墨菲经常攻击警察，让鄙视他的执法官几乎和记者一样多。哈里根借给查平一把手枪，告诉他如果遭到墨菲袭击，别忘了用它还击。

其他报纸的记者围住查平要求采访。查平对《环球民主报》的记者保持缄默，却告诉《共和党人报》墨菲有备而来，还有配枪的治安官撑腰，而且抓住机会“以不光彩、使法庭和其他人蒙羞的手段中伤我”。当天下午晚些时候，墨菲喝得醉醺醺地来到快邮报门外，一边挥拳一边咒骂，但没有采取实质行动。

一周后那个安静的周日早晨，查平走在奥利弗大街上，看见墨菲迎面而来。街上没有其他人，简直是狭路相逢。查平将手放进口袋，握紧哈里根的手枪。两人越来越近。墨菲也在他夹克的口袋里摸着什么。“我们都没有放慢步伐，很快就近得差点撞到对方，”查平说，“墨菲法官把他的目光从我身上移开，而我只是礼貌性地看了他一眼，尽管我很肯定我们都在小心翼翼地用眼角的余光盯着对方。”两人最终擦肩而过，事件亦渐渐不再被圣路易斯新闻界提起。2月里，案件经由另一位法官审判后很快结案。冬去春来，普利策想夺回报纸控制权并毁约，于是开始打官司，罢免琼斯似乎再次成为可能。结果普利策最好的律师输了官司。琼斯王朝依旧苟延残喘。查平继续仰人鼻息。

1896年5月27日午餐后不久，查平如常将报纸付印。这是美好的一天。除了琼斯一直坚持要上的“自由银货币”文章，记者们贡献了两篇可以成为当晚话题的封面报道。查平给第一篇报道冠之以大标题《他呼呼大睡，老鼠来咬他》，写的是老鼠将一个无家可归的酒鬼当成大餐，直到他被好心人出手相救。另一篇报道讲的是一个精神失常的妻子换乘多辆有轨电车追击老公，引来无数路人围观。眼看快要追上，他准备躲进小酒馆，说时迟那时快，她朝他撒了一把红辣椒粉。查平给这篇报道取的标题是《往老公眼睛撒红辣椒粉》。在这篇离奇的报道结尾，记者冷冰冰地称暂时失明的丈夫要告妻子并和她离婚。头版天气预报称当晚将有几场风暴。圣路易斯气象局的H. C. 弗兰克菲尔德顺路拜访报社，报纸每天都用他的天气预报。查平自19世纪80年代就和弗兰克菲尔德相识，当时后者还在芝加哥工作。他和查平同一年到圣路易斯。天空阴沉沉的，气压不断下降，眼看风暴将要来临，弗兰克菲尔德建议查平回家去。

“是飓风吗？”查平问。

“不，没那么糟。城里几乎没有飓风，但我估计是严重的风暴，我建议你立刻回家。”

他的建议是对的。查平回到位于报社以西5英里国王北街1316号的家时，风暴真的来了。老摩西帮他关严窗户。“之后我看见风暴将树枝折断，甩上房梁。鸡舍倒了，我精心照料的获过奖的玫瑰花被连根拔起。”查平说。这是住在城外的代价，查平一边由老摩西侍候着和内莉共进晚餐一边思忖，闷闷不乐地上床歇息。

城里则是另一番景象。当查平种的玫瑰四散在空中时，弗兰克菲尔德和26岁的《共和党人报》记者马丁·格林正站在气象服务办公室的窗边，望着人们涌向有轨电车，或者四处找门廊避雨。风大得能把人刮起来。广告牌被吹得剧烈摇摆。最奇怪的是，格林在电话线和有轨电车线上看到蓝色的小球在滚动。

“糟糕的雷暴。”弗兰克菲尔德说着，回到座位上。

“天哪！”他的一位助手惊呼，“快看西边！”

两人转过身狐疑地望去，一条香肠状的云块从风暴处向城里袭来，刺眼的橘色闪电照亮了它。风级指数显示为每小时70甚至是80英里。大街上推车倾倒，屋篷翻卷得如同卷轴，落下的砖瓦和木头在空中将窗玻璃击碎，人们在黑夜中尖叫。不到20分钟，美国历史上第二严重的龙卷风退去。救援队伍忙碌了一整夜。破晓时分，至少有200人死亡，成百上千座住宅、商厦甚至医院被毁于一旦。

早上，查平和往常一样5点起床，以便7点前能赶到办公室。早报还没送来，他平常搭的那班有轨电车停止了运营。“住在郊区有诸多不便，”他自忖，“心情不好地开始一天的工作实在叫人郁闷。”他在4个街区外找到一辆在运营的有轨电车，跳了上去。半路上，他看到有乘客拿着报纸上车。查平如饥似渴地盯着它。那个人打开报纸，查平看到了大标题。“几百人死亡，几千座房屋被毁！而我还在为连根拔起的玫瑰花和毁掉的鸡舍默哀。”查平说。当他终于到达办公室时，发现同事们已熬夜干了一宿。号外已经出街。即使查平当天推出了特别报道，但很显然该报道的荣耀属于格林。他的报道比当晚其他记者的报道更为及时。

“圣路易斯昨晚俨然是黑暗和凄凉之城，一座遭受打击的城市。”格林这样开头。“昨天下午，风雨火光交织仿佛要毁灭一切；数百人死亡，数千人受伤，天亮以后情况如何不得而知。”在事无巨细的描述中，格林详实地报道了受灾情况，或说是描述了他和弗兰克菲尔德的所见所闻。在长篇报道的结尾，格林写道，龙卷风袭来时，一度停歇的大雨又倾盆而下。“这是一场奇怪的雨，稳定、持续、有穿透力，似乎一边下一边积攒着力量。夹杂着制造了无数夺命事故的恐惧和谣言，雨越下越大，阴沉地敲响丧钟。”乌云再次压顶，看上去似乎另一场灾难就要来临。“天色变成墨绿，云层诡谲，但是风势没有加剧，只有雨一直下，持续而绝情地砸向这座绝望的城市。”查平不会忘记这篇报道是谁写的。

秋季，查平借用曾在芝加哥屡试不爽的一招，让《快邮报》销量大增。感恩节那一周，读者发现《快邮报》封面开始连载《大都市的工厂女工》。查平的编者按说，《快邮报》“计划呈现给读者一组讲述在圣路易斯打工的工厂女工的奋斗、艰难、困苦、希望、欢笑和恐惧的故事”。为了做这组报道，查平雇佣了破产的小镇姑娘露西·赫斯默，她原本过着安逸的小镇生活。“又一位无助的女孩，”查平说，“被扔在大街上为糊口而奋斗，她一无所有，只有一双勤劳的手，一颗勇敢、踏实肯干的心，不管工作有多累，生存之路有多艰辛漫长。”报道持续了近两周，赫斯默先后到鞋厂、卷烟厂、糖果厂打工，查平将每一期报道都登在了头版。

比连续报道大获成功更令人鼓舞的是，琼斯时代即将终结。尽管普利策输了官司，但他最终说服琼斯接受一笔可观的经济补偿，以交出报纸控制权。随着琼斯离开以及诸多普利策规则的回归，查平的本市新闻主编职位似乎成了闲职。报纸欣欣向荣，普利策似乎也不想改变琼斯遗留的管理格局而让查平真正上位。但另一种改变——将改变美国新闻界的改变——即将来临。

1897年1月，尽管战争尚未爆发，基韦斯特岛[2]来了近40名战地记者。赫斯特和普利策都派出精兵，试图挖掘有关古巴对西班牙发起叛乱[3]的蛛丝马迹。报纸的报道，尤其是对所谓西班牙暴政的报道，激发了美国国内的反西情绪，也使报纸销量骤增。到了年底，向西班牙开战似乎成了最热门的话题，尽管新任总统麦金莱反对任何形式的军事干预。随后，在1898年2月，“缅因号”战舰在哈瓦那港突然爆炸，226名船员遇难[4]。形势已由不得麦金莱总统，他从不愿卷入战争转变为希望缩短战争周期、尽量减少流血伤亡。

3月的一天，查平正和阿尔夫·瑞林共进午餐，讨论战争爆发的可能性。后者是15年前发起巡演马戏团的威斯康星五兄弟之一。两年之间，马戏团在美国中西部深受欢迎，每次从一地巡演到另一地都需要4个火车皮装载道具。《快邮报》的信差打断了他们的谈话。他送来普利策的电报。普利策用他一贯不容置疑的口吻，吩咐查平当晚就动身前往纽约，如果可能的话，做好留下来的准备。“几小时后我上了火车，望着圣路易斯璀璨的灯火渐行渐远。”查平写道，“我在这里的新闻生涯告一段落，对此我非常高兴。”

译注：

[1] 琼斯夫人，即玛丽·哈里丝·琼斯（Mary Harris Jones，1830—1930）。琼斯夫人是其尊称，她是美国1900年代工运的开路先锋。

[2] 基韦斯特岛（Key West），美国佛罗里达群岛最南的岛屿和城市，在古巴哈瓦那东北170千米。

[3] 当时古巴仍为西班牙的殖民地。

[4] 1898年2月15日晚，停靠在古巴哈瓦那港的美国军舰“缅因号”爆炸。美

国官方断定是西班牙人用水雷偷袭了缅因号，西班牙却声明和事件无关。美、西两国争执不休，最后决定成立调查团。但美方拒绝西班牙人登上缅因号调查，并把炸坏了的缅因号拖到大西洋让它沉入海底。调查无法继续，美国人的反西情绪愈发强烈，事发后不到3个月，美国总统麦金莱对西班牙宣战。

10 回到纽约

查平一抵达纽约，普利策紧急召他回来的原因就清楚了。普利策急需主编。恩内斯特·张伯雷——5年前从《太阳报》跳槽过来、深受赏识的雇员——已成为迫在眉睫的战争导致的公园街受害者之一。据说1898年2月底的一天深夜，瘦削、苍白、蓄着大胡子的38岁的《世界晚报》执行总编张伯雷拍电报召回所有员工。尽管这种做法有点夸张，但很符合纽约报人的自负形象。自从2月15日缅因号在哈瓦那港爆炸以来，对公园街的相当一部分人来说战争来了。两家主要报纸的老板都铆足了劲煽风点火。赫斯特的《新闻报》头版早已充斥着声讨西班牙罪行的大标题，某日的头版甚至飘扬着美国国旗。《世界报》则用整个头版戏剧性地演绎了爆炸事件，并鼓吹有人要对此负责。爆炸案发生两天后，该报打出大标题《世界报已派出拖船和潜水员彻查真相》。公园街弥漫着战争的狂热气息，最重要的原因是，它有商业价值。缅因号沉没后的一周内，《世界报》卖出500万份，号称“在世界上所有国家、所有语种报纸中发行量最大”。

晚上急召大家回来的张伯雷完全陷入了战争的狂热。作为一个工作狂，他被认为是那种长时间待在办公室，记者们头天晚上跟他说了再见，第二天一大早又看到他还在原位的人。令人难以置信的是，他只要从位于办公室楼上3层、24小时营业的亨氏和卢伯餐馆买来一份饼干和一夸脱牛奶就可维持精力。

“当我们一个接一个赶到办公室时，张伯雷用‘战争开始了’的简短声明迎接我们。”1894年加入《世界晚报》的记者阿尔伯特·特休恩回忆。“战争开始了，伙计们。”张伯雷说。已做好的号外版面展现在惊讶的员工面前，上面写着巨大的标题——《战争！》。大标题下只有寥寥数语，没有交代做出这一结论的依据。夜班编辑解释，在其他采编人员下班后，张伯雷突然站起来宣布《世界晚报》进入特殊状态。一个机灵的报童将一份报纸送到楼上的日报编辑部。“张伯雷被《世界报》的老板们叫去谈话，”当时半睡半醒、目睹了这一场景的特休恩说，“交谈了几分钟后，老板们猜到了他的状况，派两个人送他回家了。”新的指令传来，要求尽可能恢复没有战争报道的版本。张伯雷被出租车送回家，不久之后死于肺炎。

一到纽约，查平立刻赶去世界报大楼。此时离他第一次进入大楼已近7年。它不再是城中最高的大楼，但毫无疑问仍是新闻界的地标。查平不再是还在求职的记者，他被普利策委任为《世界晚报》的本市新闻主编。查平离开的日子里，圆顶下的生活发生了巨大变化。3年前，当普利策的新闻帝国还沉浸在因为垄断而产生的虚幻成就感之中，来自加州、财力雄厚而有恃无恐的新星对它构成了威胁。游戏规则是普利策制定的，威廉·鲁道夫·赫斯特却似乎玩得比他还好。赫斯特买下经营不善的《新闻报》，很快就把它变成一份明快、有活力、追求轰动效应的报纸，销量很大。他“给纽约新闻业带来光明——如果晴天霹雳也算是破晓的一种”，特休恩说。赫斯特将办报的各种手段一一呈现给读者。

比如，赫斯特雇来小说家理查德·哈丁·戴维斯报道耶鲁对普林斯顿的橄榄球比赛，并暗示读者他给这位著名的作家开出了高达500美元的稿酬。不满足于将知名的自由作者招至麾下，赫斯特甚至挖起了《世界报》的墙脚。“他愿意为好稿支付像样的稿酬，” 特休恩说，“他从《世界报》挖走很多明星记者编辑，后者只能眼睁睁地看着。”赫斯特一度将《世界报》整个周日版团队都撬走了。普利策派他的副手不惜任何代价把人找回来。副手做到了，可24小时后那些人又“倒戈”到赫斯特那边。不久，连普利策的副手本人也“投诚”了。这样的竞争对记者和编辑当然有益，薪水“嗖嗖”直涨。“凭寒酸的穿着和外套衣领上的头皮屑就能判断出某人是否新闻从业者的日子，已一去不返。”《记者》杂志评论道。对查平来说，竞争让他的薪水稳定在前所未有的每周100美元的水平。而当时的鸡尾酒一杯只需10美分，一份上等腰肉牛排配炸薯条、腌泡菜的套餐才50美分，这样的薪水自然相当可观。

似乎没有什么能阻止赫斯特对《世界报》领导地位的挑战。读者们乐见两份报纸决一胜负。很快，美国新闻史上最激烈的竞争开始了。每当市郊发生新闻，公园街的记者们就冲出门，跳上自行车、马车或其他一切交通工具，以便第一个赶到现场。每当城外发生新闻，砸重金做报道渐成惯例。新闻大战每天24小时都在上演，催生了“大夜班”，夜班人员从凌晨1点开始上班，直至白班团队接班，以便抢在中午前让晚报出街。“狂热的新闻时代开始了，”查平说，“读者闻所未闻的新闻时代。”斗得不分伯仲的主编们对于在自己的版面中照搬对手的报道毫无羞耻之感，独家新闻往往只是昙花一现。事实上，互相抄袭变得很常见，就在查平回归几个月后，《新闻报》刊登了一篇关于永久致残的战争英雄“瑞菲利普·W. 任鲁兹上校”（Colonel Reflipe W. Thenuz）的虚假报道，在《世界报》完全照搬《新闻报》报道也刊出了上校的感人故事后，赫斯特方面得意地宣布，上校的名字来源于“我们偷新闻”（We pilfer the news）的字谜游戏。

很快，普利策帝国受到全面挑战，包括他让人人都买得起报纸的价格战技巧。为了和《新闻报》竞争，普利策之前已被迫将《世界报》售价降至1美分。如今，纽约任何手头有1美分的人都成为被争夺的潜在读者。竞争异常激烈，两家报纸时常丧失理智地报道极端、有“新闻价值”、骇人听闻的新闻，导致信用度下降。人们已不太相信报纸。

没有什么比晚报的竞争更白热化了。公众已经养成了新闻消费的强大胃口，电灯的普及也使读报成为晚间的消遣之一。“晚报是人们在家读的报纸，它被每个家庭成员传阅。”《记者》杂志描述。人们带着晨报去上班，但一到工作地点立即将它扔在一边。“晚报就不同了：忙完了一天的工作，人们一头扎进晚报，坐在壁炉边，细细阅读，并和家人讨论。”晚报通常不只出一个版本，而是整个下午都在滚动出报。“早上6点前，晚报的不同版本连续出街，几乎每个小时都出一个版本，直至半夜。”查平说。《世界晚报》更是每天印刷多达40个版本。实际上，因为版本太多，以至于竞争一直延续到日报出街。这些标上版本序号、用各色纸张印刷的不同版本成了一种让人摸不着头脑的时尚，以超越赫斯特的《新闻晚报》，而后者非常精于此道。“有人知道纽约《新闻晚报》最早的6个版本分别在何时出街吗？”一位作家在《记者》杂志上问，“我起得太晚——早上6点半起床——还买到了一份晚报，最妙的是在泽西市，早上9点竟买到了一份‘第7版，晚报最新版’。”早上第一版被打上“第9版”，有时是“第14版”。晚餐时，第127版已经出街。《新闻报》宣称对漏送的版本给予现金补偿，但没有人声称得到过这种补偿。

张伯雷死后，普利策重组报社。福斯特·柯蒂斯接任执行总编。用查平的话来说，尽管他是“待人温和有礼的谦谦君子”，但柯蒂斯是普利策下属中唯一说脏话说得能和普利策媲美的人。普利策在南北战争当雇佣兵时学的英语，他常在两个单词中插入些脏话而重新生造一个词。比如“独他妈的立”就是他最著名的词语之一。“对他而言说脏话是门艺术而非恶习。”查平说。“诅咒者柯蒂斯”——他的外号名副其实——也会如此生造新词。有一次，他被吩咐去做什么，柯蒂斯回答称他没“他妈的这个义务”。“没有什么亵渎性的字眼他没说过，”据查平回忆，“他狠狠地说脏话，震得玻璃都在抖，但这只是习惯而不是脾气。除此之外他没有什么缺点，他对我很慷慨、热心且善良。”

柯蒂斯的助手弗雷德里克·顿尼卡担任本市新闻主编，直到查平上任。他和柯蒂斯截然不同。当柯蒂斯激动不已时，顿尼卡保持冷静。柯蒂斯粗鄙不堪时，顿尼卡优雅精细。“他是绝好的副手，也是报界最善解人意的老板。”特休恩说。加入《世界晚报》前，顿尼卡曾是普利策的私人秘书之一，还曾作为《世界报》记者常驻伦敦，这个职位通常由发行人亲自挑选。顿尼卡热情地欢迎从圣路易斯来的查平，并很快收拾包袱让位给他。从一开始，查平、柯蒂斯和顿尼卡就相处愉快、相互欣赏。“在我整个报纸职业生涯中，我找不出比他们更好的人。”查平说。

不管三人之间的私谊如何，他们都知道首先应忠诚于渐渐隐退的发行人。这是在世界报供职无法回避的企业文化。普利策别无他法。尽管很多时候他都在驾着游艇环游世界，沉浸于宁静之中，但他从没有让渡任何控制权。要从世界的另一端管理报社这样复杂而竞争激烈的企业，对任何了解这一行的人来说似乎都是纸上谈兵。但普利策做到了。他让他的高管们每日提交关于自己和别人的工作报告。在某种意义上，这种远程汇报机制远比他坐镇总部更能让人强烈地感受到他的存在。每天，普利策的私人秘书们要给渐渐失明的他读大量报告，然后他通过电报下达一连串指令。为了保密——电报操作员并不以谨慎著称——普利策自创了一本250页的代码簿，上面有将近2万个名字和单词代码。其中，《世界报》被称为“老大”，《世界晚报》是“老二”，“祖母”是指本市新闻主编，普利策（“安第斯”）给查平起了个外号“平奇”。所有的电报都签署了“坐等”的字样，意思是要求尽快回复。而最受用的回复是“信号灯”，意思是指令已收到，充分理解且将被执行。

查平–柯蒂斯–顿尼卡团队的核心任务是和亚瑟·布里斯班竞争。布里斯班曾是普利策旗下最优秀的主编之一，也曾在《世界晚报》出现亏损后的1897年着手振兴报纸。但现在，他为赫斯特的《新闻晚报》卖命。他的才能以及战争使《新闻晚报》创下了新的发行纪录。在缅因号沉没后的3天里，《新闻晚报》售出300多万份。到1898年4月25日，官方正式宣布战争开始时，《世界报》和《世界晚报》奋起直追。但晚报的竞争不仅仅局限于发行。两份报纸都有意用耸人听闻的标题超越对方。柯蒂斯不愿让布里斯班胜出哪怕一丁点，通常让整个头版都被醒目的大标题占据，因此头版看上去更像幅海报。“柯蒂斯坚持这种海报风格，认为报纸的头版有如百货公司的橱窗，”查平称，“必须将吸引人的商品陈列出来，他说，否则对手就会卖得更好。”当封面标题字号不够大时，柯蒂斯还用星条旗来装饰。

1898年5月7日，战斗的硝烟刚刚消散，记者爱德华·哈登立刻离开菲律宾[1]到香港，将马尼拉胜利的消息传回报社，再大的字体似乎也不够用了。哈登支付了最贵的电报费，赶在官方正式发布消息前将稿件传回美国。周六清晨，查平上班时，“老大”的号外版已由大夜班编辑完成，但它只在布鲁克林大桥附近出售。真正的独家报道属于晚报。查平在排字房挑选了最大号铅字，然后吩咐伙计们为了这个历史时刻赶印报纸。从马尼拉湾不断有消息传来，包括为什么西班牙舰队会出现在那里，杜威将军[2]如何抓住偶然机会击败它，几个关键指挥官的人物特写，以及其他一切由疲累不堪的记者们挖到的料。“在记者们发稿回来之前，号外已为他们做好准备，”查平说，“每家报社都全力以赴，开足马力忙乎一整天直至深夜，只在电报传来更多最新消息时稍作停顿，以更新版面。”

战争结束了，普利策试图为更加严肃的《世界报》寻求更为规范的操作模式。战争期间，他一再忍受《世界晚报》和《新闻晚报》的大标题之战，但现在他倾向于结束这种战斗。他下令销毁排字房所有大号铅字。排字房领班遵令照办，但《新闻晚报》的布里斯班不再听命于普利策，继续在报纸销售大战中不遗余力地将它们用到极致。普利策力图抑制大号标题的努力很快化作泡影。《世界晚报》当然渴望用回大号铅字，最终查平又开始制作耸人听闻的大标题了。

战争报道完成后，查平就病倒了。自从他回到纽约，一直保持极度紧张的工作日程：每天凌晨4点到办公室，天黑才回家。饭在办公室吃，或者一边吃饭一边在排字房监督版面编辑和修改。和前任张伯雷一样，查平感染了肺炎，不得不卧床。每天，顿尼卡派通信员到22街东16号查平和内莉的住所问候查平，然后将消息公之于办公室布告栏上。晚上忙完工作，顿尼卡会亲自探望，坐下和查平聊聊《世界晚报》一天的运作。跟张伯雷不同，查平很快痊愈复出。

1898年7月2日，周六上午10点，查平为坐勃艮第号去欧洲的朋友送行。当时，横跨大西洋的旅行变得越来越常见，游船出发时有挥舞着旗子的人群和奏着明快音乐的乐队送行也是惯例。那一周，不少于一打来自欧洲主要港口的游轮停靠在港口。1886年建成的勃艮第号是当时来往法国航线上的第三大游轮，速度仅次于其姐妹船都兰号。查平和许多人上船为朋友们送行。回办公室前，他顺手从船上拿了张旅客名单塞进口袋。离开码头时，他撞见了约翰·F. 迪伦法官。他和迪伦曾在舅公罗素·塞奇家见过。作为爱荷华颇有名望的前法官，迪伦1879年来到纽约，在此教授法律课程并担任杰·古尔德的律师。迪伦送别小女儿和妻子后，和查平一起回到热浪逼人的马车上。随后迪伦返回办公室，乘坐下午3点50分的火车回了位于新泽西的家。

周三早上，查平和平时一样在办公室工作，有人送来一封发自加拿大哈里法克斯的电报。有上进心的特约记者 J. 沃森·弗雷泽打探到一艘牵引着英国帆船克罗麦夏号的汽船即将到港。有消息称帆船船头被打破，部分前桅损毁。不祥的是，它下了半旗。“显而易见，发生了海难，”弗雷泽说，“为了给《世界晚报》抢新闻，我跳上自行车以最快速度到达极乐山渡口，以尽快找船去和克罗麦夏号会合。”骑车让他到得比乘船前往的其他记者都快。弗雷泽最先找到克罗麦夏号。当时海风很大，他的小船撞上了克罗麦夏号，差点翻掉。控制好小船后，他上了克罗麦夏号，得知在两天前清晨的浓雾中，克罗麦夏号与勃艮第号相撞，后者搭载的600名乘客中有571人落水身亡。幸存者目前都在残破不堪的克罗麦夏号上。弗雷泽迅速回到岸上，与3位事先约好的加拿大太平洋电报公司的信差会合。他拍了电报，由信差通过自行车接力传递给查平。

“10分钟后，他将这场灾难和死亡的消息送达给我，”查平说，“我冲进排字房重新排字，打电话给技术部门让他们准备好出重大号外。”他给报道冠以《恐惧和死亡》的大标题，字号高达3.5英寸。突然，查平惊呆了。乘客名单他有一份！他送行时曾拿了一份回办公室。15分钟内，报道、名单以及查平式的大标题已开始排版。那天印刷机几乎一刻未停，因为号外印了一遍又一遍。其他报纸也在日夜追赶。出到当晚最后一个版本，查平忍不住炫耀起来。“《世界晚报》通常是第一个知道消息的。”他在第3版一张失事船只的图片下这样写道：“它从不报道假新闻也不愚弄读者。它领先所有的报道。它在一直讲求速度的新闻界俨然是领袖。它的座右铭是：第一个到达现场。”

“当号外开印时，”查平说，“我想起了可怜的迪伦法官及勃艮第号的沉没对他意味着什么。”他拿起电话，拨通了在新泽西远山的迪伦法官。在他告诉法官不幸的消息后，电话断了。查平让接线员再次接通，却被告知对方听筒没有挂好。查平很快忘了这个悲伤的插曲，他那工作狂的劲头又回来了，源源不断的消息也让他一刻不得闲。第二年，美西战争正式告一段落；“德雷福斯事件”[3]让法国陷入混乱；马可尼用他新近发明的无线电技术，以每分钟15个字的速度从英吉利海峡向法国发出第一条信息。再说，对一位性格刚毅的本市新闻主编来说，为所报道的悲剧事件中断工作似乎不合常理。

当夏天新闻淡季到来时，查平再次祭出屡试不爽的城市生活阴暗面揭秘系列报道。他在芝加哥做的“白人女奴”系列和在圣路易斯做的“都市女工”系列均曾大获成功。这一次，他分别派记者查尔斯·盖瑞特和凯瑟琳·金扮成求职青年。该系列报道仿佛日常生活情景剧，告知读者——为了挖掘故事，记者是怎样忍受剥削的。“《世界晚报》认为这是对大都市生活的深入揭露，报道将为读者奉献最有吸引力的情节。”查平在盖瑞特报道的编者按中说。两周前，金的卧底报道已经刊出。

总体而言，管理层对《世界晚报》的运作感到满意。查平接任本市新闻主编后只用了六个月的时间，《世界晚报》就从战争报道的压力中完全释放出来，做了多篇独家报道，即使在新闻淡季也有可读的报道出街。总经理卡洛斯·塞茨向普利策递交了一份表扬查平的报告，尽管他也注意到了查平性格中的缺点。“他是位敏锐、强硬的领导，尽管他的能力足以应对工作，但也让下属有点受不了。我认为他在挖掘新闻题材、获取第一手新闻方面特别敏锐。”普利策奖励查平、柯蒂斯和顿尼卡3人在非紧急状况下每周六轮休。

1899年的感恩节，查尔斯和内莉在萨沃伊酒店品酒。彼时，萨沃伊酒店、德尔莫妮卡酒店、百老汇雷克托酒店以及谢丽酒店都是纽约权贵们经常光顾的地方。那天餐厅有点挤，空气让人窒息。内莉受不了，就快晕倒了。查尔斯及时扶住她。这引起了旁人的注意，两位侍者帮查尔斯扶起内莉，带她离开餐厅。苏珊娜·沃里纳从旁边的餐桌起身帮忙，坚持带内莉去她的酒店房间休息。内莉在床上躺下，开始冷敷。“在等待妻子恢复过来时，”查平说，“沃里纳告诉我，自己正为在勃艮第号上失踪的妈妈和妹妹服丧。”查平意识到她正是约翰·F. 迪伦法官的长女，便说游轮沉没当晚，是他打电话告知她父亲消息的。沃里纳告诉他，法官接到电话后就晕倒了。两人谈了很久，直至深夜。沃里纳坚持让内莉留宿一晚，并称第二天送她回家。此后，沃里纳夫妇常和查平夫妇聚餐，直到苏珊娜1904年去世。

1900年，世界报发生了一些大的变化，这也是两年前张伯雷去职风波后的首次人事震荡。数名普利策的得力干将决定离开。一位加入纽约时报，一位去了芝加哥论坛报，而顿尼卡则辞职加盟哈珀和罗出版公司。《星期天世界报》的主编威廉·范·贝索森也打算跳槽，普利策用加州公费长假和奖金挽留了他。度假前，范·贝索森提名查平接替顿尼卡出任《世界晚报》的执行总编。“他知识面广，本地新闻采写能力很突出，他能忠诚又到位地掌管新闻生产。”

过了两周，有关任命仍无消息，等不下去的查平去见柯蒂斯。他告诉柯蒂斯自己应该获得任命。他工作努力，过去一年半通常凌晨3点上班，得到晋升才是公平的。柯蒂斯告诉他，普利策已打算将他的周薪涨10美元，他的工作当然受到认可。后一点是柯蒂斯的真实想法。“我越来越肯定查平的价值。”查平离开后他写信给普利策。但普利策选择由体育主编约瑟夫·伊金斯接替顿尼卡，并将弗洛伦斯·怀特从圣路易斯调回来当他的副手。查平很失望，但范·贝索森告诉普利策，“查平认为这样的安排很公平。”

钱当然是此时普利策要考虑的问题。拜赫斯特所赐，报纸利润下滑，普利策要求总经理约翰·诺里斯削减成本。数天后，普利策邀查平共进早餐。早餐前，普利策让查平给他读报。“替他读报时我感觉到他的敏锐，尽管他看不见。不需要说明和解释，他都了然于胸。”这时，普利策问报社有什么新情况。查平说他已经开除了一打记者。

“他们干得不好吗？”普利策问。

“有一些非常有潜力，假以时日应该能成为一流的记者。”查平说。

“那为什么开除他们?”

“奉诺里斯之命。”

“但是，为什么要开除你认为值得留下的人？”

“除了服从诺里斯我还能怎么办？”

普利策皱起眉头，抿紧嘴唇，这是他生气的表现。

“如果我是你，我知道该怎么做。”他说。

不需要再解释，查平明白了。后来诺里斯又要求他裁员，遭到查平拒绝。“诺里斯气坏了，小题大做地撕破脸，继而冷笑着威胁我，我却不为所动。”查平说。

作为《世界晚报》的本市新闻主编，查平被赋予普利策认可的绝对权威，但普利策仍不愿让他担任更高的管理职位。这并不表示普利策或编辑部其他人对查平不满。恰恰相反，主编们非常认可查平的出众才华。社论版负责人布莱福德·梅利写信给普利策称：“查平在本地新闻部一个顶俩，他布置的选题有一半由他亲自完成。如果有重大新闻要电话采访，他倾向于自己打电话，做笔记，换了其他人估计会让记者或速记员代劳。”这份备忘录写完数天后，查平再次证明他甘愿这么做。有消息称英国著名歌手莉莲·罗素的男粉丝开枪自尽并坠入尼亚加拉大瀑布。莉莲已定居纽约，被发现经常与戴蒙德·吉姆·布雷迪[4]形影不离。查平马上拨打电话，两分钟后开始采访莉莲·罗素。

“可怜的人，这对他也许是种解脱。”罗素在电话里说。她从未见过那个男人，但称曾收到一些他用法语写的信。信中表达了对她不朽的爱。“他称我是他的女神，或用其他傻气的称谓，还说能看到我的灵魂。”罗素说，这些断断续续的信虽有些怪但无害，不过圣诞节前就没有来信了。查平谢过罗素，为当天报纸的内页版写了篇深度报道。这篇报道语气并不友善，巧妙甚至是冷酷地讽刺了那位遭到拒绝的爱人。“破晓时分，”查平写道，“他们的灵魂如同混浊的露珠，穿过潮湿的、被遗忘的那些相遇相爱的生命轮回。一切又将继续，直到世界末日，漫漫长夜湮灭天堂之光。”

一直密切关注查平的柯蒂斯对此印象深刻，也写了份备忘录给普利策描述查平的平易近人和亲力亲为。“我只是为了说明他的新闻敏感和反应能力，”柯蒂斯写道，“我对他的新闻意识和采写能力的敬佩与日俱增。”梅利、柯蒂斯和范·贝索森写的汇报结果都一样，普利策不为所动。讽刺的是，如同特型演员一样，查平作为本市新闻主编具有无人能及的能力，和晚报与众不同的需求相符，但也注定他将与更高的职位擦肩而过。

回到纽约对查平来说还有另一个好处。查平得以有机会和舅公塞奇继续交往，这种交往让查平觉得“钱景可观”。当然，查平也要让《世界晚报》重新对这位老金融家感兴趣。要重建和塞奇的关系，查平不得不花时间去讨好他。在查平离开纽约的那些年，塞奇因办公室爆炸案之后的公开审判而广为人知。查平在那起爆炸案中也意外地扮演了关键角色，正当塞奇力图稳住炸弹引爆者诺克斯时，那个在错误的时间不幸进入塞奇办公室的倒霉出纳威廉·雷诺被炸致残。塞奇对此没有任何补偿。公众舆论认为塞奇有责任，后来他也不得不因利用雷诺当人肉挡箭牌而应诉。用《纽约时报》的话来说，这位前出纳试图“从老金融家殷实的口袋中挽回一些损失，因为他相信塞奇应为此买单”。4场公开诉讼广为人知，旁听者众，使70多岁的金融家备感尴尬，精疲力竭。雷诺聘请约瑟夫·H. 乔特做他的律师，这位精明的律师让塞奇的日子很不好过。在诉讼间隙，律师还说服美国最高法院认定个人所得税违宪。

对查平而言，他不敢向舅公提及诉讼的话题。查平在办公室爆炸案发生后获得的那个著名的独家专访在法庭上一再被提及，且明显对塞奇不利。据《纽约时报》报道，乔特在庭上传唤塞奇，后者对那篇报道根本不屑一顾。这是精明的乔特手上掌握的足以给塞奇定罪的证据。例如，在1894年历时两天的诉讼中，乔特利用查平的报道引塞奇上钩。他先问塞奇是否接受过《世界报》记者的采访。

“是的。那位记者是我的一位亲戚——外甥孙。”塞奇回答。

“这位记者难道不是打电话约访，然后在客厅里做的采访吗？”

“我记不清在哪儿做的采访了。”塞奇说。

“这篇报道称：‘他看起来和往常一样精神。’你和往常一样精神吗？”

“不，不是的。”

“这位记者还写道：‘他看起来刚刮过胡子。实际上，昨天他起床自己刮了胡须。’难道你没告诉这位记者你自己刮的胡子？”

“我不记得了。”

两人在庭上针锋相对，稍有疏忽，塞奇的自我辩护就前功尽弃。通过逐字逐句重温这篇报道，乔特迫使塞奇收回先前自称在爆炸中受了伤、自己当时无时无刻不在留意引爆者一举一动的说法，以及他先前证词中的某些漏洞。对塞奇更不利的是，查平的名字出现在密苏里太平洋公司的工资名单上，乔特认为塞奇以此为条件让他封口。渐渐地，乔特根据这篇报道延伸出来的提问，让读过或未读过报道的人都开始怀疑塞奇的清白了。“塞奇先生说是真的，但其实不是；塞奇说曾读过报道，但其实没有，”《纽约时报》评论道，“他说这篇报道出街时他的手动不了，但报道说爆炸次日塞奇先生自己刮了胡子。”这引发乔特的提问：

“你如何能自己刮胡子，塞奇先生——用脚吗？”

法庭此时休庭。第二天，“查平先生对他的舅公充满野心却又很不走运的采访再次被用于庭审，当律师读到塞奇先生和诺克斯四目对峙时，塞奇坐立不安。”乔特再一次猛攻塞奇的自相矛盾之处，如当时办公室内的各人站在何处，塞奇是否知道诺克斯神志不清可能引爆炸弹等。“剩下的几个问题都从他的外甥孙的报道中衍生出来。塞奇先生不得不孤注一掷，拼命试图逃避责任。”

“我需要明确的回答，就像诺克斯要求的那样——‘是’或‘不是’，你认为你要对付一个快绝望的人吗？”乔特继续发问。法官命令塞奇给出明确的答案。

“是的，是这样。”塞奇说道。

“那么塞奇先生，让我试图说出你的隐秘想法，就像你的外甥孙那样。难道你不认为以为你真会给他120万美元的诺克斯神志不清吗？”

“我没有想到。”塞奇说。受挫的乔特换了一种方式。

乔特再次复述查平的报道并提醒塞奇，他曾称诺克斯为“精神失常者”和“疯子”，然后再次让塞奇解释雷诺出现时他的内心活动。

“让雷诺进来对你来说是个解脱吗？”

“我没这么说。”

“是不是个解脱？”

“如果雷诺没进来，他可能离诺克斯更近，且可能被炸成碎片。”

“所以你认为雷诺先生应感激你救了他的性命，而不是你该感激他。”

“这是当然，基本肯定。”

观众席一片嘘声，法官敲响小木槌以维持秩序，乔特说：“好吧，本案已很清楚了。”

这段庭审经历以及他的外甥孙在其中扮演的角色，塞奇当然不会很快淡忘。但他没有子女，查平也很乐意陪伴左右。“他喜欢和我散步，因为我见多识广，他也很愿意和我去歌剧院或戏院包间而不必自掏腰包。”查平这样评价他那以吝啬著称的舅公。当查平的身家日渐殷实，他继续取悦塞奇。“有时他会和我一起在我的快马队后骑行，有时是跟随他的马队。我们常常在赛道相遇，他的马队常和我的赛跑。”查平说，“我带他第一次坐小汽车兜风，让他无比满足。如果司机没有告诉他跑25英里需要多少汽油的话，他很可能会自己买辆小汽车。”

他们在一起时，塞奇告诉查平，“有一天你会发达的。”当他不断重复这句话时，查平认为他的老舅公期待得到一个回答。“我说，我希望能比他从财富中得到更多乐趣。”

“希望如此，”塞奇说，“你将从花我的钱当中获得和我赚钱时一样多的乐趣。”

译注：

[1] 美西战争的战场有两个，分别是古巴和菲律宾。

[2] 乔治·杜威（George Dewey，1837—1917），当时美国驻守香港的亚洲舰队准将司令，杜威参与的最著名的战役是美西战争中的马尼拉湾战役，他率领美国的亚洲舰队未折一兵一卒，就全歼了西班牙的马尼拉舰队。

[3] 德雷福斯事件（Affaire Dreyfus），19世纪末发生在法国的政治事件。法国犹太裔军官阿尔弗雷德·德雷福斯被误判为叛国，法国社会因此爆发严重冲突和争议。事件于1906年获得平反，德雷福斯成为法国的国家英雄。

[4] 戴蒙德·吉姆·布雷迪（Diamond Jim Brady），美国“镀金时代”（1877—1893，美国财富突飞猛进的时期）的商人、金融家和慈善家。

11 新世纪

查平和《世界晚报》用公共宣传噱头来庆祝20世纪的到来。准确地说，是在1901年1月1日午夜，纽约代市长鲁道夫·古根海默在他办公室宣布新世纪到来之后，世界报大楼的印刷机立刻开动，长达数英里的新闻纸从印刷机吞吐而出。几秒钟后，《世界晚报》印刷出来，宣称是20世纪美洲大陆印出的第一份报纸。一份干净的样报被精心选出，送至正在等候的信差手里。拿到报纸后，信差跳上出租车，冲向载他穿过哈得孙河的渡船，赶上去往华盛顿的火车。6小时后（火车晚点1.5小时），他到达首都，由《世界报》驻华府记者陪同，带着珍贵的礼物赶去白宫。他们希望，当麦金莱总统吃早餐时，读到的新世纪第一份报纸是《世界晚报》。但前提是，鲁道夫·赫斯特没能捷足先登。被放置在漂亮的银盒中、打着大标题"新闻报，本世纪首份报纸——麦金莱"的《新闻晚报》已端放在先期到达白宫的兰贡·史密斯的膝盖上。他乘坐赫斯特包下的火车，比世界报的人先到。尽管早早到了白宫，但史密斯还没能经过前厅将报纸送进总统办公室。总统的手下们似乎并不急于将一份天天批评"老板"的报纸送到他本人手上。实际上，世界报的人绕过了史密斯，由于总统私人秘书的授意，他们受到看门人的热情接待。他们一到，看门人就放行了。秘书接过报纸，很快就把它送到正在吃早餐的总统手上。“当世界报的人离开白宫时，”第二天范·贝索森向普利策报告，“兰贡先生仍在门廊正襟危坐，晨光照着他膝上的银盒。”

竞跑获胜感觉很好，但终究得不偿失，因为总体上还是赫斯特赢了。“《新闻晚报》几乎全线击溃我们，”记者特休恩说，“它的发行量飙升，我们却没有。”《世界晚报》为新年旗开得胜欢呼雀跃数天后，怀特向普利策报告称，《新闻晚报》日发行量达42.5万份，比《世界晚报》的32.42万份多出33%。“我们的晚报没有什么值得欢欣鼓舞的。”他说。而赫斯特的全面进攻也没有丝毫要偃旗息鼓的意思。擅长制作大号标题的柯蒂斯被挖走，且被目睹驾驶价值1 700美金的汽车招摇过市。普利策警告报社高层谨防另一波袭击。“看住查平，”普利策动身去欧洲为新宅购置名画和挂毯前提醒下属，“特别是我听说柯蒂斯正在笼络、游说他。我们都知道他十分认可查平的能力，而查平也的确如此。”

两家报纸认为总统迫切地想读到新鲜出街的纽约报纸的想法，是公园街以我为尊的写照。的确，纽约报业有过一段令人陶醉的好日子。《世界报》和《世界晚报》的日发行量上百万份，遥遥领先。每三个月，整个行业所消耗的纸张，多得要由中央公园那么大的一片云杉林来支撑，所使用的印刷铅字，多到可印制《新约全书》17 383次。技术创新加快了新闻传播速度，图片则强化了新闻的时效性。“20世纪初，记者不知不觉地过着波希米亚式超现实主义的生活，做着美梦，”《世界报》记者唐纳德·亨德森·克拉克说，“这里是梦想之地，浪漫和充满希望的乐园。”

5月1日，在纽约州布法罗开幕的泛美博览会为新世纪的到来增添了隆重的一笔。尽管一开始博览会只是为了展示美洲的工业和文化成就，但它很快就演变成庆祝20世纪辉煌的狂欢。因妻子有恙未能参加开幕式的麦金莱总统终于在9月份莅临现场。1901年9月5日，在5万名热情的博览会宾客面前，他歌颂了美国的繁荣昌盛以及博览会上展出的创新科技。“这不仅为我们带来更大的商机和贸易机会，”他说，“更重要的是，加深了人们彼此间的尊重、信任和友谊。”300英里之外，查平正想方设法让麦金莱总统的演讲挤进某个版本的最后一版。当天的重头报道是本赛季职棒联赛首场比赛，纽约巨人队在波罗体育馆如何被匹兹堡海盗队打败。

第二天是周五，查平本想早点下班去看巨人队和海盗队的连场比赛。巨人队在所属分区积分垫底。他们通过投球遏制海盗队进攻的希望也很渺茫。何况天气太热了。查平于是在去往157街球场的路上改变了主意，改道去了位于中央公园以西71街的马杰斯蒂克酒店，他和内莉住在那儿。在房间里避暑的查平很快睡着。醒来时，他发现门下有好几张字条，都说从世界晚报来过电话。那时酒店房间还没有电话，他下楼给报社回电话。

接线员拨了20分钟，电话还是打不通。

“忙音。”接线员一再重复。

“发生了什么事？”查平最后问道。

她往口里塞了块口香糖，慢条斯理地说：“麦金莱遇刺。”

查平惊呆了。“举国震惊，我却因为天热而躲起来睡觉了！”他说。接线员终于接通电话。有麦金莱遇刺巨幅照片及特大号标题的号外已付印。没什么可做的了，查平想，只能吃晚饭，抽根雪茄，读读报，上床睡觉。“于是我就这么干了。”

尽管由于宾馆房间没装电话，查平得以避免总统遇刺的重大新闻发生时他在睡觉的尴尬，但电话这一新设备却在本地新闻部普及开来。起初，标有1、2、3、4号记号的木箱电话被安装在编辑部墙上。随后本市新闻主编和记者们都有了电话。电话铃一响，新闻就能迅速从“5个行政区”[1]直达查平的办公桌。此前，编辑不得不依靠送稿生传递突发事件的第一手消息，直到记者收集了所有信息、完成所有采访，才能回公园街成稿。有时，编辑刚刚编好头版，上气不接下气的记者可能带回一条突发新闻。对日报来说这不是什么大问题，因为它的新闻通常是关于昨天的，记者和编辑有一整晚时间做准备。但对晚报而言，印完几个版本后，还要更新当天的动态新闻，时间就显得非常宝贵。如果能比竞争对手抢先搞到突发新闻，加上报童的叫卖，发行量就会飙升。

用上电话之前，消息到达编辑部时通常已是既定事实。电话给了查平指挥现场记者的条件。更重要的是，给了他塑造版面内容更大的空间。尽管许多报人认为电话给了偷懒的记者一个采访工具，但查平充分运用这项新技术，并得以开创新闻采写的新方法。他将纽约地图画成棋盘状，派记者驻守每一个新闻区，如同警察分片管理那样。查平说：“每个记者对各自辖区内的新闻负责，而且必须用电话和编辑部随时保持沟通。”记者不用再浪费大量的通勤时间，他们可将获得的细节通过电话告知，编辑部有专人将其改写成报道。为实现专人改写的目标，查平打造了一支写手团队，在办公室全天候待命。不久这些被称为“改写员”的人成为公园街的新星，也成为查平新闻生产机器的核心。查平花了5年时间协调各方面的运转。他开创的模式最终无人能敌。

马丁·格林是最早的改写员之一，他在圣路易斯1896年的龙卷风报道中曾单枪匹马打败查平的团队。事实上，他的龙卷风报道也引起了《新闻报》主编的注意，他于1897年8月将格林召到纽约，比查平回纽约还早一年。和查平一样，格林第一眼看到公园街就喜欢上这里。“似有若无的打印机油墨的味道，啤酒、威士忌还有送信的马匹，一切都让人无法抵挡、令人欣喜。报童的叫卖声对我来说如同音乐。”格林回忆。自从查平当上本市新闻主编，他一直努力游说格林，1902年终于说服他跳槽到《世界晚报》。其他报纸也在打格林的主意。几个月后，《先驱报》试图撬走格林，查平不得不将他的周薪提至60美元，以对抗前者开出的75美元的条件。为了证明这样的挽留是值得的，布莱德福德·梅利告诉普利策，格林“被称为员工中最好的写手之一”。尽管普利策认可人们对格林的评价，但仍怀疑查平的方法是否奏效。由于《世界晚报》持续对世界报整体收入做出越来越大的贡献，查平的人事权并未受到限制。

在此期间，查平每天都收到一位年轻女士送来的新闻选题。27岁的威斯康星女子佐娜·盖尔离开家乡，试图在公园街谋得一职。在密尔沃基当地报纸积攒了有限经验的盖尔给查平出了很多点子，比如采访一位老实业家，了解他如何掘出第一桶金；或采访一位律师，看他如何处理第一宗官司。她希望查平能看中某个点子，并给她机会把故事写出来。尽管这时的《世界晚报》可谓男人的天下，他还是听从了盖尔的建议。很快，他就发现自己离不开新的“全能记者”了。盖尔能完成查平布置的任何采访并写出好故事来，包括《世界晚报》最擅长的犯罪新闻。例如，1901年2月，新泽西小镇阿灵顿的主教被教徒当街枪杀，凶手认为他的妻子对神父有不伦之恋。3天后，查平委派盖尔去到该镇。此时记者和探员蜂拥而至。盖尔不得不隐瞒记者身份自行调查。她将足足有17

页的第一篇报道装入只写有查平名字和办公室地址的信封——有意隐去“世界晚报”这几个字，送上开往纽约的早班火车。盖尔继续工作。“怕得要死，”她说，“主要是担心我写的东西编辑部一个字都不用，25美元的报道成本也给了我很大压力。”下午3点半，她去报摊买了份《世界晚报》。查平将整个头版都给了她。“大揭秘——阿灵顿案的首篇报道。世界晚报特约记者从权威渠道入手，跟踪此案数天发回事件真相。”盖尔欣喜若狂，“我跑去车站阅读报道——那是唯一安全的地方，高兴得叫起来。”

查平也雇了其他女记者，但没人比盖尔更得他欢心。尽管他高高在上大权独揽，但从未对盖尔严厉过。盖尔经常迟到，尽管人人皆知查平非常看重时间观念。“有天早上我批评了她，第二天她来得更迟。我问她原因，她开始哭。‘走吧，孩子，’我对她说，‘他们雇我来不是让我惹女孩哭的。’”

电话让查平能重新将下属分成条线管理，也方便了读者报料。从银行行长到花农，有条件的市民渐渐养成打电话给报社报料的习惯——无论他们发现了有价值的新闻，还是没什么价值的线索。查平接到过如下报料：列车脱轨，河滨快道上的致命车祸，以及金融家死亡（他的家人在买花纪念）等。他甚至接过一位知名企业律师的电话，说他看见有人从他办公室对面的摩天大楼跳了下去。1902年1月8日上午将近9点，《世界晚报》前记者、《阿普顿新闻报》现任编辑H. N. 凯利给查平打了个电话。他从通往中央车站的火车隧道事故现场一爬出来，就赶紧冲去打电话给查平报料。查平的团队等的正是这样的机会。他派出了所有记者，改写团队也准备大干一场。很快，一线记者报告了事故情况。乘客们被困在火车底下，一些人被泄漏的蒸汽烫伤。改写员们争分夺秒，以《世界晚报》报道事故新闻常用的方式，写出事实丰富、言简意赅、风格鲜明的故事。“前面的车厢烧着了。不明真相的乘客惊恐万分，尖叫着冲进隧道，大声呼救……消防员在隧道两侧架设梯子和消防水龙。火被扑灭，救援开始。进度出奇地慢。”

《新闻晚报》此时却裹足不前。第二天早上，总经理塞茨高兴地写信给普利策，称赫斯特“胡乱编造了几行报道”，而《世界晚报》做了篇两栏的详尽报道。“晚报人伊金斯和查平在铁路事故报道中表现特别突出。我想他们的报道是今天所有报纸的同题报道中最好的。”和以往一样，成功的喜悦同样伴随着物质奖励。查平的周薪涨了5美元。但查平的这些制胜方法仍无法得到普利策的认同。普利策将自己的不满告诉从圣路易斯回来接替总经理约翰·诺里斯的怀特。“他认为，报社不需要高薪聘用作家改写从电话得知的消息。这无甚必要甚至是错的，因为作家的任何修饰都是对新闻事实的歪曲。”

1902年3月，内莉去了百慕大。查尔斯在4月底跟她会合。那年夏天，7月4日之后，他们去了位于纽约北面的千岛群岛避暑。年近五十的内莉身体状况不佳，让查尔斯担忧不已。夏末，他告诉普利策非常器重的梅利，内莉“正在渡过她生命中的关键时期，要再次去南方养病”。他向梅利提出是否可预支他的年终奖。两年前，类似请求遭到拒绝，但这一次管理层的态度有所转变。“对我来说，抓住机会跟他续签一年合同似乎是明智的。”梅利写信给普利策。他通过给查平加薪——周薪增加10美元，年终奖增加100美元——成功挽留了他。塞茨和怀特都一致认可查平的价值。“实际上，世界晚报的人都对他非凡的新闻敏感、勤勉和充沛的精力赞不绝口。他是除总编之外唯一值得获得高薪的人。”高管同样敏锐地发现，那一年《世界晚报》重返财政黑字，利润高达20万美元。除了用高薪留住查平，普利策仍对提拔他一事不置可否，只承诺如果《世界晚报》发行量增加10万份就奖励查平1万美元。对查平而言，这些奖励越来越重要，因为他逐渐养成超支的习惯。

1903年4月，查平试图扩大他的权力。机会来自接替顿尼卡的前体育主编伊金斯的离职。查平去找怀特并肯定地告诉他，自己应该“被给予表现的机会”，他不会再听命于强加给他的任何“呆子”的命令，且准备离职去对手那边。“我和他争辩起来，质问他什么时候因为工作遭到干预而痛苦不堪。”怀特说。查平坚持希望得到直接和普利策对话的机会。怀特于是写信给普利策说应该见见查平，并补充道：“他说他担心见到安第斯先生（普利策）后，他将得到一堆承诺和赞扬，结果却什么事‘都不会发生’。”普利策同意和查平谈一谈。怀特为普利策和查平的面谈做准备。“有些事实能减少周六和平奇（查平）见面可能导致的被迫害妄想症。”他写信给普利策。第一，查平的实际工作时长比他宣称的要短。第二，如果考虑到他的病假、出差以及假期，他带薪休假的时间比11楼任何人都多。第三，他的周薪已达111.50美元，过去3年内涨了4次。第四，不像其他本市新闻主编，他为自己保留了所有额外津贴，比如免费戏票。第五，他的手下完全由他挑选且收入可观。“鉴于平奇可能提出的任何不满，我提供上述事实，”怀特总结，“他现在被给予的职位和权力相信纽约其他报纸都无法做到，我想他已意识到这一点。”但在这份起诉书式的备忘录结尾，怀特轻描淡写地承认：“他对新闻的付出，以及整天都在办公桌前忙碌、永不松懈的劲头，是他最大的价值所在。”

1903年4月10日是普利策56岁生日，怀特给他带来一份生日礼物。普利策可以将他与查平面谈的安排从日程中删除了。他们有另外的建议，趁着取代伊金斯的范·贝索森休假，查平可尝试代管报社。不太容易被敷衍过去的查平开始写信游说普利策。“我只想请求不要给《世界晚报》任命新的执行总编，至少暂时不要这么做，”查平写道，“让我竭尽全力带领团队做到最好以让你完全满意，看看在没有上级指导或干预下，我到底是否有能力管理报社——或者在没有更具管理才能的人的指挥下，我是否的确做不到你要的成绩。”查平并非想坐伊金斯的位置，而是想以本市新闻主编的身份管理整个《世界晚报》。他同意接受怀特的领导，并通过怀特接受普利策的指挥。唯一的变化是他希望给记者们“适度加薪”。

在接下来的日子里，普利策收到了查平几份关于管理《世界晚报》的报告。他的工作时长，他从微小的新闻线索发掘出的大新闻，如从寥寥两行讲述一位妇人和孩子们击退公寓内疯狗的警方报告中获得线索等，或者一些大新闻，如“在桶内被折磨至死的人”的报道，配发了死者照片、折磨他的工具以及十字架图片。“除了与我的工作范围无关的社论和杂志版，以及一些微不足道的新闻，没有什么图片和报道我没有给予指导。”查平告诉塞茨，他猜自己不会有机会和普利策面谈了，他还询问，普利策是否对他所写的信件感到恼怒。“我说我认为安第斯先生欣赏查平的工作，但查平提出的要求无疑令人觉得棘手，因为这意味着要罢黜范·贝索森。”查平考虑后告诉塞茨，如果“他的进取心意味着取代范·贝索森，他将收回面谈的请求及所写信件”。查平的游说告一段落。

受挫的查平回到本职工作上来。他发表了一篇对他舅婆奥利薇娅·塞奇的专访，她为一间女性吸烟室和茶室的倒闭叫好。“我很高兴，”塞奇说，“那个地方开业时《世界晚报》做了报道，我听到有评论说该报道将会提高它的知名度，也有评论说它会自生自灭。我认为《世界晚报》的报道做得好，让它广为人知，正是报道扼杀了它。”

查平也获得了和芝加哥熟人叙旧的机会。1904年4月，纽约报界曾在芝加哥供职者到共和俱乐部聚餐。查平并非芝加哥“校友”中唯一的成功人士。1887年在追踪麦克加里格中成为查平“手下败将”的梅尔维尔·斯通，如今是美联社总经理，他组织了当晚的聚会。罗伯特·C. 克罗利任西联公司总经理，查尔斯·S. 戴尔准备在得克萨斯州的圣安东尼奥买下一家报纸。

轻松的时光总是短暂。和多数主编一样，查平的时间很快就被一堆丑闻、悲剧以及重磅新闻所占据。1904年6月4日清晨，一位笔名“恺撒”的不入流作家杨格被发现死于西百老汇一辆漂亮的马车里头。车厢内还坐着漂亮娇柔的南·帕特森，她因出演纽约最新的热门戏剧而小有名气，而且还是《弗洛拉朵拉》一剧的候选女演员之一。杀死杨格的手枪就在他的上衣口袋里，尚有余温。帕特森声称杨格是自杀。记者们了解到她是杨格的情妇，杨格死前正准备和妻子坐船去欧洲，以及他曾和帕特森在土耳其浴室共度数晚，这个故事似乎充满吸引读者的元素。帕特森的辩护律师亚伯拉罕·列维是纽约最著名的刑事案律师之一。巧的是，他的办公室就在世界报大楼。当时的律师们无法忽略受公园街报业主们影响的公共舆论。被报纸称为“亚伯”的列维是最受记者欢迎的律师之一。“强大的亚伯，”以尖刻闻名的《纽约时报》记者亚历山大·伍尔科特称，“是这个国家刑法最熟练、最热忱的实践者。”20世纪首宗引人注目的谋杀案审判要隆重登场了。

11天后的1904年6月15日，周三早上，马丁·格林的电话响了。此时的电话已由挂式改为座机。“东河[2]上有条船着火了。”来电者说。

“你在哪儿？”格林问。

“137街一间能俯瞰东河的办公室。那艘船由北顺流而下，现在已经到达125街附近。”

格林掩住话筒朝查平喊：“东河有船着火了，在125街附近。”

移开掩住话筒的手，格林继续问对方。

“船名是？”他问。

“看不清楚……是两侧有轮翼的汽船。我看见女人和孩子们疯了一般在甲板上跑。”

“尽量搞清楚船名，应该是在领航室前方。看清楚一点。”格林恳求。

“我试试，但烟雾越来越大了。等等，风向变了。看到了。第一个词是GEN……”但是烟雾又遮住了后面其他字母。报料人有点焦虑。“天哪！火烧到最上层船舱了。女人和孩子们一边往甲板座椅上爬一边朝岸上呼救……有个女人抱着孩子跳船了……有个蓝衣女孩撞到船桨盖，滑到船桨下面去了。”格林潦草地记下所有细节，本地新闻部所有人已经明白，这是纽约前所未有的灾难事件。

“‘斯洛康姆’，大写的‘斯洛康姆’，”报料人喊道，“S-L-O-C-U-M，船的名字。”

格林再次掩住话筒，向查平大声报告船名。查阅过水上交通工具名单后，他们发现斯洛康姆号是艘游船。大家很快得知，当天有1 700名来自东南片区圣马可路德公会教堂的教友已上该船。因为男人们要上班，这个几乎全是妇孺的团队正前往长岛洛克斯特格罗夫参加一年一度的野餐会。查平派了两名记者赶去圣马可教堂，其他人全部赶往事故现场。一名记者遵照查平的指令打电话给莫伦牵引公司的老板尤金·F. 莫伦。电话接通时，莫伦已知道出事了。“能用牵引船把我们送到事故现场吗？”记者问。

“上艾尔号吧，比较快。”莫伦说。

此时，格林还在和报料人通话。

“为什么船长还不靠岸？”格林喊道。

“天知道！那艘船还在河中央……无数女人和孩子们正穿过栏杆往下跳……船开始调头朝130街的布朗克斯码头开去。它正朝……它被烟和火光遮住了。上帝啊，我坚持不住了。我想吐。我要离开一下，我筋疲力尽了。再见。”

电话断了。几分钟内，格林又接到查平派出去搜集情况的采访助理打回的电话。随后的几小时内，格林一直忙于将采访到的情况改写成文，然后由查平完成组版。号外很快出街。去太阳报报到的记者威廉·亨利·厄温读到了号外。当报童进车厢叫卖号外时，他正坐在从芝加哥到纽约的火车餐车上。一下火车，厄温径直去了毗邻世界报、不太显眼的太阳报编辑部。“这是个大新闻，我想你可能急需人手，所以我直接从火车站赶来了。”厄温对执行总编切斯特·A. 洛德说。

“换句话说，战马嗅到了远方的战争气息，”洛德回答，“感谢你赶来，丹尼森正在跟进此事。”他指的是格林在太阳报的对手林赛·丹尼森。洛德简要介绍了该报的跟进报道计划，随后有点哽咽。“这是我报道过的唯一连铁石心肠的报人都会落泪的大灾难。”厄温说。《太阳报》本市新闻主编乔治·马龙告诉厄温，如果他愿意，可留下来看看有什么能帮忙的。6点时，丹尼森回来了。他认出了厄温，两人曾在西部相识。寒暄几句后，丹尼森开始赶稿。

尽管《世界晚报》发出独家报道后各家报纸都跟进了斯洛康姆号事故，但那一天对查平来说仍是胜利的一天。他一边喃喃自语地在办公室踱来踱去，一边为记者们通过电话报告的每个细节、插曲或者数据欣喜若狂。他的下属们最先跟进，且锲而不舍地完成了最快速、最出色的报道。当晚7点30分第12个版本付印后，《世界晚报》显然已赢得公园街有史以来最大的独家报道之一。第二天，梅利写信给普利策报告称，不仅老二（《世界晚报》）打败了天竺葵（赫斯特的《新闻报》），老大（《世界报》）也表现出色，尽管其报道缺乏“统一、情感和完整性”。

斯洛康姆号一役对查平、他的新方法及他亲手挑选的下属来说，都是一场漂亮的胜利。随着时间的推移，查平已找到摆脱《世界晚报》老人的影响以及用包括来自圣路易斯的新人来取代他们的方法。“几乎所有人都是能干的记者和改写员。”特休恩说。但对特休恩这样的老人来说，这些变化给本地新闻部带来文化隔膜。“他们人不错，对我有礼貌，我对他们也很客气。但工作之外，我跟他们没有交集。”查平的下属们跟其他人不同的一点是能容忍查平的冷酷。这种冷酷因查平偶尔的善良得以稍稍缓解。“他像西蒙·列格里[3]那样无情地驱使下属干活，”特休恩说，“他们恨他。他从他们身上榨取无数劳动成果，也知道他们恨他，但似乎以此为荣。”但查平的人都留下来了，即使赫斯特开出更高的薪水也不为所动。他们可能恨查平，却乐于为他效劳。

特休恩也恨查平。为了避免被炒或在他手下干活，他调去社论部干了7年。1905年2月，由于部门重组他不得不回到本地新闻部。奇怪的是，查平对他很客气，甚至包容了他犯下的不可原谅的大错——迟到。3个月后，特休恩得救，重回社论部。

“嘿，要回去了吗？”当特休恩收拾东西准备走人时查平说，“我很高兴，这也是为你好。我知道你不愿留在这儿。我努力让我们的相处变得愉快，因为我了解你。如果你愿意，随时可以回来。”

“我不明白你在玩什么把戏，”特休恩疑惑地说，“不管怎样，你玩得比我好。你想找我的碴找了6年，找到之后，却又无动于衷。你打的是什么算盘？你不喜欢我，就像我不喜欢你一样。这3个月你待我不薄。你有很多机会可以炒掉我。为什么不动手呢？”

查平停顿了一下，意味深长地咧嘴一笑：“胡说。我欣赏你以及你的工作，一直都喜欢。”

“这是我从他那里得到的所有信息，尽管我俩都知道他没说实话。”特休恩后来说。

查平如今在《世界晚报》的地位相当稳固，形势对他有利。但普利策仍不放心，他担心一旦查平走人，报纸目前取得的成功特别是盈利将会终结。为防患于未然，普利策和查平签了份价值6 760美元的合同。这样一来，查平的身价和普利策的金童、为《世界报》写社论的弗兰克·I. 科布不相上下。前提条件是，查平1907年之前不能跳槽去纽约其他报纸。该合同已被普利策的法律团队审核过，他们认为一旦查平跳槽，其中的非竞争性条款将对他做出限制。钱并非留住查平的唯一因素，他知道被赫斯特挖走的柯蒂斯的薪水是他的3倍，如果他跳槽也同样能赚个盆满钵满，但查平还是选择留下。他敬重普利策并珍惜被赋予的权力。即使有机会跳槽，他也舍不得放弃其中之一。

查平的团队，随后是团队领导者本人开始受到关注。张贴于曼哈顿和布鲁克林各处的大幅海报，几乎让所有人都知道了格林登在《世界晚报》上的独家报道。团队的名声让查平招兵买马变得容易。“《世界晚报》究竟给《太阳报》资深明星记者‘警棍’威利斯开出了什么条件而成功让他过档，至今仍是公园街报人百思不得其解的事情之一。”《记者》杂志在报道查平最新的人事动作时评论道。

没有什么比一个好点子更重要。1905年2月，查平快速推出一组揭露都市经济生活阴暗面的系列报道。大标题简练地点出报道主旨：《孤身女孩在纽约如何能获得帮助》。查平派女记者艾米琳·帕登斯扮演初到纽约的新人。她以“海伦·金”为名到纽约中央车站做调查，声称行李和钱包都丢了，身无分文，且在纽约无亲无故，所以在车站内寻求女士们的帮助。她的报道持续了近两周，详细描述了纽约为单身女子提供的服务和庇护所，同时邀请其他有相似遭遇的女性向《世界晚报》讲述她们的经历。这已是查平第三次在报纸上探讨女性贫困的话题。很明显，这个话题和他的家世有紧密关系。他亲眼目睹父亲出走后母亲的境况。“在相似情况下一个男人能找到立足的办法，但对于需要一定环境支持的女性来说，她怎么办呢？”他问。

1905年暮春，查尔斯和内莉开车去欧洲旅行。横穿大洋形成固定线路的成百上千艘汽船，让英国贵族的传统出行方式成为美国人的新时尚。汽车更是开启了旅行新时代。同年，康尼岛梦境游乐园西侧步道的“庞贝末日”被名为“驾车游欧洲”的自驾游所取代。蜂拥而至的人们开着租来的班哈德、标致和雷诺车，风一般驶向乡村，开始一场有意义的文化之旅。“汽车让旅行回归浪漫。”一年后开班哈德重走查平夫妇走过的旅欧之路的小说家伊迪斯·沃顿评论。“让我们彻底从铁路中释放出来，”她这样描述汽车旅行，“从一成不变令人精疲力竭的行程束缚中挣脱出来，避开火车必经的丑陋、荒凉之地，它让旅行回归到奇观、探险和新鲜中来。正是这些体验让我们祖父母从前那些长途跋涉变得生动和难忘。”

查平夫妇在卢瓦尔河谷的城堡中漫游，在里维埃拉长久逗留，以至于取消了去意大利的行程。人们将此时的法国称为“美好年代”[4]，它深受美国人的喜爱。查平回忆称“我们的旅行优哉游哉，我比以前的任何一次旅行都要投入，完全沉浸其中”。但他的长时间离开也证明他对纽约并非不可或缺。没有他报纸照样运行得很好，这一点自然逃不过怀特的眼睛。“平奇不在时麦克拉夫林和兰登干得不错，事实证明一旦没有他，后果似乎没有我们之前预料的那样严重。”怀特告诉普利策。同时，塞茨赔了500美元，搞定了两桩对《世界晚报》不利的诉讼案。急于讨普利策欢心的塞茨告诉他：“因为查平的莽撞导致的两单案子，如不小心处理也许会让报社损失1万美元。”另一方面，查平却玩得底气很足，以为无人能忽视他前往欧洲前已和报社签了两年合同的事实。

6月底，在开车漫游了英国乡村和奢华大宅之后，查平夫妇短期逗留伦敦。

他们和正在柯芬园大剧院演出的著名歌剧演员伊迪斯·海伦娜共度周日，这位歌唱家嫁给了《世界报》某位前职员。此后，夫妻俩准备收拾行装返回纽约。他们离开的前一晚，临近午夜时分，普利策从德国卡尔斯巴德来到伦敦。得知查平夫妇仍在伦敦，他立刻带口信给查平让他取消返家行程，邀他第二天共进午餐。查平当然照办。

普利策来伦敦是为了给约翰·辛格·撒金特当模特。撒金特的人物肖像画在当时的社会名流中炙手可热。在撒金特事业的晚期，美国名流如伍德罗·威尔逊、西奥多·罗斯福、约翰·D. 洛克菲勒以及亨利·詹姆斯都请他画过肖像。午餐时，查平告诉普利策他在英法的旅行见闻，普利策坚持让他至少在伦敦再待一周。他建议查平参观英国国会下议院和国家肖像画廊。同样地，这一次查平也不会违抗安第斯（普利策）的指令。查平成了彻头彻尾的游客，普利策则坐在泰特街的撒金特工作室。这条街是美国画家和作家的聚居地。在工作室里，普利策问撒金特准备怎么画。“我看到什么就画什么，”撒金特对现已全盲的发行人说，“有时（这样创作出来的）是幅不错的肖像，模特本人认为比他想象中的还要好。有时则不是，比我和模特想象的都要糟，但我不会深掘未呈现在我眼前的、事物表象之下的东西。”之后几天，普利策每天早上起床后和秘书去海德公园骑马，然后再去撒金特工作室，查平则继续他的伦敦之旅。

第三天，查平和普利策同坐马车穿过海德公园，告诉普利策他的见闻。“他最感兴趣的是我向他描述的国家肖像画廊里那些一流的画作。”查平说。他几乎在国家肖像画廊逗留了一整天，从一间画室漫步到另一间，细细观赏英国王室和历史人物的画像。“当我讲完时泪珠从他脸颊滑落下来。”查平说。

“我真想能见你所见。”普利策脱口而出，随后默默向后靠在马车靠垫上。

数天后，查尔斯和内莉登上卢卡尼亚号，一艘有着匕首般船头、已在利物浦—纽约航线航行10多年的丘纳德公司的豪华汽船，启程回纽约。他们于1905年7月8日抵达纽约，查平回到报社。

浏览报纸时，查平发现南·帕特森案二审终结，陪审团依然悬而未决，她将重获自由，这是他的老朋友列维的又一重大胜利。那年夏天最大的新闻莫过于在新罕布什尔州朴次茅斯召开的和平大会。在这届大会上，西奥多·罗斯福总统在日俄之间斡旋，以期结束两国战争[5]，并继续对中国实行门户开放政策。在这个有点沉闷的夏天，该会议是最重要的新闻事件，大多数报纸都派出精兵强将到新罕布什尔。《世界晚报》派驻华府记者萨缪尔·布里斯前往。然而，与会者故意回避如无头苍蝇般的记者，后方编辑每天都苦于从昂贵的改写员手中找到值得刊发的内容。查平的对手《太阳晚报》却大不一样。该报的每日专栏——欧文·科布写的《在朴次茅斯制造和平》大受欢迎。科布是位薪水不高的新手记者，他拖长腔调慢悠悠的口音暴露出他来自肯塔基的帕迪尤卡。科布知道他无法和那些知名记者竞争，于是选择不去报道在谈判室内发生或没发生的事，而改为描写与会代表的服饰及主办方如何想尽办法招待这些远道而来的老外。该专栏可读性很强。“华盛顿所有记者趋之若鹜，但根本找不到可报道的东西。”《世界晚报》的布里斯说，“来自帕迪尤卡的那小子也一样，但他另辟蹊径，搞到了独家。”

这当然没有逃过查平的眼睛。科布一回到纽约，就在一堆橄榄枝中发现了查平著名的“过来谈谈”口信。具有讽刺意味的是，科布去年到纽约时就已去过《世界晚报》求职。一位主编提前给《世界晚报》的老朋友写了封推荐信，但该报没有空缺。每家报社都有类似故事。科布在肯塔基和俄亥俄的成功似乎对纽约来说毫无意义，因为纽约视这些地方为蛮夷之地。科布最后一搏，给公园街所有主编寄了封无礼的信件，威胁说这是他们雇用他的最后机会。“如果你们不雇用我，”他写道，“你们此后整个职业生涯将面临巨大的遗憾。”第二天当他拜访《太阳晚报》时，主编拿着他的信告诉他：“如果你有你侮辱的人们一半的才能，你就来吧。”如今，在朴次茅斯取得成功后，科布收到了五六个感到遗憾（他在那封自满的信中提及的）的主编的工作邀请。

在世界晚报，科布发现自己被本市新闻主编捧在手心。查平把他的周薪翻了两倍，加到60美元，成功击退了科布的其他“示爱者”。不光是钱，他们两人过去的职业生涯也有很多共同点。其中之一是他们都有在公园街之外的新闻报道经历，也都认识芝加哥的名人约瑟夫·梅铎[6]。自第一次见面，查平就对科布印象不错，认为他是“我认识的绝顶聪明的人之一”。查平调侃说，作为新闻人，“科布的身价与体重相当，其分量重达近一吨黄金。”

译注：

[1] 纽约市经常被称为“5个行政区”（the five boroughs），它由曼哈顿、布朗克斯、布鲁克林、皇后区、斯塔腾岛等5个行政区组成。

[2] 东河（The East River），纽约市内的一条潮汐型河流，北接长岛海湾，南接上纽约湾，将长岛（布鲁克林和皇后区）、曼哈顿岛以及位于北美大陆的布朗克斯分开。

[3] 西蒙·列格里（Simon Legree），斯托夫人所著小说《汤姆叔叔的小屋》中的残暴工头。

[4] 19世纪末20世纪初的法国刚从几次战争中恢复元气，且由于工业革命带来的经济发展，社会一派繁荣景象，故称为“美好年代”。

[5] 日俄战争（1904年2月—1905年9月），日本与沙皇俄国为侵占中国东北和朝鲜，在中国东北进行的帝国主义战争，以沙皇俄国的失败告终。

[6] 约瑟夫·梅铎（Joseph Medill），《芝加哥论坛报》发行人，查平昔日的老板。

12 奢华生活

1906年4月，就在一场大地震重创旧金山[1]当月，查平被卷入普利策的家庭灾难救援中。普利策得知儿子约瑟夫逃课达37次之多，便将他“逐”出哈佛。他认为让乔（约瑟夫的昵称）进入编辑部学习也许效果更好，且查平是最合适的导师人选。查平被电话告知了新任务。对普利策帝国的臣子来说，这项新技术意味着“安第斯”的命令不再仅仅通过神秘的密码电报传达。“我早上将坐船去欧洲，现将乔送到你手下学习。”普利策在电话里告知查平。老板的儿子成为手下，这对查平来说是个前所未有的挑战。事实上，多年来查平在工作上一直被给予充分自由而普利策鲜有干涉。“他从不为晚报操心。”查平说。因为发行人的注意力集中在日报上。“日报才是普利策的宠儿。”

尽管许多人认为《世界晚报》是普利策旗下报纸中的害群之马，但普利策显然不会送他的儿子来炼狱。恰恰相反。他对乔无可奈何，认为乔和他十分看重的查平在一起，也许会有所改变。乔写作天分极高，且热爱新闻。但他无论在新英格兰高级寄宿学校圣马克还是在哈佛都不是好学生。“我知道你懂得如何调教年轻人，”年迈的普利策对查平说，“我希望你就像调教他们一样调教乔。”

“就把他当成一个彻头彻尾的新人来对待，必要时给他点颜色看看，”他敦促道，“不要因为他是我儿子就有半点偏袒。你懂我的意思吗？”

“我想我明白。”查平回答。

“答应我你会做到。”

“谨遵您的指示。”

查平的谨言慎行反映了他对普利策的尊敬。“我敬重约瑟夫·普利策，他对我总是那么仁慈、善良、慷慨和纵容，批评时很温和，表扬时又不吝溢美之辞，”查平说。

年轻的乔于4月底某天早上来到本地新闻部。“他显得热情有朝气。”查平说。但乔和其他任何站在本市新闻主编面前的记者一样，在办公桌对面看到的是令人胆寒的一幕。和他对视的，是深嵌于灰色、严峻的脸庞上的，如擦亮的打火石盘般锐利的眼睛。那张毫无表情的嘴，好似长在一片密密扎扎的灰色胡须下的沼泽地。查平的五官处处呈现这种灰色。科布说，他的皮肤有着“湿木灰的颜色，仿佛被镀上一层奇怪的光泽”。而他仿佛是那个年代手工制作的锡纸照片中的人物，硬高领拘谨的领口系着明红或紫色的领结，将他脸上的灰色冲淡了不少。唯一不变的是，他的手上永远拿着皱巴巴、湿乎乎、已点燃的雪茄。和查平见面并非小事一桩。

此时查平已名声在外。他是纽约被谈论得最多的主编。“查平是位无与伦比的主编。”特休恩说。他的管理方式极为严苛，动不动就解雇不符合要求的下属，还被认为是以此为乐。大家都知道应该如何和查平相处。他从来不会以温柔示人。一位记者度假前向他告别，还以为会得到“度假愉快”的祝福。

“准备去度假？”

“是的，查平先生。”

“好吧，我正准备告诉你，如果回来后你的工作没有进步，世界晚报就要解雇你。完了……祝你玩得开心。”

实际上，对某些记者来说，能打击查平的唯一办法就是在被解雇前自己走人。沃特伦·克拉克记得某日一个记者（名字他忘记了）在本地新闻部抡起椅子朝一根钢柱砸了个稀巴烂。砸到第二把椅子时，查平从他的办公桌看过来。

“‘那个谁，知道你在干什么吗？’查平用他特殊的混杂着咆哮、哀号和鼻音的腔调问。

“‘不干了，他妈的，不干了。’砸椅子先生嚷道，又砸碎了第三把椅子。”

一名长期与查平不和的记者对他的监工实施了文学报复。约翰·亨利·高福瑞是位有天分的记者，暗地里写些不太成熟的廉价小说。查平常因他翘班或迟到扣他的工资。在他的书里，这位小说家记者编造了一种名为“查平”的秘密、恶臭难闻的有毒化合物。

查平对下属的唯一宽容展现在他们喝酒误事时。例如，一个他1903年从《圣路易斯快邮报》带到纽约的记者被派去出差却没能交稿，原因是整整一周他都在酗酒。几周后查平又允许他回来当记者。这样的仁慈或许是因为查平意识到自己有同样的软肋。传闻查平是各种派、冰淇淋、蛋糕、炸甜圈、黏方糖、盐腌樱桃、桃子罐头、甜咖啡的嗜食者，又是反复戒酒的前酗酒者。查平曾对朋友透露，无论在19世纪70年代当巡演演员时，还是后来在芝加哥当记者时，他都是个酒鬼；他也和另一个朋友暗示过，他曾在圣路易斯戒酒成功。他后来对特休恩说：“如果我能戒酒，你们也能。上帝知道我和你们一样有多热爱酒精。”

戒酒让查平显得尤其格格不入，因为喝酒在报社里几乎是公开的文化。“当我进入世界晚报工作时，这里人人多少都会喝点儿。许多人还喝得不少。”特休恩说。“文字编辑们编稿或起标题时会喝啤酒或加冰威士忌，有时喝香槟。”克拉克说。“记者们通常去办公大楼顶层的世界报餐厅寻找液体灵感——后来我也这么干。”上夜班的人更喜欢麦芽酒，他们上班前会到海塞的“不夜城酒吧”来一听64盎司的易拉罐酒。记者们经常在大堂左侧的“佩里小窝”聚会。这间只有三面墙的小屋放满酒架，架上陈列着无数威士忌。被人们称为“老博士”的老板会给顾客倒上一杯酒，此杯干了之后，再拿一大瓶橙汁过来续上。“对写字的人来说这是神圣的一杯，或者曾经是。”记者巴里·法里斯回忆。“几杯烈酒和一杯橙汁下肚，灵感自然来。”等到年轻的乔·普利策出现在世界晚报时，查平几乎已取消所有公开的喝酒活动。

起初，查平让乔跟刑事线的老记者鲍伯·维尔克斯。接下来的两天一切正常。第三天早上，乔迟到超过一小时。“管家忘了叫我。”他解释。查平表现出不同寻常的克制，他说记者不能经常依赖管家的叫醒服务，并建议他买个闹钟，或许能对他的职业生涯有所帮助。“闹钟的确管用，乔准时了几乎一周。”查平说。之后有一天他压根就没出现。这一次，肇事原因是去看牙医，另外下午还有一场棒球赛。查平的耐心——如果他有的话——正承受严重考验。通常他会直接炒掉这样的记者而无半点悔意，但这回是普利策的儿子，所以查平换了种方式。“我们进行了一场严肃的谈话，我极力想给他天真的大脑灌输这样的观念：每个员工都要遵守报社制度，其中之一就是不能无故不上班，除非生病或有合理理由。”他说。普利策长期的私人秘书艾尔弗雷德·布特斯将这次谈话报告给老板。“查平严厉责骂了乔，还吩咐他要严格遵守时间、努力工作，‘就算因此失去你的友谊和我的职位’。”此后一段时间，乔都很准时，还被指派跟着经验丰富的记者彼得·巴罗学习。“查平告诉我，在同等时间内，乔在必要的鞭策下于数周内成长起来，进步超乎人们对大学毕业生的预期。”布特斯向老普利策报告。“他观察和写作能力都进步了。”巴罗给了乔一个线索，说一首叫《该死，该死，该死的菲律宾人》的歌在海军基地（不幸的缅因号军舰下水的地方）流行开来，这也许可以写篇不错的报道。乔做了跟踪调查，稿子登在《世界晚报》封底。

尽管有所进步，但乔很难像在查平手下干活的那些毛头小伙子一样对他毕恭毕敬。很快，富二代开始向查平请假去火车站接女朋友，和女朋友家人一起过周末以及参加派对等。特殊的假期越来越多，有时乔未经允许就自己给自己放假。当查平责备他时，乔“表现得如同百万家产继承人那样，而且许下很多我认为他真心想履行的诺言”。但他很快又无故消失一整个星期。当他回来时，查平恢复了本性，当场炒掉乔。“当我宣布要炒掉‘乔王子’（大家都这么喊他）时，整个办公室倒吸了一口凉气。但乔好脾气地把这当成玩笑，搭夜班火车去了巴港。那年夏天，他在那里装配游艇，并驾驶游艇玩遍所有的赛艇会，直到父亲从欧洲回来，才把他打发到圣路易斯。”

“王子危机”解除后，查平开始忙于处理手头事务。赫斯特的《新闻晚报》继续蚕食《世界晚报》的发行量。从财务角度看，查平的报纸非常赚钱，所产生的利润占日报和晚报总利润的60%，而成本却不及总成本的一半。但赫斯特在发行上仍棋高一着。早在2月份，普利策的得力助手塞茨已召集全体高管开会讨论，为什么《新闻晚报》的发行量一直是《世界晚报》的两倍。没有人给出确切答案。查平认为，赫斯特花了更多精力卖报纸，言下之意是普利策在新闻一线的花费不大。比如投诚过去的柯蒂斯，用他过去在《世界晚报》做标题的技法为《新闻晚报》吸引了大批读者。“这份报纸档次不及我们，”查平说，“但诚如柯蒂斯所言——我没为新闻贡献一星半点，我所做的就是起标题，跟事实无关的标题。”普利策让梅利研究为什么赫斯特在晚报市场能更胜一筹。在仔细研究数天后，梅利告诉普利策，《新闻晚报》迎合了大众的激情、偏见和仇恨。它“充满爱和邪恶，就像歌德说的那样。它让底层读者得到安慰的同时，也让有钱人和上层社会难受”。最后，无人给出解决方案。于是，就像经常发生的那样，新闻会给出解决方案。

1906年6月25日傍晚，特休恩正在麦迪逊广场屋顶花园观看世界晚报包场的音乐剧《香槟小姐》首演。临近11点，音乐剧即将结束。

“英雄将在这里打败无赖！”E. 弗勒大声喊道，他扮演一名有钱的管道工。

“我们将用手枪还击。”丑角哈里·肖特回答，还唱起了“我可以爱上100万个女孩”，歌声随后被一群又唱又跳的女孩淹没。正当女孩们上场时，一个穿着外套的年轻人走向建筑师斯坦福·怀特[2]，从口袋里掏出一把左轮手枪。哈里·K. 肖冷静地对准怀特连开3枪。两张桌子之隔的格林目睹了这一切。子弹不偏不倚地完成了它们的使命。怀特一动不动地躺在灰色的地板上，身下有大摊血迹。“在众目睽睽之下开完枪后，肖直起身，伸展右臂，看了看枪口，仿佛刚打出一发漂亮的子弹，正等着裁判裁决。”格林说。肖慢慢走开，随即被捕。“侍者用白布盖上死者，有人捡起他的草帽，放在他尚未喝完的酒杯旁。”一个年轻人正在电话亭打电话，特休恩强行征用电话亭，赶走被冒犯的年轻人及其同伴，打电话将情况口述给报社，报道登在了第二天的《世界报》头版。晚报的人干了日报的活，世界报大楼的人一点也不感到奇怪。

肖在牢房内声称，杀死怀特是因为他和自己的妻子伊芙琳有染。他说，怀特还夺走了其他年轻女子的贞操。有关裸体的年轻女子被当作性礼物、供纽约精英阶层在淫荡的男性联谊派对享用的流言四起。这起谋杀案仿似一剂灵丹妙药，让日报和晚报复活。一周之内，两份报纸日均多卖出10万份。塞茨兴奋地向普利策报告，本报击败了天竺葵（《新闻报》），“一版接着一版、日复一日都有新东西。这些无疑都是查平的功劳。他在这类题材上不可思议的快速反应和完美的新闻敏感几乎无人能敌”。

这宗案件揭露了纽约上层社会光鲜外表下丑陋的一面。但查平已不再是置身事外、满怀斗志地观察都市生活的记者了，不像20年前他还是联盟俱乐部威廉·霍华德的客人时那样。相反，他和内莉常凭赠票和精英人士一起，频繁出入最好的剧院、演出及展览，他把赠票全部揣在自己手里，这一点有违世界报的规定。如果查平自己不用这些票，他也不会让其他人用。送稿生沃尔特·马修亲眼看见查平的桌面每天都堆满各种门票。他曾无意间看到查平将它们拿起来撕毁。“他绝不会将它们撕成两半，那样就有可能被捡回来重新粘好，”马修说，“他将票撕成碎片，把它们像雪花一样扔掉——不是扔进垃圾桶，而是扔进他整天都用的痰盂里。”

4月里，查平夫妇和范德比尔特及其他纽约名门望族一起，在位于哥伦布圆环附近的德兰骑术学院观看一年一度的春季赛马。“体育、社交和时尚界再次聚首，为人们带来一场精彩表演，包厢满座，观众爆满。”《纽约时报》说。除了在纽约对酌，在百慕大群岛或其他富人度假地度假，查平夫妇还在寻找新住处。在中央公园以南和第五大道之间、有15年历史的广场饭店原址上，一座18层高的酒店正在兴建。尽管查平在世界晚报的地位给了他舒适的生活，但他真正渴望的还是继承舅公塞奇的财产。他已让这笔期待中的意外之财有所增值，那些认为借钱给有权势的本市新闻主编是明智之举的人延长了他的贷款期限。

1906年7月22日，周日，罗素·塞奇在距离纽约20英里的劳伦斯乡村避暑山庄休养，斜倚在床边看海。即将迎来90大寿的塞奇已病重一个月。周五，医生们以为他大限已至。但周日早上，塞奇似乎回光返照，他告诉妻子自己心情不错，并指着远处天边一艘扬帆航行的船只。夜幕降临时，他还是走了。

周一早上，在本地新闻部的查平显得“张皇失措”，被分派撰写头版讣闻的科布说。当天的日报均对塞奇如何分配遗产只字未提。《纽约时报》称塞奇几年前已立下一份新遗嘱，“但个中详情连他的朋友们也一概不知”。

“科布，”查平冲到他身旁，“重新写一段导语，快！要突出这一点，尽管他年事已高，塞奇舅公是华尔街最精明的人之一——到最后一刻都保持清醒——非常清楚自己要做及要说什么——每个人都惊讶于他对事情的掌控力。”科布一边轻笑一边写草稿，他称之为“逝者的精神健康清单”。当他给稿子收尾时，查平刚从电话间打完电话出来。他冲到科布身边时还在发抖。“如果不是因为震怒抑制了眼泪，我想他会大哭一场。”科布说。

“新写的导语扔到一边，”查平命令，“我刚听说——好吧，发生了一些变化，让我对他的神志有了新看法。我搞错了。科布，为什么没有人对此提出怀疑，那个可怜的忘恩负义的老家伙已经老态龙钟——没有能力安排自己的后事——他听任无赖们的摆布，他们想肆无忌惮地侵吞真正有继承权的人的财产份额。”

“这样，重新写导语，”查平继续说，“说出这个事实，并强烈暗示已有几位在世的亲属开始采取初步行动，诉诸法律以寻求正义，争取法律赋予的应得财产。”科布另起炉灶。当科布正在撰写新的版本时，查平疯狂地打电话。不久他又回到科布身边，告诉他新稿不要了。“最初的导语，”科布说，“那篇过度褒奖塞奇订立遗嘱能力的导语被迅速从废纸篓中找回，付印。”

纽约人那个周一在各大报纸上读到的有关塞奇去世的报道中，《世界晚报》的文章带有明显的查平痕迹。“作为一名稳健的商人，他为自己的离世做足准备，这些准备无疑是明智和正确的，他从活跃的金融领域退出而未引发轩然大波就能证明这一点。”科布在文章中说。接着，文章还引述塞奇对“一位亲密的朋友”（被认为是查平）所说的话：“人们知道我如何处置财产后将十分惊讶，但他们永远不会知道，直到我死去。”

但如同《世界晚报》文章所推测的那样，这对查平来说也许不是惊喜。“罗素·塞奇巨额遗产中的大部分——据推测有8 000万到1亿美元将捐给慈善事业，这一传闻在华尔街甚嚣尘上，且被认为并非空穴来风。”科布写道。事情的真相还未揭开，等待对查平来说是种折磨。他确信塞奇的离世能让他成为有钱人。他对此毫不掩饰。“多年来，”科布说，“以这位耄耋老者的外甥孙身份，查平扮演的是大灰狼塞奇身边的一只狼崽。我们都知道，作为曝光率和其他服务的回报，这位老者让查平相信会留给他一笔可观的财富，数额至少有50万美元。”

没有人知道塞奇的葫芦里卖的是什么药。《塞奇太太对丈夫的遗嘱一无所知》，查平在第二天的《世界晚报》上打出这样的大标题。但亲戚们并没有坐等，他们聘请了律师。同时，塞奇的葬礼正按计划筹备。塞奇的遗体被运回位于第五大道的家中。第二天清晨，查平和内莉被邀请去他家参加了简短的宗教仪式，随后奥利薇娅·塞奇、查平夫妇及不多的几位朋友和仆人乘坐五马马车去了中央车站。在那里，他们登上早上9点45分出发的萨拉托加和蒙特利尔专车，前往塞奇即将安息之地——纽约州特洛伊城。列车专门加了一节肯思科公墓的专用车厢。黑色的专用车厢有沉重的帷幕和厚实的软席，并分隔成3个小间：一间存放遗体，一间搭载直系亲属，另外一间搭载30位朋友和其他亲属。"葬礼得到精心的安排，为了保证绝对私密性，从中央车站出发后，送葬者往返行程都不会和公众有任何交集。"葬礼组织者承诺。为了让葬礼不受干扰，东51街警察局的警员及几位平克顿侦探被派往专列执勤。

私密性并非葬礼要考虑的唯一因素。数年前的一宗著名盗墓案让人记忆犹新。纽约大富商亚历山大·T. 斯图尔特的尸首被挖出，并被要挟索要赎金。据说尸体被"吉卜赛·拉里"带领的团伙掠去，为了便于运输，尸体遭到肢解，甚至遭到其他帮派再次劫掠。谈判持续了好几周，劫匪威胁，如果不给赎金就用石灰腐蚀尸体。后来的事不得而知，没人知道尸体是否复原，也不知道第二大道圣马克教堂的地下墓室是否还空着。据《世界晚报》报道，为避免塞奇死后命运如此凄惨，他的遗体被安放在镶铜线的红木棺材中，棺材被置于6吨重的钢椁中，椁盖有自动锁定功能，牢牢地从20个点锁定，严丝合缝，不会轻易被人撬开。"钢椁如此坚固，开锁专家使用特殊工具也要花一整天才能打开。"

送葬队伍于下午1点30分到达特洛伊。简短的仪式后，塞奇的棺椁被放进一处精心准备的墓穴，墓地位于塞奇纪念碑的前方，碑上刻有"此生我已竭尽全力"的铭文。牧师海格曼博士在葬礼致辞中暗示，塞奇的巨大财富用于人类进步比分配到其他方面要好。查平听后有不祥预感。他和内莉走上前，看了看坟墓，然后离开。送葬队伍于下午5点05分登上回程列车，晚间9点回到纽约。查平又一次焦虑得睡不着，等待宣读遗嘱。第二天，仍没有什么令人鼓舞的消息。没有一家报纸报道塞奇将如何分配遗产。

消息终于传来。除了查平的奶奶、塞奇的姐姐芬妮·查平获得小笔财产捐赠外，塞奇在遗嘱中将全副身家都留给妻子奥利薇娅·塞奇。查平以最快速度将消息见诸报端。“《世界（晚）报》关于主要遗产分配的独家报道让塞奇先生的亲属们惊呆了，因为他们被彻底忽略。他们中有些人已准备起诉。”文章（人们猜测，该文若非主要出自查平之手，也主要由他编辑而成）提到，多年来亲戚们都等待着从他们那“吝啬”的亲戚手中分得数百万遗产。“到目前为止，他们仍相信数年前塞奇就已为他们立下遗嘱。”每位期望获得百万美元遗产的亲戚，仍将会留一半给塞奇的遗孀。《世界晚报》强调，对这份遗嘱存疑的根据是，塞奇订立最新遗嘱时神志并不清醒，且他很可能受了强势的第二任妻子的过分影响。

第二天宣读的遗嘱基本证实了查平的报道。总共有7 500万到8 000万美元遗产分给奥利薇娅·塞奇，每位“有血缘关系的侄子和侄女”将各分得25 000美元。如果侄子侄女中有人先于塞奇过世，那25 000美元将由其子女平分。查平的父亲厄尔仍在世，所以将获得25 000美元。这对查平而言有点苦涩。厄尔抛妻弃子，和塞奇已几十年未见，而作为他的儿子，查平在舅公晚年时常陪伴在侧却很可能分文不得。

查平和其他亲戚决定打官司。《塞奇的后人忙于和遗嘱做斗争》，这是3天后查平取的标题。更多旁观者认为这些努力都是徒劳的。奥利薇娅的兄弟和心腹克罗尼尔·斯洛康姆对媒体称，遗嘱难以撼动。“个人觉得，”斯洛康姆说，“塞奇先生对遗产分配非常有度量。他给了每个侄子、侄女——无论好坏亲疏——25 000美元，而他们中的许多人其实连25美分也不值得给。”从《世界晚报》的报道可看出，查平对此仍抱以希望，当其他报纸对此事失去兴趣后，《世界晚报》还在持续报道。8月时，查平刊发文章指控遗嘱遭到篡改，声称遗嘱订立日期被抹去，坚定了心怀不满的亲戚们索赔的决心。考虑到法律现实，奥利薇娅又以结束诉讼为条件承诺将他们可分得的财产翻番，终于让事情在夏末告一段落。查平要得到这笔钱不得不通过他的父亲。他父亲此时可继承5万美元，这笔钱足以让他舒舒服服过上10年或更久。

9月，查平收到消息称父亲将不久于人世。自22年前在密苏里州斯普林菲尔德一遇之后，查平再未见过父亲。但是，塞奇的遗产让查平重新想见父亲一面。他立刻写信给姐姐芬妮，让她到芝加哥与自己会合，并一起前往密尔沃基。9月22日，周六，他们到达密尔沃基。查尔斯先独自去看望疏远多年的父亲。经过无数间招待老兵和游客的小酒馆，沿着人工湖边宽敞的马车车道寻觅，查平才找到正在士兵之家休养的厄尔。这是美国国内照顾内战老兵的10家机构之一。士兵之家是建于战后的综合设施，由一系列精致的石砌维多利亚建筑构成，其高高的塔楼很快就成了密尔沃基的地标。

进门后，查平发现记忆中又高又瘦、有着棕色头发的父亲几乎认不出来了。自1902年厄尔住进士兵之家，身体就每况愈下。他视力模糊，牙齿几乎掉光，还不停抱怨浑身疼痛和年老造成的肢体僵硬。肝癌和慢性腹泻更严重了，简直是雪上加霜。显然医生的预测是对的。这次父子重逢的谈话内容不得而知。查平对此没有任何记录。也许部分因为查平此行动机并不单纯。他向密尔沃基法庭要求给父亲指派监护人。很明显，他打的主意是——厄尔即将继承塞奇那5万美元遗产，他要占据遗产分配的有利地位。该市遗产查验庭的卡朋特法官当天傍晚来到士兵之家，评估厄尔的个人状况。卡朋特认为，尽管厄尔很虚弱，但他的精神状况良好。查尔斯的动议被否决。

那个周六，查尔斯离开士兵之家前，父亲让他叫芬妮来。厄尔自知时日无多，尽管未必愿意跟家人分享离家出走后的经历，但这是近25年来他首次主动接近他们。芬妮第二天早上来了，陪他共度周日。“那天是我最后一次见他，”芬妮说，“我对他说我不想谈论过去，但有个问题想让他回答——为什么要离开我们。”厄尔说一言难尽，但暗示当年可能发生了某些事情。他说：“他离开我们的头4年里完全迷失了自己，当他意识到自身处境时，已经无法回头。”芬妮接受了这个答案，没再问下去，因为她认为“他现在快死了，百感交集”。

厄尔已离家26年，和他与西西莉娅（查平的母亲）共同生活的时间一样长。离开密苏里的斯普林菲尔德之后，厄尔和玛丽·麦考伊带着他们的儿子爱德华·格温搬去奥什科什。当地人都认为他们是夫妻。“查平先生提起和他同住的女人时总以妻子相称。”住在厄尔打工的珠宝店附近的露易莎·哈里森回忆。1892年8月，两人有了另一个孩子埃德娜·玛乔里。这对老少配未能白头偕老。埃德娜出生两年后，两人分手，这一次是玛丽甩了厄尔。认识他们的人说，他们并非总是和谐。“查平先生未能善待玛丽，似乎也不养她，他们时常为此争吵。”哈里森回忆。玛丽的姐姐萨拉·拉梅克也将此归咎于厄尔：“我认为我妹妹和查平先生分开，是因为他总猜疑她，对她不好。”

最终，玛丽离开厄尔和孩子们，嫁给一个奥什科什人。厄尔换过很多工作，从钟表制造到小提琴制造，努力养活孩子们。格温很快就能自食其力，但埃德娜情况不同。年近七十的厄尔发现他连自己都照顾不了，更不要说照顾9岁的女儿了。1902年6月，厄尔把女儿安置在密尔沃基的儿童之家，自己则于8月住进士兵之家。接下来的两年里，厄尔靠领取内战养老金过活，但埃德娜要么住在儿童之家，要么住在各种寄养家庭。厄尔去探视埃德娜时，发现她被照顾得很好。“我询问过多次，总是被告知孩子很快乐、满足，不需要任何东西。”他写道。1904年，关于是否将他每月12美元的养老金部分分配给儿童之家，厄尔和儿童之家产生争执，并收回了埃德娜的监护权。

他告诉芬妮，埃德娜是他的心病。他说起她时充满喜爱之情。他对芬妮说：“你们有妈妈，美丽善良的妈妈，但她没有。”在两位士兵之家住户和芬妮的见证下，厄尔立下遗嘱，对塞奇赠予的5万美元进行分配。他称之为“妻子”的西西莉娅分得15 000美元，芬妮也分得15 000美元，厄尔留给“女儿”埃德娜·玛乔里·查平15 000美元和1 200美元的银行存款。他和西西莉娅生的儿子弗兰克、他和玛丽生的儿子格温共分得5 000美元。查尔斯没有分得任何财产。厄尔的理由是：查尔斯是成功人士，在纽约过着奢华的生活。相比之下，其他家庭成员则像贫民。厄尔对查尔斯的认可表现在，让他和芬妮成为遗产执行人，并成为其最后的重要遗产“女儿埃德娜”的共同监护人。厄尔周二早上去世，遗体第二天被运往纽约州奥奈达，和家人葬在一起。查尔斯带埃德娜去了华盛顿，和他母亲西西莉娅和妹妹玛丽安一起生活。埃德娜在那儿住了几个月，然后被送往弗吉尼亚上学。后来，埃德娜和芬妮住在伊利诺伊州埃尔金。芬妮嫁给了陶器商威廉·斯更勒，生了个女儿，并抚养埃德娜直到她1913年高中毕业。芬妮于1915年去世。

查平很快回到纽约。“当我从美梦的云端跌落，意识到我所期望得到的几百万财富已成不切实际的幻想时，我冷静地接受了这个现实。”他说，“我在华尔街的投机很成功，并在保险箱里储备了一笔钱，足以让我在有生之年活得很好。”一天，他让已和他十分要好的科布看了一眼他的财产。“查平从办公桌带锁的抽屉里拿出6本存折，向我展示显然是最近才开户的约有15万美元存款的银行户头。”科布说。当查平看到科布的反应后，赶紧解释说这笔钱是他省吃俭用存下的。科布却不这么想，他认为大部分的钱都来自塞奇的亲属们，他们付钱给查平希望继续在媒体上声讨遗嘱。

1906年的秋冬看起来充满希望。全城热议即将到来的肖案审判。查平知道该案开审对晚报来说是一大利好，因为公众不愿等到第二天早上才获知这宗八卦新闻的最新进展。对查平同样重要的还有购买游艇。尽管他已在中央公园养了两匹马——这是笔超出多数报人收入的开销，他还是买下了一艘有12年历史、重13吨、长55英尺的游艇，这宗买卖足以被列入《纽约时报》当年冬季游艇交易榜。除了花费至少一两千美元买下游艇精灵号，查平还成为哥伦比亚游艇俱乐部、布鲁克林游艇俱乐部以及更有名望的亚特兰大游艇俱乐部成员，后者的很多成员都来自纽约最有名望的家族。并非在水边长大的查平开始迷上游艇。他在拥有50年历史的亚特兰大游艇俱乐部十分活跃。该俱乐部坐落在康尼岛海洋门港口一处气派的建筑内，查平在其中担任多个委员会成员。他精心装饰精灵号——得名于沃尔特·惠特曼的一首诗——在艇上悬挂一面白底蓝边缀满星星的信号旗，旗上写有红色的字母“C”。查平也常常参加游艇比赛，尽管并非每次都能赢。一次，查平在风平浪静的水面搁浅，无法再次发动游艇。由于他借助一艘机动船才回到起点，赛艇委员会不买账，取消了他的参赛资格。只要查平感兴趣的东西，《世界晚报》都紧跟潮流。尽管该报并非游艇俱乐部界青睐的媒体，但它还是宣布将在游艇新闻中占据一席之地，并敦促游艇出租者展示“有吸引力的产品以便促成多年来最好的水上季”。

1907年1月23日，肖被控谋杀斯坦福·怀特一案开庭。尽管20世纪刚刚走过7年，但该案已被称为“世纪审判”。查平把科布从改写员的岗位解放出来，派他去采访。其他报纸都派出成队记者，而查平和科布的计划是在报道中展现一位作家的独特视野和声音。6年前采访与肯塔基州州长威廉·高宝遇刺案有关的9个案件庭审时，科布已练就庭审记录及赶在截稿前快速成稿的本事。高宝是个休伊·朗[3]式的人物，当年在州议会大厦前被枪杀。肖案开庭数日内的庭审让高宝案相形见绌。媒体对肖案投入前所未有的关注。该案将“被一直报道直到文明社会终结”，《纽约时报》评论道。

“为什么人们对肖案如此感兴趣？”《世界晚报》在报道中说，如果该案在麦迪逊广场花园开审，旁观者或会挤满整个花园；如果肖的漂亮老婆伊芙琳·内斯比特出现，光是卖门票估计都够支付肖的律师费了。人们的兴趣如此浓厚，原因不在左轮手枪杀人案本身，这在纽约早已司空见惯。人们对该案异乎寻常的关注，缘于肖和成千上万被单亲父亲养大的年轻人一样，缺乏学会履行责任的家庭教育。“他（肖父）的精力全用于增加银行存款，而不是教导孩子。”

无数电报线从法院大楼的天窗被牵引进来。记者和律师几乎把西联公司在主厅设的办公室“包”了下来。赫斯特的计划略胜查平一筹。他派了3位女记者报道庭审，这使得查平不得不增派尼克索拉·格林尼·史密斯。她和赫斯特派出的女记者一起，在法院大楼前的特设席位紧盯着。但她只被派去做有倾向性特别是女性视角的报道，正如她第一篇报道的大标题——《女性眼中的被告肖》。而报道庭审本身还是科布的分内事。他很快创造性地为新闻学增加了新词汇，给这4位女记者起了个昵称“伤感女记者”，来形容其感性报道。

走过一些弯路后，科布和查平很快让报道走上正轨。两名送稿生被派去协助科布。一个专门给他递上刚刚削好的铅笔。每当他写完一页纸，另外一个就飞快跑下楼，将稿子交给在地下室走廊等候的记者约翰尼·加文。加文马上打电话回《世界晚报》，复述给本地新闻部速记员。不到5分钟，科布的文章就已开始排版，新鲜热辣的报道即将出街。

科布产量惊人，包括详细的庭审细节及庭上各色人等的花絮报道。后者的典型例子是一幅肖的“钢笔画”。“当肖坐在那里仔细研究指尖，偶尔抬起紧皱的眉头以古怪的角度瞥一眼人群时，”科布写道，“他不像是身手敏捷的青年刽子手，尽管报纸已这样形容他上千次了。也许这样说会有争议，哈里·肖看上去更像是第十大道上芸芸大众的一员，而不是流连于第五大道的富家子。[4]”《世界晚报》的报道计划执行得天衣无缝，很快读者就被科布每日的追踪报道所吸引，有时报道长达12 000多字。也正如他炫耀的那样，他从未落下定期的幽默专栏。到审判尾声，科布已被认为是查平的明星记者。他很快和《世界晚报》签了份长达3年、年薪高达7 500美元的合同。

1907年4月，约瑟夫·普利策六十大寿。他让圣路易斯和纽约的员工为他庆生，尽管他本人远在数千英里外的法国南部。查平和59名被挑选出来的世界报员工4月10日晚在纽约德尔莫尼克饭店庆祝，与此同时，60名圣路易斯快邮报员工在圣路易斯农夫酒店聚会。《纽约时报》称晚宴“事实上是家庭聚会”，因为获邀参加的唯一外人也是为普利策公司服务的银行家。在指定的时段，纽约和圣路易斯之间的长途电话开通，以便能互相传递祝福。晚宴以高唱祝词进入尾声，每念一篇人们就干一杯，然后祝词以电报发给普利策。

普利策当时身在法国芒通，那是一个离法意边界仅几英里的与世隔绝的地中海小村庄。普利策在那儿做长途旅行后的休整，并等待专程从巴黎过来的雕塑家奥古斯特·罗丁为他塑一尊青铜大理石半身像。在普利策长途旅行期间，已堆积了好几周的《世界报》和《圣路易斯快邮报》。秘书塞缪尔·威廉姆斯为他读报，此时的普利策已近全盲。威廉姆斯先读了《世界报》，然后是《快邮报》。《快邮报》读得磕磕巴巴，普利策生气地问发生了什么事。

“这可恶的报纸印刷太糟糕了，几乎读不下去。排版很差，油墨模糊，纸张不好，印刷比其他报纸也差一些。”威廉姆斯为自己辩护。

“亲爱的，真有那么糟糕吗？”普利策问，“从你的描述来看，我想他们是用鞋钉代替了铅字而用柏油代替了油墨。发封电报给查平，让他代管邮报一个月，让它走上正轨。”

查平1905年就曾被派往圣路易斯检查并改善报社运作。但他发现后来很多情况都变了——并非一切都变好了。没错，查平8年前离开后，在奥利弗大街513号3楼掌管本地新闻部的奥利弗·K. 伯瓦德和查平似乎是同一类人。他以令人生畏、恐吓威逼的方式建立了一支训练有素的新闻报道团队，无休止地要求他们写出能引发热议的报道。第一周，查平撤换了所有铅字，并重新设计版式和大标题字体。第二周，他暂管本地新闻部，重新培训他认为是报纸最弱环节的编辑们。

在圣路易斯，年轻的乔·普利策也在观察查平的一举一动。此时的乔已在快邮报安顿下来，再见到以前的导师自然很高兴。他和查平很快打成一片，常结伴去公园散步。小普利策告诉查平他的一些想法，查平教他如何将这些想法做成新闻。然而，为遵循普利策王国的文化传统，正如查平知道的那样，乔也向父亲报告了查平的工作进展。“我7点28分到办公室，”乔在一封5月9日的日常信件中告诉父亲，“查平通常7点就来了。他的精力、坚持和干劲简直是个奇迹。他不像在纽约那么粗暴了。在这里他很友好，赞美每个人，当有人写出一篇好报道或提出一个好建议后都会得到肯定。”

查平在圣路易斯待了6周，其间患上重感冒，还招到了新员工。在即将返回纽约时，查平从报纸上得知芝加哥纪事报即将关门。消息引起他的注意，因为当年他在芝加哥论坛报当本市新闻主编时，报社主编是霍拉旭·西摩，如今西摩是《芝加哥纪事报》发行人。西摩的出资人因欺诈入狱，令报纸毁于一旦。查平立刻发电报给纽约，要求老板雇用西摩。约瑟夫·普利策的儿子拉尔夫·普利策询问查平是否能确定西摩的健康状况，因为他显然已不是年轻小伙。查平以个人名义对西摩的身体状况做出担保。拉尔夫回复电报同意查平以最高每年9 000美元的薪金聘西摩到快邮报。拉尔夫·普利策此前曾两次拉西摩跳槽，但后者都以不愿对现任发行人不忠而拒绝。“记住，我们的真正目的是为‘掌控’（《快邮报》）争取，抬出‘真正的’（世界报系）只是特别的诱饵而已。”拉尔夫·普利策用父亲的密码回复。“为此不妨在圣路易斯多待些日子。如能成功，安第斯将会十分高兴。”从不让子女独揽大权的老普利策在西摩的问题上有他的智慧。普利策在芝加哥的传话人写信说：“西摩先生虽然身材不高，但有着智者的头脑、公牛的脖子、蛙的下巴和斗士的脸。”

“我打了长途电话，终于在‘废墟’中找到西摩先生，”查平说，“并约好第二天早上和他在芝加哥会面。在一片狼藉中我发现并不怎么需要游说，他就接受了圣路易斯快邮报的职位，何况还有优渥的薪水以及永久生效的合同。”不出所料，查平以自己掌握的最大权限给了老朋友9 000美元的合同，还同意若他在圣路易斯干了半年后不如意，可转去纽约工作。完成了任务的查平返回纽约。如果不是感冒加重了，就是在卧铺上他又得了新感冒，一回到纽约查平倒头便睡。从欧洲回来的普利策从家里打来电话说，他为查平在圣路易斯所做的一切感到十分高兴，并将他的周薪加到500美元。“抱歉我没能立刻前往欢迎您回家，”查平在他所住的大华酒店房间写信给普利策，“我发自内心欢迎您。”加薪固然让查平愉悦，但他对能搭救芝加哥的老上司西摩更感到由衷高兴。一周后查平返回报社上班，他拿出一张世界晚报信纸，写信给西摩送上祝福：“希望您很快从纪事报的烦恼中调整过来，适应在圣路易斯的新环境，它一定会给您带来安定和幸福，相信我。”

1907年秋天，查平彻底征服曼哈顿。在以工会联盟俱乐部客人身份持续对富人和名人示好20多年后，查平终于得以和他们平起平坐。科布说：“他痴迷财富不是为了囤积钱财，而是因为金钱能带来享受和炫耀。”9月底，查平和内莉搬到第五大道和59街交界的广场饭店。由亨利·J. 哈登伯格设计的广场饭店花费令人咋舌的1 200万美元建造而成，旨在成为纽约名门望族之家。这是一件审美及建筑艺术杰作，无论是法国文艺复兴派建筑师还是美国实用派工程师都是其拥趸。哈登伯格借鉴了路易十五和路易十六时期的建筑风格，选用上好的法国大理石砌墙，电梯门用青铜建造，家具饰以绣花罩毯。晚间，酒店被17 000盏白炽灯照亮，由4引擎的1 100千瓦发电厂供电；冬季由9台煤炭锅炉供暖；日常清洁则由中央吸尘系统处理，该系统的两台蒸汽泵每天用长达数百英尺长的吸尘管除尘。酒店开张时，《纽约时报》预言：“纽约丰富的社交生活又增添了一个好去处。这个城市将多一处秀场，好奇的游客将多一处翘首以盼的景点，而市内游导游的大喇叭里也将会提到更多关于它的故事。”当查平夫妇搬进饭店时，它还未正式开张。当他们在仅供饭店终身客人使用的餐厅内用餐时，大理石墙还没砌好。尽管他们是首批入住的客人，但酒店1907年10月1日开业当天，享有用餐登记优先权的是那些社会地位更高的人，如考尼列斯·范德比尔特[5]的儿子艾尔弗雷德·格温·范德比尔特。开业前夕，酒店邀请了报纸主编、广告经理和房地产写手等参加庆祝餐会。查平自然不会错过。

其时查平正处于他梦寐以求的人生目标之巅。“沉醉在奢华享受之中的他如鱼得水。”科布说。他以纽约薪水最高的本市新闻主编著称。他的居所、马匹、游艇和社交圈都佐证了他的成功。早晨他总是被看见在中央公园骑马慢跑，下午时分又在策马疾驰。他的衣服现在已是量身订制。在办公室，他的外形极其引人注目。“他为自己结实、挺拔的身材而骄傲，”科布说，“所以他总是挺直后背走路，脚后跟仿佛落在小军鼓上的鼓槌。”

在公园街，查平要成为顶尖报人的职业理想已实现。通过高薪砝码，他招揽了许多本地一流的作家和采访助理。在科布力谏下，查平从太阳报挖来马克斯·费舍。他是那个时代最著名的采访助理。费舍1863年生于布拉格，到美国时年仅4岁。他和家人租住在马伯里街纽约警察局总部附近。从9岁开始，他为跑警察线的记者当送稿生。也是在那儿，他遇到雅各布·里斯。里斯训练他在清晨跑遍全城搜集各种前晚发生的火灾、逮捕、犯罪和车祸信息，以便将它们写成新闻。此后，里斯还称费舍为他提供了许多感人至深的故事，这些都收录在里斯著名的《另外一半人如何活着》一书中。里斯之后，费舍也为林肯·斯蒂芬斯和无数其他记者跑腿，包括当时还在太阳报的科布。虽然一直身居幕后，但纽约许多出色的新闻报道正是因为费舍才得以完成。公园街之外，费舍一直不为人所知。

金钱不是查平将人才留在世界晚报的唯一手段，尽管他的名声令人生畏，但他为记者们提供了在别处难以得到的东西——巨大的自由和支持。一旦他给记者布置了任务，就不再受任何外界干扰。当新闻传回来时，他也不会紧张地盯着改写团队成稿。科布说，这好比查平一旦将任务分配下去，对能否成功的任何担忧就是对他判断力的怀疑。“团队中没有完成任务的人也会遭到严厉责骂，但通常都是在打完仗以后。”查平对维护下属也不遗余力。当盛怒的读者或政客大佬宣称记者行为不当时，查平通常认为记者无过。“他允许记者被合理怀疑，同时‘拿枪’捍卫他们，直到一切水落石出，证实记者的确有错，或者根本没错，”科布说，“这给了我们莫大的自信，因为某个记者的事也是大家的事。”查平对下属很强硬，他们在背后咒骂他，但绝不会辞职。“他从不让他们休息，”科布说，“作为监工，他也从不让自己休息。但只要下属忠诚于他，他也总是忠诚地支持下属。”

查平式新闻操作的核心仍是他备受称道的改写团队。巴顿·克里是其中的明星成员。“一旦需要，他凭几条半数字、半文字的笔记，就可以写出一篇充满戏剧性的故事或一篇超级搞笑的专栏文章。”特休恩说。最后一个加入由科布、格林和克里组成的改写团队的是林赛·丹尼森，这位从太阳报过来的皮肤黝黑的帅气作家尽管名气很大，为人却十分谦逊。“只要他愿意，他能超过我们所有人。”特休恩说。他们是查平最不可或缺的团队，他们也给予了查平巨大回报。一个有关查平的最广为人知的传说是，某日，查平捎话说他病了，不能来上班。“天哪，”科布一边打字一边说，“让我们祝愿这不是微不足道的小病。”话中的情感显而易见。“他们一直对我很好，”查平说，“多年来我和他们朝夕相处，惊讶于他们所取得的成就。”

不可否认的是，查平为世界晚报组建了一支被后人长久记住的作者队伍。如果将新闻比作体育的话，这支队伍好比波罗球场[6]的高地人队，即后来的扬基队。“在过去的报业实践中，曾有一支在主编手下创造过传奇的梦之队，它是19世纪80年代的太阳晚报，”特休恩说，“我相信在1911年至1916年间，进进出出世界晚报的员工毫无疑问展现出了更耀眼的光芒，他们是报业史上最杰出的报人。”

译注：

[1] 旧金山大地震，发生于1906年4月18日清晨，地震规模为里氏7.8级，这场地震及随之而来的大火，对旧金山造成了严重破坏，可以说是美国历史上主要城市所遭受最严重的自然灾害之一。当时，政府官员担心若公布真正的死亡人数，恐怕会造成地价下跌，并影响到重建这个城市所需的一切，因此捏造死亡人数只有478人。今日，保守估计死亡人数在3 000人以上，更有人估计高达6 000人。40万人口中，约有22.5万至30万人无家可归。

[2] 斯坦福·怀特（Stanford White），美国天才建筑师，他设计过50多座大厦，多数被人称道，但极其花心和好色，开枪打死他的哈里·肖是百万富翁。

[3] 休伊·朗（Huey Long），美国政治人物，担任肯塔基州州长时以雄辩的口才和不落俗套的行为闻名全国，但也以独断专行的方式控制州政府，1935年被暗杀。

[4] 当时第十大道（Tenth Avenue）是纽约工薪阶层和城市贫民聚居区，而第五大道（Fifth Avenue）则是奢华生活的代表。

[5] 考尼列斯·范德比尔特（Cornelius Vanderbilt），19世纪末美国华尔街资本家、金融巨鳄。

[6] 波罗球场（The Polo Grounds），纽约扬基棒球队的主场。

13 掌管《世界报》

多年来，《世界报》为普通人说话常使它招致当权者嫉恨。1908年，普利策更是惹得这个国家的头号公民、即将卸任的总统西奥多·罗斯福盛怒。《世界报》曾批评罗斯福在巴拿马革命问题上撒谎，并尖锐地指出花4 000万美元买下新巴拿马运河公司可能使总统和某些与他有默契的人中饱私囊。罗斯福的反应迅速而激烈。他试图让纽约联邦检察官以诽谤罪起诉，还正告国会："不能以普通公民的名义起诉普利策先生，应该由政府当局起诉。"几周过去，有关方面的法律行动还没有动静。有消息称，纽约地方检察官威廉·T. 杰罗姆极有可能以违反州法律的名义逮捕这位发行人。杰罗姆对普利策并不感冒，当然乐见后者身陷囹圄。但4周过去，杰罗姆仍按兵不动。

1909年1月中旬的某天早上，科布像往常一样9点到达办公室。还没来得及向查平报到，执行主编约翰·坦南特拦住他，让他立刻到会议室去。科布进去时，塞茨、怀特和梅利都已到了。

"科布先生，"塞茨说，"我们听说你是州检察官杰罗姆的好友，是吗？"

“哦，先生，”科布回答，“还不至于那么亲近。”

科布和杰罗姆结识于报道著名的肖案。那时科布几乎住在法庭，而杰罗姆恰恰是该案的起诉人。实际上，杰罗姆为科布提供了许多法庭之外的有用信息，二人互相欣赏。得知了两人的关系后，报社的“三人执政小组”希望科布通过和杰罗姆的交情搞清楚检察官的意图。

“直说了吧，”塞茨说，“我们已精疲力竭、无计可施。我们每个人——我们和律师们以及其他代表——能想到的资源都用上了，但收效甚微。这几乎是生死之战。普利策先生处于非常沮丧、疲惫的状态，他的健康状况很可能就此恶化——极端恶化。所以我们不得不寻求你的帮助。我们能指望你吗——可以立刻行动吗？”

科布同意马上行动。他被告知如有需要可让任何一位同事帮忙，且可不计代价。科布郑重地谢绝了帮助，离开会议室，跳上电车直奔刑事法院大楼。他在伯丁酒馆找到杰罗姆，一个法律界和新闻界人士常去的地方。里面没什么人，因为还早，但杰罗姆已在那儿喝酒了。科布打算不兜圈子，直奔主题，他问杰罗姆有什么打算。“还是查平第一个教我怎么用这一招的。”科布说。1906年夏，一位前警察被控涉嫌受贿。科布在他被押往新新监狱的前一天被派去采访。“要叫他开口就要把握他的心理，”查平向科布建议，“不要跟他兜圈子。他一翻白眼就先发制人，告诉他如果愿意和盘托出我们将如实报道。我想他愿意就范。”果然不出查平所料，科布此后在无计可施时也常用这一招。这招也不会让人难堪，因为科布说话有肯塔基慢吞吞拖长音调的口音，以及乡下人直话直说的魅力。

在结束鸡尾酒采访后，科布又跳上电车回到世界报大楼，赶在两小时内回到会议室。让“三人执政小组”惊讶的是，科布反馈杰罗姆并没有起诉普利策的打算。科布立刻打电话到普利策家，把好消息告诉了老板的私人秘书诺曼·思韦茨。

“科布，”思韦茨说，“普利策先生就在旁边。他让我对此表示深深的感激……同时普利策先生非常想知道，这个让人高兴的结果是如何在这么短的时间内搞到的？”

“嗯，过程是这样的……”科布于是将他如何搭电车去刑事法院大楼以及如何直截了当问杰罗姆的过程复述了一遍。

“好吧，该死的！”当思韦茨把科布的解释告诉普利策时，后者高声说道。科布交了两张要报销的电车车票，共10美分，就回本地新闻部工作了。

不过，罗斯福没那么容易善罢甘休，一项联邦起诉正在酝酿中。混乱中，普利策离开美国整整一年。但和往常一样，距离不是问题，他继续远程遥控下属，像操纵提线木偶一样掌控他们。2月还未结束，查平已晋升为《世界报》本市新闻主编。“查平在晚报本市新闻主编任上干得非常成功。”其后也担任《世界报》本市新闻主编的詹姆士·巴瑞特说，“普利策认为这些极有才能的人没有理由不在晨报如鱼得水，他不知道本市新闻主编是不能被复制的——至少原则上不能。”

就算巴瑞特所说的原则有例外，对任何在《世界报》和《世界晚报》工作过的人来说，两份报纸的确有巨大的文化差异。普利策一直将《世界报》看作“老大”（相对而言《世界晚报》是“老二”）。这也是世界报大楼里人们的共识。“我们晨报的人认为，晚报和星期天报到目前为止还是附属品。”据巴瑞特回忆，“老大”的内容、版式、工作节奏和氛围都和“老二”格格不入。当《世界晚报》以疯狂的节奏试图收集所有最新消息以出版大量号外时，《世界报》却能奢侈地花一整晚对白天的新闻事件进行细细打磨。

“普利策的想法是给予查平管人管事的绝对权力，就算跟电讯新闻主编和执行总编的权力有所冲突也不在意。”巴瑞特说。查平充分行使了他的新职权，并很快按自己的想法重塑晨报本地新闻部。首先，取消日班和夜班本地新闻编辑的分工，代之以日班和夜班助手。如果某人是本地新闻编辑，那么他必须兼顾日班和夜班。其次，取消作家们按见报版面大小计酬的规定，直接给他认可的作家开工资。第三，大规模招聘新人。他的目的不是要一个庞大的员工群体，而是如同他在世界晚报一样，打造一支小而团结的精干队伍。“我宁愿要15个周薪在70至80美元的高素质人才，也不要40个周薪在40到50美元的员工。”查平告诉普利策。此外，他还乐意聘用周薪在15至20美元的新手给高薪记者当助手，并亲自调教。“我们需要的是一个有组织、有活力、有凝聚力、有团队精神的队伍。”但查平发现他的“改革”受阻，不像在世界晚报那样顺利。其他报纸的记者不愿跳槽过来，他写信给普利策：“因为他们知道我只是暂时管晨报，且很快就要回晚报。一旦我离开，任何一个我招来的明星都要走人。”一收到这张便条，思韦茨就在“暂时”一词下做了记号，并在空白处记下普利策的回应。

“我希望你将想法坦诚相告，”第二天普利策在给查平的回信中说，“我一直都相信没有什么能让你永远离开晚报，否则我早就让你来晨报了。你愿留在晨报吗？这里的成就感和平台无疑更大。”

对纽约任何一位新闻主编而言，如果有人让他当《世界报》本市新闻主编，他可能毫不犹豫。坐上这个位置意味着在新闻界占有重要的一席之地，因为这份报纸的日发行量和影响力都无与伦比。但如普利策所料，查平属于另一个路子的记者，或者如查平自称的那样，他是另一个路子的报人。查平已掌管《世界晚报》11年，比报纸历史的半数时间还长，“我对晚报的感情超过其他任何东西，除了我妻子”。

“您希望我坦诚地说出我的想法，”查平在回复中说，“一切如下。”

“我愿留在晨报吗？如果可选择——除非您将我的工资翻倍，否则我不会考虑！”查平谨慎地说出他的理由。首先，世界晚报拥有全由查平挑选的员工组成的和谐团队。“大家很团结。这里没有政治，没有争吵，没有嫉妒，没有黑手党[1]。”其次，他的下属比任何一家报纸的员工都要忠诚。“即使我让他们连续工作24小时也没有人会偷懒，还会感谢我。”第三，他们是晚报界最好的记者和作家。“我希望有生之年都跟他们在一起。”

早前，普利策让查平掌管“老大”时，查平将此理解为命令。“我知道您为一盘散沙的晨报而忧虑，您认为我能将它带上正途，所以我高兴地来了，而且只要您希望如此我会一直留在这里。”查平已为普利策卖命18年，声称乐意为其效劳。但如果要他执掌“老大”，查平有他的条件。“如果要我留在晨报，我希望对记者和编辑有绝对的控制权，就像我会绝对服从和听命于您任命的社论部负责人一样。”后者是查平手上的王牌，因为普利策非常倚重查平的老朋友西摩。“如果他执掌社论部，我会一直待在这里直到您满意为止，如果您希望的话。尽管这意味着我要牺牲一定的家庭生活和过去15年来建立起来的人际关系。”

查平希望有控制权的要求立刻遭到报社部分元老的反对，他们感到自己的权力将受到削弱。凯莱布·范·汉姆告诉普利策，他不同意将编辑们置于本地新闻部管辖之下。“你继续管理所有员工。”普利策回复。但他以不耐烦的语气补充说：“作为执行总编的你（而不是查平）将对报纸负责，尽管我希望你能充分认同查平的价值和能量。”范·汉姆迅速向老板保证他认同查平的能力，这么做只是避免将过多责任放在本市新闻主编身上。“说到对本地新闻编辑们的改变，我要强调我非常欣赏查平先生的无穷精力，”范·汉姆告诉普利策，“但如果他每天超负荷工作，对他自己和对报纸来说不见得是好事。”

1909年3月17日，普利策悄悄进城，到位于73街的世界报大楼短暂停留。查平见到普利策。人们通常以为被接见者会战战兢兢，实际上，和“安第斯”面对面，对世界报的员工来说是种荣耀。自从世界报大楼建成后，普利策总共才莅临过办公室3次。查平和普利策的交流主要通过信件，近年则主要通过电话。查平和普利策时间最长的相处是4年前他在伦敦度假时，他曾和普利策共进早餐。如同和普利策共进早餐的许多人一样，他被要求为普利策读报。当查平打开一叠管家拿来的报纸时，普利策点了根雪茄准备听新闻。查平读了几分钟后，普利策打断他，问他的雪茄是否还点着。他一边问查平，一边往查平的脸上喷出一团呛鼻的烟雾。“我曾无数次想起那个场景，也试着抽烟时闭上眼睛，体会一位盲者不能看到他的雪茄是否还点着是种什么感觉，”查平说，“我看到盲者享受雪茄的样子，但并不信以为真。”

会面当天，普利策看起来心不在焉。他渴望回到他的游艇自由号上重获宁静和自由。纽约有他操不完的心：大陪审团即将碰头决定是否以诽谤政府罪起诉他；儿子乔还是不让他省心；报社内部不和谐的声音有可能对报纸不利，尤其是还要应对来自赫斯特的无时无刻的竞争压力。普利策和查平讨论了在查平离开期间其助手代管《世界晚报》的情况。他们一致认为，在普利策改变主意或查平想回“老二”前，查平应一直待在“老大”。只要他担任“老大”的本市新闻主编，就有绝对的控制权，且只向范·汉姆一人负责。如果他和范·汉姆的意见出现分歧，他可以求助于西摩。查平承诺在雇用新人方面将更加谨慎，因普利策一直认为报纸是需要盈利的；查平还承诺做财务决策时和怀特商议。最后，查平承诺一旦觉得可行将缩短自己的工作时间。

查平在《世界报》的努力开始奏效。《世界报》记者、普利策的心腹塞缪尔·威廉姆斯向老板报告称，晨报在新闻报道方面有起色，比别的报纸搞到了更多独家。这得益于查平的功劳。事实的确如此。有多年重大新闻报道经验的查平给“老大”以巨大促进。例如，查平某天晚上加入了记者的一线采访。离零点还有5分钟时，内莉打电话来，说毗邻广场饭店的一座7层公寓楼着火了，她听见女士和孩子们的尖叫。这时查平已动身回家。当他到达饭店时，看到了消防车和几百号围观者。包括内莉在内的广场饭店所有住客都带着贵重细软聚集到饭店外。饭店被浓烟笼罩，咖啡厅里医生在照顾21名伤者。查平立刻找到两位在场记者，和他们一直工作到凌晨2点，直到他们开始写稿。“我们做了篇大突发，可以发两栏或两栏半，有名字、细节和采访。”他说。数小时后，当他睡了一小觉醒来后，去酒店报刊亭查看他参与的报道。当他发现只有最早的版本在售时发火了，立刻要求报社销毁这个版本，并将后续版本火速送到酒店。

尽管查平费尽心思鼓励士气，巴瑞特的预言还是不幸言中。查平在晨报的努力最终折戟。“毫无疑问，他在某种程度上墨守了晚报的某些成规，这让他在适应晨报这一新领域上不得不花更多时间。但他会做到的，且已经在做了，我相信。”西摩告诉普利策。查平在两方面遇阻：现有的记者不愿改变工作方式，此外，守旧的高管们比如范·汉姆感到了威胁。被认为是查平的坚定支持者的西摩对此心知肚明。“有好几周，查平因下属跟他对着干而一筹莫展，但这样的情绪已过去。有人因不听指挥而被开除，如果是我，也会像他一样处理。”西摩报告说，“留下来的员工是心甘情愿的，加上他只是暂管本地新闻部的传言不攻自破，查平会做得更好。”最后，西摩建议普利策将查平留在晨报。

整个夏天，西摩、范·汉姆和塞茨都给远在欧洲的普利策报告“晨报办公室一派和谐”。他们都向普利策强调这一点，反倒暴露了报社内部逐渐增加的不和谐因素。普利策公开表示他意识到他的计划失败了。他写信给儿子拉尔夫，承认可能赋予了查平太多权力。“查平和范·汉姆之间的摩擦应该由委员会来解决。”他说，他在德国给秘书做了交代，“他们二人要长久地和平共处似乎不可能，查平愿意长久地待在晨报似乎也不可能。”

1909年秋天，用巴瑞特的话说，普利策终于“绝望地”放弃继续将查平留在“老大”的想法。但他想得很周到，尽量让变动以一种不伤害查平的方式进行。西摩也同意进行调整，此时查平正因劳累过度告了假，在广场饭店休养。“您关于查平回晚报的决定应在他休假回来后执行的意见，我个人认为非常明智，既不会让他觉得受辱，也不会引起不必要的议论。”11月时他写信给普利策。他对《世界报》的改变已经完成，而且“他的健康问题最近才被注意到”，西摩称：“我怀疑他是否能继续承受目前的过度劳累状态。”于是，在执掌“老大”9个月后，查平回到世界晚报。

1910年的新闻多数跟纽约新市长威廉·J. 盖纳有关。尽管盖纳以诚实的改革者著称，但身为前记者和前天主教兄弟团成员的他在竞选时得到坦慕尼协会[2]的支持，该协会是贪腐的民主党的政治机器。让坦慕尼派支持者失望的是，盖纳在执政期间一直致力于改革。他的就职典礼成为城中话题。盖纳首次造访市政厅，是从布鲁克林的家中一路步行而来。他的处事风格令人耳目一新，他任人唯贤的作风也为记者提供了源源不竭的新闻素材。

8月6日，在盖纳动身去欧洲度假前，查平派记者去他布鲁克林的家中采访。查平认为在家中采访比在码头匆匆采访效果要好。记者采访完后回到报社，查平又指示他跟着市长去霍博肯码头，并在那儿与《世界报》摄影记者威廉·沃内克会合。哪知沃内克迟到了，等他到码头时，其他摄影师已拍摄完毕离开。他仍架起相机拍了几张市长和助手话别的照片。等他装好最后一卷胶卷，一位对现状不满的政府雇员举枪对准盖纳的脑袋。第一枪打偏了，不甘心的刺客又补了两枪，其中一枪打中盖纳的颈部。就在刺客动手时，沃内克一直在拍摄，恰好拍到了这可怕的一幕。他冲回世界报，将坏消息告诉本地新闻部，看到盖纳倒在“大比尔”爱德华兹怀中的图片时，本地新闻部的记者编辑都惊呆了。“太棒了，”查平说，“看——他浑身是血！还是独家！”

盖纳被抢救过来保住了性命，但医生们无法从他体内取出子弹。3年后他突然死于并发症。不同于死于1901年的麦金莱总统，这一次黄色小报无可指摘。那名刺客是严肃大报《纽约时报》的粉丝。[3]

1911年10月29日，周日，普利策正在他的游艇上，游艇停泊在南加州查尔斯顿海面。前一晚他睡得很糟，凌晨3点就叫醒秘书阿莱恩·爱尔兰，让后者替他读报。晚些时候，当老板惬意地睡着后，爱尔兰、思韦茨和另一个船员一起吃午饭。突然，管家从大厅前门进来说：“普利策先生去世了。”

普利策的遗体被送回纽约。11月1日，查平和普利策的其他300名下属、数百名政客、金融家及其他达官显贵挤满位于第五大道和53街之间的圣托马斯主教堂。教堂外，参加葬礼的2 000多人一度造成交通堵塞。他们中的许多人是普利策的员工。由于许多人数年未见，重逢的欢欣与教堂内阴沉的葬礼形成反差。当唱诗班唱起“夕阳西沉，求主与我同住”时，《世界报》和《圣路易斯快邮报》的印刷机停止印报。灯光全部熄灭。电报和电话线被暂时掐断，两份报纸的员工集体默哀5分钟。

那天下午，一批主编护送普利策的家人和灵柩乘坐专列来到位于布朗克斯的伍德朗墓园，黄昏前普利策被安葬于此。他长眠在女儿路西丽·艾玛·普利策的墓旁，她于1898年去世。普利策躺在棺木内，放于胸前的右手紧握着一份《世界报》。那根铁手杖不见了。今后它要靠儿子们——在圣路易斯的乔和在纽约的拉尔夫——来继承。但多数人都明了，情况和以前不可能一样了。“我看着他们将他的遗体葬入坟墓，”查平说，“我的灵魂好像也随他一起被埋葬。”

译注：

[1] 黑手党，指幕后告密者。

[2] 坦慕尼协会（Tammany Hall），于1789年在美国建立，最初是全国性爱国慈善团体，后来成为纽约的政治机构。19世纪该协会曾因卷入操控选举丑闻而备受争议。1934年该协会垮台。新闻媒体首次揭露美国政治腐败就由曝光该协会巨额贪污案开始。

[3] 1901年9月，麦金莱总统遇刺身亡。人们在凶手的口袋里发现了一份《新闻报》，上面刊登着恶意攻击总统的文章。人们认为正是《新闻报》这种煽动性的文章间接导致了总统的遇害。

14 泰坦尼克号独家新闻

1912年4月10日，周三上午，卡洛斯·F. 赫德穿过每天聚集在公园街一带的人潮。他身材修长，衣着正式，正值而立之年。普利策的世界报和赫斯特的纽约新闻报大厦二楼都悬挂着大幅新闻公告板，当围观者仰头读报时，上千顶帽子齐刷刷向后倾。报纸工作人员在阳台上来回奔跑，试图先人一步奉上最新消息。过去40年，由于电报和电话革新了新闻传输方式，阅读公告板成为纽约一项时尚消遣。这样的派对早在26年前就已出现，为了模拟在英格兰举行的美洲杯帆船赛五月花号与加拉提亚号对决的情形，当时世界报在其大楼前竖起舞台布景，上面绘有海洋场景，并饰以灯塔，两条微型帆船根据前方传来的每一条消息在全景图上展开角逐。7年之后，25 000人将公园街和市政厅公园挤得水泄不通，“观看”2 000英里外正在内华达州卡森市举行的世界重量级拳击冠军赛。世界报在其大楼外搭建了一个翻版的拳击擂台，以超越对手们的公告板。4英尺高的提线木偶根据电报报道重演14回合的拳击赛，令拳击迷们欣喜若狂。比赛结束后，著名的木偶经营商蒂尔斯甚至还加演了决赛回合的比赛。

赫德从人群中穿过，如同20年前查平从芝加哥来到这里一样，他像朝圣者朝觐圣地那样走近有着金圆顶的世界报大楼。时间已夺走这栋非凡建筑"纽约第一高楼"的称号，当然也削弱了其最为独特的地位。一年之内，这一名头就被无可争辩地夺走，在公园对面崛起的792英尺高、哥特式的伍尔沃斯大楼在此后20年独领风骚。但是对于赫德这样的外地记者来说，世界报大楼仍然是纽约的地标。

《世界报》的明星记者为赫德所熟知，他们的杰作经常被转载于《圣路易斯快邮报》——他从1900年开始在该报工作。赫德1877年生于爱荷华州切诺基，是一位公理教会牧师的儿子，他从密苏里州斯普林菲尔德的德鲁大学毕业后，于1897年在《斯普林菲尔德导报》开始了新闻职业生涯。次年，他搬到当时美国的第四大城市圣路易斯，此后很快加入了普利策帝国。为踏上期待已久的欧洲之旅，赫德争取到两个月的休假来到纽约。他和妻子凯瑟琳已将两个孩子送到祖母处，并于前一晚坐火车抵达。穿过人潮后，赫德步入世界报大楼。他想见查平。所有记者都听说过查平，而来自圣路易斯的记者更为熟悉他——因为查平在那里工作过。此外，1906年，赫德曾在查平手下短暂地工作过一段时间。

查平照例没有时间或耐心来接待像赫德这样的访客。"我太忙了，只能和他聊几分钟。"查平说。会面刚开始就结束了。除了告诉这位急躁的主编他来纽约乘坐英国冠达邮轮公司的卡帕西亚号，赫德就没时间说别的了。公事不得不留待下次再谈。赫德失望地走出本地新闻部，想必他还会在离开前参观印刷车间。没有人到了世界报而不去看看印刷机的——那是一排厚和公司的机器，任意一台都可在1小时内印完一份小型城市报纸。每当它们全速运转时，那富有节奏的击打连300英尺之上的隔音密室——普利策将其建于20层大楼最高的穹顶之下——都能感受到。油墨的气味，印刷机启动的提示铃响，随后类似机车重击的节奏达到震耳欲聋的地步，切割、折叠、收拢那些加速倾泻而出的报纸，这一连串景象对大多数报界同人富有诱惑力。对20世纪早期的记者来说，"新闻的力量"（the power of press）既有字面意义又有比喻意义。

第二天晚上，卡洛斯和凯瑟琳·赫德登上卡帕西亚号的二等舱，轮船离开纽约，驶向意大利，在那里展开从那不勒斯开往利物浦的豪华游。他们原本想搭乘速度更快的德国新邮轮柏林号去旅行，但是它已被包租。柏林号只是旅行者可选择的众多新型远洋客轮之一。赫德所在客舱就有《世界报》，上面刊登了关于最新邮轮从英格兰南安普敦起航的全面报道。“白星航运公司的新邮轮泰坦尼克号今天从本港口开启处女航，搭载350位头等舱乘客前往纽约。”报道称，“她享有盛大的送行仪式，人们从伦敦涌来，争睹这一最新浮宅的舒适豪华。”

3天后当查平伏案工作时，他肯定没有把与赫德的见面放在心上。对查平来说，这一周已经结束。《世界晚报》周日不出刊，他习惯于在安静的夜晚完成案头工作，并估量下周新闻的分量。新闻太平淡了。当晚在他返回广场饭店时，能引起兴趣的新闻只有发生在布鲁克林和格林尼治村的几件凶杀案，以及新泽西州一座教堂屋顶坍塌，两名教友去了见上帝。到了周一，这些新闻可能就过时了。也许明天早上会发生有新闻价值的事件。

城里其他报纸的境况也大同小异。在纽约时报——10年前该报已跟随城市北拓的潮流，离开公园街搬到了市中心——当第一个版本的日报从17层楼下的印刷机印出来时，编辑们正在时报大楼的本地新闻部无精打采地晃荡。凌晨1时，送稿生们坐着无所事事。一名改稿员在桌前整理一堆笔记。他们要应对的共同挑战是保持清醒。突然，引导小升降机从楼上电讯室下降的绳索嘈杂地撞击着电梯井的金属墙——这是有新电讯到来的信号。一名送稿生摆脱了睡意，奔向降下来的稿箱，取出箱中的电讯文稿，迅速交给夜班电报编辑杰克·潘恩。这份美联社电讯发自加拿大纽芬兰的瑞斯角。

> 今晚10点25分，白星航运公司客轮泰坦尼克号向马可尼无线电站发出“C.Q.D”遇难信号，并报告已撞上冰山，需要立即救援。
>
> 半小时后，另一条消息传来，报告船头正在下沉，妇女们正登上救生艇。

这条电讯同时传到了其他媒体。自从14年前缅因号战舰爆炸以来，没有一条新闻给本地报业公司带来如此大的冲击。在东海岸——从纽约到哈利法克斯，主编们将记者们从睡梦中唤醒。通讯社要求驻华盛顿、克利夫兰和其他地方办事处的工作人员搭乘首班火车到纽约或波士顿。有关这场不可能发生的灾难的新闻竞赛开始了。

几个小时之后——早上5点40分，赫德在卡帕西亚号上醒来，阳光照在他的脸上。已经航行了3天，他知道这表明轮船已大幅度地改变了航线。而且，原本发出轰鸣的轮船发动机没了声响。“我意识到发生了不寻常的情况——轮船停下来了。”出于记者的本能，赫德匆匆穿好衣服跑到大厅。“从轮船的另一边——左舷传来一阵阵哀号，痛切而不绝。”他说。紧接着他碰见一名女乘务员，她正引领两个痛哭流涕、衣冠不整的妇人缓缓走过大厅。“泰坦尼克号沉没了，”她告诉赫德，但没有停下脚步回答他的问题，“我们正在接收它的乘客。”赫德跑回客舱，发现凯瑟琳也已被吵醒。“泰坦尼克号沉没了，我们正在接收它的乘客。”赫德复述乘务员的话。他到客舱壁架上一把抓过周四的《世界报》，撕下那篇刊有泰坦尼克号重要乘客名单的文章，把它与纸笔塞入口袋，又冲了出去。身穿睡袍的凯瑟琳起身到舷窗边向外张望，只见一片绵延数英里的冰原，间杂着高大的冰山。“刺眼的强光让我一时看不见东西，而后我朝下凝视，看见两只倾覆的救生艇。那是我对这场巨灾的最初认识。”凯瑟琳穿上衣服，去甲板上找丈夫。

虽然赫德夫妇清楚泰坦尼克号已经沉没，但是纽约仍处于信息不确定之中。周一上午，当查平正在张罗当天的《世界晚报》时，所有日报已经推出特别报道。浏览这些报纸，他看得出没有一家报纸拥有独家消息。各报内容大同小异——都是根据晚上收到的美联社电讯所编发。《纽约时报》的标题为《新邮轮泰坦尼克号撞上冰山；午夜时分船头下沉；妇女登上救生艇；0点27分呼救信号消失》。《世界报》口径相似，其标题为《泰坦尼克号撞上冰山，船头开始下沉》。

到了中午，纽约人焦急地等着看晚报。像城里其他主编一样，查平无法向读者提供可靠的新消息。接踵而至的新闻快讯都来自截获的无线电报，其可靠性是个未知数。有的声称泰坦尼克号上所有乘客已被转移到另一艘船。《纽约太阳报》就上了当，它乐观地宣布“碰撞发生后泰坦尼克号乘客全部获救”。另有消息称泰坦尼克号已被拖到瑞斯角附近的浅水，有望搁浅。

查平派了一名记者前往位于百老汇的白星航运公司办公室。记者在那里看到一派混乱的景象。乘客亲属在外围堵，他们需要信息，但没有人愿意帮助他们。记者进去找到菲利普·富兰克林，他是白星在大西洋西岸最高级别的主管。回到本地新闻部后，记者告诉查平，没有来自泰坦尼克号的消息。富兰克林说没有收到无线电报，不是因为大气条件，就是因为泰坦尼克号在忙于联系其他船只。记者告诉查平，更重要的是，该公司声称无需担心轮船会沉没。富兰克林告知这名记者："我是说不管和冰山的撞击有多严重，泰坦尼克号都能漂浮，它是永不沉没的轮船。"

头版的组版时间到了，查平无法再拖延。他用掌握到的所有情况，包括内容相互冲突的电报以及官方声明，给读者做了一锅大杂烩。每一个版本都显示，他还未能拿定主意。直到他将最后的版本付印时，查平对事件仍保留两种看法。头版头条标题为《撞击冰山后坏船被拖走》，而在报头之上，通栏标题以更大的字号报道《多艘客轮转移乘客；据报告泰坦尼克号在下沉》。在头版下端，查平刊发了记者采写的白星公司主管乐观回应事件的稿件，此外，补充了发自贝尔法斯特的报道——轮船建造方声称该船可以幸免于难。

报童开始兜售查平最终版本的报纸后没多久，令人尴尬的是，轮船公司至少有一个说法是正确的。他们一整天都在发声明——有关泰坦尼克号的消息主要来自业余人士用新无线电传输的谣言。这些"谣言"虽然并未以他们希望的方式获得，却被证实是确凿的。傍晚6点15分，第一份官方公告传到纽约。泰坦尼克号已于当天早晨2点20分沉没，当时船上还有1 500多人。生还者目前在卡帕西亚号上，该船正返回纽约。《纽约时报》上午的报道暗示了泰坦尼克号的厄运，看来颇有先见之明，部分原因是它不用出下午版。那些整个下午都想让该船保持不沉的主编们，只能彼此同病相怜。他们的报道无一例外全都失实。然而，这条官方公告对查平来说有特别的意义。当他看到卡帕西亚号的名字时，就意识到"在局面混乱不堪时，自己的记者正在现场"。5天前他那位来自圣路易斯的访客——卡洛斯·赫德——就在船上！

赫德当然明白这条新闻的重大性。20世纪最大灾难之一仅有的生还者都在他的船上，而且船上没有其他报纸的记者。从生还者登上卡帕西亚号的第一刻起，赫德就能够采访他们。这真是意想不到的幸运，因为在当时的状态下，他们非常愿意向别人倾诉自己经历的劫难。"第一天上午之后，许多富有的幸存者就不复如此了。"赫德说，"当他们恢复镇定后，就重拾矜持、内敛，不再失态。"

赫德在卡帕西亚号上四处走动，发现二等舱吸烟室上方设有小小的无线电收发室。到1912年，几乎每一艘海上航船都自带吉列尔莫·马可尼的卓越发明。在那里，赫德首先向年轻的英国无线电报员哈罗德·科塔姆了解昨天晚上发生的事。科塔姆告诉赫德，大约在0点35分，他准备去休息，就在他要摘下耳机前的几秒钟——那样将切断该船与外界的唯一联系——他收到了泰坦尼克号有名的求救信号。“快来。我们撞上了冰山。这是一条遇难信号。”

离开了科塔姆和他的马可尼设备，赫德碰到了亚瑟·罗斯宗船长。罗斯宗担任这艘13 000吨轮船的船长仅3个月，他是个与众不同的水手。他不抽烟，不喝酒，也不说脏话。因为有无限的能量，罗斯宗激发了船员巨大的忠诚，又因为他总能快速地做出决定，他赢得了“没有废话的长官”的名声。赫德自我介绍是报纸记者，他的职责是尽早向《纽约世界报》发回报道。“这位英国船长毫不迟疑地表示，”赫德说，“他负责确保获救者不会被记者打扰。”再也不能踏入无线电收发室，当然也就无法将消息传回纽约。“说得好听一些，船长的禁止发报命令使人震惊得目瞪口呆。”赫德说。这一禁令起初没有什么意义，因为卡帕西亚号的无线电信号太弱，无法传到其他船只或岸上，而且在未来24小时内也不可能成功。“但是当我们进入无线电通信范围之后，”赫德说，“到时纽约每家报纸都会围堵电报员，出价询问，我无法相信他会始终守口如瓶。”

当科塔姆离开无线电收发室后，赫德第一次有机会接近他。他向对方承诺，只要他给查平传递一条短讯，就能得到现金和《世界报》的追加酬劳。科塔姆拒绝。“他的答复表明船长严明的纪律已经延伸至电报服务，未经船长明确授权的消息不能外传。”罗斯宗想用毯子将受害者裹起来加以保护。“我不能让乘客接受采访。”船长后来说。他告诉船上的幸存者除非必须不要发任何电报。“就是这样，到此为止，”罗斯宗说，“封锁新闻。”

赫德没有因此退缩，他说服妻子协助自己。夫妇俩开始有条不紊地采访获救者，因而最早还原出周日晚上发生的事。机缘凑巧，赫德最初遇到的其中一名生还者斯宾塞·V. 西尔弗索恩——他是圣路易斯一家百货商店的采购员——非常乐意帮忙。西尔弗索恩交给赫德一份泰坦尼克号的乘客名单，除了身上穿的衣服，这是他离开沉船时所携带的唯一物品。当救生艇卸下获救者后，卡帕西亚号的甲板上一片混乱。邮轮旅行严格的等级区别消失了，灾难拉平了彼此的地位。围着廉价披肩的妇女和披着皮草的女士悲痛地并肩而立。“那些头发凌乱、不修边幅的女士，昨晚还从丈夫的信用证或从泰坦尼克号的保险箱中支款数千，现在身无分文地站在要求收集失踪者信息的卡帕西亚号乘务长面前。”赫德写道。

深夜，上午的混乱渐渐消退。“当寡妇们和孤儿们睡下后，号啕大哭和呜咽啜泣的一天才安静下来。”赫德说。周二，生还者在卡帕西亚号一个大厅集会，自发组织起来，对灾难做出评估，并向卡帕西亚号的船员表达感谢。赫德记录了这一切。但是，罗斯宗继续给他的工作增加困难。由于他的命令，赫德被断绝了所有文具供应。赫德夫妇不得不借助于他们能弄到的各种废纸，包括手纸。甚至连保管采访笔记也成了挑战，因为他们发现自己所在的客舱被搜查过。为了保护采访笔记，当乘务员进来时，凯瑟琳就坐到它们上面。心智正常的人岂敢碰一位女士。

泰坦尼克号上的两个法国儿童已被安置在赫德的客舱，船上的沙龙又人满为患，他只能在晚上写稿。“在我看来，除了讲述生还者的个人经历，还应该先还原灾难事件本身。”周一和周二，当卡帕西亚号折返纽约时，赫德手写稿件，连缀成文，并修改润饰，每天工作至深夜。“在我竭力为报道谋篇布局时，发觉个体的认知是多么支离破碎。某人谈到一起事故时，必须靠他人来证实或补充。在寻找其他证人时，新的意见和新的难题又出现。”更糟糕的是，无论他如何努力，赫德仍无法将报道付梓。他甚至无法传话给查平，说他正在采写有关报道。罗斯宗毫不妥协。就连当时正在纽约的马可尼本人也没能说服这位船长减轻审查，他给卡帕西亚号发了份电报，询问它为何没有音讯。“船长将马可尼的电文张贴在公告板上，旁边附上一份告示，声明除了发给美联社的一份快讯，并未发出过其他任何消息。”赫德说，“这意味着没有任何消息能被发出去，即使是最紧迫和最恭敬的呼吁也不能改变他的决定——他似乎坚信这最符合幸存者及其亲友的利益。”周四下午或晚上就能抵达纽约。“卡帕西亚号搭载着乘客以及全世界都在期待的稿件，以每小时13节[1]的速度前进，”赫德写道，“不断试图使用无线电，结果一切努力都徒劳无功，耗时费力。”取而代之的是，周三晚上他保存体力用于定稿，现在写了5 000多字。

在纽约，查平和其他主编怒不可遏。赫德的稿件——如果存在的话——正与生还者在一起，而且无法传回纽约。查平无法打破这一航海禁令。在另一艘轮船奥林匹克号上，一位合众社的记者甚至被禁止写稿。自从船只沉没的信息被披露后，就再没有明确的消息。起初，查平指挥周二下午的报纸以船长对事故负有责任为报道角度，挽回了周一报纸被搞砸的局面。其标题写道：《泰坦尼克号撞击冰山1 410人死亡　事发前48小时收到警告》。当天上午，《世界报》将富兰克林和白星公司周一的表演放在火上烤。《世界晚报》继续发动攻击，用《世界报》批评报道的典型手法，指责主管们给该船带来灭顶之灾。查平没有提及周一的报道，而是聚焦于信息缺乏，也许暗示《世界晚报》不该为先前的失实报道负责。直至卡帕西亚号打破沉默后，查平的头版报道写道："关于这场史上最悲惨海难的惊人报道遭到封锁"。

周三没有新的消息。卡帕西亚号甚至对塔夫脱总统发出的信号充耳不闻，该信号来自切斯特号，总统特地派遣该船进入卡帕西亚号的无线电通信范围之内。卡帕西亚号上一些生还者给美国亲人的私人信息构成了查平下午报纸内容的基础。"第一个船难故事：泰坦尼克号英雄在救援中身亡，"该头条新闻据称来自"一个绝对可靠的信源"。最后，在首份公告发出3天之后，查平可以提供给读者的唯一新闻是推测。他孤注一掷，刊发了题为《泰坦尼克号可能发生了什么》的文章，该文完全基于对某位船长的采访写成，该船长穿越了致使泰坦尼克号沉没的冰原，于当周抵达港口。

各报不愿再等，开始自行租用船只。最早出发的是赫斯特租用的一艘拖船，自罗得岛纽波特驶出。它搭载了文字记者和摄影记者——这位积极进取的发行人特别为《新闻报》的读者添加了戏剧成分——也搭载了无线电报员杰克·宾斯，3年前他率先在海上使用无线电发出遇难信号。在当日那场史上最大规模的开放水域救援行动中，下沉中的共和号船员和乘客之所以能全部获救，应归功于他所发出的求救信号。但是，赫斯特的拖船驶入浓雾中，未能与卡帕西亚号取得联系。然而，它的确拦截到那封著名的电报"Yamsi"——白星航运公司总经理 J. 布鲁斯·伊斯梅试图向其公司发出密码电报以逃避在纽约等待他的调查人员。一艘搭载着《世界报》路易斯·赛博尔德和其他记者的拖船离开了罗得岛普罗维登斯。船只装备不良，并且无法为大批文字记者和摄影记者提供充足的补给，拖船船长很快遭到船员反抗。直至世界报承诺支付加班费后，船员们才肯继续开工，以便让记者们看一眼驶向纽约的卡帕西亚号的船尾。

随着卡帕西亚号返航时间临近，纽约各家报纸打算进行最后的较量。《纽约时报》初战告捷，该报的报道最准确和最完整，因而也获得了回报——发行量激增。但是，没有任何一家纽约报纸愿意认输，特别是卡帕西亚号的返航创造了公平竞争的环境。在《论坛报》，水手出身的发行人奥格登·里德亲自上阵指挥报道。他们将搭乘两艘拖船出海，以期登上卡帕西亚号。在岸上，一队记者将在码头等候轮船到岸。《纽约时报》的卡尔·V. 范安达则打算将他的人马留在陆地上，他将派出16人的团队在码头迎接卡帕西亚号，他们的装备最为精良。《纽约时报》本市新闻主编阿瑟·格里夫斯安排改写员在西14街的斯特兰德酒店候命，那里距离卡帕西亚号即将停泊的码头仅有几个街区，并架设了4条直通本地新闻部的电话线。格里夫斯还在市郊安排了一套备用电话，并雇用汽车和司机运送记者。“我将送你们16人到码头去，尽管我们只有4张通行证，”格里夫斯动员记者们，“没有通行证的人必须尽力去截住生还者进行采访——包括船员和乘客——可通过警方发放的卡片辨认。如果办不成，你们就要通力合作包围上去，让生还者坐出租车离开码头。”

查平却采取了不同的策略。自19世纪80年代以来——当年他独力驾船横渡密歇根湖追捕贪赃枉法的芝加哥警察局局长，而且还斩获了沃伦号沉没的独家新闻——当涉及水上题材时，查平总是孤注一掷。今晚他要下注，赫德将是他的王牌。码头上的返航情况留给《世界报》去报道，他将到公海去。周三做完见报版本后，查平和发行人拉尔夫·普利策坐下来，谈了他的计划。他告诉老板，与其等待新闻自行抵达纽约——到时采访生还者将是公开的竞赛，不如去拦截卡帕西亚号。普利策同意他的计划及相应的费用预算。晚上9时10分，他给赫德发去电报。

纽约　4月17日

卡洛斯·赫德，卡帕西亚号，纽约

查平在达尔泽尔号拖船上，周四将在纽约与法尔岛之间迎接卡帕西亚号。密切留意并将你所有的沉船报道及采访笔记交给查平的拖船。

拉尔夫·普利策

并不只有普利策和查平试图联系赫德。例如《纽约太阳报》就试图让赫德提前跳船。它给赫德发电报："当你登陆后，太阳报将高价购买你关于泰坦尼克号的无线电快报和独家报道。"《快邮报》的本市新闻主编和查平一道，志在让该报道成为他们的独家，他发电报给赫德——不要理会美联社的任何请求，稿件只给《世界报》。"世界报轮船将遇到卡帕西亚号，准备好将完成的稿件抛过来。"《快邮报》的本市新闻主编博瓦德写道。可是，这些电报根本没有发出去，因为卡帕西亚号继续保持无线电静默状态。相反，它们全都被放入箱子里，作为无法传送的电报被退回。

周四上午，永久停泊的安布罗斯号灯塔船和桑迪胡克之间的海水翻腾起来，因为有超过50艘各种类型和大小的船只来回巡航，就像实施封锁的哨兵船。强劲的东风在吹袭，海浪波涛汹涌。美联社、先驱报、论坛报和美国人报各有自己的拖船，每条船都装饰着巨幅旗帜，半英里外都可以看见。太阳报不甘示弱，采购了一条配置大功率探照灯的拖船。然而，船队中的快速船已被世界晚报抢占。在船长奥古斯丁·基恩的达尔泽尔号上的是改写员林赛·丹尼森以及记者罗斯温·怀托克、塞缪尔·艾塞勒、哈利·斯托和赫尔曼·罗宾斯，查平亲自上阵指挥。

当局也在准备迎接营救船只返回纽约。财政部发布命令，报纸记者一律不得在所谓隔离区登船。盖纳市长取消了所有人的码头特权，只有极少数摄影记者和文字记者例外。记者将无法轻易接触到生还者。"不同寻常的防范措施被用于阻止报纸记者联系他们。"《世界报》宣称。

在卡帕西亚号上，赫德也在做准备。普利策的电报已被拦截，但赫德相信那位恶名昭彰的主编不会令他失望。事实上，他坚信查平将在桑迪胡克出迎该船。周四晚些时候，在来自泰坦尼克号的圣路易斯商人西尔弗索恩的帮助下，赫德想方设法保护稿件，等机会来了，他将把稿件交给查平。他找到一块防水的白帆布，将稿件和笔记放在中央，然后紧紧地卷起来——就像收拢的船帆。"它看起来如同'一个足本字典大小的包裹'。"西尔弗索恩说。"考虑到稿件可能要从船舷扔出去，"赫德说，"有人建议我在上面系一些浮标或压载物，因为这捆东西有可能会掉到海里。"他找来雪茄盒，用绳子将其系在包裹上。调酒师提供了一堆香槟酒软木塞，它们也被缚在包裹上以增加浮力。一切总算完成了。赫德带着书本大小、系着一串雪茄盒、香槟酒软木塞的包裹，寻找一个落脚点。

南面数英里，达尔泽尔号的锅炉添足燃料，驶入位于海湾尽头的桑迪波因特，查平在拖船塔楼的无线电台等候。来自世界报办公室的无线电报告不断向查平提供卡帕西亚号的最新情况。他并不知道，这些报告根本不准确。为了让报纸船队猝不及防，卡帕西亚号一直发出错误的方位报告。每一条无线电信息都掩盖了它逐渐临近的真实情况，当它还剩下不到20英里的航程时，却声称还有40英里之遥。

下午6时许，一条名为纽约号的拖船搭载负责引导轮船到达泊位的领航员驶离纽约。这条拖船当天一直在低压下发报——这一技术可以向他人隐瞒情报——因此已成功接到卡帕西亚号的秘密暗号前去迎接它。媒体船只忽视了纽约号的移动，继续被他们听到的无线电报告所误导。“那不可能是卡帕西亚号。”太阳报拖船船长坚称。太阳迅速西沉，到6点38分就要落山。远处可见一团烟雾。那无疑是一艘船，但到底是哪一艘呢？或许是毛里塔尼亚号，或许是预计当晚抵达的几艘轮船之一。在沉沉暮色中，它越过了集结起来的媒体船只。太阳报拖船的大功率探照灯照到该船船体，照亮了这艘快速行进的轮船船尾。上面写着“卡帕西亚”。

该船迅速驶入安布罗斯航道，此航道由灯塔船安布罗斯号标示方位，是从外海更快地进入纽约港的首选路径。船长基恩预料到罗斯宗的行动，他已将船头舱底里的水全部抽干，让拖船在海上飞驰，使它比其他媒体船只开得更快更敏捷。事实上，达尔泽尔号开得太快了，查平一行发现他们已在该航道领先于卡帕西亚号。在卡帕西亚号后面，跟着一长串拖船，它们拼命地你追我赶。基恩担心自己跑得比猎物还快，只好保持船头气压，转动舵轮，来了个大转弯，将达尔泽尔号开近高速航行的卡帕西亚号船尾。

晚上7点35分，轮船驶入下湾，后面跟着一大群拖船。穷追不舍的媒体相信，当该船在隔离区减速接载一支必要的医疗队时，登船的机会就到了。拖船相互竞逐，保持在恰当的位置。达尔泽尔号利用自己的速度曲折前进，阻慢距离最近的对手赫斯特的拖船。无论如何，查平都不会让赫斯特的记者击败自己。在三番四次被阻断后，赫斯特的拖船试图冒险突围。结果，其行动失败并猛烈地撞向了达尔泽尔号。为了在本次报道中占上风，记者们不惜涉险经历另一场航海事故。所幸的是，拖船的抗撞强度让他们得以免遭重创。

最后，卡帕西亚号慢了下来。赫德藏身于卡帕西亚号的行李舱，那里靠近底层舱门——乘小汽艇前来的医生们登船时，舱门将被打开。他推测查平有可能尝试由这些舱门登船。在甲板上，罗斯宗朝船尾望去，发现一大群拖船正轰轰隆隆地驶过来，他对媒体的忧虑正成为现实。“我当然不希望有任何乘客被记者骚扰，所以我决定不许任何人登上卡帕西亚号。”他对船员们下令，阻止媒体上船，并且阻止媒体与乘客有任何接触。天气帮了他的忙。大雨倾盆而下，雷电与摄影记者的镁光灯共闪，滚雷盖过了从颠簸船只传来的呼喊和提问。“那是永远无法从记忆中抹去的一幕。”罗斯宗说。

在随后的混乱中，记者们试图强行登船，但除了其中一人被限于在桥上采访，其他人都遭到阻挠。在抗争之中，赫德没能看到世界报的拖船。卡帕西亚号的螺旋桨开始搅动海水。在这一瞬间，赫德从打开的舱门看见了查平。太迟了，卡帕西亚号已启航，舱门正在关闭。赫德冲上甲板。与此同时，丹尼森夺过扩音器向赫德大声喊话，其他拖船上的记者也这么干。“当我回到顶层甲板时，只听到各种扩音器都在喊我的名字，”赫德说，“不止世界报，其他媒体也在喊，他们用各种语气呼喊我，让人联想到审判日的召唤。”

晚上7点50分。卡帕西亚号驶过自由女神像，很快将靠近曼哈顿最南端的巴特里公园。盖纳和其他市政官员从他们所在的大拖船上发现该船，于是拉响一声声汽笛。港口里的船只通通照样行事，发出一阵阵铃声、汽笛声和警报声，向全城以及在丘纳德码头的冷雨中站立的3万人发出信号——等候终于结束了。岸上的一位目击者说：“为捕捉救援船只到来的镜头，岸上摄影记者的闪光灯闪成了一片，卡帕西亚号昏暗的轮廓瞬间显得格外醒目。”

在卡帕西亚号靠岸、所有记者都可以接触到生还者之前，查平也许只有最后一次机会让赫德的贵重物品在船与船之间实现转移——到目前为止，生还者仍然是赫德的专有财产。在丘纳德码头附近，机会出现了——卡帕西亚号突然在白星码头停下来，卸载泰坦尼克号的救生艇。媒体船只几乎停不下来，有两条船还撞上了卡帕西亚号的船尾。此时，赫德顺利地抓住了甲板上的扶手，顺着立柱爬上去并呼喊：“我在这里，准备好了！”竞争对手的报纸又开始呼喊他。赫德没有上冒名顶替者的当，手里抓住帆布包。下面，基恩船长驾驶达尔泽尔号靠拢过来，其实已撞到卡帕西亚号。赫德俯视下方，在闪光灯的亮光中，他又看见了查平。时机到了。查平在拖船的露天甲板上站着，两脚分开，双臂张开。赫德将那捆东西朝黑暗中扔去——包裹连同雪茄烟盒、拖曳着那串香槟酒软木塞，在空中坠落。但它却停在半空中——那一串漂浮物被挂在甲板上的泰坦尼克号救生艇的绳索绊住了。那篇包在帆布内的独家新闻在那里晃来晃去，怎么也够不着。一切似乎又都失去了。突然，底层甲板上一个光着脚板的水手纵身跃上栏杆，将绳索缠在脚上，使帆布包摆回到甲板上方。一名忠于罗斯宗的高级船员令其将那捆东西交给他。“扔出去！”10多名乘客一起喊道。水手犹豫片刻，然后转向栏杆，一下子将包裹扔向查平张开的双臂。乘客们发出热烈欢呼，基恩则拉响了达尔泽尔号的汽笛作为回应。然后他松开油门杆，拖船劈波斩浪驶向岸边。

基恩操控达尔泽尔号抵达第12街一个废弃的码头，放下查平、丹尼森等人。在北面两个街区，卡帕西亚号卸下救生艇后再次起航。查平一行环顾四周，发现还不能松一口气。在他们与街道之间有一个大门紧闭的仓库。他们摸黑进去，从另一头破门而出。接着，他们上了高架列车，坐到公园街。随后，赫德的报道连同查平的版面安排指令被交给了一名记者，最后半英里由他冲刺到世界报办公室。

回到54号码头，卡帕西亚号开始靠岸。晚上9点10分。仅有的声响来自轮船发动机及其螺旋桨掀起的波浪。人群在焦虑的静默中伫立。数分钟后，在几个街区之外，报童涌出世界报大楼高声叫卖。他们扛着一捆捆号外，上面的油墨还未干呢。《泰坦尼克号锅炉爆炸，撞上冰山后断成两半》，巨大的标题写道。“冰山警告发出后，轮船仍以时速23节前进。”他们叫卖着对泰坦尼克号沉没目击证人的首次报道。在任何记者包括范安达麾下的时报记者逮住机会采访生还者之前整整20分钟，查平的《世界晚报》已经印出了赫德的报道——约翰·阿斯特拒绝上救生艇，伊西·斯特劳斯夫人选择与丈夫共同赴死，以及乐队演奏《更近我主》……全都刊登出来了。

卡帕西亚号被绞船索牵引移动，缓慢挪近码头。晚上9点35分，轮船步桥被降下，乘客们步出船舱。持采访通行证的《纽约时报》等报纸记者一齐涌向生还者。但距离纽约时报开印号外还要等3个小时，人们只能通过《世界晚报》来了解所有的情况。就连参与了此次了不起的稿件转移的赫德，当他走近L线地铁站时，也遇到报童向他兜售《世界晚报》，他感到非常惊讶。很快，纽约街头满是各报推出的号外。“在美国新闻史上，也许从未有过周四晚上那样的对报纸的渴求。”随后一周出版的《第四权》杂志评论道。

卡洛斯和凯瑟琳·赫德来到世界报大楼。这一次，赫德的寂寂无名已成往事。世界报员工根据赫德的独家报道做出了上午版的报纸。因为快邮报要出号外，美联社将5 000字全文发送至圣路易斯。出于喜悦，拉尔夫·普利策抓了一张废纸和一支油脂铅笔写下：“奖励赫德先生1 000美元以及3周的额外休假。”

“我没有为这位地方记者做过什么，”查平说，“他却慷慨地给予我回报。”

译注：

［1］节，速度单位。1 海里/小时称为1节，通常用于航海度量。

15 危机

此时，普利策开出的奖金支票对查平来说不过是笔小钱。1 000美金本可以支付他在广场饭店1年的房租，但是因为要偿还债务，几天之内这笔钱就被花个精光。查平就像泰坦尼克号，在周围的人看来似乎永不沉没，其实却在快速下沉，眼前也看不到6年前继承塞奇遗产那样的财务救生筏。时间一点一点在耗尽。

他最后寄希望于股票市场——那里几乎不受监管，依然是赚大钱的地方。“自从华尔街成为基督教世界最大的投机性市场后，目前买卖股票的投机者人数已是10年前的4倍。”范·贝索森几年前写给普利策。在查尔斯和内莉居住的广场饭店就有6家经纪公司。但是，这当然是有风险的。当代最常见的快速致富计划往往由投资者背黑锅。那些不可靠的投资商被称作“投机商号”，它们鼓动小股民以股票价格的一小部分买入股票，这被称为限价购股。然后股票经纪人将自己的钱一同下单，从而抬高股价。只要股价上升，该策略就行得通。如果股价下跌，股民就要被迫以先前的股价清算。对于股票经纪人和偶尔幸运的股民来说，该计划提供了短时间内发大财的机会。然而对于绝大部分股民而言，这使他们比之前更为穷困。像许多投机者一样，查平也是限价买入者。但是作为一位有影响力的主编，他得到的内部信息给予了他可观的回报。当企业发生“出人意料的”重组时，原来的低价股票将转换成价值高的股票，有内部信息的人在正常的并购过强中能套取450%的利润。并不只有查平在股市中发财。自从1907年大恐慌以来，股价已平稳攀升，股市领先指数上涨了40%，他的报纸每天晚上都在做相关报道。

1912年12月，查平夫妇前往华盛顿特区，陪伴查平病重的母亲。过去8年，西西莉娅·查平与女儿玛丽安、儿子弗兰克一起，生活在位于华盛顿东北罗德岛大道30号的3层高独栋豪宅。12月10日，西西莉娅去世，终年76岁。查平走了5个街区，到格伦伍德墓园买下家族墓地。两天后，他们安葬了她。那个查平童年时就爱上她的画像的女人，那个他第一次步入社会后又回到她怀抱的女人，已经走了。

一回到纽约，查平又投身到工作中。有太多的新闻可以刊发在《世界晚报》。20年来第一位民主党总统伍德罗·威尔逊很快将在华盛顿就职，查平圈子里的许多人希望能获得任命。包括《世界报》在内的众多媒体热衷于报道他“由大学校长成为州长再成为总统”的一切故事。特拉华州的立法机构最终批准了第十六修正案，而且，有关让民众直接选举美国参议员的讨论正在进行。纯净的政治气息也显然影响了戏剧、音乐和视觉艺术。2月，著名的军械库展览会[1]开幕。1913年4月26日，世界晚报的同人聚在德尔莫尼科饭店向马丁·格林致敬。格林是查平那支第一流的稿件改写员团队中最有名的成员。聚会由欧文·科布主持，演讲者包括纽约州副州长、一位前地方检察官，以及少数几位政客和律师。一位朋友扮成格林的“鲍斯威尔”[2]，朗读一篇幽默的传记——在讲到格林行将就木之际，众人递给了他一个银匣子。

春末，查平的身体变得衰弱。医生们诊断他患了喉结核，就像20年前那样，他们建议他去西部休养。他将所有投资都合并起来，置于自己的掌控之下，包括父亲托付给他的15 000美元，到当年晚些时候，同父异母的妹妹埃德娜年满21岁时，这笔钱就要交给她。“在我匆忙离开去休假时，只想到要给经纪人留下足够的抵押品，在我离开期间若出现紧急情况，可以保护我的利益。”查平并不知道，他的投资和他的身体一样每况愈下。为了战胜真实存在或者想象出来的杆菌，他延长了在西部的停留时间，甚至去夏威夷旅行了3个月。为了保证他用借来的钱买的不断下跌的股票不被清仓，他的经纪人开始卖掉抵押品。“我3个月都没看市场行情，”他回忆，“回到加利福尼亚后，发现所谓的利润被一扫而空，许多保证金也一同蒸发了。”他致电美国大陆另一端的经纪人，“得到一个令人安心的回复——最糟糕的时刻已经过去，市场趋势正在上升……我被轻微地灼伤了，但还不至于被烧光。”

在旧金山，查平有机会在某俱乐部与一位银行家和一群投资家共进午餐。谈及投资，他们都非常乐观。查平向银行家透露了他的损失。买糖，对方说，一切都会好起来的。查平当晚就给经纪人发了电报。旧金山一位喉科专家向他提供了更为切实可行的建议——查平应该等到天气转暖再返回东部。夫妇俩于是前往科罗拉多州拜访一位朋友，将返程时间推后1个月。“一路上我留意报纸，糖看起来是市场报告中最悦目的行情。”查平说。如果行情持续走好，他就可以冲抵损失，甚至可以支付旅费。“我决定按那位银行家的建议来操作，直到糖价涨到他草草记在名片上的价格再卖出。”

科罗拉多如此精彩，让他从麻烦中彻底逃离出来。朋友的农场位于落基山脉6 000英尺高的西部斜坡区，查平和牛仔们在那里打猎捕鱼。虽然已经54岁了，他觉得仍有足够的精力参与捕猎。“那是我经历过的最带劲的事，而且我感到喉咙里的结核病菌正在被杀死，而糖将带给我前所未有的财富。”远离烦恼的快乐时光被一封电报所终结。糖业市场暴跌，查平所拥有的一切财富亦随之蒸发。夫妇俩返回家中。“情况远比我想象的要糟糕。”实际上，他所有的投资——包括埃德娜的遗产在内，已荡然无存。剩下的只有每周250余美元的薪水以及平时的奖金，为了筹款他立刻投入工作。以前他也陷入过财务困境，但他能够凭借自己的心计、在世界报专横的管理，以及与舅公罗素·塞奇和约瑟夫·普利策引人注目的交往来牵制债主。债主们总相信那些传言——他薪水丰厚，而且已被列入两巨头的遗嘱中，查平也不会打消他们的这些念想。但是在两人去世之后，他的欺骗手段就被削弱了。他争取时间卖掉了精灵号游艇和汽车。

查平独自背负重担。他决定不把自己遇到的麻烦告诉任何人，包括内莉。他感到恐慌。“我相信，如果其他人得知我陷入了财务困难，将危及我在报纸的地位，债主们将卡住我的喉咙，阻止我恢复正常的生活。”他在本地新闻部因实行严苛的管理，已建立声誉并成为传奇人物。如果自揭泥足深陷，他的世界就要崩溃。他一定记得自己取而代之的《芝加哥时报》本市新闻主编是怎样被抛弃的，如同抛弃一具破烂不堪、遭受重创的残骸。他唯一希望的是，过去在市场上的运气能让他再次摆脱困境。“近年来我有许多次投机性投资都取得了惊人的回报——其中几乎没有自我努力或智力的因素，”查平说，“但现在我已站在悬崖边缘，只要被轻轻一推就会坠下去，运气已弃我而去。”无论照谁的指点去做，无论投资看起来多么有把握，他的处境都变得更加绝望。股市已开始急剧下跌，像5年前那样，吞噬了查平最后借来的钱。他办公室里的股票行情自动收报机使他确信，他的财务困境很快将众所周知。但是他除了担心那一天的到来，还为另一个更为严重的问题感到惶惶不安。

他知道自己的债务最终可以通过扣发工资来偿还，尽管是一个令人难堪的过程。日渐成为噩梦的是投资中失去的埃德娜的托管资金，那笔钱连同他的股票和债券被一扫而空。她很快就21岁了，作为托管最后结算程序的一部分，他要在法庭上出示此项投资的情况。他必须偿还债券，否则就要因为侵占公款而被曝光。但是市场就像一个怀恨在心的爱人，继续残忍下去。有好几次，他新买的股票先是充满希望地上涨，最后又都跌下来。“恐惧占有了我，简直让我窒息得要投降。”

每天每夜都有新的恐慌。查平的想象力失去了控制。晚上，酒店套房的电话铃响会让他跳起来。在街上看到警察，他就浑身发抖并改变路线。“清晨去世界报办公室时，我总感觉入口附近的警察正拿着逮捕证等我，我的心脏顶着肋骨怦怦狂跳，直到我从他身边经过，回到办公桌前。”开庭日期临近，查平还是没有钱。为了得到短暂的喘息，他发电报给律师们说他因事耽搁了。他们当然未起疑心，照例给他放宽了期限。

查平放不下他的地位。他一生都用财产来定义自己。他在广场饭店的住址、他的游艇、他的马匹、他的汽车、他在纽约上流社会的人脉关系——或者至少是愿意接纳他的那部分，构成了改变粗鄙生活的万能药。查平积累的财产并非为了使用，他骑马是为了让别人看见自己在骑马。永久和未来不是他的信仰。在33年的婚姻中，他给内莉的家终究只是一间酒店套房。失去这一切将意味着坠入城市的地狱——每天他都在办公桌前刻画其景象。他将不过是一行标题中的悲剧主角，就像他做的吸引眼球的标题中无数的他者那样。他曾告诉科布他喜欢某个女杀人犯，因为她有一个几乎适合任何标题的绰号。现在别的主编可以拿“查平”来取乐。他的重要性将以标题字号来衡量，他的影响力将以版面位置来判定，他的遗产将以后续报道的总量来估量，他的命运将在其中被谈论。

在这样的时刻，别人会求助于朋友，但查平不会。他认为在自己的几个朋友当中没有知己，在自己众多的熟人中当然也没有。“比起众多讨好我的人，我对我的马更有感情。”他说。少数在工作中赢得其友谊的同事则被拒之门外，就连难以被约束的科布也不例外。“我从未在办公室之外看望员工或与其交谈，也不会和他们在办公室谈论任何工作之外的事。”查平说，“我不予人信任，也无需他人的信任。”查平唯一的亲密关系是他的婚姻。

在查平身边工作的6年当中，科布只看见这位性情暴躁、外表冷漠的主编崩溃过一次。查平当时要开除一名记者，“脸红的”麦克拉夫林——一个对每天读到的悲惨故事富有同情心因而被同事调侃的文字编辑——设法代为求情。和查平徒劳地争论之后，麦克拉夫林气愤地回到他的办公桌前。就在这时，查平用大家都听得见的大嗓门说：“脸红的家伙，你太多愁善感，太感情用事，只是为了你自己。你永远不会取得进步，不会前进一寸。你死了也不会留下一分钱来埋掉你自己。”

“你说得对，查平！”麦克拉夫林回应，“可我死了以后，会有很多人来参加我的葬礼。”

“他的身体像是遭到了重击，”科布说，“只见查平面部肌肉抽搐，脸色苍白得像面粉一样。他枯坐了1个小时，两眼呆滞，咬着雪茄屁股，直至烟纸湿透，一副束手无策、严重受挫的样子。”

事后，科布以其后见之明回想这一幕。“我想，以他的第六感，他撕开了未来的面纱，不再用奉承的镜子看自己——过去他常常将它放在被蒙蔽的眼睛前面——而是更诚实地审视自己。我想他看见一个男人正被逐渐剥去影响力和特权的外衣。”

多年以后，查平确信自己正面临这样的末日审判。“我知道自己实在是山穷水尽了，与其遭受耻辱和监禁，我决定去做唯一该做的事。”他拿起电话打给老朋友莱茵兰德·沃尔多，他现在是盖纳市长委任的警察局长。接电话的不是他。也许是运气，他竟打通了沃尔多办公室主任温菲尔德·希恩的电话，他以前是世界报的记者，刚从该报被挖过去。查平说他需要一把左轮手枪。纽约州持枪证制度仅实施了一年，这项法律只对暴徒强制执行，而知名市民提出枪支需求并不值得大惊小怪。就像20年前圣路易斯警察殷勤地武装查平那样，纽约警察局也乐意帮忙。希恩同意他过来取左轮手枪。不到1个小时，查平从办公室步行了几个街区，来到位于中央大街240号的警察局总部，这座优雅的建筑由灰色的石头砌成。一位警官被派来向查平示范如何使用手枪。

晚上，查平回到办公室。他留下一张字条，说要离开几天，还销毁了办公桌内的私人文件。他告诉内莉他有事要去华盛顿，她高兴地答应陪他前往。午夜，他们从宾夕法尼亚车站坐上前往首都的火车。在火车上，他继续销毁私人文件，并撕毁银行存折。“我再也见不到纽约了，因为我就要死去，像个懦夫一样死去，留下她忍受必将到来的贫困和耻辱，相爱一生之后，却以这样的方式留下她。我哭了一个晚上，想到这些就觉得自己面目可憎。”抵达目的地后，查平得了感冒。一到位于罗德岛大道的房子——他的弟弟妹妹还住在那里，他倒头便睡。

查平感觉身体好转可以出门的第一天，他走了几个街区到格伦伍德墓园。他在那里考虑不久将与母亲做伴的计划。直到现在，他只想结束自己的生命。但是当天他思考自己的命运时，开始担心内莉该怎么办。她没有家人，他们也没有孩子。“她那么脆弱娇贵，一个人根本过不下去。”查平想。他在家宅附近一片安静的树林踱步，继续考虑自己的境况。“回来的时候，我已决定去做最可怕的事——那是我扭曲的脑子所能想到的，”他说，“非常骇人听闻，但是没有别的办法。”的确，查平问过玛丽安和弗兰克，如果他遇到不测，他们是否愿意照看内莉。对于他的问题，他们报以冷淡的沉默和漠然的注视，他明白，完全没有拯救内莉的希望。第二天上午，他在一家墓碑店选了一大块花岗岩，嘱咐对方刻上他和妻子的名字，并将它安放于墓地上。

对内莉来说，表面上一切如常。白天他们长时间乘车观光，晚上他们欣赏华盛顿的剧场演出。在他们的结婚周年纪念日，查平带她到新威拉德酒店享用晚餐。该酒店位于原威拉德酒店旧址，1901年开张，看上去像是由好几栋建筑构成，一栋比一栋高，彼此堆叠，顶层是装饰性石雕。它由亨利·哈登伯格设计，就是设计纽约广场饭店的同一位建筑设计师。酒店内部装饰豪华，铺着丝绒地毯，镶嵌华丽的马赛克，恰如其分地体现出其在历史上曾经作为总统和君主临时住所的特色，且与神殿风格的财政部大楼隔街而立。“晚餐之后，就是我们在世上的最后一天，”查平想，“还有更恐怖的事情吗？”

早晨，查平出现在F街1403号世界报驻华盛顿办公室——这里距离威拉德酒店后面的财政部大楼一个街区——写了几封告别信。写完之后，该报驻华府记者哈利·邓禄普邀请查平和他一同出席白宫新闻发布会。自从伍德罗·威尔逊3月份当上总统之后，总统政治步入新的转折期，他已同意定期会见记者。据推测威尔逊将谈到墨西哥的政治动乱。查平不愿意去，但他内心那个报人愿意前往。新闻发布会在白宫东厅举行，约有200名记者出席。迄今为止，新的做法并没有给总统带来帮助。“他步入房间，带着怀疑、冷淡和一丝厌恶的神色，没有一点坦率、开放和热忱。”据记者R. S. 贝克回忆，“这是件可笑的事。他不能像和他人相处一样直率，他局促不安，耿耿于怀，除了令人觉得他对此非常厌恶之外，他完全无法被大家理解。”

那天威尔逊没说什么有新闻价值的内容，但是装模作样地为记者写稿提供了一些有关墨西哥局势进展的资料。当总统讲话结束时，乔·图穆蒂看到了查平。图穆蒂先前是新泽西州北部一名政客，自从威尔逊1910年当选新泽西州州长以来，就担任他的秘书。图穆蒂不像他的老板，他理解报人并喜欢与他们交往。他走过来和查平打招呼，请他留下与总统见面。东厅清空后，查平和威尔逊——小范围接触媒体时他更为愉快——聊了15分钟政治。“我感到庆幸，他无法看出我的心思，他也不知道他热情紧握的手，将很快扣动藏在我口袋里的左轮手枪。”

查平临走时，一名特工走近问，能否和他一起去处长办公室。口袋里的那把枪并不是被邀请的原因，还没有人知道它的存在。白宫的安保措施还相当随意。现任特工处处长是威廉·弗林，他担任纽约警察局副局长期间查平已经认识他。弗林听说查平在白宫，便想邀请老熟人在威拉德酒店共进午餐。午饭之后，查平终于可以继续实施他的计划。他在酒店写字台上另外写了张字条给弗林，在他的尸体被发现后，将与早上写好的其他信件一起递送。

当晚，查尔斯和内莉继续去剧场观看演出，看的是《齐格飞时事讽刺剧》，此剧自6年前首演成功之后，成了一年一度的巡回汇演。临近午夜，他们才在母亲生前的卧室安顿下来，睡在她离世的那张床上。熄灯之后，查尔斯在黑暗中醒着，左轮手枪就在他的枕头下，他焦虑地等待。内莉有节奏的呼吸暗示时间到了。

查尔斯一手拿枪，用胳膊肘撑起身体。准备开枪时，他的视线被吸引到内莉身后的床边。母亲站在那里。“不是她临终前几天我看到的那个被疾病折磨得憔悴不堪的白发老妇人，而是那个我在孩提时代就视为偶像的美丽的母亲，”查平说，“她带着同样甜美的微笑看着我，温柔地摇摇头，就像童年时她责备我做了不该做的事情那样，然后就消失了。”查平将左轮手枪塞回枕头底下，将内莉抱在怀里，给了她一个吻，而不是一颗子弹，并默祷她还活着。“在那以后我常常念及此事，”查平后来写道，“感到不可思议，我看到的真是母亲的灵魂吗，还是我头脑发热幻想出来的呢？当时一切看起来都是真实的。”

上午，查平收到提醒，他的苦恼并不是过于活跃的想象力臆造出来的。一封电报寄达罗德岛大道30号，要求他出庭做托管结算，不得再拖延。这一次，电文中附带了威胁，如果他再不出庭，就要没收债券。查平重新实施计划。为了防止那亦真亦幻的灵魂再出现，查平决心离开家宅，在其他地方完成未竟之事。当晚，查平夫妇沿波托马克河航行到老康福特角。在那里找不到住宿，他们又坐火车到了里士满。内莉注意到查尔斯的变化，却归因于他最近患流感以致身体虚弱。她习惯于将一切都交给丈夫，而他学会了掩饰自己的想法，对深爱他的人亦如此。“这是丈夫做得最糟糕的事，对妻子残酷无情，太不公平，”查平承认，“但我总是秉持这条原则——丈夫应该背负所有的重担，只与妻子分享他的喜悦和快乐。有的人就是如此盲目痴愚。”

在里士满，查平夫妇入住套房。下午他们开车在城里转悠，参观利比监狱遗址，内莉已故的兄弟内战期间被关押在此。晚餐之后，查平再次准备好一堆信件，给酒店职员和验尸官留下遗嘱。当他与妻子重新会合时，发现她正与一位老朋友在一起，对方在晚报上看到了他们的名字。在这愉快的夜晚，查平没有心思实施谋杀。第二天，他们回到华盛顿。查平发现有了喘息的时间。他发给纽约法庭的电报得到一周的延期。他们动身返回纽约，途中在巴尔的摩过夜，观看乔治·M. 科汉出演的《百老汇琼斯》。查平的情绪现在每小时都起起落落，这部戏剧使他精神振作。剧中，杰克逊·琼斯继承了一间乡村工厂，想把它赶快卖掉，却被秘书说服改变了主意，最后还娶了她。“我非常享受这出戏剧，”他说，“其中的喜剧成分让我彻底忘了自己，恐惧也被抛诸脑后。”

早上，恐惧又袭来。查平和内莉离开酒店去散步，查平确信他看到两个男人，帽子耷拉着遮住眼睛，正在观察他们的一举一动。他开始发抖，几乎无法继续迈步。他将内莉带到一个小公园的长椅上坐下。尽管已经看不到对方了，他还是怀疑对方正躲在灌木之后。他实在无法忍受这样的痛苦了。

“刚刚走过的两个男人是侦探，他们要逮捕我。”他告诉受惊的妻子。

“逮捕你！为什么要逮捕你？”她慌乱地问。

查平于是向她坦白。他告诉她自己在股市的损失、债券的麻烦以及自杀的打算。他没有明说计划带她一起去死。他讲完后，内莉握着他的手安慰说，他被内心的忧虑左右了自己，其实不可能有人知道或者在意他的烦恼。“你忧虑过度，以致放大了困难并失去控制。你要振作起来。”他们并肩坐着，内莉向查平建议，他们应该马上返回纽约，求助于律师朋友。

当晚夫妻俩上了火车。其后几天，查平拜访了两位律师朋友。其中一位劝他告诉债券公司实情，并提出支付方案以偿还损失的资金。然后他致电近年结交的烟草和纺织企业家本杰明·杜克。查平刚开始述说自己的苦恼，杜克就打断了他。“我不关心你是怎样陷入困境的，直接告诉我怎样可以让你摆脱它。”他说。几个小时之后，查平就出发前往法院，带上了足够的资金去偿还投资损失。法院通过了他作为埃德娜资金受托人的最后结算报告，他从炼狱中被释放出来。“只有我的妻子、给我建议的律师和出手相助的朋友明白我所处的险境。”查平说。

眼前的危险已过去，查平的生活恢复了一定的常态。他乐于接触纽约的核心圈，现在有了新的通道——与他相熟的约翰·普瑞·米切尔当上了纽约市长。米切尔担任纽约核算专员期间，其调查揭露了警察局和其他部门的贪腐，一度迫使3名区长被撤职，像许多报人一样查平因此认识了他。与“男孩市长”——因为他年轻所以被如此称呼——的交情自然有好处。例如，由于新任市长是莲花俱乐部晚宴的贵宾，查平因而享有晚宴的座席。莲花俱乐部成立于1870年，是精英阶层的休闲寓所，它位于西57街110号一座5层高的红砖连栋房屋，起初是文人俱乐部，最早的会员包括马克·吐温，他称之为“王牌俱乐部”。本场晚宴是该俱乐部举办过的最大型宴会，纽约众多名流都出席了这次社交聚会，包括安德鲁·卡内基——他数次误将米切尔称作“威尔逊先生”。一个月之后，市政厅记者协会周年晚宴在阿斯特饭店举行，查平列席于贵宾桌。有时查平单独与米切尔用餐。某个晚上，市长对他看到的新闻报道感到愤怒。“我告诉你，查平，”他说，用拳头猛敲桌子，“今天这个城市最深的罪孽就是黄色新闻。”查平反驳了市长对媒体的评价，但他们仍然是朋友。1914年5月，市长委派查平加入某个委员会，代表纽约市民迎接在美军占领韦拉克鲁斯期间遇害的17名水兵的遗体归来。

查尔斯和内莉本可以在6月份乘船去哥斯达黎加旅行两周，但是债主们又开始追逼他。不过，他仍然能够牵制他们，避免进一步的法律纠纷。航海中结识的老朋友哈利·斯丁普森帮助查平夫妇缓解压力，让他们住到他经营的坎伯兰酒店，搬离开销较大的广场饭店，却留下一张2000美元的未付账单。查平也远离股市。但是当他确信得到可靠的内幕消息后，就违背了决定。他将自有的和借来的所有钱都投进去，终于，他赚了。查平将部分赚来的钱还给债主，又将剩余的钱再投入股市，继续获利。但是由于德国发动战争，7月31日当天股市崩盘。第二天上午9点56分，官方关闭了年底前的股市交易。这一次查平的金融触底比第一次还要糟糕。查平进入4年噩梦一般的时期，其间距灾难仅一步之遥。“债主们日日夜夜骚扰我，我却没办法还钱。”他拆东墙补西墙。为了还钱给不耐烦的杜克——他曾使查平免于官司麻烦，查平把内莉的钻石当了6 500美元。但是，他们却在格林布赖尔过感恩节——那是位于西弗吉尼亚州白硫磺泉镇优雅的度假地，像雅各布·H. 希夫和康内留斯·范德比尔特那样的纽约名流家庭也在那里度假。

尽管欧洲战争令查平在财务上受损，却使他的老朋友科布成名。这位采写哈里·肖案的非凡记者被《周六晚邮报》——1912年离开《世界晚报》后他就在该报供职——派到海外。他发自前线的报道在美国轰动一时，其中包括对英国战争大臣霍雷肖·H. 基钦纳的采访。回到美国之后，他进行了为期3个月的巡回演讲。1915年春天，查平与科布重逢。他与112名编辑、作家和艺人组织了一场盛大的晚宴向科布致敬，表明他昔日培养的明星记者已冉冉升起。4月25日，650人齐聚华尔道夫–阿斯托里亚酒店宴会厅。按照这类晚宴的风俗，女士们可以在楼厅上观看演讲和演出。楼下，纽约娱乐圈真正的重量级人物纷纷到场，其中有老道格拉斯·范朋克、乔治·S. 考夫曼、乔治·M. 科汉和欧文·柏林。在享用过秋葵浓汤、烤里脊、乳鸽、玉米面包、饼干、萨凡纳欧润甜点，以及聆听了一连串演讲之后，全场灯光转暗，一部为晚宴专门制作、演出阵容多达200人的喜剧传记电影开始播放。

1917年春天，美国放弃中立主义立场，国会批准了威尔逊总统对德开战的宣言。一个月后，纽约兴高采烈地欢迎来访的法英两国要员，他们前来联合美国恢复和平。在招待法国元帅约瑟夫·霞飞和英国外交大臣亚瑟·贝尔福的系列活动中，有一场是5月11日在华尔道夫–阿斯托里亚酒店举办的盛宴。据《世界晚报》报道，有超过5 500人想申请成为那1 000名获邀者，入选者将被打上“纽约各行各业——政界、金融界、学界和商界精英人物”的标记。这条稿件要经过本地新闻部见报，查平尤其善于借助与米切尔市长的交情设法入选。当晚的社交聚会正是查平梦寐以求的。到场的卓越人士有范德比尔特和乔特家族这样的上流社会元老，也有前总统威廉·塔夫脱和西奥多·罗斯福——当演讲者呼吁为协约国提供援助时，宾客们疯狂地欢呼并高喊“让泰迪[3]上”。《纽约时报》将这场晚会称为“纽约鲜见的高贵聚会”。

查平和最高法院大法官——那是纽约授予刑案法官的头衔——巴托·威克斯同桌用餐。威克斯是纽约游艇俱乐部的会员，因此认识查平，在查平被迫出售精灵号之前经常与他驾船出海。这顿饭有5道菜，在享用这些所谓的“美式菜肴”时，两人一起回忆这场已改变生活的战争。为了给必要的战时经济树立榜样，晚宴筹委会选择了他们认为费用适度的菜品，这是在华尔道夫举办过的最简朴的公共宴会。在车厘蚬后上了辣味浓汤、特拉华铁板鲱鱼、南瓜、烤鸡和甘薯，甜点则是草莓雪糕和花色小蛋糕。晚会结束时，威克斯和查平起身握手道别。“希望我们很快又能见面。”威克斯说。但日后他们却是在双方都未料到的情形下再次会面。

大约与此同时，查平与另一位法官的交情使他参加了一次不同寻常的晚餐。1915年7月，米切尔派亨利·W. 赫伯特去主管地方刑事法庭，是查平向市长游说推选了他并得到同意。赫伯特是一位非常具有同情心的法官。作为地方法官，他为创设女子夜间法庭坚持不懈地工作。“夜间法庭才是真正的救援机构，”他说，“和女子在大街上争论，你是无法拯救她的。”走马上任后的一天，赫伯特邀请查平和他一起拜访约翰·S. 肯尼迪，他曾是法院法官，现在是新新监狱的监狱长。他们在监狱长的住处吃晚餐，陪同他们的是几年前才被任命为监狱专职教士的年轻天主教神父威廉·凯森。饭后，监狱看守带他们参观监狱。当查平看到关押囚犯的牢房时，感到恐惧不已。“简直令人难以置信，人们竟然生活在这么潮湿、发臭的牢房，不发疯不生病才怪。”他说。

1918年到来的时候，查平再次计划自杀。6月1日，他又一次清理了办公桌内的个人资料，到缅因州塞茨的夏日度假屋和他待在一起。他的最新计划是“意外溺亡”，自己可以抛却苦恼，妻子则成为人寿险保单的受益者。但是，在提供自杀机会的暴风雨来临之前，查平重新考虑了自己的做法。“想得越多，我就越觉得行不通。如果我在游泳中溺亡，首先会被报告为意外事故，但是经验告诉我这个计划不可能成功，因为保险调查员肯定会查出我已彻底绝望，并能找到充足的证据质疑我的保单。”他回到了纽约。

在欧洲，第二次马恩河战役之后，德军大势已去。在纽约，扬基队在朝着职棒大联盟亚军的宝座迈进，佃户组织正向纽约的地主们展示力量。1918年9月12日，记者埃米特·克罗齐尔看见查平回到办公室，就带着精心准备好的说辞走上前去。克罗齐尔已被《环球报》录用为稿件改写员，周薪比在《世界晚报》挣的多10美元。他告诉查平很想继续为他工作，希望《世界晚报》能够提供和《环球报》相同的薪水。查平平静地听着。

“他们说付给你多少钱？”查平最后问道。

“一周50美元。但我宁愿留在世界报。”克罗齐尔回答。

“嗯，好吧，对年轻人来说这是不错的薪水。如果我是你，就会抓住这个机会。”

当天下午，克罗齐尔就收拾东西走人了。

《世界晚报》编辑部的工作可以缓解痛苦。近40年来，日报的出报节奏给了查平正常的生活。即便是现在，当他的生活分崩离析时，工作继续给他以安慰。但是编辑部之外的事情正在侵入这里——他最后的避难所。债主们已经到了忍耐的极限。“我已试尽了我能想到的、所知道的权宜之计，再也无法避免法律诉讼。”他说，“诉讼和曝光将使我失去地位，我被逼得无路可逃。”9月14日，邮差将一捆不祥的信件送到坎伯兰酒店。一家银行拒绝续签他的票据，另一家银行通知他已透支。两名债主捎信说他的支票被拒付而退回，另一名债主说他将抽取其薪金。

“明天是周日，它意味着缓期24小时执行。深不可测的毁灭之后，没有人可以拯救我。”

译注：

[1] 军械库展览会（Armory Show），正式名称为国际现代艺术展览会，即绘画和雕塑展览会，1913年在纽约第69兵团军械库举行。在展出的1 300件作品中，有1/3来自欧洲，从戈雅、杜尚到康定斯基，展出了印象主义、象征主义、后印象主义、野兽主义和立体主义的代表作品。

[2] 詹姆斯·鲍斯威尔（James Boswell，1740—1795），苏格兰作家，现代传记文学的开创者，他与英国大作家约翰逊过往甚密，后来出版了以翔实著称的《约翰逊博士传》。今天，“鲍斯威尔”已成为忠实的传记作家的代名词。

[3] 泰迪为西奥多·罗斯福的昵称。

16 行动

清晨，异乎导常的宁静笼罩着曼哈顿中心区，查平所面临的财务风暴得以消退片刻。对于想逃离错杂的现代生活的纽约人来说，1918年9月15日这个周日煞是值得期待。当天是联邦燃料管理局宣布的第三个“无汽油星期天”——其间禁止驾车消遣，以节省燃油支持战争。一整天，纽约听起来就像27年前查平从芝加哥初来乍到时一样安静。

没有别的东西像汽车那样急剧地改变这个城市。起初，仅有少量定制的汽车出现在街头，它们只是富人的玩具。但是，汽车在速度上的潜力迅速带来改变。1900年，纽约人成群结队涌向在麦迪逊广场花园举办的全美首届车展。几年间，数以千计的人开着没有消音的汽油动力机械装置在尚未铺平的街道上呼啸而过，喷出烟雾和废气，敏感的女士不得不用手帕捂着口鼻，发动机回火故障又致使寥寥几匹仍在服役的马儿受到惊吓。久而久之，当纽约人有了汽车喇叭之后，拥堵的街道更为喧闹不堪。

到了1918年，美国汽车保有量超过500万辆，而且在一些特别日子，汽车好像统统开到了纽约。今天可不是这样。在主干道上，只有公共汽车偶尔驶过，满载着享受秋季清凉的乘客。其中有前一天才投入使用的钢灰色双层巴士，这种巴士在全美公交车中首次加装顶篷，以保护坐在顶层露天座位的乘客。冷清的边道只有四轮马车和狗拖车走过，《纽约时报》记者写道：“纽约看起来很奇怪，像回到了没有汽车之前的日子”。

这个礼拜天，遵守汽油限制令的纽约人创下了纪录。东51街警察局的巡警詹姆斯·肯尼迪报告，其所辖片区仅有两名违规者。第一辆是车把上插满美国国旗的摩托车。肯尼迪教训了骑手一番，告诫他对政府负有的义务，并把他打发回家。第二辆是搭着一家子的汽车，车窗上挂着“医生”的标牌。司机向肯尼迪承认他不过是“带家人兜兜风”。

查尔斯和内莉从坎伯兰酒店出来，也打算充分享受这假日一般的气氛。上午的阳光照在54街，空气慢慢转暖，天空万里无云。据推测，午餐时分气温将升至20多摄氏度。去海边的话天气也许有点凉，但是去布鲁克林的布莱顿海滩则是内莉喜欢的短途旅行。这不是她一个人的偏好。过去30年，医生、律师、白领职员和纽约其他专业人士喜欢那里超过了俗气的科尼岛。布莱顿巨大的双重斜坡屋顶式酒店以及400英尺宽、两层高的浴馆当然比科尼岛的浴馆优雅。虽然查尔斯觉得两个去处都不符合他的身份，但只要内莉高兴他就愿意前往。他对她的爱意与他在编辑部的恶魔形象形成了反差。“在她面前，”科布说，“他的声音变得轻柔，举止也大不一样。他对她温柔体贴，注意任何女士尤其是年纪稍长的女士特别看重的细致和优雅。”但是，他俩从百老汇前往地铁站还没走过两个街区，就有个老妇人上前向他们讨钱。她身穿褪了色的黑套裙，有一张展示贫困与苦难的素描像的脸。她向查尔斯伸出一只哆嗦的手。他扔给她一枚硬币，既算是施舍又打发了侵扰。

“哦，天啊！”内莉惊叫，“不知道我是否会沦落到那步田地？”

这句议论只是闲逛时的谈资。她对他当前的困境一无所知，查尔斯想。但是，这句话令他难以忘怀，夺走了周日上午的轻松。“她的话像刀一样扎进我的心脏。我知道用不了几个小时，她就会像那个可怜的家伙一样孤独无助。”作为本市新闻主编，查平曾三次策划关于城市贫困女性命运的报道。如今，作为丈夫的查平考虑着妻子的命运。他还是无法摆脱恐惧。“如果周一上午我还活着，就会有一群地方司法官和传票递送员等在我的办公室，”查尔斯说，

“我将被逐出酒店，所有财产将被扣押，可能还会因为透支账户而被逮捕。”

现在他根本无法从恐惧中解脱出来，就连几个小时也办不到。痛苦再次出现，就像偏头痛减轻了很长时间，让人体验到没有痛感的生活之后，又一次复发。在地铁里，在展望公园开往布莱顿的布鲁克林法拉布什和科尼岛的地上铁路，乘车途中痛苦丝毫没有减轻。海滩成为噩梦的延伸。他和内莉坐在沙滩上，四周环绕着孩子们在水中发出的欢快的嘈杂声，身后是挤满了木栈道的欢乐人群，查尔斯只想着那城市街道上凄惨的老妇人。想着想着，她的面孔变得模糊，取而代之的是内莉的脸，而她伸过来的手变成了内莉的手。

黄昏时分，查平夫妇再次搭乘布鲁克林法拉布什和科尼岛的地上铁路，火车上挤满了返程的海滩游客。除了那些塞满洗浴装备的旅行包，旅行者的装束一点儿也没有透露他们当天是如何度过的。纽约人还不能完全坦然地面对肉体、水和沙滩，在乘坐火车的归途中，大家恢复了平日着装。回到曼哈顿之后，查尔斯将内莉留在坎伯兰酒店，然后前往市中心的公园街。这些年来，内莉习惯了每周日晚上一个人留在酒店并独自用餐。

如同纽约街头因为通行车辆减少变得出奇地安静一样，查平发觉位于世界报大楼7楼的本地新闻部因为员工没来上班也出奇地安静。查平的编辑、记者、改写员和送稿生要到第二天上午才会回来，不像12楼晨报的员工还在急匆匆地准备周一上午见报的稿件。他穿过幽深的办公室，像一位首领跨过空无一人的桥梁，通道仅被少量裸露的灯泡照亮——吝啬的会计允许它们晚上还亮着。穿过大片阴暗的区域，他来到位于空荡荡的编辑部尽头的宝座。查平在位置上处理信件和其他事务，忙了几个小时。这个夏天他上班总是不定时，以至工作堆积如山。时间接近午夜，听到晨报的记者正在散去，消失在夜幕中，查平停下工作，打开桌子抽屉，取出在警察局长沃尔多办公室工作的希恩给他的那把32毫米口径的左轮手枪。从缅因州回来之后，他一直把它放在那里。在世界报，没有人敢翻看查平的抽屉，甚至没人敢碰他的办公桌。他把枪放入口袋，关上抽屉，离开他掌管了20年的本地新闻部。

夜晚空气凉爽，公园街空旷无人。马路对面的市政厅一片昏暗。散落在市政厅公园的光线来自世界报2楼的印刷车间，来自通往右边布鲁克林大桥桥基的高架地铁站的窗户，以及几盏新的街灯。周一的黎明将改变一切。几个小时之后，人行道上将挤满男男女女，赶时间的人们不得不闪避大街上的汽车和有轨电车。中午时分从查平的办公室望出去，公园街就像起伏的海洋，无数宽沿帽和无边帽在漂流。如果现在是白天，认出查平的人会轻声和他打招呼。但是在这个钟点，人行道上只有查平孑然独行。

查平坐了20分钟地铁回到坎伯兰酒店。他穿过安静的大堂，让电梯工送他到11楼，然后轻手轻脚地进了房间。他绕过昏暗的会客室，隐约看到餐桌上放着内莉吃过的晚餐餐盘，装着海滩衣物的旅行包搁在角落，等着凯蒂上午过来取出清洗。查尔斯悄悄走进卧室，内莉睡得正安稳——她喜欢在海滩度过的这一天。他走向靠近他床边的衣橱，从口袋里取出东西，放在架子上，紧挨着他收藏的那把手枪——多年前他就发现它有缺陷。他换上睡衣，取回沃尔多的手枪，然后钻进自己的被窝——他的床和内莉的床隔着一个小床头柜。查尔斯开始守夜。他看着，等着。内莉面朝他躺着。他看着，等着。她命悬一线——就看她何时转身。黎明来临，内莉终于转过身去。查尔斯掀开被子，手里拿着枪。他站起来，走到内莉床边。她一动不动。与她的呼吸声相应和的，是楼下街道传来的城市正在苏醒的声响。查尔斯把枪管对准她右耳后方，离她的头皮只有几英寸。这次母亲没有出来求情。

手枪在他掌心里反冲了一下。枪声在厚实的石灰墙之间回荡，但是外面没有人听见。内莉的身体在抽搐。等了4年之后，这把左轮手枪终于派上了用场，但它没能使内莉瞬间毙命。内莉不省人事，不知道发生了什么事，也想不到是谁下的手，她濒临死亡但还有一口气。查尔斯没有勇气补射一枪，也没有向自己开枪。“如果我自杀了，而她却活了下来，那么我为了让她免于贫困和匮乏所做的一切就白费了。”查尔斯跪在地上，抓住内莉的手祷告，“哦上帝，您理解我心中所想，当我杀死妻子时，我心里对她充满了爱意，我这样做是为了保护她免于饥饿和匮乏。”半小时之后——对查尔斯来说像过了两个小时——内莉停止了呼吸。“当她的生命消逝时，我竟有一种奇怪的欣喜，一直折磨我的所有烦恼都不存在了。我已了无牵挂。她再也不会受到任何伤害。”

查尔斯用被子盖住妻子静卧的遗体，离开卧室。晨光照在会客室窗边的钢琴上。乐谱就放在琴键上，内莉昨晚离开时就是这个样子。自从查尔斯为内莉买来这架钢琴，几乎每天晚上她都会弹奏一番。音乐是对他们许久以前演艺生涯的怀念。

8点正，酒店服务生来敲门。查平到门口取了晨报和冰块，罕见地给了对方一大笔小费。出于习惯，查平将报纸平摊在椅子前边的地板上，俯身研究标题。在欧洲，奥地利人正在求和，而在纽约，据说州长候选人艾尔·A. 史密斯在非正式投票中领先。没看几分钟，查平就被玛丽·索尔特打断了，这名女服务员开门进来。他上前拦住她，阻止她进入套房。“午餐之前，查平太太和我不希望被打扰，”查平告诉她，一只手放在门上，“她很晚才就寝，完全没睡好。”

阻退了两次打扰之后，查平坐在会客室桌前，提笔写了两封信。“亲爱的哈利，”第一封信写道，“我一直在忍受痛苦，而从未向妻子说起，痛苦在快速地将我推向精神彻底崩溃的边缘。我不希望在疯人院度过余生。我的妻子对此一无所知。我对她隐瞒了情况，隐瞒了自己对于濒临精神错乱的恐惧。”

“请原谅，”查平继续写道，“疾病驱使我这样做。她举目无亲，只有依赖我才能活下去。她在睡梦中死去，永远不会知道真相。我们是亲密的伴侣，我不能独自离开，留下她一个人面对这个世界。”

“长久以来我神经衰弱，无法入睡，一直被痛苦折磨。我的妻子死于今天上午。几分钟后我也将死去。我病了很长时间，为了防止崩溃，我用了全部力量与之抗争。我没有力气和痛苦对抗了，它们折磨了我好几个月。再见，原谅我。”他在信末正式地签上了“查尔斯·E. 查平”，把信折叠好，放入信封，收件人姓名和地址只写了“哈利·斯丁普森”。

接着，他写给塞茨。他复述了一遍自己遭受的折磨和痛苦。“我知道这错得有多离谱，但是几个月下来，我已无法继续忍受痛苦。它需要更大的勇气去面对，超过了我能承受的极限。我已经想过各种解决办法，但实在不忍将妻子独自留在世上，所以决定带她一起走。”

“当你收到这封信时，我已经死了。我的妻子是很好的伴侣，我不忍心把她一个人留在世界上。”在信中结尾部分，查平以非常公事公办的口吻，要求把他们夫妇俩埋葬在他已经买下的位于华盛顿特区格伦伍德墓园的墓地。他把用于支付丧葬费用的现金连同信件放入信封，收件人姓名和地址写的是“纽约公园街世界报唐·塞茨”。

信件写好了，查尔斯起身穿过房间，再次进入卧室。他的衣橱离内莉的尸体只有一尺，他从里面挂着的两打衣服中取出一套浅灰色的夏季套装，还有她最近给他买的一只领结。他挑了条彩色编织丝带，系于玳瑁夹鼻眼镜的右边圆环，并连在衣服的扣子上。他从架子上取了圆顶窄边礼帽，穿戴停当后，显得衣冠楚楚。他那整洁、优雅的外形却被他最后的举动破坏了——他将沃尔多的左轮手枪和那把破枪都装入了夹克口袋。

穿着完毕，查尔斯回到会客室。他拿起另一张坎伯兰酒店的便笺，用编辑的蓝铅笔写了大写的“请勿打扰”。他把给斯丁普森的信放在桌子中央，然后走向假壁炉——这是其门第的显著象征，广场饭店里头的才是真家伙——在壁炉上找了一枚内莉的帽针。然后，他到门口听听外面的动静，没有什么，便悄悄进了走廊。他用帽针将那张制作粗糙的牌子别在门上，轻轻关上门。

在电梯口，查平遇到在世界报做财经报道的弗兰克·卡拉瑟斯，他住在同一楼层。查平夫妇认识卡拉瑟斯多年了，现在他们成了邻居，碰面就更为频繁。两人互致问候，卡拉瑟斯知道查平经常请假，便问他怎么了。他说，好多了，又补充说如果不是内莉今天早上感到不舒服他就已经回到办公室了。查平解释，他们昨天去了游泳，她也许着凉了。

电梯门打开，他们走入大堂。查平径直到服务台对服务员说“请拔掉连接我房间电话的电源插头”，并提到查平太太在生病。他递给服务员一张30美元的支票，心知肚明它将被拒付并退回，就像周日前往海滩前他在服务台兑现的那张75美元的支票，以及周六他在世界报门厅雪茄摊兑现的那张100美元的支票。拿了钱，他到隔壁的酒店理发室剃须。

9点15分，查平离开坎伯兰酒店。天气转阴，在田园牧歌一般的周日过去之后，城市大街发出刺耳的噪声。他戴上礼帽，转右，走几步到百老汇，又一次转右，汇入前往市中心的人潮。过了3个街区，他在51街转左，到邮局寄出了给塞茨的信。书面的定时炸弹既已引爆，他又走了几个街区到中央公园，打算在那里完成连环自杀。“但是我似乎产生了幻觉，”查平说，“无论我走到哪里，都有几百只手伸过来抢我的武器，并阻止我实施计划。”查平感到挫败，只好漫无目的地在公园内溜达。骑马多年，加之住在广场饭店时可以俯瞰这个公园，他自然非常清楚，一位衣着讲究的绅士在公园内悠闲漫步并不会引起注意。

与此同时，他寄给塞茨的信开始了它的旅程。早上9点30分它在G邮局被盖上邮戳，并于当天下午3点45分寄达世界报——在那个年代，人们要请客共进晚餐，只需在当天上午寄出邀请函。打开信件几分钟后，塞茨立即致电坎伯兰酒店。他找到经理保罗·乌尔曼，告诉他信件内容。乌尔曼遂报警。

差几分钟就到下午4点，乌尔曼和西47街警察局巡警格罗斯用万能钥匙打开查平的房门。他们进了会客室，迎面而来的是从那扇打开的、能俯瞰百老汇的窗户涌入的阵阵凉风和街头噪声。他们看到桌上那封写给斯丁普森的信。他们向旁边的餐厅张望，晚餐餐盘仍未收拾。他们在卧室发现内莉。格罗斯拿起电话。凶杀案调查局亚瑟·凯里队长很快赶到。位于上城方向3个街区、西57街256号的医生 J. R. 英格拉斯被召唤到场验尸。他把手探到死者腋窝，感觉冰凉湿冷，判断她于清晨被害。本县医师被传唤，他允许将尸体移到上城方向15个街区的殡仪执事那里，直至死者仅有的亲属——查平的弟弟弗兰克和妹妹玛丽安——做出葬礼安排。

同时，格罗斯和凯里询问邻居发现，没有人透过厚墙听到枪声。他们也没找到谋杀凶器。那两封信使他们相信，如果查平还活着，他必携带有枪支并且处于精神错乱状态，凯里于是发出紧急警报。查平因谋杀而被通缉。侦探们奔向所有查平常去的地方。有的赶往广场饭店，因为他曾住过那里。有的查看曼哈顿海滩浴池，因为查平在那里有间更衣室。警方还证实精灵号仍停在格雷夫森德湾泊位，尽管他们还不知道他已不再拥有它。在玛丽安和弗兰克居住的华盛顿特区，警方收到线报，查尔斯也许会过来，他们需密切注意。

在奥辛宁的叛军岭农场，科布接到电话。世界报一位职员镇定地电话告知他有关消息。6月份从战争前线回来后，科布一直待在他的农舍，希望不会像他第一次亲历战争那样，因为精疲力竭及神经紧绷而病倒。在《周六晚邮报》发表了大量文章之后，科布整个夏天都在种菜，照料他的马、牛和鸡。这样的生活会遭到查平无情的嘲笑。科布搭最快一班火车到纽约，和世界报的旧同事一起监控全城搜捕的报道。弗兰克·查平从华盛顿打来电话，告诉记者自己没有查尔斯的音讯，也不可能有，因为他俩关系不好，最近还为了财产问题发生过争吵。同人们为晨报版准备了一条稿件。他们知道赫斯特报系今天将大展身手，于是竭力保护自己，仅从“技术层面”报道这起凶杀案，并解释称“查平好几个月都在看医生，其间一直处于精神高度紧张的状态”。这将是漫长的一夜。

科布到达公园街的时候，查平已来到布鲁克林的展望公园。他仍然充满了困惑和妄想。他坐在公园里，等着夜间人群散去，留下他一人。“临近午夜，我决定朝自己开枪，”查平说，“我取出沃尔多的左轮手枪，就要开枪时，看到一名警察向我走来。天色昏暗，他没有看见我。我吓坏了，将左轮手枪塞入夹克，离开了公园。”

“我没有想过会因为自己的所作所为而遭逮捕，只是担心遇到警察会丢掉两只手枪，那我就没办法了结自己的性命了。”

恐惧驱使他到地下去。他花了5美分避入地铁。14年前地铁开通之日，市长乔治·B. 小麦克莱伦和市政厅其他要员一直坐到145街，查平在《世界晚报》发表的报道没有漏掉其中任何细节。现在他对一切视而不见，蜷缩在车厢后部坚硬的木椅上，整晚都坐着同一条地铁线，从这头坐到那头。“我想象自己死了，而那沉默不语地坐在地铁车厢内的是我过去的躯壳。我仿佛处于恍惚之中，双手冷得像冰块，体内的血液似乎凝固了，有好几个小时我甚至不能思考。我感觉不到饥渴，像个死人一样只是继续坐车。”

凌晨，查平在时报广场站下车去洗手间。一个报童正在打开一捆刚刚印出来的《纽约时报》。“我买了一份，然后像每天上午那样，坐地铁去办公室。”他读了封面的战事新闻——美国拒绝奥地利的求和请求——然后转向内页。翻到第7版他愣住了。

主编妻子被枪杀在床

警方寻找《世界晚报》的C. E. 查平，他留下字条后失踪

他有自杀可能

他开始看文章。很快，他读到自己的话。时报全文刊登了他给哈利的信。“一切都回想起来了。我没有死，我还活着，而且因谋杀被警方通缉！做了40年报人，我拟过多少这样的标题！而现在因谋杀而被通缉的是我。”接下来的几个小时，查平在自杀和自首之间犹豫不决。上午6点，他做了一个无法改变的

决定。他走入西68街警察局。

“我想见提尔尼警监，”查平对值班警官说，“告诉他有急事。”这名警官——汉密尔中尉不知道站在他面前这位着装优雅的男士是谁。他说提尔尼在睡觉，不能被打扰。

“我是纽约《世界晚报》的查平先生，我杀死了我的妻子。”

“你用什么杀死她的？”警官问。

“这个。”查平说。他拿出那把弹膛空空的32毫米口径左轮手枪，然后又将那把没用过的手枪放在惊愕的值班警官面前。查平落网的消息传到警察局总部。纽约警察没有找到查平，相反，查平找到了他们。

不到1个小时，查平被带出警察局。大街上，等着把他送去桑树街警察局总部的是一辆11英尺长、没有窗户的黑色囚车。尽管警方从1918年开始已不再使用马车，这辆卡车仍拥有四轮马车的外形，前部伸出长长的顶篷，前座像长凳。印着纽约警察局金星徽章标志的后门被打开，查平被关进黑暗闷热的车厢。囚车沿着百老汇快速地驶过查平每天必经的线路。但这一次他不是去公园街——他曾在那里尽情地享受过来自警察局总部的犯罪新闻大餐，而是前往桑树街——他将在那里成为新闻。赫斯特的《新闻晚报》及时获悉查平自首的消息，其长篇封面文章《搜寻查平失败》凌晨已排好字，来不及移走，就在相邻位置发了条加框的更新消息《凶手落网，押往总部》。他被捕的消息甚至被刊登在伦敦《泰晤士报》上。不到20分钟，囚车到达总部。大部分跑警察局的记者不知道查平已被警方拘留，所以无人在场，将面对面的尴尬情形留到稍后的时间。但是，始终在场的《世界晚报》记者马克斯·费舍看到了查平。费舍为所有的警官所熟悉，当他接近查平时，没有人阻拦。两人握手时，查平说：“马克斯，你帮不了我。”

警方把查平安排在审讯室，审问他的是地方检察官爱德华·斯旺、助理地方检察官詹姆斯·麦基——这两人他都认识，以及凯里队长。等待审问开始时，查平沉默地坐着，双手托着脑袋。

“你有什么要说的吗？”麦基问。

“有。”查平答道。但在他供述之前，他们都提醒他，他所说的一切有可能在法庭上作为指控他的不利证据。

“我不在乎，”他答，“我不做辩护，并且愿意接受法律的任何惩罚。”

“我爱我的妻子，这是我杀死她的原因，”他开始说道，“我不能只是自杀，然后让她无依无靠，一贫如洗，像乞丐那样孤零零地活着，死后被埋在贫民墓地。

“我喜欢我的妻子，她是我活着的唯一信念。我们一起生活了39年，过去20年她体弱多病。她越是柔弱，我越爱她。她是我的生活、我的信仰、我活着的唯一信念。因此我杀了她，也打算自杀——让她不知道我到底是怎样一个人。”

接着，不需要任何进一步的提示，查平开始讲述自己的故事，不停地擦擦前额和后脑。他承认自己到处举债，把自己扮成高收入的主编、塞奇甚至普利策财产的继承人。“我向每个人借钱。我被朋友们逼债，我担心她会知道，”他说，“破产就在眼前，我不能让她知道。”

“我对自己所处的困境忧心忡忡，最后决定——对我来说最好是自杀。”查平详述了自己5年来痛苦的生活，其间几度崩溃，当着三位调查人员的面痛哭流涕。他描述自己曾多次自杀未遂，从他在华盛顿特区第一次企图谋杀——他在那里购置了墓地和墓碑，到6月份他试图在缅因州自杀。然后他转到最重要的事件。

“两周前我又一次休假。我感到头痛，无法入睡。我的烦恼永远存在。”查平一步步将调查人员引向他和内莉在海滩度过的那一天，他从办公室取回手枪，他的不眠，他如何枪杀内莉，以及夜晚他在城里四处徘徊。对斯旺、麦基和凯里来说，这听上去是对犯罪行为和犯罪动机完整而坦诚的演绎。但是，查平没有提到百老汇的老妇人、那些急于抢走他武器的手，以及他已故母亲的幻象。

他说完，叹着气。内莉走了，他的恐惧也随她一同消失。他看着那3个人。“今天是5年来我度过的第一个快乐的日子，过去是恐惧、恐惧、恐惧，没完没了的恐惧。能够采取体面的方式将她杀死，我感到心满意足。我已经4个晚上没睡觉了，今晚能睡着了。”

他错了。

17 庭审日

查平在三位调查人员面前完成供述后，他被警方拘留的消息已传到几个街区之外的公园街本地新闻部。这一消息证实了所有人对内莉之死的猜疑。对那些将查平视作西蒙·列格里的人来说，谋杀案完全合乎情理。“那些累死累活地为查平操纵着大型划艇的桨手们，并不感到惊讶。”科布说。对晚报的竞争对手们来说，这绝对是猛料。记者们云集在警察局总部，他们找到地方检察官斯旺。他答应当天稍后向他们提供一份查平的供述。“毫无疑问，查平已精神错乱。”斯旺说，“我上一次看到他大约是在6个月前，现在他明显变了，面容憔悴，而且极为不安和消沉。”科布和世界晚报其他同事托斯旺去了解查平是否需要什么，或者是否需要他们为他做什么。斯旺捎回的话是“不需要，谢谢”。斯旺说，实际上查平不许任何人来看他，尤其不想见到“纽约新闻界的同行”。

午饭之后，查平被带去西区法院见地方法官。法庭内挤满了记者，其中有查平上周才解雇的埃米特·克罗齐尔。他刚到环球报上班的第一天，新主编就派他采访对他前上司的传讯。世界报律师约瑟夫·E. 基廷报告法庭，他是查平的代理律师。地方法官下令收押查平，不得保释，直至大陪审团开会讨论他的案件。查平转向右侧的桌子问斯旺，能否允许他参加内莉的葬礼。他许诺，作为交换，他将放弃审判的权利，甘受处决。斯旺拒绝该提议。当查平被押出法庭时，他突然体力不支，不得不被架上在外等候的出租车，出租车将他和警员送到“坟墓”——纽约市监狱。

查平非常熟悉这个地方。毕竟，“坟墓”是哈里·K. 肖以及《世界晚报》报道过的许多罪犯被关押的地点。该监狱1902年启用，它独特的名称来源于坐落于该址的旧监狱。关于这一古怪绰号的来历众说纷纭。最常见的说法是，监狱最初的设计包含了埃及元素，例如太阳神浮雕和梯形窗户，就像一座埃及坟墓。

查平一到监狱就被指派了照看他的医生，而且被加强警戒。他的牢房位于杀人犯监区，里面灯火通明，他享有的隐私和新布朗克斯动物园里的熊一样多。他一言不发走进牢房，坐在6英尺长的条凳上。《世界晚报》的两名记者问他需要什么。他说不需要，随后又改变主意，问他们要了雪茄。他未能如愿地马上睡着。晚上11点前他一直醒着，后来眯了一会儿，凌晨1点又醒了。他坐起来，双手托着脑袋，吸了支黑雪茄，然后又睡着了。凌晨4点，他起身问看守要晨报，他们取来给他。他读了每一份报纸，研究有关他的报道。《纽约新闻报》报道“查平为杀妻自辩”，《纽约美国人》报道“查平诉说自己如何及为何枪杀妻子”，《纽约时报》报道“查平供认他策划了谋杀”，《纽约先驱报》声称“查平因财务破产杀妻”，《纽约世界报》披露“债务缠身驱使主编杀死妻子”。

读完报纸，查平问看守要剃须刀和温水。该请求遭到了拒绝，但是看守为他安排了理发师。从坎伯兰酒店的理发椅到“坟墓”的理发椅，这一旅程只花了48个小时，但查平很快晓得他走了有多远。他要早餐。看守说他可以吃厨房做的，或者买监狱私人餐厅的早餐。查平用剩下的6美元点了餐厅的水果、小圆面包和咖啡。他一边吃，一边又继续看报。上午晚些时候，几名记者捎信说，他们想采访查平。查平一口回绝，他告诉送信者，关于本案他想说的都已经和地方检察官说过了。“但是，你可以告诉他们，”他补充道，“我也了解报纸记者，我不明白他们怎么会把我对助理地方检察官麦基说的话歪曲成那样。”

事实上，他们并没有歪曲他的供述，他那令人啼笑皆非的抱怨只是说说而已。

查平终究还是允许世界报和世界晚报的一些同事来牢房看望他。科布不在其中，他已返回叛军岭农场。查平告诉他们，和多年来承受的一切相比，他现在感觉好多了，而且非常满足。但是，当提及妻子的葬礼时，他又变得焦虑不安。看守告诉他，葬礼仪式安排于周四晚上举行。他恳求，“无论有任何限制条件，”他都希望能出席葬礼。

下午大陪审团召集会议。5名证人被传到场：受理查平自首的提尔尼警监，坎伯兰酒店的保罗·乌尔曼和玛丽·索尔特，验尸官奥托·舒尔茨医生，记录查平供述的速记员雷金纳德·伯彻尔。根据5人的证词，全体陪审员宣布以一级谋杀罪起诉查平。

周四，参加上午选题策划会的主编们尚不清楚应该给法庭记者安排什么任务。据《纽约新闻报》报道，查平当天上午不会被正式传讯。取而代之的是，其辩护律师基廷将请求纽约最高法院法官委任精神病调查委员会。“我不想让查平先生以谋杀罪被立案，”基廷告诉该报，“他精神失常，而且我注意到他随时都有可能倒下。”但是到了上午11点，警员押送查平走过“叹息桥”——那是众所周知的连接“坟墓”和地方刑事法庭的跨街通道。查平剃了胡须，衣着得体，身穿黑色西服，系着黑色领带，头戴圆顶窄边礼帽，看起来像是去上班。在这宽敞、天花板高悬、木板镶嵌的法庭，他和其他5名被传讯的囚犯站在一起，形成了强烈的反差——他们中有高速公路劫匪、军队逃兵以及杀人凶手。查平显得冷静而镇定，与基廷和麦基低声交谈。他甚至向塞奇以前的私人秘书E. R. 兰德问好，如今他是纽约县大陪审团主席——他一定对命运何以让两人在此场景下重逢感到惊讶。

法官威廉·H. 瓦德汉姆宣读起诉书之后，基廷提出无罪抗辩，并且请求给予10天期限以提出动议。瓦德汉姆记录了该项抗辩，同意请求，并将查平还押“坟墓”。查平被带离法庭，基廷再次提出查平请求参加内莉的葬礼。瓦德汉姆说他会认真考虑该项请求。几分钟后，斯旺在法庭外宣布，该项请求已被否绝。斯旺的助手麦基告诉记者，地区检察官办公室将反对任何为辩护奠定基础的企图——就像10年前的哈里·肖案那样，力图阻止辩方提出精神病抗辩的任何计划。麦基说，他第一次见到查平时，曾以为这位主编精神失常，但他逐渐确信自己的第一印象是错的。他对记者们说，看哪，查平强调自己神志正常。当天上午进入法庭时，麦基无意中听到查平说，“我想去坐电椅——我完全神志正常，不需要安排精神病鉴定。我想得到报应”。在《纽约先驱报》一名代表坚持不懈的逼问下，麦基让步说：“不过，或许他也处于类似哈里·肖的精神异常状况。”

麦基同时宣布他将对查平的生活展开调查，以查明其犯罪动机。他公开呼吁被查平欠债的所有债主联系其办公室。至今为止，麦基发现查平欠坎伯兰酒店860.1美元，而且拖欠广场饭店2 000美元已有4年。对查平住处的搜查未发现有用的财务记录。但是，他们发现世界报某摄影记者为查平拍摄的50多张照片。麦基说，在所有的照片中，查平都满脸愁容。上周末查平兑现的支票已悉数被拒付退回。警方没有说明查平把钱花到哪里了。麦基暗示，也许查平花钱的方式引起了查平夫人的妒忌，暗指可能有另一种谋杀动机。赫斯特的《纽约美国人》发表了相似的谴责，声称“根据报业圈中的流言，查平最新的情人住在东46街一所公寓”。用《太阳报》的话来说，麦基“打破了关于公园街的幻想”，他透露查平过去20年的收入从未超过每周150美元，或每年7 800美元。毫无疑问，竞争对手接受了这一数字。然而，这数字有误。此时，查平的薪金接近于每周400美元，加上奖金，他一年大约能挣3万美元——在那个年代，大部分纽约人的人均收入尚未超过1 000美元。散布这一错误信息是否属于检察官策略的一部分，这一点从未被披露。

当天下午，世界晚报一位同事偕亚伯·利维到狱中看望查平，利维是纽约最著名的刑事律师之一，查平认识他快20年了。利维并非那个年代典型的、受过良好教育的律师。他有英国血统，在贫困的生活中通过干苦役杂活获得教育，和同行相比，他和他的许多冷酷无情的当事人有更多的共同之处。1890年，利维引起了纽约的关注——他说服法庭认定他的当事人“法式阿尔及利亚人”在杀害名为“莎士比亚母亲”的一名地下人士时精神错乱，使其免于死刑。从那时起，他在许多胜诉可能性极小的被告当中深受欢迎，其中包括南·帕特森——因为陪审团意见不一无法指控她谋杀了恺撒·扬而最终获释。

过去，查平和利维经常因为《世界晚报》刊登有关其当事人的文章而争执不休。现在利维则把查平视作潜在客户。查平说他不需要利维的服务，因为他不打算传唤证人，也不做辩护。

“然后又怎样呢？”利维问道。

“法官将作出宣判，我的烦恼很快就会结束。”查平回答。

“你认为刑事庭法官会允许你这样做吗？”利维说。

利维解释，查平的朋友们请求他担任代理律师，而且他不会收费。“把你从中拯救出来，我视之为神圣的使命。”

当晚8点30分，圣斯蒂芬圣公会教堂的助理教区牧师F. H. 米勒博士在位于百老汇和67街的坎贝尔葬礼教堂为内莉主持葬礼，参加者寥寥无几。教堂外的旁观者多于教堂内的哀悼者。参加葬礼者多为世界晚报的人员，内莉忠实的女仆凯蒂也在其中。第二天上午，内莉的棺材被装上前往华盛顿的火车，安葬于4年前查尔斯为他俩选择的墓地。

担任不同圣职的牧师也到狱中看望查平，但他几乎没有搭理他们。查平最后一次做祷告是在内莉的身旁。他决定不再做祷告，“因为我再也没有什么要祷告的，我不能请求上帝杀了我。”过了几个晚上，他又改变了主意。他觉得，上帝最终会理解“我只是做了我必须做的去保护内莉”，在他新的祷告中，他恳求大限来临之后能与她重逢。

9月26日，在10天期限届满之际，以及在查平勉强同意之下，利维到地方刑事法庭将查平的抗辩修改为“当场无罪释放，因为被告在犯罪时精神错乱”。出人意料的是，当天在法庭代理地区检察官的阿尔弗雷德·J. 塔利宣布，他既不反对也不同意此项新的抗辩，并将此项动议交由法庭酌处。地区检察官的处理，或者说不太干预，鼓励了利维，他相信查平的官司也许可以打赢。

做好准备工作之后，利维提出一项有关安排精神病鉴定以评估查平心智的动议。“查平先生犯罪时有精神障碍，因此不具有刑事责任能力。”利维说。地区检察官办公室继续反对这一行动，但被委派负责此案的马隆法官倾向于利维的观点。10月18日，马隆签署命令，任命了由3位杰出的纽约人组成的调查委员会：乔治·维克山姆，曾在塔夫脱总统手下出任首席检察官；拉马尔·哈迪，曾在米切尔市长任内担任市政当局法律顾问；史密斯·伊利·杰利夫医生，这位著名的精神病学家是哈里·肖案审判中的明星。他们要“把查平在犯下被指控罪行时的心智状况，以及他是否处于白痴、弱智、精神失常、精神错乱状态以至无法理解诉讼或者无法在上述控罪的审理中进行自我辩护，尽快报告本庭”。

马隆的命令沿用了一条近来被广泛接受的法律原则，它源于60年前英国的一起刑事案件。这条法律原则被称为麦克·纳顿条例[1]，即如果一名被告被视为不知道其行为的性质，也不知道其行为是错的，就可以宣布他精神错乱，而无需为其罪行受罚。在美国哈里·肖案中，谋杀事实从未被质疑，但是辩护范围已经超过法律范畴。然而，对精神错乱犯罪的研究仍处于起步阶段。当时该领域最有名的学者是杰利夫医生，他在哈里·肖案的辩护中起到关键作用。杰利夫1866年生于纽约，30岁时已获得医学学士学位及另一个博士学位。在宾厄姆顿州立医院工作期间，他决心成为一名精神病学家，当时流行的提法是“精神病医生（尤指在法庭做证者）”。杰利夫后来到欧洲求学，其间曾师从西格蒙德·弗洛伊德本人。

对精神领域的认识，欧洲远远领先于美国。1912年，当查平开始陷入烦恼时，著名的瑞士精神病学家汉斯·W. 迈尔提出一个观点——逻辑思考和心理平衡可以被人类与妄想有关的情感的一面所压垮。他称之为“情感迸发”综合征——这一术语来自希腊语，意指“与情感一致”——并且把它与其他妄想加以对比，例如酒精中毒与脑功能紊乱有关联，而并非源自精神病。到了1918年，当查平进行精神病鉴定时，西格蒙德·弗洛伊德才刚刚在维也纳大学的维也纳精神病诊所完成他那备受关注的精神分析讲稿。

20年之后，美国弗洛伊德学派精神病学家弗雷德里克·魏特汉延伸和发展了迈尔的“激情性危象”概念，以用于解释类似查平的行为——个体对与其有长期恋爱关系的受害者实施莫名其妙的暴力行为。在激情性危象中，一个明显以自我为中心的个体受到精神创伤经历或是妄想的刺激，产生了必须实施暴力行为的念头——杀人、自杀，或者两者兼而有之——以此作为唯一出路。极度的精神紧张在暴力行为中达到顶点，即使受害者与那突如其来的精神创伤也许没有任何关联。暴力行为结束后，个体立即感觉紧张消除并且重新冷静下来。可是，在查平面临精神病鉴定之际，对于心理学领域正在取得的重大突破，3位调查专员中仅杰利夫有些模糊的概念。

11月1日，精神病鉴定调查委员会开始秘密工作。地区检察官办公室徒劳地试图使听证会向公众开放。第一位证人是莱茵兰德·沃尔多。他告诉调查委员会成员："如果说查平行为反常，那么全世界就没有人正常了。"沃尔多说，查平总是看起来很正常。他又补充说，他经常与查平夫妇共进晚宴，查尔斯和内莉之间的爱慕之情令他印象深刻。《世界晚报》总编辑约翰·坦南特告诉该委员会，查平是"他所见过的头脑最敏锐的人之一"。

为了反驳有关查平头脑冷静的评价，利维请来世界晚报一些不满的员工，例如克莱德·韦斯特和塞缪尔·威廉姆斯。查平静静地坐着，看着证人们鱼贯而出。"我的每一个细微的举动都可能被歪曲成精神错乱的迹象，被挖出来，又被借题发挥，直至连自己都感到疑惑——我是白痴、偏执狂，还是未被归类的疯子？"查平说。一名记者提出有关查平情绪不稳定的证据——他曾将一大堆记者的专栏文章扔进本地新闻部的废纸篓里。另一个员工说证据在于——查平经常在谈话当中突然冲进公用电话间。这名记者哪里知道，查平使用公用电话间和债主们说话，是为了避免被人听见。

听证会持续了超过1个月。从听证会场外往来的人流可以看出，他们与调查主题有密切关联。除了沃尔多，曾经带查平参观新新监狱的赫伯特法官亲自出来做证。利维出示了福特汉姆大学弗兰克·罗斯·哈维兰德博士的证词，后者是精神健康研究领域的权威，对查平近来的不稳定行为提供了病理学分析。哈维兰德说，他认为查平患了引起间歇性麻痹的疾病，这让他失去理性，并且将缩短其寿命。但是在追问下，哈维兰德承认，查平当时充其量处于麻痹性痴呆早期，仍然清楚自己正在杀害妻子，而且那是法律禁止的行为。当内莉的女仆凯蒂来到时，查平从精神恍惚的状态中清醒过来。她告诉调查委员会，在自己照料内莉的18年间，从没听查平说过一句狠话。"他是她始终如一、恩爱忠诚的丈夫，"她说，"比起丈夫，更像是情人。"

最后，轮到查平向专家组陈述。在7个小时的供述中，查平一步步将调查委员会引入他的人生故事和触发那个9月清晨悲剧的所有事件。专家组成员对他的记忆力、他对细节的关注，以及——用他们的话来说——"他讲述故事时引人注目的生动性和戏剧感"印象深刻。查平并没有刻意制造一种印象——他不理解他的行为或者他无法对其行为负责，即使在辩护律师盘问时也如此。

"你做得对吗？"利维问道。

"那是我做的，上帝理解我为什么那样做。"查平回答。

“那样做对吗？”

“在我看来是对的。”

“以你的理解和认知，那样做对吗？”利维反复问。

“我已经把我的观点说得非常清楚了。”

“好，”利维继续问，“你明白我的问题吗？”

“明白。”查平说。

“请回答，以你的理解，你认为那样做对吗？”

“我当然认为是对的，我仍然这么认为，而且将永远这么认为。请听清楚……”

“根据你的判断，”利维打断他，“在你对人类法律的义务之上，你服从你所想象的上帝的律令，你是这个意思吗？”

“我是说，”查平回答，“我对妻子的义务要优先于神的土地之上所有的律令，如果我必须拯救妻子，便不会考虑律令。”

查平被问道，他是否想过犯罪将遭到惩罚。

“我没有想过我自己，因为我想和她一起死去。”查平说，“那是留下的唯一遗憾。不要误解我。别以为我可以冷静地杀死我的妻子，别以为我可以冷静地杀死那可爱的小女人而没有受到痛苦的煎熬。请别这样以为。但是，除了拯救她，我没有想到别的，因为我打算和她一同死去，并不惧怕未来的惩罚。”

接着，查平主动讲了一段充满激情的独白。

“现在我想告诉各位我和查平太太的关系，”他说，“她是我所见过或者梦想过的最亲爱、最温柔、最勇敢、最忠诚、最钟情、最专一的小妇人。”

“不管我做了什么，她都可怜兮兮地爱着我，我很喜欢她。我拿整个灵魂爱着她，她也如此……在很多事情上，她是我的伴侣，我的知己，”查平说，旋即又补充道，“我的朋友，我的伙伴。我们夫唱妇随。”

“你们永远不知道一个人在另一个人心头的感觉，就像那个亲爱的小女人在我心里一样，”他继续说道，“我杀了她是为了拯救她，感谢全能的上帝，她已在天堂，将不再受伤害……”

他说不出话来。查平将其罪案归于“无法避免”。

维克山姆于是问道："你相信上帝，相信他细心的照料和怜悯。如果你杀死的是自己而不是你太太，你有没有足够的信心去相信——上帝将照顾你的妻子并给她提供生活所需？"

查平无言以对。

12月14日，调查委员会将调查结果交给马隆法官。这份由维克山姆撰写的长达647页的报告，覆盖了利维论点的方方面面。也许查平"被初期麻痹性痴呆所折磨"，维克山姆说，但是没有令人信服的证据说明查平不知道自己当时在做什么或做过什么，或者"处于白痴、弱智、精神失常、精神错乱状态以至无法理解诉讼或者无法在上述控罪的审理中进行自我辩护"。

报告称，毫无疑问，谋杀发生时查平和他的妻子"特别恩爱"。但是，查平并非受到神的指示或其他影响而杀死妻子。他那样做，是因为他认为那是摆脱可预见的耻辱和毁灭的唯一出路。尽管此种想法表现出错误的前提和不正常的道德理性，但这不是查平对其行为缺乏道德与法律责任能力的理由。马隆法官在报告上签字，赞同有关调查结果。在签名之前，他写道："让被告人进入审判程序。"审判定于1919年1月20日举行，由法官巴托·S. 威克斯来主持。查平在"坟墓"度过圣诞节。当天他拒绝被带出牢房，也拒绝见任何访客。"我收到许多信件、电报和包裹，但都没有打开，"他说，"只想一个人待着。"

查平的审判日趋临近，利维来到"坟墓"。他刚见过地区检察官，前来告诉查平他有可能会被从轻起诉。最高法院5位大法官都已传阅查平对精神病鉴定调查委员会所做供述，他们一致认为地区检察官不可能赢得一级谋杀控罪。因此，斯旺允许查平承认一项较轻的罪行，以免除电椅极刑。

"我立即告诉地区检察官，"利维说，"我不同意什么妥协，而且我还告诉他我有信心在你的案件终审判决时使你被宣判无罪。"但是，他承认，假如他采取这一策略，该案也许要好几年才能最终审结，其间查平将被一直羁押在"坟墓"。"你的朋友们强调，你的体力无法承受如此严峻的考验。我并非有意劝你采取哪种做法。现在你必须自己做决定。"查平至今已被拘留在"坟墓"将近4个月。他思考着自己该做何选择。"我所看到的和听到的一切都令我胆战心惊。个中恐惧连笔墨也难以形容……如果我还要忍受更长时间，调查委员会不需要多长时间就会发现我彻底疯了。"

查平同意妥协。1月14日上午10点55分，警员大卫·诺特将查平押送到法官巴托·威克斯的法庭。查平与威克斯相熟。事实上，威克斯曾在霞飞宴会上希望双方能经常聚聚，现在距离那时还不算太久。查平身着深蓝色哔叽呢西装，脚穿鞣料皮鞋，手拿黑色软帽，在双方都无法想象的迥然相异的情形下出现在大法官面前。威克斯手上有利维与斯旺达成的两页认罪求情建议。这份文件回顾了案情，并提到除了查平自己声称的犯罪动机，并没有发现其他犯罪动机。这份认罪求情建议谨慎地写道，尽管查平的理由不能减轻其凶残的罪行，地区检察官断定，陪审团对查平的裁决不大可能超过二级谋杀。

查平站了起来。他身旁的利维仍然坚信陪审团听了查平的故事之后，不会做出任何谋杀裁决。书记员威廉·彭尼问查平，他是否愿意变更无罪抗辩。查平微笑着点点头。

“你想承认一项较轻的罪行吗？”彭尼继续问。

查平再次微笑着点点头。

“你想立即宣判吗？”彭尼问。

“被告已准备好接受判决。”利维说。

威克斯注视着查平说：“查尔斯·E. 查平，你被判苦役监禁，最短刑期20年，最长刑期终身。”

查平的脸抽搐起来，变得苍白，但仍然站得笔直。然后他向法庭微微鞠躬，警员诺特押送他出去。不到3分钟，全案审结。媒体未料到会这么快收场，正如《纽约美国人》的报道所说：“重大的刑事案件审判通常会有多个回合的波折，而本案审判这一页却是一翻而过。”

斯旺坐下来，在起诉书上做最后的记录。“被告承认二级谋杀罪。州立监狱，最短20年，最长终身。”签上其姓名的首字母后，斯旺和地区检察官办公室认为查平的案件到此结束。但是，还差一块拼图没有放好。近5个月内，在活跃的媒体报道、警方调查、法庭审理以及精神病鉴定听证会期间，未曾有一个债主站出来。广场饭店那张未偿付的2 000美元的账单呢？它已经结清了。

译注：

[1] 麦克·纳顿条例（M' Naughten Rule），是关于精神障碍者刑事责任能力问题的法律规定。1843年，苏格兰人麦克·纳顿受妄想支配，企图杀死时任英国首相皮尔，结果错杀了皮尔的秘书。案件审理中，律师称麦克·纳顿患有精神病，不知道对与错的区别，不知道他的行为的性质和后果。陪审团最终被说服，法庭判麦克·纳顿因精神错乱而无罪。这一判例促成了麦克·纳顿条例。

18 高墙之内

对于1919年在新新监狱某个接收牢房逗留的囚犯来说，最初让他明白等待他的将是什么的，是一首刻在墙上的诗。作者不知是谁，但路过者无人不晓其意。

监狱非由石墙构造，
一位诗人曾这样吟唱。
他就是个骗子；
啥也不懂。
也许在灵感之下，
他所言不虚；
但如今他们用石头和大棒
建成真他妈好的人造牢笼。

毫无疑问，新新是美国最臭名昭著的监狱之一，自从1828年劳改犯用原地开采的石头建成这座庞大的监牢，它就一直是纽约最邪恶市民的家。这一狭窄、高耸的长方形牢房，比犯人们走上犯罪道路前租住的廉价房屋还要狭小和令人窒息。800间牢房靠着围墙堆叠了6层楼高。一条像是外部太平梯的金属走道横贯每层牢房的正面，并通过一组开放式的楼梯彼此连接。每间牢房深7英尺，宽3英尺3英寸，高6英尺7英寸。里头的空间仅容犯人靠床站立；换衬衣的时候，手总会擦到潮湿的天花板。直至19世纪末，监舍东墙才开凿出大扇窗户，黑暗和潮湿曾经和石头一样，同为牢狱生涯的一部分。1919年，新新在这座建筑物之外做了大幅扩建，但旧监区仍在使用。在纽约，由于犯罪行为及被捕罪犯数量持续上升，使得该州迫切需要监狱囚禁犯人，便向新新投入资金。到了1919年，监狱大楼已覆盖几英亩河畔低地，新监区正在后方小山上兴建。因此，新新跨于沿哈得孙河南北走向的铁路线上。因为这种奇特的布局，几乎每小时都有一批火车乘客路过此地，他们把脸贴着车窗玻璃，试图瞥见著名囚徒在此度过艰苦的铁窗生涯。

1919年1月17日，判决两天之后，查平进入这个世界。警员诺特——在精神病鉴定听证会期间，他全程坐在查平旁边——开车押送他过来，而不是像通常对待犯人那样坐火车把他们押解过来。在位于亨特街的门口，诺特打开查平的手铐，新新监狱的看守与诺特完成了犯人移交。依照程序，查平被带到档案文书那里。他填写了接收花名册，在“亲友姓名”一栏，写下唐·塞茨和妹妹玛丽安。新的身份被标于左上角——“69690号”。为了完成身份转换，查平被带到监狱院子的一座小楼，他被命令脱衣淋浴，口腔、脚趾、手指及其他部位都做了违禁品检查。然后，大部分囚犯会领到一套质量粗劣的内衣、一件条斜衬衫、一双劳动靴、袜子、灰裤以及一件大衣。看守们并不在意这些衣服是否合身。实际上，正如一位监狱长的评论，它们是否合身根本不重要，其目的是剥夺囚犯的个人身份及个性。“真想让你看看我的新裤子，”一个囚犯写给朋友，“它们只到我膝下两英寸……老实说，乔，穿着这身衣服我看上去就像只苏打水瓶子。”

查平却得以避免囚服对自尊心的伤害，因为监规允许犯人穿自备的衬衫、鞋子和内衣。事实上，犯人还被允许佩戴项链和领带。查平发现，裤子是唯一强制性要穿的囚服。查平被发给一顶帽子，但尺码太小了，看起来就像火车司闸员戴的帽子，一件扣不上纽扣的夹克，以及几条太短太紧的裤子。“但是，”他写道，“它们是干净的，未被穿过的，那是有所考虑的，我从发给后来者的衣服可以看出来。”穿上新衣服，查平瞥了一眼小镜子中的自己。“我无法认出镜中那个可笑的人，我一直认为自己是个讲究着装打扮的家伙。”他说。看到查平在打量自己的新模样，警官和犯人们忍俊不禁，他自己则不由得大笑起来。他后来写道：“在笑声中开始终身监禁真不错。”

换装完毕，查平和其他新犯人被带去监狱医院做粗略的体检。牙医查看他的牙齿，眼科医生检查他的眼睛，还有个医生给他抽了血并做了触检。在监狱学校，他们进行了教育程度测试。测试结束后，犯人们被拍照，还被提取了贝蒂隆指标。法国人阿方斯·贝蒂隆创造的“人体测量法”测量囚犯的头宽、身高、足长、臂长和食指长，这些数据被忠实地记录在索引卡片上，并根据一个复杂的头宽尺寸系统归档。最初，法国警方认为这是个愚蠢的想法，但是很快该系统促进了捉捕和定罪。一把假胡子可以改变歹徒的外观，但是他无法改变自己的头宽。新犯人被扎针、测试、量度之后，最后一站是拜访监狱神父威廉·E. 凯森，听取他的劝告。不过数年前，查平和凯森曾在新新共进晚餐，当时纽约著名报人查平由法官赫伯特陪同莅临监狱。现在他却以杀人犯的身份回到这里。

领取便桶之后，查平最终被带至旧监区，关在106号牢房。“我和法官朋友视察过这些牢房，对它们充满厌恶，”他说，“弥漫在石洞中的令人作呕的空气，令我几乎不能呼吸。”牢房内有一张简易铁床、一张草垫、一条毯子、一个枕头、一个马口铁水杯，以及搁铁皮便桶的地方。野生动物共处一室——草垫里有扁虱，墙壁裂缝中有各种各样的臭虫。22英寸宽的结实钢门顶端有棋盘状网格，空气和光线由此进入。据新新的狱警说，如果一个人曾在狱中哭泣，那么就是此时此刻——当门闩第一次被锁上，他被独自留下考虑自身命运的时候。但是，查平还没来得及沮丧，就听到铁栅外传来愉快的声音。原来是凯森神父，他带来了杂志和鼓励的话语。凯森让查平明天上午到他办公室去，他要给他一个惊喜。

第二天查平去见神父，发现他的狱中工作将是在凯森管辖的监狱图书馆上班。神父在教士办公室给他留出一张书桌——“和我在监狱之外用过的任何办公室一样明亮、舒适和令人愉悦。”查平说——并承诺他将有充足的时间走进这个藏书12 000册的图书馆并陶醉其间。“就在这样的环境下，我开始了‘20年至终身苦役监禁’。”查平中了狱中服刑的头彩。很少有犯人能被免除新丁苦役——到2号贮煤场铲煤，给巨大的锅炉加煤，为监狱提供电力和暖气。查平被免除苦役并非无人知晓。一个周日下午，在棒球比赛当中，犯人爱德华·J.麦克格拉斯发现查平坐在下面，身穿真丝衬衫，眼睛戴着绿色的遮光眼罩。

“那是查平！”麦克格拉斯说，“喂，他在干什么？”

“你在这里这么多年了，还问我他在干什么，”他的同伴大笑回答，“你想问他怎么没在煤堆里头忙活，是吗？纽约来的大主编得有一份好工作。”

查平终于适应了狱中生活的节奏。每天早上6点，看守敲响钟声并清点人数。查平必须离开床铺，在30分钟内穿好衣服。6点半，牢房将被打开，他要加入犯人的行列，去户外下水道倾倒便桶，白天要把它们搁在架子上。7点在食堂吃早餐，通常吃肉末马铃薯或谷类食物。7点50分，监狱哨声吹响，犯人们去劳动。8点之前，查平必须到图书馆。中午，哨声再次吹响，犯人们集合去吃午餐，通常有一块肉、一份蔬菜、面包和咖啡。从来不会有新鲜的蔬菜和水果，因为每个犯人每天的伙食费仅21美分。午餐之后，抽根烟稍息片刻，犯人们回去劳动，直至下午4点。晚餐之后，犯人们经常再吃点家里寄来的爱心包裹或在监狱商店买的食品，然后可自由地在监狱院子内散散步。有人打棒球，有人只是闲聊，以打发时间。但是，没多久哨声又一次吹响，召集大家去取便桶、回牢房。条件如此艰苦，那年复一年令人厌恶的刻板模式、条纹囚服以及压抑的监规，总是萦绕在囚徒的心头，难以释怀。

正如凯森所承诺的，查平在图书馆的工作并不繁重，而且有大量时间读书。“书籍几乎是我唯一的同伴，”他说，“但有时我读了一个小时也没记住一句话，常常要重读一遍，因为我只是用眼去读，心却在别处。”无论做什么他都无法摆脱苦闷：单调乏味，孤单寂寞，悔恨悲伤，而且，最难熬的是那些孤身独处的漫漫长夜。“在新的生活中，白天我还有事可做，否则那些恐怖的想法老是涌上我的脑海，我一定会疯掉。”他说，“但是，还要打发那些漫长的傍晚和更为漫长的黑夜，在一个不比墓穴大的牢房里头的那些无眠之夜。”在这样的夜晚，查平躺在小床上睡不着，牢房天花吊着套了绿玻璃的灯泡，他就盯着沐浴那光线的墙壁。“灯亮着的时候，绿色的反射光透过牢房门上方的网格照在门前的大窗上。那团反射光像一块巨大的绿宝石那般闪耀——有卷心菜那么大——而棋盘状网格栏杆的阴影在其上画了十字形。每天晚上熄灯之前，我的视线都落在那里。”

尽管查平仍然闷闷不乐，他的生活条件却在迅速改善。世界晚报提供的一份适度的养老金让他得以从监狱商店或托外面的朋友买些食品和个人用品。他有了红地毯、新的床单被套以及蓝色缎面的羽绒枕头。作为一名A级囚犯，他获准每个月有4次工作日探监、1次周日探监。不久，一位老朋友来访，耐心地听查平详述他在新新的悲惨生活。

“有空的时候，为什么不开始写作呢？”这位朋友建议，“为什么不写本书呢？”

“写什么？”查平回应。

“写本自传。”

“我没有那么自负。”

“说说你做了40年报人的故事。”

当晚回到牢房，查平照例睡不着，却是因为别的原因。“40年报人！往事一起涌上我的心头，就连我人生当中最小的事件仿佛也通过放映机播放出来。”随后，查平无意中在图书馆发现了19世纪倡导“自己拯救自己”的思想家塞缪尔·斯迈尔斯的著作《品格的力量》。查平在书中找到一个专门写狱中作家的章节。斯迈尔斯提出，他们均被厄运所唤醒。“在某些情况下，如同铁块被燧石击出火花，天才似乎需要遭遇厄运强烈而突然的打击才能发出神圣的光芒。”查平读到，“人类的本性在磨难中开花和成熟，而在安逸舒适中只会凋谢和腐烂。”查平思考着自己的命运，也想到斯迈尔斯书中提到的作家们。米格尔·德·塞万提斯不就是在狱中构思《堂·吉诃德》的吗？小说家丹尼尔·笛福肯定对英格兰的监狱不陌生。多米尼克派哲学家托马索·康帕内拉在意大利监狱度过了30年。人们认为诗人理查德·洛夫莱斯的《狱中致阿西娅》写于他被拘禁在威斯敏斯特城楼的时候。“孤寂使某些人疯狂，却使某些人意识更敏锐，”查平写道，“勇敢者总是将监禁转化成伟大的个人成就，而怯懦者则被自怜压碎和击败，不知不觉陷入无能为力的惰性。”撰写自传的想法使他从意志消沉的懒散中摆脱出来。

“我开始写作，在回忆中重温人生。”他每天在图书馆写作，没有明确的计划和目标，也没有想过拿去出版，只视其为消遣。他从14岁在艾奇逊的时候开始讲述自己的故事，回忆了那些在小城镇巡演、在芝加哥做新闻、移居纽约、参与公园街新闻大战的时光，也回忆了普利策家族的往事以及他最终的崩溃。尽管他偶有邀功之嫌，但这份手稿写得相当坦诚。查平在写作中没有用到日历、日记或备忘录，仍准确地演绎了人生的点点滴滴，尽管有的地方也令人困惑。手稿中明显缺失了他人生的两个侧面。首先是他的父母，特别是他的父亲。读者无从知晓他父亲与家庭断绝关系，并与另一个女人开始了新的生活。唯一的线索——只有知道这个家庭曾经解体的读者才会注意到——是查平把母亲当作偶像来崇拜。更为紧要的是内莉的缺席。除了一段对两人恋爱经历的简短而动人的回忆，以及作为他的同伴偶尔被提及，比如“我和太太在沙威酒店享用感恩节晚餐”，内莉便彻底消失了。在手稿的最后部分，只在查平解释导致她死亡的事件时，内莉才重新出现。但即使在这一部分，他也没有提及她的名字，只是称她为“太太”。

撰写手稿的过程中，查平的健康状况变得越来越糟。到了秋天，他在监狱医务室卧床不起。查平年届六十，虚弱枯瘦，体重仅133磅。监狱医生阿莫斯·斯夸尔断定他活不长了。查平也没有活下去的欲望，他写下遗嘱，要求与妻子合葬，并为此留下一点钱。然后就等待死亡来临。

政治与社会变革之风吹向纽约，很快便吹到新新。查平被拘禁在“坟墓”时，纽约人已选举锐意改革的天主教徒阿尔·史密斯当州长。查平被监禁在新新后不久，监狱长职位就空缺了。这并不罕见——过去20年，该监狱监狱长的平均任期只有11个月。当时有句流行的俏皮话说，离开新新最快的方法是进去当监狱长。该职位被认为主要由威斯彻斯特县的政客们所操控。但是，史密斯州长主政下的情况大不一样。他做了一件闻所未闻的事——任命一名女性弗朗西丝·珀金斯加入工业委员会。下一个受到史密斯影响的是新新。1919年12月5日，长岛新汉普顿管教所的刘易斯·劳斯收到电报。“请安排于12月9日（周二）7时与州长和我在比尔特摩饭店见面。（签名）C. F. 拉提根，监狱警长。”

年仅36岁的劳斯是监狱改革派的代表人物。他生于纽约埃尔迈拉，一生都围着犯人转。孩提时代，他花了不少时间观看自家附近的纽约州管教所操练队伍。像查平一样，他十多岁便离家并已出人头地。服完军役之后，他在丹尼摩拉和奥本州立监狱做看守，然后回到家乡，在埃尔迈拉管教所任职。30岁之前，劳斯决定学习一门冷门课程。他告假入读纽约社会工作学院。一名监狱看守自行前来向社会改革领袖学习，不会无人察觉。他的策略奏效了。他回到埃尔迈拉工作不久之后，他的导师、纽约市惩治改造局局长凯斯林·B. 戴维斯邀其重返纽约，出任哈特岛上问题成堆的纽约市管教所的监狱长。该管教所变革时机已成熟。它坐落于监狱与公共墓地——纽约无名的死者被埋在这里——之间，这里刚发生过由犯人“捕鼠者迈克”领导的骚乱。

劳斯接受了挑战。一周之内，他找了为此次暴动负责的犯人迈克来谈话。“只见这个臭名昭著的‘坏男孩’身体单薄，胸膛狭窄，面色苍白，身材中等，”劳斯说，“他的眼睛令我印象深刻，它们炯炯有神，直视着你。”因为迈克不用捕鼠器就能捉到老鼠，这种离奇的能力使他得到那个特别的绰号。他甚至还养了几只老鼠做宠物。“迈克对老鼠的喜好使他成了管教所内的英雄，”劳斯说，“只要有适当的广告宣传，以后他也许能进入国会或者其他公共事务部门。真正为人民所拥戴者少见得很。”和迈克谈话后，得到他和他的追随者保证行为检点的承诺，劳斯将他们放回到囚犯当中。同时，劳斯迅速改善环境，解除管教所中诸多可憎的限制，允许晚上进行体育比赛，并改善伙食。“在岛上的那一年，我和迈克及其支持者相处得安然无恙。”

该管教所条件有限，于是纽约市同意出资在奥兰治县修建一所新的管教所。在少量看守监督下，劳斯带着547名男孩和年轻男子先坐船，再转火车，然后又坐船才抵达纽约购买的荒地，一些休息用的临时板房已搭建起来。旅途当中，没有一个未成年人逃跑，尽管当他们来到这片将成为日后居住地的泥泞旷野时，许多人也许后悔没那么做。几年之间，劳斯用犯人劳力建成了一个广受赞誉的模范管教所。这一功绩引起了时任纽约州州长阿尔·史密斯的注意。

“你来接管新新，如何？”在比尔特摩饭店的约见中，史密斯问劳斯。劳斯说不太想去。尽管州长赞赏他，让他考虑一下，他还是认为放弃在新汉普顿的公共服务职位而选择一个任期短暂的政治职位并不明智。

“年轻人，我无所谓，”史密斯说，“那是个艰苦的地方。如果你害怕，我不会责备你。那里需要个大人物去坐镇。”

劳斯同意去监狱看看，同时考虑是否接受这项工作。几天之后，劳斯前去视察，走进监狱医务室。巡视时，他看到一个头发花白的男人神色绝望、情绪低落地躺在小床上。“我注意到他那双眼睛睁得大大的，非常明亮，”劳斯说，“我巡视病房时，它们一直跟着我。”

劳斯走近犯人询问其健康状况，并不清楚他是谁。两人谈了一会儿，最后互相做了介绍。像许多纽约人那样，劳斯听说过查平，而查平也在脑海中努力搜寻关于劳斯的记忆。

“哦，”查平说，“你要当新一任监狱长？”

劳斯回答说他还没决定呢。

“我祈祷你能出任，”查平说，“知道吗，自从我到这里之后，你是第一个善意地跟我点头打招呼的人。”

两周之后，劳斯就任新新监狱长。在他办公室的一次会议上，劳斯让斯夸尔医生汇报查平的健康状况。斯夸尔说他认为查平活不长了，他衰弱得很快，而且似乎已失去活下去的动力。劳斯被触动。“他被判20年至终身的苦役监禁，很可能无法活到刑满出狱，”他想到，“但是他的余生肯定可以做些有意义的事情。”劳斯去看他。“他太虚弱了，几乎无法对我的问候做出反应，”劳斯说，“但那双眼睛依旧闪烁着生命的光芒。”

“噢，是你，”查平说，“我以为你已经抛弃我了。你到这里一周了。”

“我也同样想着你，”劳斯说，“查理，你能起床吗？”

查平摇头。

“我想让你去工作，查理，”劳斯不顾查平的反对继续说，“我想你会喜欢的工作。”

然后他说，狱中有份犯人办的报纸，不太令人满意。他认为一位资深的报纸主编也许能让它变得更有生气。查平似乎感兴趣，他的眼睛小心地观察着劳斯。

“但是，”劳斯起身离开时说，“你必须快点好起来，否则这个工作机会就没有了。我们不能等太久。”

周末之前，查平就离开病榻了。

19 再任主编

在劳斯给查平提供工作机会时，那份监狱报纸已断断续续地在新新出版了超过30年。从19世纪70年代开始，美国大多数主要监狱都有犯人办的报纸。一些出版物生气勃勃、文笔优美、不受约束，常常是监狱改革者的宠儿。另一些则受到严格的审查，专事正面宣传，读来枯燥无味。1887年12月，一份名为《隐士》的小画报出现在新新，刊头上宣告其“编辑、设计、配图、印刷无需排版、印刷机或是剪刀”。那是囚犯盖伊·W. 福斯特喜爱的工作，除了《纽约世界报》提到的“他与投机商号及商业企业有可疑的关系”，他在新新服刑的原因不得而知。第一期刊物有14个版，半数是印自手刻枫木版画的插图。《纽约世界报》记载：“为了做这本刊物，这个——用他的话来说——‘被人类法律判了死刑但仍能说话的’男人付出了巨大心血。”

到1899年《希望之星》创办时，再没有福斯特的痕迹。像大多数其他的监狱报纸，这份新刊推出之际，正逢印刷机被引进监狱。一名犯人——只知他是1500号——迷恋于新新的新印务所。“每次经过它的时候——每天6次——我都渴望地凝视着它。我总对自己说，如果我可以使用它，将是多么快乐！”

最后，有个想法在他的脑子里成形，也许他能够在狱中出版一份报纸。“我不知道什么监狱新闻，”他承认，“只听说明尼苏达州斯蒂尔沃特每周出版一份名为《狱中镜报》的小报纸……于是着手写出一份我所设想的监狱报纸计划书。”他向监狱长提议，每两周在新印务所印刷一份8个版的报纸，由犯人们撰写有关新新的稿件，同时刊登一些狱外消息。“至于工作人员，我自荐担任主编及发行人，所有犯人组成供稿团队。”他说。

在监狱长及监狱警长的许可下，《希望之星》于1899年4月22日首次出版。臭名昭著的货币伪造者弗朗西斯·奎格利为其蚀刻报头。它刻画了高墙外的乡村，一颗星星在监狱警戒塔上空升起。这份报纸沉浮枯荣了大约15载，直到与共同福利联盟——1913年在新新创办的类似学生会的犯人自治会——出版的《公报》合并。到1920年，监狱新闻已成为新新以及至少2/3的美国监狱高墙之内生活的组成部分。许多监狱长坚信监狱报纸有助于监狱改革。但与此同时，监狱官员所能容忍的程度也是有限的。

就在这种模棱两可的气氛中，1920年1月查平开始担任监狱报纸主编。他搬入位于监狱院子中央一座黄色大楼底层的星报办公室。10名犯人帮他搬运图书以及装着外头朋友送的奢侈品的柜子。“在他打开这些盒子和包裹时，我惊讶地看着，”在印务所工作的犯人麦克格拉斯说，“每打开一包东西，这个地方看上去就更像一家杂货店……有水果罐头、蔬菜罐头、果酱罐、果冻和蜜饯、咸饼干、糖、茶、咖啡——人可能需要的每一样东西。”东西实在太多了，当搬运人员要走的时候，查平还有两打罐头没地方存放。

“需要我们弄点东西来帮你装吗？”有人问。

“你为什么非要帮忙呢？”查平回应，转身背对着他们。

第二天，麦克格拉斯在印务所看到4个木器店的人在搬运他订购的用来放装订材料的橱柜。

“太好了，伙计，”麦克格拉斯说，“就搁在那个角落吧。”

“对不起，埃迪，”同行看守说，“这个橱柜不是给你的，是给隔壁的大人物的。”

“给查平的？你们疯了。我1个月前就订了这个橱柜！”

“没错，但这不是给你的。它曾经是给你的，但查平先得到了它。看，你不觉得那个角落的东西堆得像杂货铺吗？好了，他得有地方来搁它们，他的小橱都装满了。有命令要求把这个橱柜先给查平，另外给你再做一个。看来你还要等上几周。”

即便不算食物橱，在这个冰冷的石头围城里，查平的办公室也是一个不协调的绿洲。这个房间宽12英尺长15英尺，实际上是一个带着穹隆的凹室，摆着橱柜和一张大书桌，桌上搁着置物格子架，用来存放纸张和信件，另有一张单独的打字机台。四壁涂了浅灰色，屋顶白色，装饰着绿色、红色和金色的线条。白天，房间沐浴在由东西两侧窗户倾泻而入的阳光中。晚上，由镀金链悬挂于天花板的如阳光放射状的灯饰照亮整个房间。搬入后不久，查平挂起彩带窗帘、绿色和黑色的打褶饰物，还铺上厚厚的地毯。查平很快恢复了健康。“我再一次闻到印刷机的油墨香，听到正在运转的印刷机发出的嗡嗡声和砰砰声，开心得无法用语言形容。”他的步伐加快了，肩膀挺直了，而且享受着大声地发号施令。“他重新发现了生活的乐趣，”同样在适应新新生活的劳斯说，“他在重塑形象。”劳斯允许他在狱中自由活动，并允许他自行制定日程安排。查平从上午7点开始一直待在新办公室，直到晚上10点才回到牢房，每一顿饭都在办公室吃，用的是全套陶瓷餐具。他把所有心思都放在新报纸上。

在劳斯的许可下，查平重新再造这份监狱报纸。它更名为《新新公报》（以下简称《公报》），版面扩至原来的两倍大，并采用了全新字体，以区别于先前那份报纸。2月份，第一期报纸出炉。它有18个版，设计简洁，插图精美。头版刊发了一篇奉承该监狱新任监狱长的长篇传略，作者是“C.E.C.69690”。内页的社论讲到查平被任命为主编及其对该刊的规划。查平写道：“监狱长劳斯认为《公报》应该成为领先的监狱刊物，并承诺最大限度地调动资源来支持它。”犯人们被促请为新的监狱报投稿。查平用笔名“图书馆人”写给读者：“他人在更恶劣的状况下获得的建树足以激励新新的每个囚徒至少努力为我们的监狱报纸写些有价值的东西。写作可以帮助我们忘记痛苦。”为了率先垂范，查平用了两个整版来刊发个人回忆录的第一部分。

就像为被践踏者而战的《世界报》和《世界晚报》主编一样，查平用了更多的版面来刊登犯人们感兴趣的消息，例如法庭判例，并将《公报》所拥有的微薄的社论力量转向支持囚犯运动。《公报》加入了其他监狱报纸为劳改犯争取工资或提高工资待遇所发起的行动。“如果政府对惩戒作恶者无所作为，只是把他们关押在监狱高墙之内，强制他们劳动而没有报酬，这将激起他们的怨愤，政府就没有履行对社会的职责。”查平强烈要求提高看守的收入，以保证有更多合格的（但愿不那么危险的）看守人员。他撰写言辞典雅的文章恳请反对死刑，并用自身的案例去说明：与终身监禁相比，死亡是更轻的惩罚。“我们知道它所带来的悲伤、阴郁的孤独、死一般的单调、永无休止的歉疚和悔恨。而且我们知道人生再也没有什么不同。只要我们还活着，所有的明天都一模一样，直到漫长的刑罚终止。”

《新新公报》最显著的变化是它开始体现新任主编敢作敢为、生硬粗暴、骄傲自负的个性。没多久，查平就放弃了大部分稿件由犯人撰写的想法。他们的作品显然无法达到他的标准。尽管在纸面上他称赞他的犯人同事，而私下里对他们的智力评价其实并不高。“监狱主编无法在才智相形见绌、无能为力的读者之上翱翔。”他写给一个朋友。到了当年秋天，他几乎包揽了整份报纸，“用可爱的笔名来隐藏身份，”他解释道，“例如‘被判终身监禁者’‘窃贼比尔’‘图书馆人’‘修道士杰里’，以及当时蹦到我脑子里的任何可笑的名字。”犯人们发现了这一变化。“最初，《星报》是囚犯们用过得去的文字在纸上各抒己见的表达工具，”麦克格拉斯说，“当它被《世界（晚）报》的老主编掌控之后，情况就大不相同了。取而代之的是，这份报纸几乎仅由‘大师’来撰稿，而且只报道他本人感兴趣的内容。”

尽管麦克格拉斯的说法有贬损查平之嫌，但在许多方面他说的是实情。对查平来说，《公报》让他得以逃离监禁。他的读者——至少是他最在乎的那些——身在高墙之外。即使他不能与气味相投的人共事，也可以通过办报来实现——以此让别人意识到他的存在。每一期报纸，他都格外用心地给前同事、朋友和卓越人士邮寄数百份，上面不仅刊载了他的自传，还有各种主题的文章，从狱中的贫民墓地到他那只新的欧石南根烟斗。“每天晚上在我那死气沉沉的孤寂的石墙监牢，当我从凉爽的烟斗柄吮吸着甜美的安慰之物时，狱中生活的悲伤与懊悔就得以舒缓。”他写道。贫民墓地一文显示查平仍然有场景设置的技巧——那是40年前他在芝加哥锤炼出来的新闻手法。“在那高出新新险恶的围墙、暴露在风中的小山坡顶，有一丛草丘，比任何遭到单独囚禁的愁眉不展的重刑犯还要孤独和被忽视。这是25长廊，监狱的贫民墓地……它得名于旧监区，那里有1 200个牢房层层叠叠，并被分隔成24条长廊。25长廊，那些无依无靠的犯人们最后的安息之所，在那小山上。”

这些反映狱中生活的小品穿插在每一期《公报》当中，报纸的主要版面则用于连载查平的长篇自传。刊发回忆录当然可以在他的旧日报界同事中提升外界对该报的兴趣。老朋友例如西摩，先前的记者同侪例如特休恩，就连过去的竞争对手也纷纷寄来信件。“你现在编的报纸比《世界晚报》多了两倍人情味。”《纽约电讯晨报》本市新闻主编阿什比·迪灵写道。《纽瓦克新闻》挖苦地评论：“他不爽的是不能开除记者。”查平逗趣地回复：“我们监狱报纸的记者不会上班迟到，告诉主编地铁交通堵塞。他们不会因为家人生病而被叫走，或者要出席一位子虚乌有的祖母的葬礼。没有什么无法摆脱的诱惑物引诱他们擅离职守，没有赛马场，没有扑克牌，没有歌舞表演，没有狂野女郎。”

查平担任《公报》主编后不久，由圣公会牧师成为畅销书作者的巴西尔·金来新新看望和他保持通信的一个年轻犯人。探视期间，该犯人问金是否想见查平，现在他是新新最出名的住客。金欣然同意。“我的书已为我铺平了道路，只要条件许可，我们在这里相聚，和在俱乐部碰面没什么两样。”金说。他富有理想主义情怀，这在当时对监狱产生兴趣的人之中很常见。他们认为监狱是罪恶的，犯人们承受着社会的罪恶，而允许这一切持续发生的社会是有罪的。在金看来，“被我们荒谬可笑地称为犯人的人与他人并没有什么区别”。开始，查平和金礼貌地谈论日常琐事、文学和狱中生活。但他们很快就发现彼此有很多共同点，特别是查平在书籍方面有非凡的学问。金不久就成了常客，也成为查平入狱后结交的第一个新朋友。查平很感激。“人很快就明白入狱后不能再依靠先前的友谊，也会认识到自己丧失了一切来到这里是为了与任何人建立友谊。”他说。

在后来的一次探视中，查平给金看了自己的手稿。金读后印象深刻，强烈要求查平把它交给出版商。查平没办法复制手稿，因此将刊登于2月份《公报》的第一部分手稿寄给普特南和哈珀斯出版公司。两家出版社都索要手稿，而乔治·帕默·普特南更是主动出击。他曾在假释裁决委员会工作，而且经常阅读监狱报纸。他坐火车到新新，带了一份合同，一笔1 000美元的预付款，并承诺支付每本书50美分的版税。查平立即接受报价。审阅了手稿后，普特南和查平约定，另外补写两章，以增加内容厚度。查平同意一章写报纸伦理，另一章写杀害内莉。仅用了两个晚上，他就以快速的双指打字方式匆忙写就了这两章——分别为5 000字和7 500字，第三天就寄给了普特南，根本没有从头至尾审阅一遍。金告诉查平自己每本书都要修订六七遍才交给出版商，查平不像他，不知道出书要做哪些准备。“我的做法是将我想说的写下来，每写完一页就交付排字，不做检查，我知道这是非常糟糕的做法，但是为了出报就必须快速成稿，我别无选择，只能以最快速度写出来。”

查平的仓促在关于报纸伦理那章最为明显。一开始他就强烈地捍卫美国新闻业，厄普顿·辛克莱的新书《贿赂》——一位杂志主编最近将此书寄给查平——对报纸做出暗淡的评价，认为报纸受到美国公司化的压制，查平对此提出质疑。“我坚信在美国新闻史上，报纸从未比现在更有胆量，更为可信，更有影响力。”查平写道。但是当他开始论证自己的观点时——例如普利策拒绝隐瞒或压制一条新闻——这一章就流于对公园街的泛泛回忆，成了从勃艮第号沉没到公平保险丑闻的大杂烩。

新增的第二章则完全不同。题为“新新的被判终身监禁者”，内容非常私人，而且首次对外解释了自己的行为。他写道：“我的故事令人称奇的是，我竟还活着来讲述它。”查平承认，在那个9月的清晨，在结束妻子的性命之后自己为何没有自杀，这无论对他的朋友还是自己来说都是一个谜。“别人说，杀死妻子之后，我没有勇气自杀。这种假设无可非议，但并不属实。”他说，自首需要更大的勇气，因为他相信自己将被处以电椅极刑。内莉没有瞬间毙命使其自杀计划成了泡影。他不敢把枪对准自己，是为了防止她活下来。当她终于死了，那些驱使他行凶的恐惧、绝望和焦虑通通消失。“事后我的大脑一片空白，”他说，“只隐约记得后面发生了什么。我曾经试图将自己那天白天和夜晚做的事联系起来，但就像捕捉急速消失的梦中思绪那样困难。”充其量，他只记得恍惚地在城中闲逛，直到在晨报中读到关于这起凶杀案的消息。在本章其余部分，查平详述了对他的审判、精神病鉴定、在“坟墓”以及到达新新的情况。“在我穿上重刑犯的灰色囚服后的许多个月，我总是很不舒服，头晕，几乎不知身处何方。我想爬到众人的视线之外去痛哭一场。”他担心自己会发疯，然后被送去州精神病院。但久而久之，他学会感谢其他犯人以及仁慈的监狱警官，并接受了自己的命运。他写道：“过去已在我身后，既成事实不可能抹掉。”但对于那些寻找悔罪内容的看官来说，本章的结语乃至全书都会令他们失望。“将近两年过去了，”查平写道，“我在牢房隐居时做了自我反省，比最善于分析的检察官让我经受的反省更为透彻，铭刻在我脑海里的结论是，我做了唯一该做的事。没有其他办法可以拯救我的妻子。”

查平认为最后一章是他写得最好的部分。正如他所言，也许是因为“它直抒胸臆，没有虚假的成分”。和手稿其他部分相比，这一章语调非常诚恳，但这并不是说回忆录其余部分不真实。实际上，查平准确地回顾了40多年前的事件，非常忠实于所经历的一切。然而，最后他对谋杀的解释甚至连朋友们都被激怒了。例如，明星作家和老朋友科布认为此书“几乎都是辩解及托词”。

将手稿交给普特南后，查平将注意力转向新的挑战。由他主编的《公报》正面临生存威胁。监狱长劳斯已经给了查平最大限度的宽容。“他总是对制度性的限制感到恼火，”劳斯说，“以查平的性情而论，审查他的社论可谓闻所未闻。作为监狱长那是我的职责，在字面上把把关。”但劳斯相当开明，很少提出改动。他对查平的工作感到满意，认为他“办出了全国首屈一指的监狱报纸”。《公报》受到欢迎。新新的访客常常索要报纸，纽约的监狱改革活动家要求将他们列入寄报名单。该报引人注目，查平夸口说，它深受邮递员的欢迎，以至于“我们寄出的许多报纸从未到过收件人手中”。但是，奥尔巴尼的长官们并不爽。看到查平的报纸越来越受瞩目，他们也越来越警惕。他们抱怨《公报》成了查平个人而不是犯人们的声音。他在报上刊发个人回忆录强化了这种印象，尽管犯人们读后视其行为反常。

查平感到他的报纸正面临严重危机。1920年4月，他受到批评者的第一轮攻击。州监狱警长查尔斯·拉提根下令削减《公报》的发行量。4月份的《公报》毫无说服力地声明，为了“节约开销”，该报将每期限印1 500份，而其常规发行量通常为5 000份。“本期之后，邮寄赠报实际上就取消了。”声明继续说。还有一个造成严重后果的决定是，不再接受来自狱外的经济资助，因为“法律禁止我们接受捐助”。

拉提根显然没有向查平的同事打听过，当这位性情暴躁的主编受到逼迫之后会怎么做。查平决定，既然自己的回忆录受欢迎，那么他就继续刊发另一篇传记，而不是保持沉默。这次，他选择了犯重婚罪的查理·威尔逊。“监狱外面有7个女人誓言倾慕他，并发誓对他效忠。威尔逊将她们通通娶了过来，”有报纸记者写道，“现在他因为自己的罪过和深情而坐牢。”在5月刊中，威尔逊讲述了自己的故事，想必查平已做润色。“人们说一个好老婆是一颗珍贵的珠宝，”他起笔写道，“我则是珠宝收藏家。”但是，威尔逊承认他有些遗憾：“为了收藏这串珠宝，我得蹲5年半的牢。它们并非物有所值。”即使新新的读者对此暗自发笑，奥尔巴尼的读者也不接受这样的玩笑。6月刊和7月刊如期出版，但那是暴风雨到来之前的平静。

夏季三伏天，拉提根从奥尔巴尼过来。他对劳斯说，威尔逊的文章和查平的回忆录促成此行。拉提根告知监狱长，有三个选择：你可以撤掉查平的主编职务，或者在报纸出版前将所有内容呈送奥尔巴尼，或者暂时停刊。拉提根走后，劳斯去印务所找到查平，让查平跟他走。他们沉默着走到小山顶，那里可以俯瞰哈得孙河。劳斯说：“监狱警长已决定审查我们的出版物。他命令我从现在开始每次付印前将所有稿件呈送给他。没有他的批准或认可，任何稿件都不能见报。换句话说，他要做主编。”

“好，我知道该怎么做，”查平回答，尽力控制自己的脾气，“但我不会告诉你会怎样做。我不会以出报来讨好他。”

两人走回查平的办公室。“当然，在这些高墙之内，我的忠告并非毫无价值，”查平说，“过去人们经常来找我出主意——包括大人物。这件事远比控制一份原本默默无闻、现在被我们注入了生命的报纸有更为深远的影响。记住这一点。”

8月份，《公报》没有出报。劳斯告诉索要报纸的新新访客们，他接到命令停止出报。查平的同盟者马上和他站在一起。纽约的监狱改革者B. 奥格登·奇泽姆给史密斯州长写信，他说停刊是一种“暴行”，并请求州长准许其恢复出版。史密斯回复说他会调查此事。两天之内，拉提根矢口否认他曾下令关停报纸，并承诺彻查此事。本州监狱委员也加入争论。他们声称，虽然他们明白警长实际上没有特别下令要压制这份报纸，但是大家希望它能复刊。与此同时，查平被要求继续出版《公报》。他着手制订计划，将没能出版的8月刊稿件做成8月、9月合刊。这场斗争没有被媒体所忽略。《纽约时报》报道，拉提根的行为导致“本月《公报》未能出版，以及目前正在进行的争夺战——不仅要恢复《公报》这份监狱报纸的出版，而且要解决它未来将由奥尔巴尼主编还是由新新主编的问题”。现在这要由州长本人来定夺。

史密斯州长下令，由拉提根和劳斯来处理这个问题，但明确要求《公报》恢复出版。在监狱副警长詹姆斯·隆格的陪同下，拉提根立即由奥尔巴尼登上火车，又一次来到新新。监狱事件观察者认为，隆格的陪同是准备修订和平条约的信号。在拉提根的手下中，隆格以“外交家”著称。两人到达监狱后，走过成群聚集的记者，不发一言，直接步入监狱长办公室。过了一会，三人走了出来。拉提根告诉记者他无可奉告，劳斯将代为宣布，然后便转身走进邻近的一个房间。

“《新新公报》将继续出版，”劳斯宣布，“禁令已被撤销，有关争端已经解决。”

“它将像过去一样编辑出版，”隆格补充道，“它将会被认真地编辑及审查。”

“在这里编辑和审查，还是在奥尔巴尼？”一名记者问。

“在这里。”隆格回答。

“监狱长办公室和警长办公室之间没有权力冲突，”劳斯说，“对此事件没有抵触情绪。”当晚，印务所加班赶制8月、9月合刊，希望能在随后一月的第一天出报。

然而，争端尚未了结。劳斯和查平虽然已经赢得了第一次交锋，但劳斯感到上头这次越界使州长允许他自主管理新新的承诺受到威胁。两天后，他和史密斯见面。像第一次那样，他们还是在比尔特摩饭店会面。当劳斯走出饭店电梯时，发现自己被好多精心打扮的纽约妇女包围了，他要对州长表达的想法也乱作一团。他以为自己走错楼层了，刚要退避就有个助理走过来。

“劳斯监狱长？”

劳斯点点头。

“跟我来。州长先见你，这些夫人们可以等等。她们是接受救济者，想和州长合影。不知道她们要等到什么时候。”

“州长，监狱长来了。”助理将劳斯领进套房时报告。套房内的情形与外头大相径庭。门外是一群有社会登记背景的叽叽喳喳的女人，她们都焦急地等着与史密斯合影留念。“我面前的这张桌子后面，”劳斯说，“坐着她们期待的目标，他身着衬衫，他的条纹吊带裤大声地宣告这个男人不拘礼节。我进去时，他正用所有的力气啃着玉米。”

“什么事，监狱长？”他边啃边问，“我想你能管好那个地方。那些家伙让你吃不消了吗？跟你开玩笑呢，恕我直言。”

劳斯提醒州长他给予他的不受限制地管理监狱的承诺。“如果没有保障，我立刻向您辞职。”

州长又拿起一根玉米，慢悠悠地抹上黄油，撒上盐和胡椒，然后抬起头来。“监狱长，你现在就回去，告诉他们你将照我说的那样去治理监狱。不能有任何干涉。我们得在合理的基础上办事。我不会再让政治力量干预监狱。现在你回去告诉他们好吗？好样的！”

“州长，我还是辞职吧，除非您直接向他们下命令。”

“好吧，”史密斯停顿片刻，“我会告诉他们。你回去吧，一切都会好的。”

劳斯回到新新时，一天快要结束。狱中小道消息说他回来了，很快，总机接线生拨通劳斯的电话说，查平打电话来问，监狱长是否要看版面校样。

“告诉他，不看。”劳斯说。

“他想知道是否有其他指示。”

“有，告诉他——由他全权负责。”

夏季安然过去。合刊于9月份出版——正如《纽约时报》所说，“新闻坚守狱中”——尽管奥尔巴尼的官员仍旧抱怨查平连载的自传是“一名犯人的自我吹嘘”。查平的自传当月上市，他们一定更加光火。书籍以蓝布包装，印着烫金标题，封套上用22号字宣称，“在这部讲述因终身监禁葬送职业生涯的悲剧中，曾任纽约《世界晚报》本市新闻主编长达20年的作者袒露了他的心扉”。虽然没有道出姓名，该书实际上是献给内莉的。更确切地说，献词页写的是“献给在远方召唤我的她”，而且刊载了选自19世纪记者威廉·莱格特诗作中的几行诗句。

哦，那光辉灿烂的天国
将是多么幽暗、孤寂和阴郁
如果我们遍寻每个明亮的角落
都无法找到心爱之人

《纽约时报》率先发表书评。它说，此书向读者提供了关于报业辉煌历程的可观证明。“通过作者的眼睛，他们将看到纽约、芝加哥、圣路易斯和其他城市的幕后生活；他们将与这位从前的本市新闻主编并肩坐在他的办公桌前，接收电报、电话，感受一连串历史从指间流走。”但是，书评人并没有表态推荐此书，虽然该报将其列入“本季200本重要图书”，仅次于《安德鲁·卡内基自传》。其他一些书评人也被查平的传记深深吸引。“对导致作者犯罪的病态心理的叙述无益于身心健康。”《展望》杂志书评人说。“不过，此书是来自监狱高墙之内的最为卓越的图书之一。”《斯普林菲尔德共和报》认为，“和一些文艺作品相比，该书有时显得‘没有条理’，但故事充满人性，而且行文风格易于理解。”《世界报》和《世界晚报》均未做评论。

除了发表书评，若干报纸连载该书。《华盛顿邮报》9月和10月刊发了4次长篇连载，并辅以广告宣传——“一份关于辉煌的职业生涯被悲剧性的犯罪所毁灭的最为形象的人性档案。”该报刊登的第一部分连载是查平详述谋杀过程及导致悲剧发生的一系列事件，富于同情地披露了“驱使他宁可夺走妻子性命，也不让她遭受悲惨贫困”的“惊人遗憾”。而仍然住在华盛顿的玛丽安和弗兰克打开《华盛顿邮报》时会有何反应则不得而知，也不清楚他们是否买了报纸。

那年秋天，查平在新新服刑的第二年行将结束，他的境况与警员诺特送他到监狱时已大为不同。查平身体健康，体重恢复到接近150磅。“我身体和精神都比近些年来要好。”他说。与其他犯人们相比，他能得到生活奢侈品和良好的膳宿条件，他在新新的生活水准犹如在广场饭店时一般。他被监狱长授予特权，可以不受大部分监狱规章制度的约束。他的社交生活，包括远远超出通常准许数量的定期探视，以及经常与劳斯一家共进晚餐。事实上，那年秋天有摄影记者曾拍到罕见的画面，他出现在监狱长家的门廊上。照片中，查平正坐在摇椅上看杂志，身着编织精美的毛线衣，系了领结，穿着灰色法兰绒长裤，皮鞋擦得锃亮，还戴着鞋罩。

不能说查平已消失在寂寂无名的狱中生活中。恰恰相反，与州政府就《公报》展开的斗争以及自传的出版给他带来新的名望。寄给69690号犯人的邮件迅速增多。几乎所有的来信者只有一个目标——拯救查平的灵魂。“办公桌上的置物格子架堆满了来信，”查平说，“直到现在我才知道，竟有这么多伪善的说教。这是我受到的最糟糕的处罚。”但是在1920年11月底，查平收到一封与众不同的信件。它寄自24岁的加利福尼亚人菲欧娜·艾琳·库珀，她住在明尼苏达州，从报纸上看到查平的故事。和其他不知名的来信者不同，她对他的灵魂没有兴趣，只想了解他的“思维习惯”。感恩节当天，查平坐在办公室的书桌前，用打字机敲打回信。“亲爱的菲欧娜·艾琳，”他开始写道，“你问：‘我们可以成为朋友吗？’我的心剧烈地跳个不停，因为我等你的信等了很久了。”

“你给我来信实在太好了，”他继续写，“我真的很感激，因为我太孤单了——不是因为某个人，因为有太多那样的人——而是因为这一位，因为菲欧娜·艾琳……我大声地重复着这个名字，而我的声音听起来从未这么悦耳——菲欧娜·艾琳。”他恳求她，请不要认为他对她的来信“自作多情”，而是生活现状驱使他这么坦率。“我比你认识的任何人都更孤独，孤独得甚至现在就要伸出手去紧扣你的手，希望你让我握一会儿你的手，智慧、富有爱心、善解人意的女士——菲欧娜·艾琳。”查平表示愿意给库珀寄一本自传，不过他担心她也许不喜欢“在书中袒露内心的男人，那么也许我就再也收不到你的来信了”。他答应会寄出一些《公报》，尽管他提醒说它“不是给你这样的知识分子办的”。写了1 500字之后，查平以一个最后的请求来结束这封长篇书信。“我期待你的回答——像个羞怯的情人一样等待，不管我是谁，我在哪里——多疑地——忧虑地——然而满怀希望地——”

第二天上午，查平寄出此信。然后他估摸着对方回信寄达的日期。他估算将会在12月2日，周四，于是在日历上标上红色的叉。他两次梦到库珀，但他开始担心自己也许得不到回音。“我可能不该写得那么鲁莽。”他说。也许他过于想当然，以至超出了库珀的预期。也许他的唐突会使这封信“像件旧外套一样被扔在门口，我的余生渴望找到一个能将我唤醒片刻的人，但是一切都成了过眼云烟”。

周四，库珀的回信到了。“这封信在我希望之时如期而至，”查平说，“我的诚意得到了回报。”

20 菲欧娜

菲欧娜·艾琳·库珀的来信使查平开始通过文字逃离新新。即使他的身体不能离开监狱，他也可以通过写信来摆脱精神困境。1920年12月2日周四这天，他收到库珀对其感恩节请求的回信，便待在办公室细细品味其中的每一个字。一直等到就寝的哨声吹响，寂静降临新新之际，他才把纸放入打字机。“亲爱的，我独自和你在一起。”他写道，“今晚我不给别人写信，除了你以外，不允许任何人进入我的脑海。今夜只属于你——彻底地、专门地奉献给你——只有你。让我们紧紧拥抱，靠近一些，我要深情地注视你的眼睛，再和我说一遍，一遍又一遍，说说我刚读过的寄到我的客西马尼[1]的这封最甜美的来信。”

在她的信中，库珀称查平为“我的好友”。这一称谓“充满了意味”，查平大声地读出来，欣喜若狂。“多么希望你此刻就坐在我面前那张舒服的椅子上，我差点觉得你就藏在那里，我要听你说，‘我的好友’。”

“在你的友情中，可有我的空间？”库珀问。

“我的菲欧娜·艾琳，有你的空间，只要你愿意就请进来，然后我们关上门，把钥匙扔掉。你来吗？我不要其他人。从高于自然选择力量的意义上说，仿佛你几乎在细胞质阶段就已经属于我了，在精神上是属于我的。”

但是，新的担忧在查平心中蔓延。如果库珀读了那本书之后，对“在书中袒露内心的男人”深感厌恶，他就再也收不到她的来信了。“我渐渐讨厌看到它，”他写道，“为什么要让你去读它，了解它，甚至在乎它？我们为什么不能把双方的过往人生统统拒之门外，活在当下的每一天——你和我？”

早上，他到监狱长办公室将信件交托给秘书。由于监狱长劳斯的关照，他的秘书亲自帮查平寄出所有的信件，这样可以免于被信件检查员审查。并不是说信件检查员一定会删除他写的东西，但是如果知道有人会查看信件，就会减退他写信的热情。有了劳斯给他的通信隐私权，查平写信时可以直言不讳，正如他在信尾几行写的：“天啊！当一个人渴望着找到梦寐以求的那个人，尽管也许找到得太迟了，他的心依然年轻，完全忘记了自己的年纪。”

在12月温暖得有点反常的天气中，查平穿过监狱院子去办公室，给圣诞当期的《公报》写了一个短篇故事。这是一项新的消遣。以前他从未写过小说，身陷囹圄的查平最近从中找到慰藉。实际上，他常常专注地用两只食指在安德伍德打字机上慢慢地打出故事，只有狱中发电机的噪声提醒他，他还在新新，而不是在他想象的地方。他已经在《公报》的8月、9月合刊中发表了最早的作品，两篇以科罗拉多为背景的故事，他曾在西部度假，对那里非常熟悉。两篇都是爱情故事，一个涉及逃犯，另一个是关于一名画家把一位纯洁的女子从凄凉的乡村生活中救出并带回纽约的故事。

这一天查平写的是《吉姆的圣诞节访客》——有关吉姆·高尔林的故事。某日，一名不速之客打破了他在监狱图书馆平静的生活。那是他昔日的女友艾格尼丝，坐着豪华轿车从纽约来看他。艾格尼丝已躲避吉姆5年，以为他有罪，最近她才知道情况并非如此，并想以她的影响力证明他是清白的。很快，他得到州长的赦免，出狱后与艾格尼丝在比尔特摩饭店激情重逢。然而有朝一日，他发现自己再不能忍受被艾格尼丝供养，于是修书一封，解释自己为何离开，然后和另一名获释犯人住到一处荒野小屋，想通过写狱中故事来糊口。艾格尼丝不愿抛弃吉姆，她找到他，留下来和他朝夕厮守。

晚上，金前来探访。两人为金的一次邂逅开怀大笑。当年早些时候金在加利福尼亚拍摄一部以其小说《地缚灵》为蓝本的电影，被人介绍给一个年轻女子，他提到由于要去新新看望一位前任报纸主编，自己迟了一天到达加利福尼亚。

“你指的是查平先生吗？”女子问。

“是啊，你认识他？”金惊讶地回答。

“认识，我爱他，他给了我第一份工作。”

原来这名女子是查平孩提时代心上人的女儿。多年前她到纽约拜访查平时认识了他，他在一家电影公司给她找到了工作。

当天夜里，查平时睡时醒。他一度起来点着烟斗，想起加利福尼亚州塞斯佩峡谷的一个小屋——类似于他在短篇故事中提到的那个，他曾经在那里钓鱼和打猎。第二天早晨醒来后，查平到办公室，从书架上取出那本特别版自传，封面以红色的摩洛哥皮革包装，这是普特南为作者特别制作的。他在扉页上写下“我最亲爱的人儿，保存此书直到——”，并寄给库珀。“我满怀忧虑地把它寄给你，你读了之后，可能再也不想写信给我，我想象不到有任何事情会像失去你那样让我痛彻心扉。”当天稍晚他写给库珀。查平第一次表示已改过自新：“书中的那个人完全不同于现在渴望与你成为朋友的这个人。”

把书交付邮递之后，查平纠结于新的焦虑当中。两天后，他又写信给库珀：“在你收到这封信之前，我那可悲的人生故事已经在你手上，你也许已抽空读过了。我颤抖着等待判决。”查平提到，通过信件回复太漫长了。“我可以通过夜间电报得到判决结果吗？”查平又度过了多个不眠之夜，周四晚上情况更糟——发电间内的机器发出阵阵噪声，不断地加大电流，5名死刑犯被电椅处死。周五上午的邮件送来了库珀的判决——“完全地、无条件地赦免，对我来说，这比州长能给予的任何赦免都更令人高兴。”查平说，“它给我的不止是生命，它给了我爱情。”忧虑消除之后，查平向比他年轻40岁、素昧平生的女子倾吐爱慕之情。“真的，”他写道，“在我一生当中，从未像现在这样希望活着，因为你给我已死的心赋予了生命，使它欢快地跳动，我又变得年轻了……我将为你而活——只为你——我毫不在乎身陷囹圄，不在乎任何事或任何人，除了只在乎你，其他都无所谓。”

值得注意的是，库珀似乎没有对她引发的一切感到害怕。完全相反，她把她的信件装入粉红色信封，还给查平寄去4张照片。他终于看到这位少女笔友的模样。库珀一头乌发，剪着童花头，鼻子突出，嘴唇纤薄。她身材结实，不算胖，但也没有人会说她瘦。查平取了两张照片放入书桌上的相框，这样可以防止别人看到。她参加了一个专属于他的影展。查平拿掉墙上的女电影明星照片——那是他有了办公室后找来的，而代之以州长史密斯、监狱长劳斯、纽约大主教帕特里克·J. 海斯、曾到新新探访查平的托马斯·立普顿爵士以及前发行人约瑟夫·普利策的照片。“如果他知道了，他会伤心的。”查平对着普利策的照片说。他高兴得忘乎所以。“我担心我的快乐会使你厌烦，但是，我的女孩，你和你对我意味的一切填满了我的思绪，连我的打字机也拒绝写别的东西。”

接下来的周一，查平收到三封库珀的来信。“啊，为了某个人活着，多么心醉神迷的生活！”查平不仅更快乐了，感觉好多了，而且健康状况也大为好转。12月他相当忙碌，几乎没有时间去苦恼。圣诞当期的《公报》占用了他的大部分时间。这期报纸比平时厚，查平几乎撰写了全部稿件，又用上了“窃贼比尔”或者“月光哈里”等笔名。他写得还是那么快，无暇深思熟虑。他写信给库珀：“那4个长篇故事，每篇只写了一个晚上，构思都用不了5分钟，每写一页，就送去排字，几乎没有修订甚至通读。”查平也采用了库珀发给他的一个短篇故事，稍作扩充便刊发于本期。令人困惑的是，想想他那草率的写稿方式，查平却要求库珀这样写作——第一晚拟出情节概要，第二晚起草文稿，第三晚润色文章，最后才用打字机打出来——“千万不要求快心切，以至于错失了完善文稿的机会”。

“我将永远是你最严厉的批判者，因为我担心偏爱会让我过于纵容，”他写道，“贝拉斯科拽着莱斯莉·卡特的头发，直到让她发现了她自己；那只是一幕戏剧，否则会伤着人。”

在查平与库珀越来越多的通信中，文学与戏剧方面的引用随处可见——像上文便引用了剧作家和制片人大卫·贝拉斯科的故事；她是个有抱负的作者，而他是个格外博学的人，拥有来自舞台生涯的浩瀚的记忆宝库。久而久之，信中差不多尽是关于各种各样的作者、书籍、故事、戏剧和写作观念的长篇讨论，当然，其中也穿插着冗长的有关永恒爱情的浪漫段落。库珀也许给了年迈的查平青春、纯真的爱。作为回报，在一个写信被视为艺术的年代，查平使通信具有无与伦比的快乐，其中也不乏璀璨的思想。“对于我们这些雄心勃勃地渴望像他那样攀上报业巅峰的人来说，这尤其是难得的机遇。”库珀日后说道。她说，通常来讲，像她这样初出茅庐的人是没有机会与查平这样造诣很深的“奥林匹斯山神”级人物亲密相处的。“要使这一切发生，那不可思议的悲剧就要被人知晓。”对他来说，就是杀妻一事。“他坠入深渊，惊愕，悲伤，颓丧，他过去骄傲自负，现在则对一个过客给予的宽恕心存感激。彼此交往只需一点点人性的关怀。”

1920年12月18日，佐纳·基尔来探访老上司，她现在是颇有身份的文人。自1903年离开世界晚报之后，基尔已成为出色的职业作家，早在1906年就发表了故事集《罗曼斯岛》，最近又发表了小说《露露·贝特小姐》——关于一个老姑娘反抗乡村家庭和婚姻习俗的故事。用查平的话来说，他总是“对她的成就有一种父亲般的自豪”。当年早些时候，在《露露·贝特小姐》发表时，查平已写信向基尔表示祝贺。她在回信中恭维说，自己的成功应归功于他的栽培。在探视室，两人回忆了在世界报大楼的旧日时光。她已秀发披霜，除此以外，查平看不出昔日的部下有什么变化。她提醒查平，20年前的这个月他雇用了自己。她问他是否还记得她在办公桌上吃早餐，还冲着他做鬼脸。

基尔现居于威斯康星州波蒂奇。她到东部来，是因为她已将最新一部小说改编成戏剧，而且纽约制片人、世界晚报前同事布罗克·潘伯顿将把它搬上舞台。更引人注目的是，首演将在新新举行。从1914年以来，监狱里形成了一个惯例，每年圣诞都会请一家纽约剧团来演出。狱中的条件十分简陋，为了在1920年上演戏剧《请医生来》，贝拉斯科给监狱设计了合适的舞台、布景和灯光。结果，由于行程安排有冲突，贝拉斯科取消了演出，但他还是捐出了演出设施，而富有社会意识的作家基尔——她结交了著名的社会改革家简·亚当斯——则抓住这个机会把戏剧带给犯人。

库珀的来信，基尔的探访，以及特别版的《公报》，这一切都极大地改善了查平的圣诞节。过去两年，每逢圣诞都是他在狱中最难熬的时候。被关押在“坟墓”时，他拒绝在圣诞节见任何人，也不愿打开任何包裹或信件。在新新，日子也好不到哪里去。今年，查平却兴奋地为圣诞节做准备。他从自己库存的普特南赠书中挑出多本，为库珀包好。其中有杰罗姆·K. 杰罗姆的《难逃磨难》，以及索菲亚·纳乌科夫斯卡的《女人》。随书寄去的还有一件洋红色的真丝套衫，那是监狱长太太凯瑟琳·劳斯在纽约帮查平买的。他们不得不猜测尺码，衣服颜色则是劳斯太太的主意。在筹备圣诞期间，唯一令查平伤感的是报纸上的消息，他在芝加哥初识、日后引荐给普利策团队的霍拉旭·西摩以及友人、律师亚伯·利维都已身故。“自从我入狱后，好多老相识已经去世，昔日朋友还健在的已屈指可数。”

圣诞平安夜，查平待在办公室。身边是一堆堆圣诞信件、电报、贺卡和不计其数的包裹。其中有只锃亮的黄铜时钟，每小时会敲击船上的铃铛报时，那是大西洋游艇俱乐部官员送的。尽管这些信件和包裹给查平一种受到重视的感觉，快乐却被冲淡了，他认为这些礼物大多出于同情。监狱出奇地安静。所有人都返回牢房接受查房去了，很快他们将被带到装饰着美丽圣诞树的礼拜堂。犯人们将观看电影，欣赏监狱乐队的演出，还会收到不少礼物。“在办公室的窗外，除了散落于院中的灯光，四周一片黑暗，”查平打字说，“看不到幽灵，听不到打破寂静的声响。这是平安夜，你我都独自一人。”在她的上一封来信中，库珀提议玩一个游戏，通过“月光下的飞行”互相看望对方。查平喜欢这个点子。每周六的夜里，她的时间是2点30分，他的时间是3点30分，他们都清空脑袋，专心地彼此思念。这只是两人最初玩的许多幻想游戏之一。

圣诞当天，库珀给查平发来一封充满爱意的电报。“即使圣诞老人允许我从地球的宝藏中挑选圣诞礼物，我也找不到像你这封话语迷人的电报这样令我感到无比幸福的礼物——从现在直到永远。”查平写道。由于这封电报令他很开心，查平选择独自待在办公室。“我觉得不能忍受任何人与我交谈。”

12月26日，1 000名犯人围坐在礼拜堂的新舞台前，观看《露露·贝特小姐》首映式。基尔、潘伯顿和其他纽约来宾坐在特设包厢内。开幕前10分钟，答应基尔会捧场的查平还未出现。“在目前的情况下，我不想坐在观众当中，”查平在办公室致信库珀，“所以我待在这里，一直待到是时候睡觉。”但是写信中断了。他被催促到礼拜堂去。查平只好去了，他和基尔一同坐在包厢观剧。“那里还有其他熟人，很快我就不觉得尴尬了，他们尽了一切努力，让我感觉自己是个正常的人，就像当年他们认识我的时候一样。”戏剧大受欢迎，查平认为“极其成功”。尽管如此，现身剧场对查平来说仍有压力。在最后一幕开演前，基尔上台和犯人们互动。“在她演讲时，我悄悄溜了出来，回去就寝。”第二天晚上，该剧在纽约贝尔蒙特剧院上演，几个月后荣膺普利策戏剧奖。

过了圣诞，查平的信件中开始出现关于狱外生活可能性的话题，特别是编织与库珀生活在森林小屋的幻想。“虽然我的唇碰不到你的唇，但我的思想常常亲吻你，我将尽可能多地乘着月光到你那里去。”他写道，“有朝一日，我要坐高级快车过来，你在车站等着我，我真正的梦中女孩。”库珀有时会给查平寄旅游手册，一起筹划他重获自由之后的种种方案。“告诉你我们该做什么，去巴尔的摩搭一艘大轮船，从那里取道巴拿马运河直航到火奴鲁鲁。”查平在信中提议。在另一封信中，他则提议驾着帆船到遥远的海上。有关海上逃亡的打算反复出现。“我完全赞同你关于完成海上航行之后再定居小屋的想法。我想在一艘全帆装备的大帆船上起航……我一直期待驾驶帆船去旅行。”目的地常常是南太平洋。“等着吧，直到我们登上帆船，宝贝，到时连我们自己都会感到惊讶。”

狱中的现实将这对恋人从白日梦中唤醒。第一，新监规将限制他们的图书交流。只有直接寄自出版商的图书，经看守在书上剜出一块以查验是否藏毒之后，才能交给犯人。此外，不再准许外面寄来食品包裹。第二，新监规将访客限制于直系亲属范围。第三，通信将受到更加严格的审查。查平已经遇到类似限制。例如，凯森神父负责审核所有寄给犯人的图书，他已经扣下一本科布的短篇小说集。迄今为止，查平通过劳斯的秘书收发不受审查的信件和包裹，规避了大部分管控。但有时这种做法本身也会造成麻烦。有一次，她把他的信件全都装错了信封，导致所有收信人收到的都是给别人的信。查平面临的问题是，他在监狱长办公室的影响力还是否足以让他战胜新监规。在查平考虑如何应对麻烦时，他病倒了。暖和的初冬已经过去，严冬终于来临。1月上旬，监狱里覆盖着白雪。查平得了流感，虽不必住院，但还是病了一周。最重要的是，《公报》延迟了出版。查平的1921年前景并不美妙。

“关于信件，亲爱的，”查平身体好转后写道，“我认为那些监规不会限制你给我写信的数量，甚至也不会限制我用特权给你写信的数量，但是或许有一天，也许比我们料想的还要快，我不能像现在这么自由地给你写信了。”

虽然查平写信的自由受到限制，但在为《公报》写稿时他就没有这样的限制。2月份，他发表了吉姆与艾格尼丝故事的续篇，署名为V.I.C.，与菲欧娜·艾琳·库珀姓名的缩写一致。这则题为《超越人类仇恨的伤害》的故事意图明显，然而当时没有人明白其中的含义。故事继续讲述吉姆与艾格尼丝住在荒野小屋，屋中有帆船驾驶者的黄铜时钟。令人遗憾的是，他们共同写作的计划尚未起步，因为没有人愿意给一个前科犯提供机会。人类社会仍然存在复仇心理，这使吉姆感到孤独忧伤。在故事结尾，艾格尼丝求助于和他们住在一起的另一名被释犯人。“我要带吉姆到美丽的岛屿锡兰，”她说，“我们将在山巅盖房子，超越人类仇恨的伤害。世上没有比那里更令人愉快的气候。我们可以一起写书，在彼此的爱中幸福地生活。你说呢，吉姆？”

“吉姆微笑着点了点头。”

虽然这些故事看起来很业余，但出版人普特南相信能出本书。在查平自传的出版合同中，普特南已计划推出他的第二本书。2月份，普特南重返新新查看查平的进度。“他以令人鼓舞的方式唤起我的雄心壮志，我想，在他打道回府的时候，他得到了我的承诺——我几乎立刻就能为他准备好手稿。”但是，该书未能完成。查平遇到了更为棘手的问题。

去年夏天监狱警长拉提根意欲达到的目的，现在他通过财政手段实现了。3月初，新新监狱工厂主管约翰·帕森斯·乔伊斯来找劳斯，带了一张印刷《公报》的1 800美元的账单。这张账单只包括纸张和油墨成本、管理费用以及一点微薄的利润。劳斯犹豫不决。乔伊斯提醒道，他的部门还要从工厂的预算中支付查平和《公报》其他人员每天1.5美分的工资。让《公报》维持下去的唯一办法是让政府资助它。但是劳斯清楚，拉提根将阻止这样的行动。外面的支持者也无法相助，因为法律禁止政府接受资金捐赠。劳斯告知记者《公报》面临新威胁，他说也许还有一个希望，那就是查平富有的朋友们可以捐赠纸张、油墨和其他必要材料。有超过12批物资捐赠进来，以使报纸继续出版，但查平拒绝接收。“我宁可去铲煤，”他告诉一个朋友，“也不愿编一份仅靠好心人的慷慨捐赠而继续存在的监狱报纸。如果政府不能提供资金购买必要的材料，我也不想继续干下去。”

报纸停刊对查平是个打击。在15个月主编任期的鼎盛时刻，他曾写信给库珀："我把我们的小报纸看得远比我做过的任何报纸还重要。我为它终日忙碌，这样可以让每天、每月甚至每年都过得快些。"办报不单单可以转移查平的注意力，劳斯知道查平不是为了办报而办报。"他在努力寻求生活的乐趣，"他说，"在我看来，他的内心总渴望向朋友们证明自己。"

尽管报纸没有了，查平还拥有库珀。实际上，她成了他生活中更重要的部分。她已经从明尼阿波利斯搬到纽约。正如查平曾经希望的那样，她可以来见他了，虽然他仍在牢狱之中。他俩开始筹划首次见面。"我知道我会害羞，并且意识到自己的白发和年纪，"当那一天临近时，查平致信库珀，"因此，能不能请你不要害羞，向我伸出你的手臂，送上你的吻，就像你小时候那样做？像隔日重逢那样问候我，而不要像离别了一千年那样。"

对新新的犯人来说，探视是狱中生活最重要的时刻之一。在《公报》的一篇文章中，查平描述了一位举止优雅、颇有修养的女性在探视室打量那些穿着讲究、整洁得体的犯人，询问他们是否在遵守什么监规。没有。更确切地说，即将被探视的犯人获准享有自费洗浴、理发、洗衣熨衣和刷皮鞋服务，还可以向其他犯人借用物品。查平在某一期《公报》中描写了有关准备："最后梳一下那一绺绺不听话的头发，虚荣地看一眼镜子中的自己，然后犯人像参加巡游的花花公子那样满怀期待地走向探视室。没有一个新郎会这么不厌其烦地准备自己的婚礼。"尽管当时查平的访客可能比新新的任何犯人都要多，库珀的探视还是与众不同。"我多么渴望你过来，我发现我的焦躁难以自抑，"他写道，"当我们俩隔着一千英里时，月光拜访是非常美好的替代方式，但它们太像夜里的梦，难以记住。"

这一天来到了，库珀进入探视室，两人合演了他们为此刻编排的幻想故事。他们仿佛是在旧金山圣弗兰西斯酒店的大厅或纽约比尔特摩饭店见面。查平扮演一个出国已久、正在医院疗养的角色，库珀则是装作从很远的地方来看望他，医生强烈要求她待在附近，直到他彻底康复。无论在幻想还是现实中，库珀将尽可能常来的消息令查平兴奋不已。"你来了我太高兴了，我会比医生料想的要好得快，到医生认为我可以出院了，我们——你和我——找一艘大帆船，驶向远方世界某个遥远的港口，我们将是乘客。"

库珀的探视虽然美好，但都短暂而且时断时续，最多只能打发几个小时。他的面前还有大把闲暇时光。狱中办报本来有助于查平打发时间，《公报》关停让他感到无尽空虚。债权人扣发了普特南支付给他的不多的版税。“他又开始消沉，”劳斯回忆，“步履蹒跚地在狱中踱步。才刚到60岁，他的身体已开始衰弱，尽管思维依然活跃，充满干劲，却要面对年复一年无尽的空虚。我们必须给他安排合适的工作，发挥他强大的能量，否则他会再次病倒。”

译注：

[1] 客西马尼（Gethsemene），是耶路撒冷附近橄榄山下的一个花园，是耶稣被捕蒙难之地。耶稣在上十字架的前夜，与门徒在最后的晚餐之后前往此处祷告。他在客西马尼园极其忧伤，“汗珠如大血点滴落在地上”。

21 玫瑰

正如查平所言，死亡是新新生活的常规组成部分，特别是周四晚上。每月至少有一次——有时则更为频繁，这个工作日夜晚是对死期已至的死刑犯执行电刑的时间。晚上全体犯人返回牢房之后，死刑立即在一座低矮的小楼进行，那里距离查平的牢房不足一百英尺，他自然无法置身事外。

1920年12月9日，周四，又一批囚犯被安排在当天执行死刑，人数多于平时。一整天，犯人们还抱着州长将为5名处以电椅极刑的死囚下达缓刑令的希望。8个月前，州长史密斯曾给其中4名死囚下过缓刑令，当时距离电刑还有不到3小时。夜幕降临了，这次显然等不到缓刑令了。“当我拖着脚步疲倦地回到旧监区时，”查平写给库珀，“能感觉空气中有一种死亡逼近的气息，因为发电间的大发电机已在‘嘎吱嘎吱’地运转，为行刑储备大量电流。”他上床就寝，在黑暗中听着发电机‘嘎嘎’作响。“没有任何声响打破沉寂。监区里有1 100人，彼此那么近，如果不是隔着石墙，我伸出手臂就可以够着他们。毫无疑问，尽管没有人发出任何声响，许多人还是像我一样失眠。你甚至听不见他们的呼吸声，那是一种极度紧张的寂静。”晚上11点后不久，行刑开始。“我听到一扇铁门被‘砰’地关上，然后是一串脚步声，”查平说，“由经验推断，监刑者正在步入死刑室。发电机持续运转。”到11点57分，5个人都死了。

那天晚上以及每一个这样的夜晚，监刑者中都有劳斯和凯森神父。自从10年前到新新监狱任职后，凯森神父已经陪伴上百名囚犯接受电椅死刑。由于在不同信仰的犯人中深受欢迎，凯森被冠以“新新主教”的绰号，而且在监狱之外与爱出风头的劳斯几乎齐名。记者们喜欢这位安静、说话温和，还可以找他套出好稿材料的神父。为《科利尔》《自由》和其他流行杂志撰稿的沃尔特·达文波特告诉读者自己认识这位神父的经历。当时他还是新人，本市新闻主编问他有没有目击过一个人死去。

“没有。”达文波特回答。

“好吧，除非一个记者目击过死亡，否则他还未真正入行。”主编说。

后来达文波特获得前往新新观看行刑的机会，他到了凯森的住处。行刑用不了多少时间，因此凯森将年轻的达文波特带到楼上的房间。

“躺在这里，睡一会儿，到时我叫你。”凯森说。但是当达文波特醒来之后，已日上三竿。他错过了亲历行刑。达文波特冲着刚从监狱回来的凯森大发脾气。

“你想看到他死去吗？”凯森问。

“不想，但……”

“我知道，孩子。我会告诉你发生了什么事，那就够了。你很年轻，恐怕你的人生不会因为错过了这场悲剧而不够完整。”

凯森1872年生于海德帕克，父母是爱尔兰基尔肯尼县的移民，原本打算一辈子当工人。读完8年级，他到油漆厂当学徒，每天干12个小时，一天挣42.5美分。后来他又干过一系列粗活，直到23岁，一位富有的赞助人送他到巴尔的摩一家与圣查尔斯学院有关联的预备学校学神学。凯森比同班同学年长许多，很快就完成了学业，继续到神学院和大学深造。1903年，凯森31岁，被任命为神父。他在华盛顿特区天主教大学教书，然后被派去接管史坦顿岛一所男校。1912年，他被派往新新。其后10年，凯森帮助过形形色色的谋杀犯、歹徒、强奸犯以及盗窃犯。据他自述，自从查平来到新新后，他就对查平特别感兴趣。

《公报》已被关停，1922年他们又重逢了。报纸停办之后，查平的沮丧感从未减轻。“我相信，”查平说，“不用多久我就会死去或者发疯，而且我宁愿尽快死去，免得发疯。”他不想见任何人，憎恶在早上离开牢房，白天他都在等待返回牢房之中度过。劳斯困惑于不知该如何安置查平，他给查平分配了一些轻松的文书工作，并将他送回图书馆，目的是让他重新得到凯森神父的指引。查平忘不了他在新新的第一晚神父向他展现的善意。对凯森来说，他将这次重逢视作影响查平灵魂的另一个契机。他每天都赞美祷告的力量，借由圣灵获得新生、灵魂重生，并口授一段段经文教理。“他的宗教观念使我感兴趣，”查平勉强承认，“但我没有讨论宗教的欲望。”相反，一有机会他就把话题换成监狱改革或是死刑。查平不太喜欢参加有组织的宗教活动。小时候他加入过卫理公会，成年之后加入过新教圣公会。40多岁的时候，除了复活节早上和平安夜，他不再参加教堂活动。查平不是不信上帝。“有的人可能会说根本没有上帝，因为人类的肉眼看不到上帝，但那并不能证明上帝不存在。”他曾经告诉库珀。他所观察到的对基督教教义教条化的理解令他感到腻味。查平初到新新的时候，破例参加了几次天主教仪式，但那只是出于对凯森的尊重。“每晚我在孤寂的牢房做的小小祷告，”他说，“比愚蠢的布道和用我不能理解的话语吟咏的祷告给我更大的满足感。”

1922年6月初一天上午，凯森神父责备查平把自己关在图书馆和办公室，建议他呼吸点新鲜空气并做些锻炼。凯森说，他那年迈的母亲最近喜欢上园艺，他给她买了一套工具。“查理，如果你侍弄个小花园，可能会感觉好些。”

“我会干才见鬼呢。”查平回应。

凯森并没有气馁，当天下午带了一套工具回来，类似他买给母亲的那些。“昨天上午，”查平写信给库珀，“我在花丛中干了3个小时，我打算把它当作这个夏季每天上午工作的一部分……傍晚太阳下山，大家都走了之后，我就用水管给花草浇水。这可能对我有益，或许我对那些花草会有些用处。”

新新现有的小规模绿化仅限于一小片草地、监狱长办公室前面一个孤零零的花圃以及监区前方的几块草坪。当查平在那片小绿地和花圃中劳作时，他发现自己喜欢这份悠然自得的工作。在那些零散的园艺用具中，他找到几本旧的种子产品目录，它们给了他灵感。他去找劳斯。

“听着，头儿，”查平说，“我有一个主意，但还不想统统告诉你。这是一份特别的工作。我想被派去打理草坪。”

“你现在是草坪的主管了。”劳斯说。

就这样，主编工作结束后，查平被冠以监狱园艺师的头衔。劳斯宣布，查平的领地主要是犯人进入新新的南门以及死刑犯被处死的旧死囚监区之间的区域。后者是一座低矮的黄色砖楼，现在是查平的住处。一座新的、更大的死囚监区已在靠近哈得孙河的位置建成，这样可以远离犯人监区。劳斯将查平和6名可信任的犯人转移到旧死囚监区。查平的旧牢房深7英尺、宽3英尺，只配便桶，而且潮湿不堪，与之相比，经过改建的旧死囚监区可谓豪华。新牢房有普尔曼高级卧车的客厅那么大，有自来水和盥洗室。

查平马上着手新的工作。如果他在园艺方面有雄心壮志，就一定要有长远的眼光。这块地没有适合栽培花木的土壤。新新的空地是垃圾填埋场，其中有碎石瓦砾、被踩踏过的煤渣以及偶尔露出地表的金属废料。而且，除了凯森给的工具和一条旧水龙管，并没有其他工具可用——特别是没有可折叠为武器的工具。最后一点，没有钱。劳斯可以帮忙解决第一个难题。他派犯人掘起碎石瓦砾，装上监狱卡车，然后从监狱外面将表土和肥料运回来。由于河风吹不到监狱院子，暑热令人窒息，这项工作进展困难。不久，查平有了一些过得去的花圃和草坪的土壤。但是要在土里种点什么，就又提出了另一个问题。新新微不足道的景观美化经费已用于购置一台割草机和一条水龙管。还要再等3个月，才能使用更多的政府资金。查平动用了自己的钱。“唯一的办法是从我买烟的钱中挪出大部分，用来买种子。”他说，“当草开始长的时候，我又掏了一笔钱，在几个花圃里栽上花。”他并不在乎花钱。查平用自己和另一个犯人的钱买了几十株剑兰球茎，并于7月底之前种下。9月份，小塔状的剑兰花在监狱院子绽放。“在狱中，我最大的快乐就是观赏这些可爱的花朵。”他说。

查平对自己正在发展起来的园艺爱好着了迷，他绞尽脑汁从劳斯那里解决了第二季度的经费，然后给几英里之外位于塔里敦的弗兰克·R. 皮尔森苗圃邮寄了一小份订单。皮尔森从19世纪80年代开始经营商业苗圃。他相当富有，住在哈得孙河谷一个优雅的庄园，平素热心于公共事务。他同样博览群书，知道查平是位主编。一个犯人要花来做什么呢？皮尔森有些困惑，于是前往新新了解查平的计划。

“但是，你订的东西做不了太多事情。”皮尔森说。

“我只有那么点钱，但毕竟是一个开始。”查平说。

两天后，皮尔森送了满满一卡车植物过来，算是他的一点心意。受到皮尔森的鼓励，查平当晚给阿道夫·拉维生写了封信，这位慈善家就住在附近，为犯人所熟知。“如果我能得到一些球茎、灌木或幼苗，就有望在明年春天种出一些漂亮的鲜花。”查平写道，“我从皮尔森先生那里买了一些天竺葵和剑兰球茎，有位朋友写信告诉他我正在做的事，他就送了我大量植物，而且还亲自光临给我提了一些实用的建议。”这封信切中要害。收到查平的来信后，拉维生吩咐他的私人司机开车送他到新新。

对拉维生来说，查平身上汇集了他的两种主要兴趣——监狱改革和花卉栽培。拉维生读德文译本的维克多·雨果和查尔斯·狄更斯长大，自小就同情犯人的命运。他70多岁，已经退休，经营铜业令他坐拥财富，可以从心所欲。1919年，他自愿服务于一个监狱调查委员会，该委员会的3万美元经费全都由他掏腰包。拉维生具有那个时代的改革精神，提倡一些崭新的想法，比如创建一所监狱管理学院，像医学院那样附属于新新，这样学生们可以访问劳斯，学习监狱管理科学。但正是他热爱的第二项事物——花卉栽培——让他和查平走到了一起。就像对监狱的兴趣一样，拉维生从孩提时代开始就对花草感兴趣，他收集花卉制成植物标本集。他认为在栽培花草的过程中能感受神性，一如想方设法引导犯人向善自新。“你可以看到它们完美绽放，可以年复一年地改良它们，最后，待到它们终于在土壤中盛放，你会对自己的成果感到特别骄傲，你的奉献堪称花中之魁。”

没多久，拉维生和皮尔森将一车车捐赠品送到新新，并将查平的计划告诉他们做园艺的朋友。知名的宾夕法尼亚州鸢尾花栽培者伯特兰·R. 法尔得知情况后致信查平，然后将查平的回信寄给《房屋与花园》主编理查森·赖特。消息传了开来，援助接踵而至。最初，收到一个装着一打鸢尾花苗的包裹。第二天，收到快件寄来的两箱共500株植物。这些只是花卉大量涌来的前奏。每一天都有新的捐赠寄达。明尼苏达州一位牡丹种植专家寄来一块根茎，马萨诸塞州和内布拉斯加州的种植者各寄来3打。很快，查平可种的牡丹花超过150株。这项工作相当费劲。每种一株牡丹，都要在岩石和沙砾地表凿出深3英尺、宽2英尺的坑，然后填入土壤和肥料。当劳斯派给查平的人手忙于凿地的时候，每天都有其他花卉和捐资到来。现在查平手上有50美元，他坐在办公室仔细翻看花商目录。虽然这笔钱在新新算得上巨款，但其实买不了多少植物。“我像个孩子一样，拿着一分钱去梅拉德公司买棒棒糖。”下了一份适中的灌木订单后，查平遇到凯森神父。为球茎祈祷吧，查平对他说。就在第二天，长岛的一位球茎进口商听说了查平的花园后，来信说：“尽管上周我们家的房子遭了劫，我还是要送你500株郁金香以美化你们的监狱，希望它们能让你的伙伴们心花怒放。”

短时间内，查平有了上千株鸢尾花苗、6 000块春天开花的球茎以及数百株多年生植物，许多花卉植物甚至来自遥远的加利福尼亚。为了种下所有的球茎，查平和他的工作组沿旧监区砌了一条469英尺长的花带，并在监狱偏僻处增设一个新花圃以栽种多出来的球茎。在那条狭长的花带内，查平还种了他买的一棵蓝云杉。“它是我的得意之作，我清晨5点就到花园去观赏它那美丽的枝叶。”一位朋友前来参观后，又买来5棵蓝云杉。树苗种下后，另一名访客问查平，为何不将此树一直种到监区的尽头。“只有一个原因。”查平回答。这名访客被查平对园艺的热情所感染，也加入了园艺捐助者的行列，订购了尚需的树木。“第二天就寝的哨声响起之前，那些树木开始了在新新的终身监禁。”查平说。

9月份，查平打算种一些玫瑰。几乎30年前，他曾在圣路易斯租住的房子种过一些，那是他一直钟爱的花卉。凑巧的是，劳斯对查平的工作感到满意，他同意改建469英尺长的新花带与临近哈得孙河的监狱工厂之间的大部分监狱场地。有一期《房屋与花园》——查平将其褒扬为“可用的最好的杂志”——刊登了一张400簇玫瑰同时盛放的花园景观照。“我马上拿定主意，我们的花园也要种400簇玫瑰灌木。”他写信给赖特，“我一点儿也不知道那些灌木将从哪里来，但我有信念；而且我相信，那潜在的400簇灌木只要能有部分在今年秋天种下，剩下的就会在春天到来，如果春天还到不了，就会在初秋或下一个春天到来。”

现在不再是找点泥土种上一打球茎的问题了。要实现他的雄心壮志，查平必须调整规模。他返回办公室——他曾在那里设计排版，精心绘制了一个长172英尺、宽69英尺的花园。为了汲取灵感，他还查阅了花卉产品目录与不太多的藏书。草图画好后，一个雄心勃勃的方案呈现在桌子上。正中央是一个直径24英尺的混凝土喷泉，环绕着一条砾石小径。这个矩形花园的两边各有5个长16英尺、宽7英尺的种着杂交茶香玫瑰的花圃。在北边，一个巨大的弧形花圃种玫瑰，中间弯曲处种绣线菊灌木，而一个爬满攀援蔷薇的大屏风将作为背景。花园两端将构建6英尺宽的砾石花圃，以观花灌木做点缀。查平发现，玫瑰品种的选择很重要。最初他想种月月红，但是被皮尔森劝阻了，他说自己养了5万簇月月红，每天只能收50支切花。“后来，我发现有的品种夏季一次能开100朵玫瑰，那才是我梦中玫瑰园的样子。”查平写信给赖特，“我的眼睛充满对玫瑰的渴望，一簇开着100朵花的玫瑰看起来和百万美金差不多。”

他把草图寄到美国玫瑰协会，会长J. 霍勒斯·麦克法兰与查平有过书信往来。设计图被发表于1923年的美国玫瑰年刊，该协会的成员们纷纷支持，及时捐赠适合春天种植的玫瑰。新泽西州博布宾克和阿特金斯苗圃的弗雷德里克·L. 阿特金斯写信来问，需要多少灌木才能建成花园。玫瑰爱好者的慷慨如今带来了一个新问题：种植玫瑰需要骨粉。“如果不是几个月前开始做园艺，我根本没听说过骨粉，”查平致信赖特，“我不认识任何生产或经营这种商品的巨头。”那个夏天查平设法取得的几包骨粉贵如食糖，他开玩笑说自己得由抽烟草改为抽苜蓿或干毛蕊草了。赖特在掷双骰子赌博游戏中筹得18美元，买来600磅骨粉，然后又说服费城一家大型园艺公司的老板亨利·A. 德里尔以及其他人捐献了1.5吨骨粉。这样一来，狱中的土壤很快就可以种玫瑰了。

赶在冬天到来之前，劳斯沿着查平住的旧死囚监区围墙修建了一个新的温室。他还将工作组增至36人，偶尔从新犯人中补充人手——以前他们初来乍到的几周都被监禁在各自的牢房。“你可以想象他们被带到户外，可以用铲子、铁锹和锄头忙活几个小时，该是多么快乐。”查平说。温室及时投入使用，以储藏皮尔森捐献的100簇玫瑰。这些捐献以及一连串事件引起查平部分前同事的关注。12月，《纽约先驱论坛报》一名记者在探视室等候与查平见面。一个母亲带着3个孩子坐在一个远远的角落，而在另一个角落，一个年轻的女孩正在试图让一个双手抱着脑袋的年轻小伙振作起来。

“那就是说你已经听说过我的花园了。”查平进来时说，他坐到一张小凳子上。“我穿着橡胶靴去了温室，得换一下衣服，所以才姗姗来迟。”

查平说他已获准带记者到温室看看，两人走出探视室，进入真正意义上的监狱。“那里，那是我第一个牢房——106号。”当他们走出通往监狱院子的狭窄通道，查平指着右边的旧监区说。“头两年，我没有什么希望，不太关心发生了什么事。自从开始打理花园后，似乎又有了希望。”

“看那些蓝云杉——像不像美人？”查平说，两人在12月的严寒中继续漫游。院中草木仍然稀少，但前景已经明朗。在已经成为花园的一大片场地中央，一名擅长土建的犯人已经建好了喷泉和水池。查平介绍了为花园准备土壤的工作。玫瑰花圃都挖了3英尺深，土壤中已经加入骨粉，但仍然急需肥料。“在夜里我不遗余力地思考和规划，”查平边走边说，“关于玫瑰花园，我已经想了几周，琢磨着怎样才能把它建成。有天夜里，我突然想起一个饲养纯种牛的老板。第二天一早就写信给他。”那个人是政客、报纸业主V. 艾佛烈特·梅西，查平在世界晚报任职期间认识他。没过几天，梅西从牛棚送来9吨粪肥，和骨粉一起倒入新花圃。“等到春天来临，”查平说，“这里将是一片美丽的绿荫。”

两人走到新温室，查平停住脚步，四下观望，然后转向记者。“过去这里是放置电椅的地方，我曾经期待坐到那椅子上。”他边说边带记者进入温室。室内展示了查平最早的一批玫瑰。皮尔森的植物初到时，查平摘除其幼芽以强健枝干，现在他已允许它们开花。记者对眼前所见印象深刻，在他离开前，查平挑了最早的一朵普里西拉月季相赠。正如查平说的那样，这篇文章令平安夜那一期的《纽约先驱论坛报》增色不少。“今年新新将有圣诞玫瑰了。”该记者写道，“普里西拉和朝圣者已经开花，在哈得孙河畔险恶的灰石墙前展开了它们精美的浅色裙子。”

查平向赖特承认，对于一个数月前还分不清百日菊和蜀葵的人来说，他的计划无异于“狂热的吸鸦片者的胡话”。不过，他积极投身于这个项目，以其执掌《世界晚报》时富有盛名的职业道德和极其严苛的监管方式来推进它。他天天清晨5点起来，一直忙到晚上10点直至就寝哨声响起。协助他挖地、除草、种植的人，没有谁比这个64岁的犯人精力充沛。1923年春天，查平写信给劳斯：“我想说，所有派来花园工作的人要明白，他们不能偷懒。如果我在哨声吹响前1小时没有出现，他们大部分人就不见了。我希望他们从早上8点工作到

11点半，再从下午1点工作到3点半，除非有暴风雨，而且他们应该明白，偷懒是不受人待见的。”

查平知道光靠苦干无法建成理想的花园。他曾经依赖多年的报道经验去工作，现在则求助于书籍。他最初使用过时的种子目录，如今已让位给《科利尔周报》主编罗兰·帕尔默寄来的一套路德·伯班克的有名图书、《世纪杂志》主编格伦·弗兰克捐赠的泰勒的《完美的花园》、来自皮尔森的礼物——弗里茨·马尔的《商业花艺》以及赖特的《园艺之书》。未经查阅图书，查平不会贸然栽种。他常常阅读至深夜，只有当闹钟提醒他5点起床时间将至，他才记得熄灯。“当一个人有事可做时，睡眠就是浪费宝贵时光，即使对一名被判终身监禁者来说亦如此。”他写给赖特。

1923年夏季，工程进展顺利。某日，查平拿着一束玫瑰走进劳斯的办公室。“监狱长，第一次采摘的。”他说，“这是感恩供品，谢谢合作。”玫瑰长得繁盛之际，查平与菲欧娜·库珀的关系却在凋零。1922年她继续前来新新探视，但今年却来得越来越少，因为她开始了一系列旅行，这些旅行最终在几年之后促成她到海上航行。1926年9月17日，库珀和另一女子珍·舍恩从不列颠哥伦比亚省温哥华市出发，成为仍在航行的最后帆船之一“布甘维尔号”的船员。库珀和舍恩是最早乘快速帆船出海的女性，也是坚持到最后的船员。布甘维尔号的目的地是南太平洋某港口，在那里它锈坏得像条仓库船。“我们不知道何时返航，”库珀一边收拾她的水手袋，一边告诉美联社记者，“但我们还年轻，还有很多时间，某一天我们将以某种方式返回纽约。”两人至少在南太平洋又待了一年，或许更久，跳岛游，结识食人族，与土著共舞，库珀记录他们的旅行，最终成书出版。

库珀再也没有回到新新。“回头看，”她在多年之后说，“现在我知道，我对海洋的热爱诞生于我们通信中开启的梦想，并孕育于数小时的会面，当时我们有一个共同的目的——忘却现实环境，代之以自己设计的自由。只有年轻的时候才会草率地离去，当我终于开始了我们梦寐以求的远航时，就撇下了朋友一个人。”

22 康斯坦斯

1924年1月，康斯坦斯·纳尔逊像平常那样坐在联邦储备银行的办公桌前，该行位于俄亥俄州克利夫兰闹市区，是意大利文艺复兴时期府邸的现代翻版。在一个男性主掌的领域，单身职业女性纳尔逊是该行《联邦储备观察》的编辑。69岁的华莱士·皮尼格带了本蓝布包装、烫金标题的书来找她，他在仓库工作，热衷于发现不同寻常的东西。“这本书会告诉你与编辑有关的一些事。”皮尼格一边说一边把查平的自传递给她，“查平是他那个时代最出色的本市新闻主编，这是他40年报人职业生涯的故事。书是在新新写的，他现在就在那里，写得太棒了。”

纳尔逊急切地翻开书，想学到一些编辑窍门。但只看了几页，她就被查平的故事迷住了，忘了阅读的目的。“我被深深地触动了，希望认识这个人并帮助他。”几天前，纳尔逊刚看完奥斯卡·王尔德的《书信集》，现在她回想起王尔德从破产法庭被带到监狱那段文字：他戴着手铐，羞愧地低着头，路过一名男子时，对方向他脱帽致意。“当人们不仅理解这个可爱的举动多么美好，而且理解它为何对我有重要意义并将永远对我有重要意义时，也许他们才明白应该如何并且在哪个精神层面接近我。”王尔德写道。纳尔逊同样冲动地决定接近查平——她还不知道，他也喜爱王尔德。她拿出信纸，致信表达仰慕之情，请他对杂志给予业务指导，而不提他犯科之事。她把小包裹寄给查平自传的出版人乔治·普特南。在给普特南的便条中，她问他是否可以将她的信件和随信附上的《联邦储备观察》转去新新。“不知为什么，”她说，“我没有想过监狱也有通信地址。监狱是位于某处的阴森灰暗的地方，我甚至不知道它在哪里。”然后她便等待。

2月份，纳尔逊在她桌上的一堆早间邮件中看到一封奇怪的来信。它看上去样子古怪，介于账单与寄自专业机构的会员提醒函之间。透过它那玻璃纸窗，她看到自己的姓名和地址被用蓝色的油墨敲打在信件上。那枚洋红色的乔治·华盛顿的两美分邮票盖着“纽约奥辛宁”的邮戳。她急切地拆开信封。

“亲爱的纳尔逊小姐，”信的开头称，“你邀请我帮助你的编辑工作，我感到荣幸，但是我的银行业务知识太有限，我担心你会发现我没什么用。”不过，对纳尔逊的写作水平恭维了一番之后，查平说如果她仍坚持，他将乐于提供建议：“任何时候你都可以带着问题来找我，但要做好失望的准备，因为对于有抱负的青年来说，一个被活埋了超过5年的人不是好的导师。”纳尔逊马上写了回信。才写了两封信，查平就向纳尔逊索要照片，写了三封信，“纳尔逊小姐”就成了“我亲爱的康斯坦斯”，写到第四封信，查平就又一次彻底地神魂颠倒、焦躁不安了。

像之前的库珀一样，纳尔逊没有因她引发的接连不断的来信以及来自一个孤独、年迈犯人的情感表白而却步。“很快，克利夫兰和奥辛宁之间便频繁地鸿雁传书。”她说。康斯坦斯的信件到来时，通信是查平仅存的写作形式。《公报》无疑已长时间停办，查平间或帮劳斯写写演讲稿或文章。然而，他答应了普特南的第二部手稿却迟迟未动笔。“我现在没有时间和动力，因为全部时间都用于栽培花卉，一项消遣已经成了一种癖好。”查平写道。

他每天清晨5点起床，首先去他的领地巡查——温室和花园。“是的，即使在冬天也如此，”他写给纳尔逊，“因为我必须确定玫瑰灌木丛和春天开花的球茎没有被夜风掀掉盖子。”此时，查平在地里种了超过1 000株玫瑰灌木，在温室贮藏了超过2万株花卉植物——等到天气回暖，它们将被种到室外。到目前为止，他的警觉已获得回报。在上千株经历寒害的灌木中，他只损失了6株，这一数字令东北部所有玫瑰种植者羡慕。另一方面，要照料和保护他的植物，除了不受约束的时间，查平别无他物。早上7点，查平在“玫瑰园”吃早餐——他把邻近他牢房的温室叫作Roseraie[1]，一日三餐都在这里吃。他不再吃监狱的饭菜。被指派给查平的犯人拉里用朋友们送来的或者世界晚报一名前雇员帮助采购的大量食品为他烹制饭菜。白天，查平在温室工作，并监督他的工作组。晚上，如果不去温室，查平就回到印务所内的原《公报》办公室——劳斯允许他继续使用。

虽然纳尔逊对其信件的反应惹人怜爱，但这一次，查平起初对自己充当的角色似乎感到困惑。2月22日，纳尔逊的玉照随信寄到，照片上是位丰满的31岁女性，有着明亮的双眸、温柔的笑容、挺拔的鼻梁、圆圆的脸庞，长长的黑发在脑后盘成一大团发髻。这张照片显然对查平产生了影响。“我亲爱的康斯坦斯，”他立即回信，“你和我想象的那个女孩一点都不像。现在我被自己的鲁莽弄糊涂了。”他的语气变得像父亲一般。“我从未幸运地有过孩子，但年轻的时候曾梦想有朝一日会有个女儿来找我并叫我爸爸。”他写道。当他凝视着纳尔逊的照片时，查平说他试图玩“假扮者”。他注意到，尽管她谈到了她的母亲和祖母，却没提到过父亲。“我想大部分女孩都有自己的父亲，不需要假扮的、秘密的父亲，但是你猜得出这张可爱的照片在你慷慨地施以援手的饥饿者心底唤起的渴望吗？”

接着，他又试着写了三次回信，在清晨头脑清醒时读罢，便将它们一一扔到垃圾筐。在夜里，他把所有的情感都倾注给新的“梦中女孩”，但是到了早上，他就毁掉已写的一切。“当我在牢房洗脸盆上方的小镜子中看见自己的模样，才意识到我比她，昨夜在信中我向其倾吐内心的女孩老1000岁。”这并非纳尔逊想要的结果。她有父亲，并不需要另一个。她责备查平撕毁了更有激情的信件。

查平领会了其中的意思，一周之内，他的信件变得充满热情，耕耘花园有了新的意义，他的想象力也被释放。3月15日，一个周六的晚上，查平回到“玫瑰园”，摆了两人用餐的桌子。他把怀表放在空位上，内嵌从杂志上剪下来的纳尔逊照片。在怀表旁边，查平放了一朵金黄色的玫瑰“加尔文·柯立芝夫人”——此花为查平的花卉捐赠者之一皮尔森当年所培育，很快将在纽约花卉展览会上展出——仿佛将它别于她的发鬓。查平在盘子里盛了些新鲜草莓和两块夹心蛋糕，这是他食品柜中的经典餐食。晚餐后，他带纳尔逊在温室中散步，然后又去他办公室。“你正舒服地坐在我那张宽大的转椅上，双脚抬高搁在我为你打开的书桌抽屉上。”他的犹豫和困惑消失了。相反，查平在每一封信中释放激情。他承认自己听了克利夫兰的广播后，一直哭到睡着；他表示6年以来现在最幸福——然后又改口说：“说实话，比任何时候都幸福。”——最后又宣告他毫不含糊的爱。轮到纳尔逊了，她宣布自己将前往新新。“你的光临将是让我坚持下去的最大动力，因为世界上再没有我更想见到的人了。”查平一收到消息就回复纳尔逊。

同时，这对多情的恋人同意给他们的恋爱增添文学的内容——在他们阅读的小说中加上自己的评论，然后互换图书。接收者可以加上他的评论，然后把书还给寄件者。那年冬天，查平在一本小说中看到这个点子，他告诉纳尔逊，“我希望有个女孩能像故事中的女孩那样照顾我。现在我的愿望就要实现了。”纳尔逊首先开始。她寄给查平一本自己喜欢的书，乔治·吉辛的《亨利·赖柯拉夫特私人札记》。查平将包裹带回他在配楼的房间。他不愿意像别人那样去读这本书，而是阅读纳尔逊的评论以及她标记过的段落。“要花许多时间和心思才能为我准备这本心爱的书，”他写信给纳尔逊，“谢谢你，谢谢你！”他还违反了双方的约定，拒绝标注段落并还书，声称即使与它分离数日也无法忍受。其他的书的确在两地之间往返。第一批图书包括萨默塞特·毛姆的《人生的枷锁》《月亮和六便士》以及阿纳托尔·法朗士的《红百合》，但《亨利·赖柯拉夫特私人札记》不在其中。这并不奇怪，仿佛这本书是吉辛为查平写的。在这本虚构的回忆录中，作者描述了主人公出走伦敦之后发生的巨大变化。“就在一天之内我变得成熟了，实在令人惊讶；毫无疑问，这种变化意味着我忽然间开始有意识地玩味起具有力量和情感的万物了，它们一直在演化，我却不知不觉。只需举个例子就看得出来了：在这之前，我很少留意草木花卉，但如今我发现自己对路边每朵绽放的鲜花、每棵生长的小草都兴趣十足……对我来说，这些花卉象征着一次极大的解脱，一次奇妙的觉醒。我的眼睛顿时豁然开朗；在此之前自己一直在黑暗中行走，却浑然不觉。”

除了互换图书，查平还想了另一个办法来缩短奥辛宁和克利夫兰之间的距离。皮尔森很快将动身前往克利夫兰参加全国花卉展，他现在是查平的常客。查平匆忙写信给纳尔逊，请她参加展会并找到皮尔森。查平解释，皮尔森回来之后，自己要与他握手，因为他所握之手握过她的手。不巧的是，皮尔森从展会回来后，推迟了探访。查平不耐烦地等待，直到4月14日，皮尔森抵达新新，查平才等来了握手以及皮尔森对纳尔逊的评价。“你怎么和我想象的你一点都不同，”查平写给纳尔逊，“但是，根据我朋友的评价，你是一个深具魅力的年轻女性，高大而端庄。”

图书交换过了，手也握过了，尽管只是间接接触。查平和纳尔逊开始计划会面。1924年6月20日，周五，日子选定了。“众神与我们同在！”收到曾捐赠800株玫瑰灌木的博布宾克和阿特金斯苗圃的信件后，查平写信给她。该苗圃预计他的玫瑰将在6月20日这一天处于最佳状态。他的花园将迎来第二个夏季，经历了秋冬辛劳的日日夜夜，查平对它满怀期待。花园的主体部分已于1923年准备好并耕耘过，但对于他特别珍视的花圃，今年整个春季工作还要继续。例如，皮尔森和查平为他心仪的玫瑰新品“康斯坦斯”设计了新花圃，这种黄色的花卉1915年在法国培育出来，成熟之后会变成金黄色。4月份，一个长50英尺、宽8英尺的花圃开始挖掘。里面将种植弗雷德里克·阿特金斯送来的100株“康斯坦斯”玫瑰，阿特金斯是全国知名的园丁，是最早向查平花园供应植物的博布宾克和阿特金斯苗圃的两位合伙人之一。在花圃四周，查平种了多花蔷薇。新近捐赠的1吨骨粉几乎全部被倒入新花圃。这是艰辛的劳作。“与园丁在春季来临时不得不做的一切相比，在选举之夜争取更多票数不过是小儿科。”查平说。

到了5月份，1 000株紫色鸢尾花正在盛开，牡丹花花蕾开始绽放。新的植物源源不断地到来。在美国开创商业睡莲培植的威廉·特里克为花园中央新喷泉的池塘送来一堆水生植物。皮尔森送来350株玫瑰新品种，以取代从温室移种到花园的那批。每天看似永无止境的园艺劳作都让查平离6月20日越来越近。“快啊快啊，6月20日，这个重要的日子快快来临！”他在5月13日写给纳尔逊，“从今晚开始还有3周她就到了，从明早开始还有3周我们就要相见了。”5月30日他写道。6月份到了，他几乎无法控制自己的情感。“想到那美妙的一天很快将到来，我的脉搏怦怦直跳。”在她到达的前3天，查平种的康斯坦斯玫瑰开始吐艳。

1924年6月20日，周五，纳尔逊在奥辛宁下了火车，然后坐出租车到布莱尔克利夫酒店。这是一家豪华酒店，查平通过监狱长秘书预订了一个房间。纳尔逊要支付每晚13美元的昂贵房费。第二天是夏至日，康斯坦斯·纳尔逊9点准时出现在新新北门。回答了值班看守的问题之后，她被指引到接待室沿墙摆放的长凳上坐下。位置上坐着的多半是女人。孩子们在玩耍，妈妈们试图让他们安静下来，唯恐太吵了，看守会把他们撵走。康斯坦斯对面坐着一个年轻女子，泪水从她的脸颊流下来，她悄悄地用手背擦去眼泪。看守递给她一张出入卡，她强作微笑。终于轮到纳尔逊了。一名看守带她走下楼梯，打开铁门，让她进入探视室。访客们把带来的礼物都搁在右边的架子上，以便于在犯人接收前接受查验。在房间那头坐着另一名看守，佩戴了手枪和包革金属棍。纳尔逊把出入卡递给他，然后在一小片用警戒线隔开的区域内找了张条凳坐下等候。门开了，查平拿着一朵黄玫瑰走进来。他走到她身旁，拥吻了她。“如果我还要再等下去，他们就要将我绑起来了。”他说。

他们在条凳上落座。纳尔逊将查平带来的“康斯坦斯”玫瑰别在裙子上。上午两小时的规定探视时间过得飞快。查平强调他们不能超时——尽管看守们可能会允许，何况，纳尔逊还被邀请到监狱长家共进午餐。在那里，她发现查平已经用一些最好的花木装饰他常常闲坐看书的门廊。纳尔逊见到刘易斯、凯瑟琳·劳斯以及他们的女儿谢里，并享用了一名犯人做的午餐。饭后，她被带入监狱场院，查平践诺陪她参观花园。他们去了他的办公室。她在那里看到那张有活动盖板的办公桌，上面堆着信件和园艺书籍，哈得孙河的风光，种在窗台上的天竺葵，以及他常在信中提到的金丝雀“唐”。他们进入办公室后，被派来陪同纳尔逊的看守转身站在远处，给这对情侣一个私密空间。查平并没有利用这样的机会，而是严格遵守监规，在书桌前忙着处理一些文件。“你是个固执的家伙，查平先生，你甚至动也没动。”看守沮丧地说。查平没有理会，他从书架上取了本书，是《老实人》。“我不会把母亲喜欢的书送给别人，除了你，康斯坦斯。”他们暂且告别，在纳尔逊离开新新回酒店过夜之前，看守带她到配楼参观查平的房间。纳尔逊细看他那宽敞的房间，摘下他给自己那朵玫瑰的花瓣，在他的枕头上拼成一句“我爱你”。

周日、周一和周二，这对情侣都在约定时间进行两小时会面。仅有一次会面被查平的犯人服务员拉里所打断，他冲进来告诉查平，温室里有条破旧的板凳垮掉了，超过100株脆弱的植物跌落地上。除此以外，他们安静地共度时光。私下里，他们彼此起了新的绰号。纳尔逊被称为“船长”，查平被称为“大副”，以象征他对她的忠诚。“我从未相信地球上任何人能让我像现在这般甘愿服从。”他说。探视的最后一天，纳尔逊对查平说：“晚饭后，我将在薄暮中漫步，到墙外那座小山上坐一会儿，那样你就知道我在那里，并会想起我们的会面。”

“那太好了，但是你不要期望我走出去和你说话。”他答道。

查平解释，尽管他可以得到允许，但除了他的花园，他从未接受过监狱长对他个人的照顾，而且，他还让纳尔逊承诺不要为他寻求照顾。

第二天上午，纳尔逊乘坐10年船龄的大型轮船华盛顿·欧文号沿哈得孙河北上到奥尔巴尼，在那里转乘火车返回克利夫兰。查平站在哈得孙河岸上，看着轮船逆流而上，消失在晨雾中。纳尔逊说过，当轮船经过监狱时，她会走上顶层甲板。查平脱掉夹克，他的白衬衫让他在监狱的灰色背景中更为显眼。“我知道你的双眸正在凝望，这让我有隐隐作痛的喜悦。”他写给纳尔逊，“我紧咬双唇，直到咬痛自己，但没有流下一滴泪水。”然后，查平回到办公室，整个下午都待在里面，房门紧闭。

查平并未沉湎于顾影自怜中太长时间。那年春季他只有零星几位访客，纳尔逊离开之后，访客们便一窝蜂地来了。最早光临的是《房屋与花园》杂志的理查森·赖特，实现他承诺已久的探访。亲眼所见给他留下深刻的印象，他说查平的玫瑰是他当年见过的最美的玫瑰。他决定在其杂志上发表一篇文章，就像他经常发表的关于富人、名人花园的文章那样。他一回到城里，就派颇受欢迎的风景摄影师马蒂·休伊特来拍摄图片。很快，行业期刊《花商交流》的主编也步赖特的后尘前来。查平的访客不只是花卉行业人士，还有园艺爱好者。1924年7月5日，来自某园艺俱乐部的34位女士组成的车队抵达，期待查平带她们走马看花式地游览花园。“道别的时刻，俱乐部全体人员排成一行，每人轮流和我握手并对我大加赞赏。”他写给纳尔逊，“我不确定以前监狱里是否发生过类似事情，希望不要太频繁地发生在我身上，因为我从未如此尴尬。”

参观者所见没有令他们失望。花园美轮美奂，实至名归，数千朵玫瑰一同绽放，宛如五彩缤纷的盛典，与美国的公共花园大异其趣。单单玫瑰的名字就能说明查平种植的品种如何丰富。在时称杂交四季蔷薇的灌木当中，种着高挑的长茎玫瑰“雅克米诺特将军”，它们被种植者认为是“玫瑰世界最伟大的种株”，还种着25年前培育出来的“卡尔·德鲁舒基斯夫人”，花朵硕大挺拔，被誉为最优雅的白玫瑰。如果来自该园艺俱乐部的女士们还不认识这些品种，她们一定能认出那许多的月月红。后者的花朵深粉红色，几近红色，人们在纽约花店购买的玫瑰往往就是这个品种。令人印象更为深刻的是数量繁多的大花月季，这些灌木每次开花很少超过三四朵，却各美其美，品种有“惠灵顿公爵夫人”“图尔伯特妈妈”和“奥尔良凯旋”。大花月季栽培者钟爱的“蝴蝶夫人”挨着巨大的“布卢姆菲尔德丰收”，前者奶霜粉色的花朵插满了豪宅中的银碗，与之相比，后者庞大的花枝上盛开着上百朵粉红色的玫瑰。

12只直立的钢制藤架，像光线从喷泉发散出来，其基座上种着攀援植物，例如“保罗猩红”“多萝西·帕金斯”和“银月亮”。“保罗猩红”是最易于种植的攀援植物之一，但名不副实的是，它的花为血红色，不带一点紫色。“多萝西·帕金斯”在夏末成熟开花，它那小小的糖果粉色花球像瀑布一样悬挂下来。查平还大胆地种下“银月亮”，它那墨绿色的枝叶上最终将绽放数百朵象牙色泽的玫瑰。这一品种14年前才引入美国，难以在冬季严寒霜冻的气候中培育。

通往河边的是最新的花园，遍植金鱼草、万寿菊（金盏花）、多年生和一年生夹竹桃以及紫菀。路的尽头，矗立着那座带有死刑室的建筑，其凹进去的入口呈特制的V字形。门口两侧建有大型花圃，种着铜黄色的美人蕉，多年生植物环绕其间，有蜀葵、美洲石竹、假龙头花，以及每年开花较早的翠雀花。那3间温室通常作为参观的最后一站，里头挤满了康乃馨和菊花。不过，中间的温室种有玫瑰，其中有来自皮尔森苗圃的“加尔文·柯立芝夫人”等新品种。

最初是他的自传，现在是他的花园，给查平带来新的名声。他成了全国最著名的犯人，而非声名狼藉者。访问或是报道他成为一种时尚。单单1924年，查平的访客就数以百计。其中有作家布斯·塔金顿、演员托马斯·梅根以及魔术师哈里·霍迪尼，后者读了查平的书后与他通信，后来还前往新新为犯人们表演。每位访客对查平的新生活都有各自的理解。对某些人来说，他是悲剧性人物；对其他人来说，他是赎罪者、美的播种者，或是被冤枉入狱者。前来探访之后，塔金顿题赠了一本《中部人》给查平："不仅要感谢他的书对我的重要意义，还要感谢他把美注入了同伴的生活，来访者不会忘记也不能忘记所见所思。"纽约市华盛顿高地浸信会教堂的牧师哈罗德·帕蒂森博士参观后做了一场完整的布道。他称之为"在原先只有煤渣的地方种出了玫瑰"。最为查平感到骄傲的是监狱长劳斯。"我不是说花卉能改造人，也不是说那些花园和玫瑰改造了查平，"他写道，"但是它们给了他新的希望。"

纳尔逊继续为查平的"新希望"出力。7月23日，她参加在巴尔的摩召开的美国银行业学会全国会议，设法在返程途中匆匆探视查平。她在会议上向负责出版公司内部通讯和杂志的与会代表做了演讲，引用查平的话作为开场白："独创的想法造就才华卓越的编辑，表达能力还在其次。"想到代表们根本不晓得他俩的关系，查平看演讲稿时不由得哈哈大笑。"要是他们能看到这位会议女杰几天后出现在我们的探视室就好了。"他写道。

"你如此安排返程方式实在太破费了，"纳尔逊辞别后查平写道，"当'自来水笔'注满后——呵呵，我知道自己要被彻底宠坏了。""自来水笔"是查平用来特指州长赦免的暗号，而"春天"是他对狱外生活的委婉说法。这种希望越来越多地出现在他们的未来计划中。"一年内也许能实现，10年内一定能实现。"他写道。有关花园的公开报道自然让他有理由设想这种可能性。现在就连奥尔巴尼也喜欢查平，官员们称他的玫瑰花园"鼓舞了无望而不安的灵魂"。另一方面，查平告诫纳尔逊（和他自己）："不要将我们未来的幸福押在如此不确定的事情上，在关键时刻，签署者也许会突然因为'书写痉挛'而无法签名。那一天能到来当然好，如果不能到来，你和我都要无畏地随遇而安。你看怎么样，船长？"

夏季行将结束，查平加班加点地工作，为《房屋与花园》杂志摄影师休伊特前来拍摄花园做好准备。他还要着手建一间新的温室，以便贮存不断涌来的捐赠植物。一箱寄自英格兰的货物标记为"玫瑰"，结果却是英国常春藤。在内莉·查平亡故6周年纪念日，纳尔逊寄来一封富于同情心的信件。"其他人也许还记得，"查平回信写道，"而你的来信是一次握手。爱情太美好了，它促进理解，让人相互依偎取暖。”

9月份也见证了一个人的离去。在新新，除了劳斯以外，他一直孜孜不倦地重建查平的生活。红衣主教帕特里克·J. 海耶斯决定，纽约城圣安德鲁斯需要“新新主教”的服务。他通知凯森，必须不迟于10月第一周动身。1924年9月30日，凯森给监狱警长寄去一封信。他写道：“遵照教会上级的意志，我勉强提出正式辞呈。”凯森说，在此工作了超过12年，离开犯人时不免心情沉重。“我一直心存希望，让我将此生奉献给这项工作。但如今我的计划成为泡影，用监狱里的话来说，‘我得走了，得出去工作了’。”

那一个礼拜天，凯森神父在小礼拜堂向大批犯人做告别布道。他站在圣坛前，圣坛上装饰着从查平花园采摘的玫瑰，一些犯人在哭泣。凯森说他很抱歉未能如愿留在他们当中，但他请求大家同样忠诚于他的继任者。“与世界上其他任何地方相比，这些高墙之内有更多的忠诚、同情和理解，”他说，“唤起你的善良。它就在那里，我在此工作了足够长的时间，见人所未见。你们自己要坦诚相待，那么你们也将与上帝坦诚相待。”

10月初，纳尔逊又前来探视3天。这一次，她有时间参观位于塔里敦的皮尔森苗圃，拜访华盛顿·欧文的墓地，还与凯瑟琳·劳斯一道多次坐车去纽约。她的离开又一次令人感到痛苦。三日之后，查平方能提笔写信。“宝贝，我分别时的自控力都是骗人的。”他在办公室写信，她沿着哈得孙河散步时捡拾落叶，用它们装饰了这里。“几分钟后，如果你窥探我的办公室，看到这个可怜的家伙已经精神崩溃，正坐在桌前埋头哭泣，你会说我是一个傻老头。在这种情形下，我还能写信吗？”

几天之后，当查平与欧文·科布重逢时，他的心情才好转起来，这位《世界晚报》的前同事过来为《大都会》杂志报道查平的故事。其后，老同事乔治·麦克马纳斯接踵而至，他现在是著名的漫画家。还有另外3个朋友也来了，其中一人带来烤鸡、肉馅饼、冻糕和一篮水果。“我觉得这么多人来访有点累人，特别是当某人要来找我，我却偷偷地希望来的人是你。”他写给纳尔逊。11月，她来了，纳尔逊在华盛顿特区向一群银行女职员发表演说，返程途中在新新停留。在午餐与她将要演讲的晚宴之间，纳尔逊去了罗德岛大道，敲开了玛丽安和弗兰克·查平的房子。当天是玛丽安的生日，她与朋友去了看下午场的戏剧。查平的弟弟弗兰克身穿旧衣服，因为他要去格伦伍德墓园种点球茎。纳尔逊和他去墓地，在内莉·查平的坟前献上玫瑰，结果，晚宴她迟到了。在新新，纳尔逊告诉查平在其妻墓前敬献玫瑰和晚宴迟到的事。他说，如果那些女人们得知她姗姗来迟的缘故，一定会感到愤慨。

秋季里，查平为2 000多株玫瑰灌木做好越冬准备。每株玫瑰均需加厚一英尺土壤，一共需要补充超过12卡车的土壤才够。尔后，查平他们在泥土上面加上厚厚一层粪肥，并用玉米秸秆覆盖每个小丘。这项工作不是为了防止玫瑰结冰，因为它们能在结冰中挺过来，而是要防止他们在融冰后被冻伤。“无论这个冬天如何严峻，我也非常有信心——我们的损失将微不足道。”大功告成后，查平写信给纳尔逊，“但愿我能像保护玫瑰那样保护你。”

随着圣诞临近，赦免的希望再次出现。那年夏秋两季，朋友们不断鼓励查平相信——一旦选举结束，史密斯州长将把他列入圣诞赦免名单。一个朋友甚至说，州长已经亲口向她许诺过了。“但朋友们所承诺的有时会多于他们所能实现的。”他写给纳尔逊，因为他从支持者那里听到更多有关此事的消息。“当他们竭力往黑暗之处洒下阳光的时候，嘴巴上说说并不费力。”12月14日，查平终于看到刊登在报纸上的30名圣诞赦免人员名单。“我在里面没有找到你最想看到的名字，”查平写给纳尔逊，“好吧，也许在下一个圣诞，或某个圣诞。”

寄给查平的信件和圣诞贺卡涌到新新。同住配楼的犯人们在查平的牢房门口竖起一棵高大的圣诞树，几乎可以碰到屋顶的天窗，树上缀满小灯泡。但是，查平养在温室里的玫瑰并不合作。阴沉的天气未能使它们开花，查平只好用其他花来装饰圣坛，凯森的接替者麦卡弗里神父将主持圣诞日弥撒。在圣诞夜，霍迪尼到监狱为犯人们表演，查平信守誓言不去观看演出，他待在牢房，里面堆着高高的圣诞包裹。打开一些包裹之后，他盖上毯子，点了烟斗，翻开埃莉诺·霍洛威尔·雅培的《老爸爸》，这本书是他收到的礼物之一，电台播放的圣诞音乐使他很快就安然入睡。夜里10点，他被霍迪尼叫醒。这位魔术师待了一个半小时，还请查平将他列入访客名单。

1925年，赖特的文章与休伊特拍摄的精美图片发表在《房屋与花园》杂志上，一同刊发的还有那些常规特写——介绍从好莱坞到长岛华盛顿港的豪华大宅。现在，公众前所未有地了解到查平的花园竟然这么大，这么美。共有超过

6幅照片展示了那些种得齐齐整整的花圃，其下种着玫瑰幼株的乔木，那喷泉和池塘，那一排蓝云杉，以及一直延伸到哈得孙河的花园。“我们并不指望这篇文章的发表能带来监狱管理的大变革——然而亦未可知。”赖特在卷首语中强烈主张订阅者去读读这篇文章。他对花园做了长篇描述，并在末尾谈到，在一个残酷和黑暗的环境中创造一个充满芳香和色彩的世界，其影响难以估量。“但是，我们亲眼所见，过去的碎石、煤渣地现在盛开着玫瑰；过去人们只能遥望潮湿的灰墙和乌烟瘴气的监狱院子，现在他们能够看到灌木萌动，球茎成长，繁花缤纷。他们闻到花的芳香，听到鸟儿在树上歌唱。他们看到树荫长长的影子投在剪得短短的草坪上。对他们来说，万物复苏的春天是新的，生机勃勃的夏天和色彩斑斓的秋天也是新的。”

赖特赞美查平之后不久，科布在《大都会》上发表了关于查平花园的文章。“欧文·科布将讲述一名被判终身监禁的囚犯在通往地狱的路上建造花园的故事。”当该杂志开始如此为文章做造势宣传时，查平和纳尔逊对这位老记者的动机日益关注。尽管查平已收到新杂志的样本，他还是让纳尔逊先读。如果她的结论是负面的，查平答应看都不看就将杂志毁掉。2月初，纳尔逊写信告诉查平她的判断。“写得直率，相当冷酷无情，但是去读吧，并毫不隐瞒地告诉我你的反应。”她说，“我主要反对‘蛇一般的’这个词。”科布用这个词来形容查平的眼睛。（“点亮它们的光似乎不是来自他的脑袋，而是来自于外面。”科布写道。）“我不太确定它的意思，于是查了词典，”纳尔逊告诉查平，“它指的是蛇。我为此恨科布。”收阅纳尔逊的来信后，查平把藏于书桌抽屉的那本《大都会》杂志找出来，带回到牢房去读。“这篇文章没有把我惹恼，”他写给纳尔逊，“我准备写信给科布，告诉他我喜欢他的文章，他知道如何令报道公平和真实，写得相当精彩，不带吹捧。”至于他的眼睛，查平安抚纳尔逊说，科布只知道他是个令人生畏的主编，而并不认识她所了解的他。

查平得了流感，但是到了2月底，他又开始劳作。办公桌堆满了种子包裹，他忙于播种和移植花苗。把他从床上拽起来的不仅是他的花园，还有纳尔逊，不到一年，她已是第5次来新新探视。纳尔逊于3月1日抵达，查平的情书已在宾馆等候她的到来。“我们将再一次手牵着手，我知道你也是满怀喜悦。”他写道，“你可曾想到，我们这是多么不同寻常的浪漫？我想知道，有史以来是否还曾有过另一个姑娘，她穿着去年冬天的大衣，省吃俭用，长途跋涉来探望一个白发老头。你觉得科布对此会说些什么呢？”

1925年3月2日，周一，上午9点，纳尔逊和查平在探视室再次牵手。他们每天都重复着之前的探视形式。纳尔逊在上午的探视时间过来，下午的时间则自己打发。查平还是拒绝要求给予特准——虽然劳斯也许乐于给予。这周结束的时候，查平从办公室取来剩下的那本自传——特别为作者订制的版本，普特南送了他两本，一本他送给了库珀。他当着纳尔逊的面写下题赠。

永远对你怀有最深的爱

我的康斯坦斯

查尔斯·查平

查平刚写好，劳斯从办公室过来，带了一本科布的新书《阿利亚斯·本·阿利比》——有关公园街最伟大天才的虚构故事。查平从劳斯手上取过书，翻了几页，并沉默地读了一些章节。

“阿利亚斯·本·阿利比似乎是一个很难侍候的家伙，而科布指的是我，你知道吗，康斯坦斯？”

“他胡说！”她答道。

“宝贝，过去的我并不总是像现在这样值得尊敬。不要生科布的气。我毫不怀疑他完成了一部出色的作品。”

查平的反应较为冷静，部分是因为他已知晓科布在写一部有关他的几乎不加掩饰的小说。科布照顾老上司的感受，提笔之前已取得他的许可。当晚，纳尔逊动身回克利夫兰之后，查平读了《阿利亚斯·本·阿利比》，像他和纳尔逊仍坚持的那样标注段落，并于第二天上午把书寄给她。“我拿不准你是否会觉得它非常有趣，”他写给纳尔逊，“虽然我在本·阿利比身上认出了自己，但故事纯粹是虚构的，相比之下没有太多真实的成分，所以我对它不太在乎，就像我对他那篇《大都会》文章的态度一样。”与查平的预料相反，纳尔逊发现这本书相当有趣，于是在《克利夫兰银行家》——除了《联邦储备观察》，她还要编这本杂志——发表了一整版书评。本地的银行家并不清楚纳尔逊与查平的关系，纳尔逊知道这篇突兀的书评肯定会令他们感到困惑。“好吧，我听到有人问，这本书与银行业务和我有何相干呢？”纳尔逊在书评结尾写道，“只因为这个原因。”科布刻画了一个男子汉的肖像，他的活力、激情与成功应该得到任何职业年轻人的尊重、钦佩和效仿，纳尔逊说。

虽然纳尔逊接受了科布的作品，以此向她的爱人致敬，但另一篇文章似乎对她与查平的关系更具有破坏性。《世界晚报》老记者肯尼思·库尔博在《自由》杂志上写了一位本市新闻主编，他开除记者仅仅因为他“享受这个过程”。该主编名字不详，但看了两段之后就能弄清楚作者写的是谁。“那些头发灰白的、身体衰弱的、倒霉的人尤其是他的受害者。”库尔博写道，“然而，他们已不再是受害者，因为监狱阴冷的围墙和因为杀妻被判终身监禁已剥夺了他解雇或聘用的权力。”纳尔逊给查平发出一封表示同情的信件，她以为库尔博恶毒的文章会令他难过。查平曲解了纳尔逊的意图，告诉她如果她连令人不快的纸上评论都承受不了，当人们对她说三道四、指指点点，并且因为他俩的关系而孤立她的时候，她该怎么办呢？他尖刻的回复让纳尔逊伤心，她感到不满，查平不得不努力恢复她对自己的信任。他立即回信称，他并非暗示她相信库尔博对他的描述，他永不怀疑她对自己的信任。“这样的想法从未进入我的脑海，而且近一年当中，我没有一天或一分钟怀疑过你对我坦率、真心的爱。”纳尔逊受到的伤害被修复了。

春季，查平的花园万物重生，绚丽多彩，吸引了更多媒体的关注，新一拨捐赠花卉大量涌来，查平与纳尔逊偶尔发生恋人之间的争吵，春天也带来了希望。富有的纽约朋友麦克斯·纽伯格在佛罗里达过冬之后，于4月15日来到监狱。他从1910年起就认识查平夫妇。纽伯格领导了1924年的赦免活动，可惜在当年秋天病倒了。“在此期间，他并非无所事事，而是一直积极主动地工作，以实现我们俩关切的目标。”查平喜悦地告诉纳尔逊。纽伯格和查平讨论他重启赦免行动的计划，探视结束时，查平又一次被说服——他必能获得赦免。“如果一切如他所愿，我或许将与你共进我的下一个生日晚餐。”他告诉纳尔逊。

5月，科布前来回访，这次他的妻子劳拉同行。他们给查平带了只巴西红雀，装在一个日式鸟笼里，他们已经养了它两年。查平把鸟笼挂在配楼旁边的温室，那里还住着另外3只稀有的小鸟。“刚才在我离开那会儿，4只鸟都唱个不停。”查平说。几周之后，查平拥有的会唱歌的鸟儿又增多了，监狱长送给他一只卡罗来纳长尾小鹦鹉和一只南美鹦鹉。查平把两只鸟儿安置在河边那间温室。渐渐增多的小鸟激发了查平的干劲。他觉得增设一间鸟舍才能让花园完美无缺，便求助于劳斯。监狱长鼓励他自由尝试，但是州政府和监狱方面绝对没有钱支持这个项目。不过，查平无暇顾及此事。天气日趋暖和，冬季就开始在温室培育的数千株花苗亟待栽种。同时，数千株开过的郁金香和水仙球茎要挖起来贮存到秋天。到了5月底，除了博布宾克和阿特金斯苗圃最后捐赠的另外100株玫瑰，所有新植物都种下了。

6月底，纳尔逊又来到新新。像往常一样，查平寄了封信到酒店等待她的到来。“当这封欢迎短笺交到你手上时，你知道有个白发老头正期待你的到来。”6月29日，周一，上午9点整，纳尔逊熟练地走过重重看守，来到新新的探视室。查平为纽伯格的努力感到振奋，不由得分享了他的希望——下一个冬季的玫瑰可能将由另一名犯人来照料。关于未来，他们谈了很多。演员梅根那周也在，他前来拍摄《发现自己的人》，这是一部根据小说家塔金顿作品改编的无声电影。电影讲述一个男子代其兄弟受罪，有部分镜头将在新新拍摄。纳尔逊与梅根及劳斯一家共进午餐。饭后，花园里架起摄像机，梅根所扮演的被囚禁的主角在此劳作。一位目睹了拍摄过程的《纽约时报》记者像摄像机一样捕捉了当时的场景。“他正在劳作的美丽的玫瑰花丛被作为前景，他们身后是五彩缤纷的花卉以及青葱的草木，风把喷泉银色的水花吹得四处飞溅，背景则是旧监区冰冷的灰墙，上面间隔着重重封锁、又深又窄的窗户。”

在拍摄间隙，查平和梅根开玩笑。“看到像你这样大有前途的小伙子也在这里，可惜呀，”他说，“是怎么回事？”

“电影把我弄进来了，兄弟。”梅根说着，模拟后悔状摇了摇头，“但在这桩案件中，法律抓错了人。我是无辜的。”

“这里的每一个人都如此，听听他们怎么说。看——”查平说着，向院子四周的建筑物招手。透过所有窗户都能看到犯人，他们正朝下望着近百名演员、电工、摄像师和灯光师组成的摄制组。

周四，纳尔逊结束探访，坐晚上的火车返回克利夫兰。两人计划9月和10月再见面。她离开后不久，约翰·肯尼迪被纽伯格征募来到新新，他是一位富有的银行家，并兼任州监狱委员会主席。肯尼迪认识查平，他女儿去年冬季为《布鲁克林之鹰》写过一篇奉承之作。肯尼迪告诉查平，他会尽一切所能相助，并打算向史密斯州长发出个人呼吁。“因此我们也许可以在圣诞一起挂丝袜了，尽管在我们确定‘自来水笔’已经行动起来之前都不能指望它。”肯尼迪启程之后，查平写给纳尔逊。

肯尼迪回去之后，赦免查平行动立即准备提出正式呼吁。布罗德温·曼尼海姆律师事务所起草了致史密斯州长的赦免申请书。在请愿书中，律师们辩称，查平的罪行“没有通常会导致暴力犯罪的邪恶冲动。他的行为类似于儿子杀害母亲，以使她从遭受不治之症带来的极度痛苦中解脱出来”。这份冗长的请愿书回顾了查平的一生，广泛引用了精神病鉴定委员会的调查记录，着重强调近来广为报道的事件——新新的土地发生了变化，而且并没有花州政府的钱。请愿书称，如能获得赦免，查平将致力于写作。“如果法律能够力图改造犯罪者——我们视其为法律最崇高的目标——那么查平就应该被释放：因为即使在高墙之内，他那有罪的灵魂也能创造出美——证明他已经完全恢复正常。凡人无法判断他的潜力。然而，这种不屈不挠的精神一旦获得自由，必能转化为有益的卓越成就。”势头似乎对查平有利。当年晚些时候发布的另一份州政府报告表扬说，在新新从一个最令人感到压抑的监狱转变为一个最美丽的监狱的过程中，查平立下了汗马功劳。“到处是花圃、灌木和草地，”这份官方报告说，“位于方形庭院中央的玫瑰花园可以为任何机构增色。”

这些努力令查平举棋不定，不知该何去何从——一个是不断增长的即将获释的信心，另一个是他在新新创建的独特世界。鸟舍已经开始动工，使用外面捐赠的材料和狱中的废料来建造，为1926年准备的新幼苗需要照看，而且更多的树木正被运送进来。查平告诉纳尔逊，在赦免令签署之前，他会做好还要在新新待上多年的准备。“但是在内心深处，让我们悄悄地祝愿那一刻尽快来临，到时我们就客气地请服务生为我们准备好客舱的房间。”

译注：

［1］Roseraie，（法语）玫瑰园。

结束 23

州长终于收到赦免申请，来自狱外的措辞积极的报告也使得1925年夏天重获自由的乐观氛围越发强烈起来。“刚从纽伯格先生处获悉，你的一些朋友极有可能被赦免，另外一些则不可能，即使他们认识身居高位的人。”一位亲密的朋友7月底兴奋地写信告诉查平，“他深受鼓舞。”但最终，那个夏天查平并未重获自由，迎来新生的是拉里。在狱中，拉里深得查平信任，多年来一直照顾查平饮食起居，为他整理书籍，照料花草，偶尔为他读诗。不像查平，拉里的刑期即将结束。他在8月获释。发了套新衣服和10美元后，拉里被送至监狱大门口，狱警祝他好运。

几周后，纳尔逊在办公室接到拉里的电话。

“我是查平先生的朋友，想见见你。”电话那头说。纳尔逊觉得对方声音很熟悉，但不太确定。

“我想我们碰面时你就能想起我了。”拉里说。

纳尔逊答应见面，拉里很快就来到银行。拉里在伊利湖边的假日酒店当职员，他衣着破旧，但还算整洁。不过，和许多坐过牢的人一样，他的举止暴露了他的过去。

“我和那里格格不入。”拉里说，“酒店很不起眼，我想找份更体面的工作。我很自卑，这让我深受打击。”

纳尔逊很同情他，尤其是想到他对查平那么忠诚。她给了他一些钱，还另外借了些给他，为他找到住处，又为他找了份当家庭教师的工作。她对此没再多想，特别是收到查平语气凄惨的来信后。查平病了，形容自己“比一块湿漉漉的洗碗布还没有生气”的他在信末说：“亲爱的，我是如此疲累和寂寞——病得不轻，心情不佳。晚安，我孤寂的心全心全意爱你。”纳尔逊立刻订了张东行的火车票。令人哭笑不得的是，因为她把钱借给了拉里，自己不得不从朋友那儿借钱买票。纳尔逊于早上8点到达奥辛宁，在新新监狱待了一整天。确定查平将痊愈后，纳尔逊于下午返回克利夫兰。

回来数天后，纳尔逊收到查平的来信。这封信让她大吃一惊。这一次，查平没生病，纳尔逊却觉得他疯了。信中话语恶毒。原来查平得知拉里到了克利夫兰，还和纳尔逊见了面，他指责纳尔逊背叛了他，不惮以最坏的恶意揣测这次见面。查平一气之下重新回到退出多时的戏剧生涯，将语言化作匕首刺向纳尔逊的心。“我宁愿做一只蛤蟆，呼吸牢室中的浊气，”他引用《奥赛罗》中的对白说，“也不愿占住了自己心爱之物的一角，让别人把它享用。”[1]

纳尔逊几乎崩溃，再一次登上东去的列车。她到达新新监狱后，查平拒绝相见。她在布莱尔克利夫酒店住下。她第一次探视查平时，就住在这间酒店，查平留下一张示爱的字条欢迎她。她一次次返回监狱，查平终于同意和她谈谈。其实不算真正意义上的“谈谈”。他们在查平的办公室见面。查平依然态度强硬，冷漠且愤怒，一边猛抽雪茄一边骂拉里是“狗崽子”。“那个小狗崽子，我要把他的耳朵割下来。”他一遍又一遍重复，直到纳尔逊准备离开。如同50年前在道奇市一样，毫无来由的妒火使查平失去理智。

查平像火山一样爆发，说明他心态失衡及对现实缺乏控制力。当他认为自己被轻视时，他会让伤口流脓直到将他击垮。他在本地新闻部的唯一朋友科布不止一次见过这种情形，“在大发雷霆之前，他会一直默默忍受数日，仿佛珍藏宝贵而脆弱的东西”。换句话说，舞台上非黑即白、没有灰色地带的独特世界观造成他在个人生活中的盲目。这看似不合乎情理，但被他一直奉若真理——实际上也让他成为报界明星。“当叙述故事时，”科布说，“人并非真实的人……而仅仅是新闻。”所有的人间戏剧都可被简化为一个大标题。但回到个人生活中来，查平无法看到生活的全部复杂性，这造成了内莉的死，现在又导致康斯坦斯爱情的破灭。作为主编，他可以按自己的意志行事。在监狱里，他却无能为力唯有猛烈抨击。尽管没做错，纳尔逊却成了受害者。

回到酒店后，纳尔逊伤心地告诉查平，除非他答应给她机会解释，否则她第二天就回去，以后再也不来了。她给查平送去口信，从下午一直等到傍晚。没有回音。第二天早上，她致电凯瑟琳·劳斯。

“你今天见过查平了吗？他还那么固执吗？我能做什么？”纳尔逊问。

“他像钉子一样坚硬，跟他刚来时一模一样，”劳斯说，“茶饭不思，也不照料花草。我想他哭了一整夜。”

“我什么都做不了吗？”

“是的，亲爱的。他崩溃了，跟他谈话没用。”

纳尔逊当天乘哈得孙河汽船走了。正是这艘船去年把她送到新新监狱，查平还曾步行到岸边脱下外套迎接她，以便她能认出他来。回到克利夫兰后，纳尔逊每天都写信给查平，但一直未有回音。随后的9月底她终于收到回信。“你的信着实让我吃惊，”查平写道，“你说真爱永不相疑。但是，亲爱的，你曾嫉妒过吗？它是感情的奠基石。当嫉妒飞出窗外，爱情也随之而去。”

爱情之火已熄灭。他们之间的通信变成礼貌的寒暄和无意义的闲聊。当纳尔逊提出拜访，查平劝她节约费用。过去的激情偶有闪现，比如查平承认希望再次收到她过去寄来的那种信。“我想念它们，我的女孩。”但裂痕已经存在。查平再不是过去那个查平。造成这些变化的原因，或许是狱外同事们的相继离世，导致他的孤独感与日俱增，又或者仅仅是因为他意识到末日将近，新新监狱将是他最后的容身之处。让他更悲观的是，纽伯格先生已不再谈起赦免之事。“我猜他发现自己揽下的这个任务比想象的更难完成。”查平在10月的信中写道。

科布来看查平时，当然也感觉到他的变化。拉维生曾联系过科布，因为他听说科布和史密斯州长关系不错。他想知道科布是否能利用人脉关系，让查平的赦免申请被提上赦免委员会的日程。他还告诉科布，如果计划顺利，查平还能在他那宽阔的西切斯特花园谋得差事。科布同意一试，于是致电州长位于奥尔巴尼的官邸，以便第二天亲自拜访。第二天早上，科布中途到新新监狱探访查平。他发现查平正在督建新鸟舍。由于几十只珍禽异鸟被捐献过来，这项工程显得尤为紧迫。科布告知查平拉维生的计划。

“听着，替我谢谢那位绅士，但也拜托他，不要再烦我，除非我发话。”查平说，“这项工作还未完成一半。无论如何，我不喜欢活在某位百万富翁的施舍之中，不想被视作‘终身监禁者查平’而终日遭人指指点点。”

科布说：“当我离开前往纽约而不是奥尔巴尼时，他像教官一样发号施令。”

11月底，小说家西奥多·德莱塞来到新新监狱。他说服世界报给了他采访证明，以便能进入死囚监狱为他的下一部小说《美利坚悲剧》搜集素材。多年来，德莱塞和查平在报界多有交集。在芝加哥，德莱塞曾经去过先驱报，希望获得被查平面试的机会。在圣路易斯，19世纪90年代他们是各为其主的记者。在纽约，他们都曾在世界报本地新闻部待过。查平显然没有意识到自己和他有这么多的近距离接触，当然也不喜欢这位作家。他看不起对方的文学创作，将他的作品比作“只适合于扔进垃圾桶的愚蠢的烂泥”。德莱塞到访时他们只匆匆见了一面。当查平读到《世界报》发表的德莱塞对一位监狱死囚的采访报道时，表扬德莱塞的写作技巧正是他所推崇的。

圣诞节到了，劳斯努力将查平的注意力转移到欢乐的节日上来。半夜时分，劳斯扮成圣诞老人带着电筒走进查平的牢房，叫醒他，送给他一个红色包装、缠有金线的盒子。劳斯走后，查平打开礼物，发现是件衬有缎子的山羊皮防风衣。冬天把它穿在毛衣下面，查平就能抵挡来自哈得孙河的寒风了。

1926年初，查平似乎找回了往日激情。他和纳尔逊恢复了部分示爱的昵称，互相换书看，甚至计划见面。但他们的旧情复燃很快中断。纳尔逊失去了在联邦储备银行的工作，陷入忙乱中，可能在费城或波士顿才会找到工作，她苦于下一步该怎么办。在失业插曲中，查平重新评估自身的处境。他已六十有七，纽伯格持续的沉默令他的命运似成定局。“到目前为止，有生之年我将一直待在这里。”他写信给纳尔逊，“我不想你误会我对你的感情变了。此情从未也永远不会改变。但当圣诞获释的希望落空后，我的想法大不相同了。由于再无希望，我不忍心鼓励这段无结果的感情继续发展下去。”查平告诉她，他不得不认清现实，再不能奢望无法得到的幸福。“现在我唯一希望的是早点结束这种生活，得以在格伦伍德长眠。”他说。他指的是位于华盛顿特区的墓园，内莉和他母亲都在那里安息。

纳尔逊选择去波士顿找工作。3月里，她去波士顿的途中来到新新监狱。这一次的拜访不同以往，沉闷无比。查平郁郁寡欢，用他自己的话说：“我完完全全精神抑郁了，几乎看不到康复的希望。”这次拜访的唯一收获是，纳尔逊一到波士顿就给查平寄来一双新鞋带。她留意到，这位公园街曾经的时髦人物用棕褐色鞋带替换了那断掉的黑鞋鞋带。

到波士顿不足一个月，纳尔逊就病倒了，回到老家威斯康星。她带信给查平说无法按计划于4月拜访他。查平一气之下没有回信。接着查平也病倒了。7月底，因患严重胃炎，他不得不卧床。在20世纪20年代，与精神压力和心理创伤有关的急性胃炎是八种主要死因之一。劳斯为此非常焦虑。“他拒绝入院，而且有5天没出过牢房了。”劳斯告诉《纽约时报》记者。劳斯让两位医生来照看查平，这个待遇是以往的死囚不曾有过的。医生们说查平的类风湿性关节炎和胃炎让他不堪一击，全国的报纸都报道了查平的身体状况。看到报道的纳尔逊立刻给劳斯发电报。1926年7月26日，周一，在应付完成堆的记者后，劳斯来看查平，为他读各种报道以及纳尔逊匆忙中发来的电报。

劳斯利用查平身体衰弱的状况继续为他争取赦免。“他日渐消瘦。”劳斯告诉媒体，“衰弱得很快，如果还被羁押将撑不了多久。”但当某位记者的报道出来后，劳斯知道除了前一年科布的切实努力，不会再有人呼吁赦免查平了。68岁的查平不太可能获得七年半的假释。查平的不合作还在继续。周日劳斯命令他去监狱医院。监狱诊所的外科医生C. C. 史维特博士称，胃炎和自体中毒令查平病入膏肓，血压很低，心跳衰弱，总体情况不容乐观。但入院治疗显然有作用。一周后，查平第一次下床走了两步，这是两周以来的头一回。

尽管纳尔逊和查平的身体在复原，他们的关系还是破裂了。11月底，查平终于回信给纳尔逊，他为自己的沉默找了个牵强的理由。他声称当他体弱卧床时，曾口述过给纳尔逊的回信。“听我口述的年轻人承认他把便条弄丢了，当时不敢告诉我，不然我会复述一遍的。”他们通信中的正式语气无疑说明两人的关系已走到尽头。

1927年一到，劳斯就发现监狱成了纽约州的观光胜地。有些日子，多达3 000名游客打电话来要求参观，其中很多是演员、牧师、医生、慈善机构人员甚至是大学生。终于，因为狱警既要看守犯人又要顾及游客而不胜其累，劳斯中止了参观活动。但游客潮的消退对查平无丝毫影响。他的访客已减少到为数不多的几个，其中很多人还因意志不坚定而视探监为畏途。即使他们能来，也无关紧要了。一年年过去，查平已关闭比监狱的金属大门更重要的大门。他知道，自己将不久于人世。明年他就70岁，很快就到了父亲去世的年纪。他杀害内莉已10年，现在仍在监狱服刑。如今他连纳尔逊也赶走了，陪伴他的只有花儿。经过5年的精心照料，每年春天这些花儿都争相吐蕊。花圃呵护着它们，花朵中间的小径清晰可见，园中的长椅饱经风霜。

1927年1月7日，为躲避冬日的寒冷，查平在办公室整理桌上的几封信件。很少有来信了。眼镜6周前送去修了，不戴眼镜他根本无法阅读。其中一封盖着波士顿邮戳的信，因被疏忽已久几乎被遗忘。“亲爱的康斯坦斯，”他打着字，“我对这么久没给你回信感到十分内疚，如果我告诉你我没有眼镜无法读信，我想会得到你的原谅的。”但真相很快暴露，因为查平告诉她，那年冬天他努力读完了一本书，维多利亚时代两位思想家约翰·罗斯金和杰西·利特的书信集。利特的某次来访让罗斯金失望。“我不认为有人能伟大到从不摆架子而且不需要被人尊重的地步——特别是被他喜欢的女孩尊重。”查平写道，“她以他身体状况不佳作为后者对她态度改变的理由，但罗斯金在她来访后的20年内都保持不冷不热的态度。”读书笔记无情地向纳尔逊展现一个事实：查平仍对镜自怜。“由于圣诞假期结束，我没有多少信要回复，除了园丁朋友。他们至少是真诚的——我的园丁朋友们。”纳尔逊没有回应，整个1927年她都没写回信，也没有探望查平。查平只能与花园为伴。

当《纽约晚邮报》记者拉玛·米德尔顿在3月初见到查平时，对他的第一印象是“在鸟语花香之中漫步的绅士”。米德尔顿在监狱长陪同下参观监狱，园中一派繁忙。建筑师乔治·斯塔林·考尔斯正在完成他叔叔的遗愿，带领工人建造查平盼望已久的鸟舍。这座圆形灰泥木结构的房子直径有40英尺，建成后有望为上千只鸟儿提供栖身之所。因为一只在狱中喋喋不休，令犯人不堪其扰的鹦鹉引起访客的注意，监狱由此获赠无数小鸟，而鸟舍正是要为它们提供繁衍之地。劳斯刚为米德尔顿解释了来龙去脉，查平就加入到他们的谈话中。

“克里斯托已长出些新羽毛了，监狱长。”查平指的是住在他牢房隔壁温室大鸟笼里的一只红蓝相间的金刚鹦鹉，“如果你到温室，我带你看看。”

大家于是跟着查平过去。但当劳斯介绍米德尔顿时，查平似乎不大乐意和后者交谈。自从多年前对他的花园感兴趣的人们蜂拥而至然后又一阵风般消失后，他再也没有接受过采访。聊天中，查平话很少。“他说的都是地道的报业术语。”米德尔顿说。他和查平只聊了聊花花鸟鸟。查平对小鸟的评论让米德尔顿尤为震动。“他提到小鸟时说的‘好鸟笼’，是他自身被囚状态的独特心理写照。”米德尔顿说。当米德尔顿的简短访问结束时，他从查平的眼神和态度中看到，他过去暴烈的个性没有完全消亡。“监狱生涯驯服了他，让他的暴躁有所收敛。但在性格上，他仍是那个新闻界老兵。”

秋天时查平收到坏消息。马克斯·纽伯格被发现死于西103大街的克伦德宁酒店套间，右侧太阳穴被子弹打穿，自动手枪就在手边。两天前他失踪了，焦急的妻子雇用私家侦探找到他。他没有财务方面的问题，但是一直受神经衰弱困扰。

1928年6月，在全国性农业杂志《农场和炉边》工作的作家安德鲁·S. 温探访查平。温在劳斯的办公室等候查平。“一个步履蹒跚的灰发老人进来，穿着粗糙的灰色囚裤和毛衣外套，”温说，“查平来了。”他愉快地和监狱长打招呼。许多年过去，尽管劳斯是查平的看管者，其实也是他最真诚的朋友和保护者。随后查平拉着温的手，将他领到监狱大门口。“好好看看这位先生，一会儿你还得放他出去。”查平和温穿过监狱高墙时对狱警说，“我发现进来比出去容易多了。”他语带讽刺地告诉温。

他们来到监狱院子，查平带温进入他刚到新新监狱时住的牢房，“我们进了那间最初的牢房。”温说，“牢房和监狱外墙之间的石头地板，因无数次踱步而磨损得厉害。我进了其中一间囚室，只能勉强站直。”重新走进院子呼吸新鲜空气时，温感觉舒服多了，这或许正是查平的用意所在。走进院子后，展现在温面前的是花园、池塘、灌木丛和树木。“在监狱高墙的背景衬托下，人们可以幻想自己置身于百万富翁的庄园中。”温说。当他们一同散步时，温不觉得是在跟囚徒交谈。“我们聊了很多，是场男人跟男人之间的平等对话。”温也注意到，在他们走动时，狱警们对查平非常尊重。

他们从花园穿过每天为监狱医院、礼拜堂和食堂提供切花的温室，在查平的办公室停下。查平将书桌抽屉里存放的烟草装进烟斗。他们还参观了鸟舍，金丝雀们以及那只会说话的鹦鹉在内的120只鸟儿在热带植物丛中安了家。像大多数参观者一样，温对此也印象深刻。参观结束，他们重新回到院子，囚犯们正排队去食堂。“这些囚犯看起来真年轻！”温说，“偶尔有些阳光、智慧的脸庞。我问查平是否认识其中一个红头发小伙子。”

“不认识，”查平答道，“以前我认识这里所有的人。但现在不认识了。我不关心他们甚至我自己。我把时间和精力全用在花鸟上。”

“我问他，如果减刑或出狱他有何打算。”温说。

“我从不让自己想这些。”查平虚伪地说。但随后真诚地补充：“如果可能，我不相信我会愿意离开这儿。外面有太多的指指点点，这里却没有。我怀疑外面是否还有跟监狱花园一样让我感兴趣的地方；无论如何，我太爱我的花园了，所以不希望离开它。我希望就这样过完一生。”参观结束，“我们握手道别。他回到监狱生活中，我走出高墙呼吸自由的空气。”温写道。

这个秋天，查平迎来70岁生日。他唯一的访客是贝斯·霍迪尼。魔术师哈里·霍迪尼看了《查尔斯·查平的故事》一书后写信给查平，从此他们成为朋友。霍迪尼之前也给查平寄过书，应邀给他的狱友表演过，甚至在克利夫兰的一次演出后和纳尔逊见过面。1926年哈里死后，贝斯和查平成为朋友。尤其是当她遵从哈里对劳斯的承诺，将犯罪学作品集送到新新监狱之后。她和查平互相欣赏，贝斯也逐渐相信查尔斯的罪行其实是让内莉“安乐死”。每隔几个月，贝斯都从纽约因伍德的家中坐出租车来看查平。作为回报，查平经常将花园中的鲜花送给她，甚至安排狱友园丁为她在20英里外莱镇的小屋做园艺。《纽约画报》在分析有关查平谋杀内莉动机的流言时，费尽心思想搞到他和贝斯的往来书信。这让他俩的关系一度成为八卦焦点。

贝斯拜访查平数天后，查平独自在办公室找出多年前从克利夫兰寄来的一封已发黄的信。他放了张纸在已经很少使用的打字机上。“亲爱的康斯坦斯，”他敲打着。查平和康斯坦斯上一次通信还是在两年前，查平解释现在写信给她是因为凯瑟琳·劳斯的敦促。他告诉纳尔逊已找到他们最后一封通信。“过去那些曾经让我激动不已的内容如今看来仿佛是个笑话。”他写道，“信的内容很克制，并没有就我很快被抛弃给出任何暗示。生活充满了诸如此类的变化无常，不是吗？”他和纳尔逊再一次悄悄通起了信。但这样的努力并非让爱火重燃，而仅仅是在旧伤口上撒盐。查平说纳尔逊的真实感受让他“惊醒”过来，因为他发现纳尔逊曾坐车去波士顿，途中经过新新监狱却未停下探访他。他并不知道她曾试图来探访，但来时已过了探视时间，而劳斯那天不在监狱，也无法让她进来。“而且在你近期的信件中，”1928年12月他在信中写道，“你告诉我去年夏天你在纽约却没有过来，尽管只有不到一小时的路程。这不是我曾经了解和喜欢的克利夫兰女孩。”他还充满苦涩地攻击了她宁愿考虑去加州工作也不愿在纽约谋职。“如果你接受了在纽约的工作，也许还能说明你至少是在乎的。”这一次，没有任何回应。她只是写来几封长信，告知她在波士顿的生活状况，但坚持保留搬去加州的可能。这激怒了查平。“是的，非常抱歉，康斯坦斯，”他在信中说，“非常遗憾彻底失去了你，因为我意识到，如果你去了加州我就再也见不到你了。”

新州长就职给了查平获得赦免的最后一丝希望。但在朋友们联系州长富兰克林·D. 罗斯福之前，查平阻止了。“我不接受任何赐予我的赦免。”他告诉《纽约时报》。

春天曾是近年来查平最忙碌和最盼望的季节，但1929年的春天却让他高兴不起来。圣帕特里克节那天，他警告纳尔逊如果她在西部逗留太久，她就再也见不到他了。“毕竟，我活着已没有什么意义。”他写道，“我爱我种下的花朵和树木、成群的美丽小鸟以及最美妙的收音机，但大多数时候我总能感到潮水般的致命的寂寥，以至于我非常愿意沉沉睡去，以忘却一切。不要将我看作怪人，我不是——只是对一切心生倦意，准备离去。”最后，他承认自己一直很自私。“我曾希望你能来纽约，离我近些，因为没人比我更需要你。但我也清楚，像我这样的老男人不能期望被爱，所以我只能任其自然，尽可能平静和满足，直到有一天格伦伍德的钟声召唤我，到时我会为我拥有的一切感恩。”这是他写给她的最后一封信。

1930年夏末，新新监狱许多耽搁已久的改造工程开工，包括新修建一套污水系统。承包商将一辆巨大的蒸汽挖斗机开进主院，以挖掘排水渠。司机没有意识到院中园艺的价值，挖斗机开足马力，很快就掘出大片区域。“在钢铁利器下一切都毁了。”眼睁睁看着这一切的劳斯说，“玫瑰篱连根拔起并被摧残得香消玉殒。”查平伤心地看着眼前发生的一切，但也知道一个垂垂老矣的囚犯的话阻挡不了麻木的承包商。这时的查平已衰弱得厉害。5月，他再次因胃病和严重感冒入院。他又病倒了。“突然间他变成无助的病人，无法坚持下去，”劳斯说，“他的生活担子太沉重了。”

10月底，狱外的人们已收到查平将不久于人世的消息。《纽约时报》报道：“查平在精神衰退后病得很厉害，恐怕再也无法康复。”他拒绝去监狱医院，坚持待在老旧的死囚房间。狱友埃弗瑞特·赫里奥特被派来照看他。查平开始交代后事。他问已跟他成为朋友的狱警威廉·海尔平，是否能护送他的遗体去华盛顿，并为他处理下葬事宜。海尔平答应了。趁着还有力气，查平写了封遗嘱给劳斯。“如你所知，我已和死亡斗争近1年，现在感觉差不多是时候了。”他写道，“我一天比一天虚弱。”报界的老朋友，甚至是老对手如《新闻晚报》的亚瑟·布里斯班等被低调地带到监狱见他最后一面。凯森神父也从纽约赶来。11月底，查平开始不时陷入昏迷，再也无法进食。

1930年12月13日晚上，劳斯守护在查平身旁，就像11年前他们初次见面一样。

“你需要什么吗，查理？”劳斯问。

“是的，”查平虚弱地回答，“我想死，一了百了。”他的要求很快得到满足。在被病痛折磨6周后，查平在当天夜间11点45分闭上眼睛。官方说法是死于支气管肺炎。

极度悲伤的劳斯离开死囚屋，去应付一直等待宣布头号新闻的记者们。他说一直很尊重查平，尽管对他的报人生涯知之不多。“但是在过去12年中，他在减缓人们的痛苦及帮助他人方面，比其他时候都做得多。”劳斯说，“虽然他的肉体被关进了监狱，但是他的精神从未被禁锢。”

在办公室，劳斯打开查平留给他的信。里面有他最后的请求。他希望与妻子合葬于格伦伍德。他希望通知妹妹玛丽安，以便在火车站接送棺木以及顺利下葬。“我特别要求在监狱和华盛顿都不办葬礼。”查平写道，“我希望棺木尽量从简，密封下葬。”他将储蓄用作葬礼花费。因为照管花园，查平每天能挣25美分，当时他在监狱账上一共有91.57美元。办公室内的陈设，包括他珍爱的收音机等，他留给了海尔平。牢房里的东西，他留给了赫里奥特。一直被他珍藏的园丁书籍，将由劳斯挑选的下任园丁继承。“最后，”查平写道，“感谢被你看管的这么长的日子里，你和你善良的家人如此善待和关爱我。”

玛丽安从华盛顿拍来电报。“请将遗体送往华盛顿。我们将在这儿安排安葬事宜。”

他最忠诚的支持者认为，查平在弥留之际要求和妻子合葬，这是对12年前杀死内莉是为了自杀的辩护。但就连他所在的世界晚报都不太确信。“他关于一位深爱妻子的丈夫出于善意杀死妻子以拯救她免于贫困的自辩，跟他广为人知的个性和习惯并不一致，”查平死后两天，该报的社论写道，“对此最善意的解读是失去财富让他暂时精神错乱，从而掩盖了种种罪恶。”

记者们又重新开始报道查平的故事。专栏作家海伍德·布龙将他在《纽约电讯报》的周一连载给了查平。“这个令人好奇的关于名望的故事将继续。”他写道，“查尔斯·E. 查平已死于新新监狱。只要报纸还存在，记者们就会继续流传他的轶事，而这很可能是个坚如花岗岩纪念碑般长盛不衰的好故事。”

12月15日，查平的棺木和出自其温室的葬礼玫瑰一起被运上火车，前往华盛顿。海尔平最后一次护送查平。掘墓人在格伦伍德墓地山上挖掘坚硬的冻土时，寒风将秋天的落叶吹得遍地都是。当查平的棺木被缓缓放入墓中，只有玛丽安、弗兰克和海尔平陪伴在侧。尽管一直保持通信，但这是玛丽安和弗兰克过去十多年中第一次和哥哥查平在一起。因为他生前严厉禁止他们来新新探监。即使这一次，他们也无法见到他，因为尊重查平生前要求，棺木不得打开，也没有仪式。

“只是个简单的葬礼，”玛丽安说，“正如查理希望的那样。”由查平多年前精心挑选的墓碑将刻上最后的铭文。在他的名字下面以及“其妻，内莉·L. 查平死于1918年9月16日”的字样之上，将被刻上查平故事的结尾：“死于1930年12月13日。”

译注：

［1］这是奥赛罗听信手下伊阿古的一面之词，怀疑新婚爱人的贞洁时说的话。

尾声

Epilogue

查平去世后不到一周，纽约的文学作品经纪人乔治·T. 拜收到波士顿作家埃莉诺·厄里的来信。信件内容引起了他的极大兴趣。“我认识一个女子，她曾经和新新监狱的查平保持通信。”厄里写道。她问拜是否有兴趣将这些信卖给出版商，书名或许可叫“监狱花园来信”。厄里找对了人。拜有很多来自新闻界的客户，在1923年开经纪公司前他也曾是报人。他非常擅长为热门新闻人物出书。他立刻给厄里发电报。“无论如何请将查平的信件交给我，这是桩大买卖。”

查平将他的书信都锁在监狱办公室的书桌内，但他一死，所有信件就不翼而飞了。纳尔逊将他写给她的信保存在威斯康星的保险箱中，但现在认为应该将这些书信公开出版，以反驳媒体对查平的不实报道。“在查尔斯·查平写给我的信中，”她说，“他袒露了自己的灵魂，展示了世人从未了解的一面。”纳尔逊相信查平也同意她这样做。当她提出日后要出版这些信件时，查平曾对她说，“亲爱的，如果你能找到任何人将它们出版，或更难一点——能读懂它们的，而这让你高兴，那就去做吧。”无论查平给过她多大的伤害，她终究还是原谅了他。在该书面世当天，她在书中对媒体说：“如果这些信件能让你像我一样了解一个强者的另一面，并让你像我一样将他看作身陷囹圄而不改本色的伟大勇敢者，那么我已竭尽所能，为他做了最后和最大的贡献。”

不出一个月，拜就将这些书信卖给了西蒙与舒斯特公司。麦克斯·舒斯特还记得自己年少时为世界晚报当送稿生时年轻查平的模样。拜又努力拉拢曾在查平手下当记者的《妇女家庭杂志》编辑写篇人物特写，却遭对方拒绝，因为他觉得读者可能还未完全忘却查平杀妻之事。拜发现好莱坞对信件的电影改编权兴趣寥寥。唯有西蒙与舒斯特公司一直充满热情。他们开出750美元给厄里和纳尔逊编辑信件，还安排厄里写一篇长序。大家一致同意隐匿纳尔逊的真实身份。该书由埃莉诺·厄里和康斯坦斯编辑，将以《查尔斯·查平致康斯坦斯的信》为名出版。

两位女士进展很快。厄里对纳尔逊进行了详尽采访，又一同编辑信件，到1931年6月便全部完工。随着出版日期临近，两人的关系却变得紧张起来，纳尔逊开始重新考虑她的匿名问题。厄里担心这有可能令书籍出版计划夭折，于是赶紧写信给拜以获得他的支持，让纳尔逊同意照原计划行事。

“如果她是位神秘的可爱女士，人们会有极大兴趣且不断臆测她的身份，”她写道，“但如果她公开亮相——原来是位体重225磅的女士——谈何浪漫爱情？我相信如果康斯坦斯被看作年轻、感性的女子——身心皆美——正如这些信件所勾起的幻想一样，人们会喜欢这本书。难道你认为人们会对一位70岁老人和一位中年胖妇间的关系感兴趣吗？”纳尔逊最终接受隐匿真实身份，公众永远不知道她是谁。

与此同时，库珀也拿着手上的查平信件联系出版商。和纳尔逊一样，库珀试图以匿名身份出版《查尔斯·查平未经审查的信件》一书，书中她化名为“菲欧娜·艾琳”。鲁道夫·菲尔德同意出版这本查平在监规收紧前，于1920年和1921年间写给库珀的信件小札。库珀说选择这段时期，是因为新的审查制度实施后，查平的信件不再“自然”和“发自内心”。事实上，查平很快就绕开了新监规，他信中的语气变化，更多是因为那段时期他深陷《公报》编辑权事件的斗争之中，同样重要的是，库珀乘帆船离去了。

1931年秋，查平的两本书信集面世，但很快下架。不是因为供不应求，而是因为读者寥寥。似乎已没有人关注查平。“只有查平主义最忠诚的追随者才能在读这本书的过程中有所收获。”《星期六文学评论》在点评《查尔斯·查平致康斯坦斯的信》时如是说。这还算是宽容的。《美国信使》杂志评论则称，这些信揭露查平是个“卑劣的虚伪小人”。

备受尊敬的《纽约时报》一直对查平表现出宽容，在两本书信集的书评中提到它们的一些长处。“这些信件并非文学和想象力的创造性产物，但仍打动人心。”出生于弗蒙特州、被艾达·塔贝尔的报纸聘用的罗伯特·L. 达弗斯评论称。他通过评价查平的书信来评价查平。“如果你设身处地地从他的职业生涯出发，查尔斯·查平就显得非常有人性和值得理解，他之所以变得绝望，是因为挥霍掉自己以及别人的财产。因为绝望，他决定自杀。因为不相信妻子能独自生存，他决定杀了她。在杀了她之后，他缺乏自杀的勇气，因为谋杀入狱。在狱中，他有时间独自思考和改变，由此变得柔软。当他在没有异性的监狱中获得异性友谊，他热烈地予以回应。请那些想扔石头的人自省，他们在同样的处境下能否保持心态平衡。”

纳尔逊的查平书信集成为她被世人所知的最后的文学成就。在离开克利夫兰联邦储备银行后，她到波士顿心理研究协会工作，一个研究心理现象的机构。无人知晓她此后的境况。社会保险死亡记录册记载，一位和她同年同月同日生的康斯坦斯·纳尔逊于1972年12月在罗德岛普罗维登斯去世。由于登记用的是她的本姓，人们推测她或许终生未嫁。

菲欧娜·库珀也是终生未嫁。远航归来后，她定居纽约，写了一本关于此次旅行的畅销书。该书广受好评，重印了好几次。她还写过一部从未上演的戏剧，与人合著过一部介绍二战医药的书籍。库珀后来成了文学经纪人，死于1951年。

监狱长劳斯继续追寻他的文学梦。1932年，他出版了一本题为《新新监狱两万年》的畅销书。华纳兄弟以该书为蓝本制作了一部电影，并于1932年末上映。影片由斯宾塞·屈赛、贝蒂·戴维斯和莱勒·陶博特主演。电影大部分场景在新新监狱取景，电影开场镜头中还有查平的花园。8年后，新版电影《哈得孙河上的城堡》面世。整个20世纪30年代，劳斯都非常有名。从1932年至1938年间，他在NBC开设周播的电台节目。1937年，他写的一部戏剧还被布罗克·潘伯顿搬上百老汇舞台，而潘伯顿出品的佐纳·基尔的戏剧当年正是在新新监狱首演。劳斯死于1947年，葬于纽约塔里敦的睡谷墓园。

另一位曾在查平的生活中扮演重要角色的人，警察局长沃尔多的助手温菲尔德·希恩，也加盟好莱坞。正是他给了查平那把手枪。希恩后来离开警界，成为威廉·福克斯的私人秘书。福克斯当时正全力将福克斯公司打造成好莱坞的主要电影公司之一。后来，希恩当上了该公司总经理，成为电影界举足轻重的大佬。

1931年世界报和世界晚报双双倒闭后，世界晚报著名的稿件改写员“四人组”最终分道扬镳。林赛·丹尼森加盟国王影像企业，并和马克斯·费舍合作出版了一本关于纽约地区的故事集，该书后来被纽约公立学校广泛采用。丹尼森死于1934年。马丁·格林跳槽到纽约太阳报，他在这里一直工作至1939年去世。查平的朋友欧文·科布于1912年离开世界晚报后，在其众多成就中又增加了“电影明星”和“剧作家”两项头衔，担任了1935年奥斯卡金像奖颁奖典礼的司仪，1936年还拥有了自己的电台节目。他于1944年去世，葬于肯塔基州的帕迪尤卡，长眠于刻有“回家”二字的粗粝的大理石墓碑旁。只有巴顿·克里多活了些年头。他在1928年离开妇女家庭杂志，成为一名作家和传记家，于1962年去世。

时过境迁，人们关于查平的记忆已消散。科布关于查平的诙谐评论一度突然出现在《巴特利特熟悉的语录》中。查平的名字偶尔出现，常常跟另类传奇相连，或仅仅作为已远去的公园街“编辑为王”时代的注脚出现。《世界晚报》也已几乎被世人淡忘；实际上，如今没有人还在看晚报。只有上午版的《世界报》还留在历史中。当我在国内旅行时，发现人们对《世界晚报》的追忆仿佛成了一种特别的时尚。在某些赛百味三明治特许经营店的墙上，整张《世界晚报》被裱作墙纸，构成旧时纽约的景观。

在新新监狱，有些狱警听说过查平的故事，他的花园照片也悬挂于狱警娱乐室内。近些年，犯人们已建成一眼喷泉，以前的花园正中央也有一眼。在后者一侧，屹立着两个曾长满查平玫瑰的金属藤架。当我参观新新监狱时，发现一个藤架的底座长出一小株玫瑰。我愿将它看作是查平当年种下的。